幽谷深潜

——四川省知名作家走进九〇九基地文集

主　　编：高炳焱　张人士
执行主编：袁瑞珍　李晓翔

中国原子能出版社

图书在版编目（CIP）数据

幽谷深潜：四川省知名作家走进九〇九基地文集 / 高炳焱，张人士主编．—北京：中国原子能出版社，2022. 12

ISBN 978-7-5221-2378-3

Ⅰ. ①幽…　Ⅱ. ①高…　②张…　Ⅲ. ①中国文学-当代文学-作品综合集　Ⅳ. ①I217. 1

中国版本图书馆 CIP 数据核字（2022）第 224174 号

幽谷深潜——四川省知名作家走进九〇九基地文集

出版发行	中国原子能出版社（北京市海淀区阜成路 43 号　100048）
责任编辑	蒋焱兰
装帧设计	侯怡璇
责任校对	冯莲凤
责任印制	赵　明
印　　刷	北京中科印刷有限公司
经　　销	全国新华书店
开　　本	787 mm×1092 mm　1/16
印　　张	25. 125
字　　数	370 千字
版　　次	2022 年 12 月第 1 版　2022 年 12 月第 1 次印刷
书　　号	ISBN 978-7-5221-2378-3　　**定　价　68. 00 元**

网址：http：//www. aep. com. cn　　**E-mail：atomep123@126. com**

发行电话：010-68452845

编　委　会

"非常之人"谱就的山海绝恋
（序言）

蒋　蓝

清初顾祖禹在《读史方舆纪要（卷七十一）》里指出："西魏置青衣县，盖取蚕虫（丛）氏青衣以劝民农桑为名。"蚕丛氏继承"先蚕"嫘祖缫丝之技，把山上野蚕驯化为家蚕。为寻找更为适宜的栽桑养蚕之地，蚕丛氏把桑蚕养殖从邛崃山区转移到成都平原周边。蚕丛氏经常穿着青色的衣服外出巡行，查看治下部落，劝人从事农桑，开创了古蜀蚕桑养殖的先河。后人将其誉为青衣神，将蚕丛氏的出生地叫作青神县，将他为之奋斗一生的若水流域之若水称为青衣江——这是四川境内唯一的一条以人名命名的江河。蚕丛氏因此被周王封为蜀地的"侯伯"，使这一带成为周王朝的"边地"。

浩瀚逶迤的青衣江，承载一位奇人，漂浮一队竹筏，迎送一个部落。时光之水叠浪而来，邛崃山系的余脉在峨眉山麓继续绵延其无俦气势，青山相对出，两山夹一江，恰如陆游所咏叹"青衣江上夕阳红"。20 世纪 60 年代，中国第一代核潜艇的核心技术核动力的研制地九〇九基地就确定在此，成为我国第一代核潜艇的动力之源。我翻阅着《幽谷深潜——四川省知名作家走进九〇九基地文集》，作者里既有著名的作家、诗人，更有生于斯、长于斯、战于斯的干部职工。书里既有严谨纵深的全景式写作，也有充满深情的生活感悟，更不乏切入历史细部的金钩铁画……作家们让一个一个鲜为人知的往事浮出地表落地为字，让那些"沉默的英雄"渐渐露出了他们的峥嵘头角，让这一曲共和国挺起脊梁的英雄壮歌得以传唱，成为文化自信的根脉，这就是《幽谷深潜》一书的要义。

读罢全书，我的眼前总是不断涌现出历史的各种影像与那些激动人心的往事，彭士禄的传奇经历、赵仁恺的忘我奉献，还有更多无名者的励精图治……人的有血有肉的故事激活了历史，它们重叠起来，注定让那一片红壤大地不再寂寞。我不由得想起一句话：历史是由活着的人和为了活着的人而重建的生活。

智慧是美的，在于创造；创造是美好的，在于有一种从大地上升跃而起的理想。恰如在中国核动力研究设计院工作了一生的袁瑞珍大姐在《山海绝恋》里所指出的：“中国第一代核潜艇研发实验基地里‘干惊天动地事，做隐姓埋名人’的核动力院人，对共和国的庄严承诺和无限深情，汇入长江，向着大海奔腾而去——大海，那是山的怀抱！大山，那是海的眷恋！”“只有在这里工作生活过的人，才能真正理解——那是核动力院人对国家对人民崇高的情怀，那是爱的告白，那是他们的海誓山盟！”

这就是核工业人在青衣江畔谱写的震古铄今的一部“山海经”。

军旅作家刘馨忆在《哪怕青山一万重》里提出了自己的发现：“世界总是那么有意思。一个明明是面朝大海的梦想，却在背朝大海的内陆深山驻扎，以‘退后’的方式来说明他们的‘向前’，正如要鸣镝向前的箭总是要先随弓弦向后拉开。前进的哲学里总是蕴含着向后的蛰伏，后退的准备里也包含了正在向前的回返。”

“人生如逆旅，我亦是行人”。这让我想起了蜀地历史上的两个出路：水的出路与人的出路。

治水者，必须懂水。懂得如何与水达成和解。如果说古人的“可为”之处，首先是从“上善若水”里获得了启示，那么他们的“有为”，则是把洪水降服为一派清流，成就了天府之国。在给予水的出路之余，人的出路也出现了；人的出路越来越多，水的出路又为人们昭示了逐梦的方向。这是水与耕耘的辩证法，它更强调在生命力的导引下独立摸索和独立施为。20 世纪五六十年代的严峻现实则必须着眼于中华民族的自强，进一步实现民族文化自信，屹立于世界民族之林。我以为，像彭士禄、赵仁恺这样的中国核动力事业的拓荒者，用坎坷、清廉、摩顶接踵的一生，昭示了另外一种被理想赋予的伟力：“可为”是希望凌空的愿景，“有为”才能把愿景变成富饶的中国。寻找崛起之路与探寻国家、民族的出路，成为核动力院几代奋斗者给予我们的无尽思考。

从无路到小路，从小路到大路，从大路再通达天际……抵达无人之处的这些探路者，可能会洗去一身征尘，再寻找一条朝向大光的路径。一个探路者的一生也许寂寞，但他们脚下有力，心中有路，头上有光。他们也许有迂回，也许会走错方向，但有时的退步是为了更快地前进。其实一开始谁也不知道，自己选择的是大路抑或窄门。就像诗人弗罗斯特的《林中路》所昭示的两种选择。但探路者从不停止，他在不断试错的过程里，一定会找到正确的方向。

法国作家格拉克说：“对于那些可以让我的心灵得到安宁的作家来说，把心灵闲置，慢慢去感悟，才是必要的，这将会在精神的田野上开启一扇更大的门——正如德加所说的，带着美好回忆的幸福感觉，时刻在路上。”（《边读边写》，华东师范大学出版社 2015 年版，第 60—61 页）一片无论多么优美的景致，没有探路者、劳作者的身影，那只是风景。一旦他们出现了，他们赋予了景致的灵魂，那才是鱼龙漫衍的山水，那才是我们的祖国。正所谓“踏遍青山人未老，风景这边独好”。

永不言弃，千磨万击，无怨无悔，敢于让创造力落地开花，把可为彻底铺展为有为的大地。唯有这样的人，已经超然于小路、大路与窄门之上！他们才是忠诚的立世者。

我意识到，《幽谷深潜》里的那些在长夜间默默前行的探索者，在他们内心深处，未必有玄妙高深的言辞，只有一种让灵魂自身与曲折道路一同生长、一起延伸的理想、奉献与恪守。因为灵魂遵循着拓荒之路的原则，灵魂拥有与道路相互保管、相互赠予、相互辉耀的秘密。

司马相如在《难蜀父老》里讲了一句极具概述性的话："盖世必有非常之人，然后有非常之事；有非常之事，然后有非常之功。非常者，固常人之所异也。"这不但是千年以降蜀人的精神，在一个非凡的时代，也是核动力院几代人铸就的非常之功。

2022 年 9 月 4 日在成都

蒋蓝，中国作协会员、中国作协散文委员会委员、四川省作协副主席、四川省作协散文委员会主任。当代著名诗人、散文家、思想随笔作家、田野考察者。曾获朱自清散文奖、人民文学奖、四川文学奖等文学大奖。已出版 10 多部文学、文化专著。

目录

CONTENTS

一条上岸的鱼

周闻道

不得不引起我的注意了，这张不显眼的照片。

先还没有注意到它的特别，只当是中国核动力研究设计院九〇九基地的普通一角，一种常见的“革命传统”教育式的老旧厂房，里面可能还陈列了一些古董式的老旧设备。照片很普通，有点泛黄，在该院的各类重要介绍中都可以看见：一排长长的厂房，不伟岸也不耸立，只有两层楼，静静地伫立在两片浅山间。想来原来是粉白色的外墙，只是时间久了，墙面已经浸染着岁月的留痕，呈现出浅浅的灰暗模糊。这倒好，一下拉近了与两侧青山的距离。

就在这拉近的一瞬，我有了新的发现：这哪里是一排厂房，分明是一条鱼，畅游在一片起伏的绿海间；略显朦胧的色调，与其说淡化了海与鱼的界线，不如说更渲染了它们的真实。当然，真正让我确认自己发现，还是在我了解了照片上这排房子的真实身份之后——中国第一代核潜艇陆上模式堆（又叫 196 堆），不仅是一条鱼，而且是一条上岸的鱼。

话似乎有点玄，其实一点也不玄。哪个不知道，现代科技的许多成果，其创造机理都源于仿生学。比如仿照鸟，就有了飞机；仿效蛇，就有了火车；模仿鱼，就有了船。要说把江面海面行驶的船比喻为鱼还有点牵强，那么把潜艇形容为鱼，就不得不说实至名归了。

问题也就来了，我们小时候就天天唱“鱼儿离不开水，瓜儿离不开秧”，明明是水生动物的鱼，为什么游到了岸上，或者说它游上岸来做什么呢？我心里非常明白，眼前这个中国第一代核潜艇陆上模式堆，也开宗明义是“陆上模式堆”。绿色的海和鱼，都是我的文学想象。

善解人意的凤凰网，似乎看出了我的困惑，给了我一个恰逢其时的仿生溯源视频。

清明时节，南方的一片热带雨林中，不是雨纷纷，也没有路上行人欲断魂；而是旱情逼人，不，是逼鱼——逃难鱼群欲断魂，鲶鱼；而无情的旱情，则是它们生命的天敌。

骄阳似火，鱼塘干裂，眼看自己生活的家园将被“旱敌”攻陷，鱼们没有坐以待毙，而是想到了抗争与自救。我不知鱼类里有没有像人类一样的“精英”或“领袖”，只是从画面上看到，有一些鱼，面对生死存亡，愤然而起，向死而生，置生死于度外，毅然决然地跳出了曾经生它们养它们的鱼塘，勇敢地冲上岸，在对它们来说意味着命运之劫的陆地上，艰难地蹚出一条路。然后是一大群鱼，接踵而上，朝着同一方向，跳跃踽行，场面极为震撼。它们无腿又无翅，在陆地上不能走，也不能飞，每一步的前行，靠的都是跳跃，使尽浑身力气。更重要的是，岸上的环境不仅有违它们的生命习性，还陌生莫测，充满未知，除了龟裂的土地，猫、狗、老鹰，还有人类，都是它们生命的劫数。这样的“苦其心智，劳其筋骨，空乏其身，增益其所不能”，不知是否与孟子所说的“天将降大任于斯人也”有关，最终的结果如何，它们是不是找到了一汪水、一条河，甚至一片海，画面上没有显现，我也不得而知。但我知道了它们上岸的目的，知道了鱼类族群面对灾难自我救赎的笃定与勇敢。

据知，在加拿大纽芬兰以北的小海湾，还生长着一种叫“毛鳞鱼”的鱼，每年夏天，都会借助潮水的推力，“活蹦乱跳”地冲上海滩。它们上岸的目的很明显，就是为了产卵，让坚强而脆弱的生命得以繁衍，要在惊涛骇浪中见证生命的诞生，而不要再走失。

那么，你上岸的目的呢？面对196堆，我追问。

眼前有一张照片，画面灰暗模糊，很像我们在核动力院九〇九基地看到的中国第一代核潜艇陆上模式堆照片的光线和成色。画面上一名中国海军战士，形态坚毅，手握炮舵，正在装填炮弹。可是，炮弹还没装上，没有发射，更没有消灭敌人，战舰却中弹沉没了。这位勇敢的海军战士，也带着“驱除鞑虏，恢复中华”的民族呐喊，随舰沉入了海底，128 年的海浪，也没有改变他在生命最后一刻的造型。我不知道这位英勇海军战士姓甚名谁，也不知道他所在的战舰是大清北洋水师的定远舰、镇远舰、经远舰，还是来远舰、靖远舰、平远舰，抑或超勇舰、扬威舰、广丙舰等。但可以确定的是，再勇敢的水师，也挽救不了一个软弱无能的王朝沉没的命运。

未来世界的博弈，会在海上。

从当年的甲午黄海之战，到眼下的俄乌战事，从八国联军到北约联盟。如果当年以“马桶战术”迎战“船坚炮利”时我们还没有清醒；那么，在打着“联合国”旗号的西方联军，以骄横傲慢之气再次穿过黄海，强行仁川登陆，越过朝鲜半岛“三八线”，直抵中国鸭绿江畔，欲把刚诞生的新中国扼杀于摇篮的时候，面对与黄海海战沉没海军战士同样姿势的“冰雕连”将士群雕，我们除了致敬，当该清醒；如果还不清醒，那现在中国南海的风云和波谲浪涌应该让我们清醒。南海那么宽，容得下整个世界，妨碍得了几只破船通过？所谓“航行自由”，与鸦片战争时的“贸易自由”有什么区别，不过是醉翁之意不在酒，在于海。

在于海，就得征服海，就得有驭海的蛟龙。

当世界的逻辑演绎到这里的时候，我们不能忘记了一个洪钟大吕般的声音：

“为了反对帝国主义的侵略，我们一定要建立强大的海军。”

这是毛泽东 1953 年视察中国海军护卫舰时发出的声音，铿锵有力。

“核潜艇一万年也要搞出来。”

这是毛泽东 1959 年说的。他在求助于苏联老大哥帮助造核潜艇碰壁后，发出了这样气吞山河的豪言壮语。当时，还与中国处于“蜜月期”的老大哥说：“核潜艇非常复杂，费时费力还不一定成。你们就不要搞了，我们来保护你们。”无语，惊讶，老大哥的话外之音！

将自己国家的安全保障维系于他人？毛泽东明白了，更加笃定。

“鹰击长空，鱼翔浅底，万类霜天竞自由”。这才是他老人家需要的国家境界，也是中华民族伟大复兴的梦想。对此，当代核动力人自有自己独特的理解。他们认为，鹰击长空，指的是我们的歼 20、歼 15、歼 31 上天；鱼翔浅底，指的是我们的核潜艇入海；万类霜天竞自由，则指的是我们饱经磨难的国家和民族，在世界邪恶势力的重重围攻、打压下傲然崛起、雄立于世，实现国家的独立自主、民族的伟大复兴、人民的幸福安康。

早在 1925 年晚秋，毛泽东离开故乡韶山，去广州主持农民运动讲习，途经长沙，重游橘子洲，面对湘江美丽动人的自然秋景，联想起革命的形势，写下的这首《沁园春・长沙》，就表达了自己的梦想。无疑，新中国诞生后的毛泽东，更坚定要把这种梦想变为现实。

“一万年太久，只争朝夕”。彭士禄和他的同事们，对毛泽东的豪言壮语做出了这样的解读。时隔 10 年，特别是经过抗美援朝仁川登陆和长津湖战役，毛泽东对各路人等的面目看得更清。这首写于 1963 年 1 月 9 日的《满江红・和郭沫若同志》，已然满满贯穿着反帝国主义、霸权主义，捍卫马列主义和无产阶级国际主义的思想意志。彭士禄当然理解。

就这样，一个伟大的梦想嫁予了鱼——为仿生的鱼赋魂，护其成龙。

在核动力院九〇九基地向海楼茶吧和在建的红色教育基地桥头，我都曾认真观察核潜艇的模型。当思维脱离僵硬的金属，我脑海里总是会幻化出一条鱼，在江河或大海里遨游。此时我就会想，这究竟是啥鱼呢，如此自在而从容，难道得了什么天化之力？我调动所有的记忆搜索，从洪水天家乡岷江滩头冲浪而上的“串杆子”，到黑龙滩水库里的花鲢白鲢，从儿时用筏竿在门前思蒙河里钓起来的“乌棒”，到澳洲黄金海岸搁浅的巨鲸，似乎都像，又都不像。像是它的形，尖尖的头，长长的身，灵巧的翅与尾，畅游的姿势；不同的是魂。

对，我发现了鱼与核潜艇的差别，在于魂。采用排除法、差异法、精神分析法等溯源，我发现，导致它们差别的原因则是是否上岸；或者说，上岸是对鱼的一种赋魂仪式。

印证了彭士禄等的解读。党中央、毛主席要求核潜艇项目立即上马。

只有赋魂得道，才能跃门为龙；只有有效保护自己，才能有效消灭敌人。要让大江大海里的鱼，上岸赋魂，非一蹴而成，首先得保证赋魂期的安全。既然最近，最直接，最主要的威胁来自北面，那么，就以北面边境为起点，在国家的版图上划出一线，二线，三线。核潜艇研发的选址，或上岸的鱼赋魂的圣地，显然当在三线地区。于是，地处一线的最初选址吉林从一开始就被否定了。了解中国历史的专家们发现，在五千年文明史中，中华民族虽饱受磨难，但有一个地方却从来没有被整体征服过，那就是川黔。专家们眼前一亮，真是三线中的三线啊，核潜艇研发重地舍此何求？出发了，选址队伍跋山涉水，日夜兼程，从四川到贵州，辗转十多地，最后由彭德怀元帅一锤定音。山不在高，有神则灵，水不在深，有龙则灵。

不能不赞叹，彭德怀元帅的慧眼！

不仅因为这里造就的“两山对峙，一水中流”格局，为远游的鱼上岸修炼赋魂，创造了一方物华天宝之地；一水中流，核心是流水。水是鱼的家和魂，上岸修炼的鱼，经过赋魂、跃门成龙后，又可以顺着受命来路，重返大江大海。还有，这里大片的原始森林，竟然在“大战钢铁”中没有被破坏，这不正体现了当时中央的“深挖洞”“三线”建设思想。于是，国家与“两弹”一起规划的核潜艇工程，在一线的“两弹”试验成功后，立即被推到了“一线”。8000 多人的建设大军，从北京和全国各地赶来了，开启了中国核动力事业的破冰之旅，或者说，为一条梦中的鱼上岸修炼赋魂而开天辟地。

初到时的艰辛都不说了，20 世纪 80 年代我在乐山市计经委工作期间，曾参与编写《乐山三线建设》一书，知道喝泥浆水、住“干打垒”、穿劳动布，几乎是当时“三线”建设企业普遍的共同状况。没有哪个好到哪里去，从高干到国家级专家，都是同吃、同住、同劳动，也没有听说有人被这样的艰苦吓退吓倒。虽然这也是“三线”精神的重要组成，但并不是给上岸的鱼赋魂的主要内容。让“鱼”修炼成核潜艇的关键是“堆”，核反应堆。

又回到鱼，那个至今已作为文物保存的中国第一代核潜艇陆上模式堆。

虽然早在 1909 年，汉斯·盖革和恩斯特·马斯登，在欧内斯特·卢瑟福的指导下，于英国曼彻斯特大学做的一个 α 粒子散射实验，及卢瑟福在 1911 年提出的原子核式结构模型，就开创了原子结构研究的先河，奠定了现代原子核理论的基础；美国在 1945 年 7 月 16 日，就成功爆炸了世界上第一颗原子弹。但由于封锁，这一切，离我们都很遥远。

离彭士禄更遥远，遥远到几近陌生。随着我国与老大哥关系的破裂，老大哥专家撤离，中国的核潜艇研究几乎就是一张白纸。

但怎奈，“蜀中无大将，廖化作先锋”，彭士禄还是被“赶鸭子上架”了。

彭士禄虽曾毕业于苏联莫斯科化工机械学院，但显然并不是学核物理的；后来为响应国家号召，毅然决然地改行，去搞“八字没有一撇”的核潜艇，只到莫斯科动力学院核动力专业进修了两年。这就像要求一个二年级学生，去承担世界级尖端科技难题。1958 年年底，彭士禄刚从苏联留学回国，就被安排在北京原子能研究所，从事国家刚启动的潜艇核动力装置预研。从此，他就与中国核动力结下了不解之缘。他也曾多次说，我一生只做了两件事：一是核潜艇，二是核电厂。谁不知道，这两件事的核心、关键或灵魂，都是核动力。

此时，又恰逢国家 3 年经济困难，中央决定集中力量先搞两弹，核潜艇项目暂时下马，只保留了一个 50 多人的核动力研究室，彭士禄作为该室副主任，负责全面工作。最重要的是意志与笃定。有人说这是勇气，可这样的大任，仅仅有勇气够吗；有人说这是责任，可这么重要的责任，仅仅靠责任行吗？我更倾向于是一种使命，像他父亲彭湃、母亲蔡素屏一样的崇高使命。两位烈士英勇就义时，一位仅 33 岁，一位仅 31 岁。他们为了信仰，从容地面对敌人的枪口。父辈们为了信仰连死都不怕，我们还有什么可怕的；强国强军不正是父辈未竟之志的延续吗。正是这样的国家、民族使命感，让彭士禄与他的团队们，在最艰难的时期坚持了下来，鲤鱼逆水，储势以待。这正好验证了一句名言：机遇属于有准备的人。

终于，随着两弹的成功，1965 年 3 月，当中央决定搁置的核潜艇项目重启。

彭士禄团队怎能不闻鸡起舞，激动万分。“中央一声令下，打起背包就走”。这是彭士禄回忆起当时心情时说的话，看似随性而语，其实，那背后隐藏着多少期待与付出。比如告别北京的妻子儿女，只身入川，面对原始自然的“巴山蜀水凄凉地”。于是，按照先治坡，后治窝原则，用青石、黄泥、稻草、米汤等混合砌成的“干打垒”，构成了核动力院九〇九基地的建筑风格，也是一道独特的风景。不仅院党委工作部、组织部、宣传部、技术部等职能部门，就是院领导和院士们，也挤在这种“干打垒”房子里。宝贵的钢筋水泥木材，要用在核潜艇陆上模式堆等关键设施的建造上。可就这么一层低矮的“干打垒”里，却曾建立了 15 个国家实验室，创造了中国的一批批镇国之“鱼”。它们从大海的深处上岸，来到这片小小的山头，修炼成正果，然后又下海、上岸，奔赴自己的使命。

要说克服生活上的艰难还简单，攻克那些说不清的技术难题就不简单了。

基地指挥部设在一个小山包，山包叫什么名字我不知道，也没有问，也许本来就没有名字。在基地，一说起指挥部，没有人不知道在哪里。而今，虽然基地院总部迁到了成都，这里仍是根和魂。

我关心的是，在基地众多的山包之中，当时为什么就选中了这个山包，作为基地的最高指挥中心。基地人员的一种解释是，彭士禄在忙碌之后喜欢散步，休闲、健身、放松，还要思考没完没了的技术问题。而这里有一棵香樟树，须两人合围，据说已有400年历史。树干高大挺拔，伟岸雄傲，树冠绿荫如盖，枝叶婆娑，树下正适合进行这一切。相较而言，我更赞同另一种说法：这里相对较高，且面朝南方，前面十多公里就是峨眉山。在晴好之日，站在山头往前一望，就可以清晰望见峨眉山和金顶。再往前望，视线就被峨眉山挡住了，一切只能靠想象去完成。比如此刻，我站在山头，站在指挥部或彭士禄故居前，抬头向南眺望。近处，我看见郁郁葱葱的基地，像一片海，海风吹过，碧波荡漾，霞光泛绿；一块块的小山包，沉浮于绿海间，似一艘艘整装待发的战舰，舰头直指南方；或者可以理解为一群游上岸的鱼，正准备产卵，孕育新一代的生命。远看，我不仅看见了隐约可见的峨眉山金顶，还想到越过峨眉山金顶，再往前就是中国南海。当年彭士禄在这里散步的时候，思考的问题肯定要多得多，但我相信，也会有我这样的想象，是这样的想象，给了他敢为天下先的笃定。

一位哲学家说过，热爱是最大动力，笃定会创造奇迹。

从1965年开始建造中国第一台1∶1核潜艇陆上模式堆，到1970年我国第一艘核潜艇正式建成投运，不是一万年，也不是100年，仅仅5年多点。

1985年，中国第一代核潜艇的研究设计成果获国家科学技术进步奖特等奖；彭士禄作为该项目的第一主要完成人，获国家科学技术进步奖特等奖。当鲜红的《获奖证书》呈现在面前、捧在双手的时候，彭士禄的眼眶闪着泪光。这是他3岁丧母、4岁丧父、8岁坐牢时没有过的泪；是他吃百家饭、吮几十位母亲奶长大过程中不曾有过的泪；是三年困难时期核潜艇工程暂停时没有过的泪。总之，这是胜利的泪！彭士禄在艰难困苦面前，从来不掉泪。记忆中的第一次掉泪，还是在196堆首次开堆成功，他颤巍巍拿起红色电话向周总理报告的时候。

透过彭士禄眼里的泪光，回望如烟来路，我们怎能还忍得住自己的泪。

中国核潜艇工程，从20世纪50年代开始，30多年啊，整整一代半人，彭士禄都是直接的参与者、探索者、设计者、指挥者。怎能忘记，在潜艇核动力装置研究初期，为了建立反应堆物理计算公式，彭士禄带领科研人员用手摇计算器和计算尺，夜以继日计算出的十几万个数据，并创建出核动力装置静态和动态主参数简易快速计算法。怎能忘记，彭士禄在担任第一任核潜艇总设计师期间，带领团队攻克解决的那些核潜艇研制、生产、试航中的重大技术难题，如惯性导航、水声、武备、造水装置，及主参数的选定、系统组成及关键设备选型等，并组织研制成功当时世界先进水平的耐高温高压全密封主泵，攻克了核燃料元件结构型式和控制棒组合型式等重大技术难题。大家很欣赏他的处事果敢，他因此而获得了一个“彭大胆”的俗号。科学不是靠大胆，但这个称谓却不是贬义，是科学、果敢、担当的代名词。大家还记得，在遇到一些风险性较大的技术难题时，彭士禄经过科学论证，一旦拿定主意，就会果敢地说：“好，就这样干，出了问题我负责，就是要枪毙也枪毙我。”怎能忘记，怎能忘记……

是的，这本鲜红的《获奖证书》，凝聚了太多的怎能忘记。这些，都是为了这条上岸的鱼赋魂，让鱼升华为龙，重返江海。

终于修成了正果，上岸的鱼。

当赋魂的鱼升华为龙，重返江海的时候，我们看到的是一种无声之威。我不知道这条重返江海的鱼，是要先去探望黄海那些沉没的北洋战舰，为那位没有填完炮的勇士敬一个礼，还是要去钓鱼岛玩玩，或去南海逛逛。可以确定的是，有了它的重返，当年耀武扬威在仁川登陆、惨败后仍不思悔改，而今又在招摇于南海的无赖，莫名其妙地撞鬼了，不是潜艇触礁，就是飞机跳海。有的现象很难解释，按照中国民间的说法，可能叫多行不义，子姑待之。

感谢你，重返大海的鱼，你的龙威，让我们这个多难的民族有了底气。

我相信，鱼的基因里自带有镇邪的密码，青鱼、鲤鱼、鲟鱼等，都可以作证。据说，青鱼的枕骨下方咽喉部，有一块软骨，经不断取食的历练，这块软骨也逐渐变得坚硬，且形状也像一柄利剑。不少玉石玩家对它也十分青睐，甚至把它与天然玉石比肩。他们把它经过精细加工，让它升化为青鱼石。青鱼石不仅有玉的纯朴与珍贵，还有驱邪镇恶的作用。

有了底气，更该清醒。威武的恐龙都曾灭绝，何况一个国家、一个民族。

自从世界进入核时代以来，核武器就成了一种镇国大器。由于核武器的威慑太大，没有哪个国家承受得起，包括不可一世的二战日本天皇，也不得不在美国的“胖子”和“小男孩”面前乖乖举起双手。由此，世界上产生了“核武威胁有限论”。不是指核武器的威力小，恰恰相反，是说其大，大到没有国家能够承受一颗。也就是说，你拥有一万颗原子弹，与我拥有 10 颗的意义是相同的——因为我的 10 颗已足够你承受。世界因此在高危中平衡。可是，又衍生出了第二个问题，打破了这种平衡：既然一颗原子弹足可以置一国于死地，要是遇到流氓、无赖、疯子之类，先发起攻击怎么办？就像二战时的日本、纳粹德国和意大利。

由此产生了第三个问题：即便拥核，也必须保有二次打击能力。

感谢你，重返大海的鱼——中华之龙。

你不仅无声自威，更让从来不曾想首先使用核武器的我们，拥有了二次核打击能力的威慑。从此，我们再也不怕流氓、疯子与无赖的肆意，可以安心建设自己美好的家园。

也许是受了彭湃、蔡素屏和彭士禄的影响，重返大海的鱼很善解人意。在获得“鹰击长空，鱼翔浅底，万类霜天竞自由”的境界，为国家夯实镇山之石后，它想到了第二次上岸。这次上岸的目的已与前次迥然不同，不是仅仅为了修炼和赋魂，而是反哺——用自己第一次上岸获得的赋魂赋能，造福人类。当然，也在造福人类中不断完善自己，提升自己。

就这样，从上岸，修炼，赋魂，到返海，再上岸，鱼已不再是原来的鱼，而成龙，中华之龙。不知是命名的巧合，还是冥冥之中就有这种天意，当黄河中希望跳过龙门、修炼成龙的鲤鱼，与从大海里上岸，希望修炼成龙的鱼照面，这个龙的民族，才真正把龙写成。

事实是如此具体：一个大写的龙，让这个多难的民族，拥有了超前的自信。

专家的判断是基于这样的逻辑：能源是工业生产和许多工业产品运行的粮食，也是经济社会发展不可或缺的命脉；而陆地上以煤炭、石油、天然气为标志的化石能源，据估计，按目前的开采使用状况，最多还可支撑 200 年；因此，根据现有科技的认知限度，人们把目光指向了海洋，认为海水里数十万亿吨计的氘、氚储量，及以此为原料产生的聚变核能，才是人类的终极能源和“太阳”。但这也许还需要几十年。

无疑，在未来相当长的一段时期，我们还离不开裂变核能；而我们再次上岸的鱼，已游到了世界前列。从大亚湾，到秦山一期；从中国秦山、红沿河、宁德、阳江，福清，到中华之龙——第三代核电“华龙一号”龙游四海，进入“一带一路”，建成卡拉奇 K2、K3 机组。从“157 堆芯”到“177 堆芯”；从 I-690TT 合金传热器、M-LB 型控制棒驱动机构、LBB 泄漏监测系统设计；到核反应堆系统失水事故分析程序等，我们攻克了从硬件到软件，从设计到制造的无数难关……

每一个拗口的概念，都是奇迹。当难题攻克、奇迹诞生之后，便是我们再次下海或上岸的鱼，不，是我们的中华之龙“鹰击长空，鱼翔浅底，万类霜天竞自由”的时候。

说到这里，曾任福清 1 号至 4 号和方家山核电项目总设计师，红沿河、宁德、阳江、福清 5 号至 6 号项目的蒸汽发生器技术负责人的张富源补充说：“创新突破的还多呢。”他突然想起了什么，问我：“在新中国成立 70 周年庆典游行彩车方阵上，你看到四川彩车中的三个醒目的白色立柱形模拟体吗？那就是我们历经数年进行技术攻关、设计建造出来的‘华龙一号’蒸汽发生器啊，是我国拥有完全自主知识产权的核电关键设备。游行还没结束，我就收到许多同行的短信，纷纷说，张大爷（同行对张富源的尊称），祝贺你们。”

怕我们还不理解，说着说着，张富源又从一个挎包里拿出一张图纸，标题为《华龙一号 ZH-65 型蒸汽发生器结构图》。老张反复提到，这是他一生的最得意之作，打破了国外技术垄断，助推中国核电走向世界。老张把图摊开，放到茶几上，边指边说，用地道的川话，给我们科普了核电站的三大组成部分及蒸汽发生器在整个系统中的重要作用。

张富源说，这个成果的取得，完全是凭一种使命感。1996 年中国核电发展进入低潮，科研团队却不甘闲着浪费时间，就把精力放在了学习和琢磨上。他们发现，美国 AP600 技术规范中有一个指标，要求“反应堆热工安全裕量”大于 15%。国内当时核电站与此差距都较大。于是，他们就开始琢磨，怎么才能解决这个问题，最终采用了与美国加长燃料组件相反的技术路线，把燃料组件由 157 根，增加到 177 根，并配套解决了工艺、材料、实验等一系列技术难题，让中国核电技术一举跃入世界前列，为“华龙一号”诞生奠定了基础。

满满的喜悦，满满的自信。这是张富源给我的鲜明感觉。

作为同龄人，我真为老张自豪，甚至想到，如果哪一天，我也取得这样的成就，朋友们也以这样的口吻祝贺我，周大爷，怎么样、怎么样，多好啊。我知道，那只是一种奢望。“张大爷”更自豪的是，他带的那一帮弟子，30 多位，平均年龄才 30 来岁，清一色的清华等国内一流大学博士、硕士生。“张大爷”说：“我们老了，但有他们，完全可以放心。”

我进一步相信，从生命和哲学的意义上讲，眼前这个中国第一代核潜艇陆上模式堆，就是一条上岸的鱼。上岸是一种宿命，为了修炼赋魂，得道于大地。就像跃过龙门的黄河鲤鱼，一旦得道，它就会蜕变为龙，然后义无反顾，重返大江大海，践行自己的初心和使命。

参观完彭士禄、赵仁恺故居，我站在核动力院九〇九基地山头指挥部，沿着当年彭士禄经常散步的香樟树绕了一圈，静静感受，然后抬头远眺，眼前的一片绿海，幻化成加拿大纽芬兰以北的小海湾，我与涌入那里的游客们一道，观赏海滩上欢蹦乱跳正欲产卵的毛鳞鱼。

我感觉，自己仿佛也变成了一条大海里的鱼，不知该上岸还是下海……

2022 年 4 月 7 日

周闻道，第七届冰心散文奖、第十届四川文学奖获得者。中国作协会员、中国散文学会理事、四川省作协会员。原眉山市发改委主任、市政协秘书长、现任四川省文艺传播促进会副会长。当代散文流派“在场主义”创立者，出版小说、散文、报告文学集、经济学专著 10 多部。

星光璀璨照征途

——走进大山深处的中国核动力研究设计院

张人士

或许对于外人来说，这里山水草木是如此普通，但在我心目中，它却是庄严的圣地。今年 3 月下旬，我怀着朝圣的心情，来到这里。放眼起伏的山势、茂密的林木，不禁心驰神往，回顾起那段不平凡的历史，以及发生在这里的感人事迹。

澄碧的青衣江，从山脚下蜿蜒流过。参差错落的田地和民舍，点缀在绿树白云之间，显得恬静而安详。这样的风光，在我国西南山区十分常见。但谁能想到，正是在这不起眼的一角，却孕育出了中国第一代核潜艇！六十多年前，八千军民响应号召，从全国各地赶来，聚集在这里。以此为基地，历经无数艰难险阻，终于研制出镇国神器——核潜艇。

基地坐落于大片民居之间，生产区、生活区、娱乐区等设施一应俱全。基地里，绿树参天，碧草如茵，鸟声上下，尽显清幽。机关小院，是一座青瓦红檐的双层建筑，颇有遵义会议纪念馆的风貌。鹅卵石垒砌而成的灰色墙面和圆柱，在阳光的照耀下透露出古朴厚重的味道。

如今，基地的院子显得有些破旧，建筑和陈设都充满了岁月沧桑的痕迹。这里有中国第一任核潜艇设计师彭士禄、赵仁恺两位院士的故居，老式的桌椅板凳、茶盅水瓶，甚至当年的政治宣传标语皆随处可见，无声地诉说着那段峥嵘岁月。

行走其间，仿佛穿越时空，历史镜头如同电影似的从脑海里一幕幕闪过。遥想第一代核动力人曾在这里，用大好的青春年华，谱写了为国奉献的英雄颂歌，奠定了中国核动力事业从无到有，从弱到强，进而达到世界先进水平的基础。

因此可以说，对于中国核动力的发展而言，亦如遵义会议对于中国革命道路的伟大意义。亦如一团星火，点燃了中国核动力人的强国梦，使中国核动力发展终成燎原之势。

白手起家

核潜艇以核反应堆为动力来源，具有强大的机动性和隐蔽性。1954年，世界上第一艘核潜艇“鹦鹉螺”号在美国建成下水，以消耗数千克核燃料、航行 6 万多海里的续航能力震惊世界。其所具备的战略价值，引起了各国广泛关注，中国政府自然也看在眼里。

1956 年，彭士禄以全优的成绩，从莫斯科大学化工机械专业顺利毕业。5 月的一天，正在苏联访问的国防部副部长陈赓，将他叫到中国驻苏大使馆，说党中央要遴选一批优秀留学生，学习原子能专业。陈赓问：你怎么样？愿不愿意？彭士禄不假思索，立即回答：只要祖国需要，我愿意贡献一切！

除彭士禄外，党中央又在国内选派了 30 多名优秀大学生，一共 40 人左右，前往莫斯科动力学院核动力专业进修深造。

大家肩负祖国人民的殷切期望，心中憋着一股干劲，学习时间安排得十分紧张。他们每天至少上课 8 个小时。课上不能消化的专业知识，课后还要继续用功。彭士禄记得，当时苏联教授每教一节课，中方还要另付 80 卢布的报酬。“80 卢布啊！这是老阿妈用血汗钱供孩子上洋学堂，我们能不努力吗？”

1958 年，经过两年刻苦学习，彭士禄等 40 名留苏学生从核动力专业进修结束，回到祖国，进入北京原子能研究所工作。他们被分配到不同的研发小组。中国正式启动核潜艇工程。

当时的中国，百废待兴，科技落后，核潜艇的研发基础几乎为零。因此，要造出核潜艇，亟须寻求外援。1959 年国庆期间，时任苏联总书记赫鲁晓夫访问中国。中方为他举行了盛大的欢迎宴会，并希望苏方在中国核潜艇研制方面提供技术支持。赫鲁晓夫以核潜艇技术复杂、价格昂贵为由，拒绝了中方请求。中国就此打消了寻求外援的念头。毛主席气愤地说：“核潜艇，一万年也要搞出来！”周恩来总理也讲：“苏联不援助，我们就自己干！”

就这样，中国核潜艇工程的所有希望，就完全落在彭士禄等人的肩上了。随后，中苏交恶，苏联撤走全部援华专家，并要求中国偿还援助贷款。接踵而至的三年自然灾害，更是使新中国经济雪上加霜。此时的中国，已无力同时支撑原子弹与核潜艇的研发。经过全面考量和权衡，中央决定，核潜艇研制工作暂时搁置。

核潜艇工程虽然暂时搁置，但潜艇核动力装置的研究设计工作却从未停止，仍在继续进行理论攻关和科学试验。在其最困难时期，仅保留了一支由 50 多人组成的核动力研究小组，彭士禄担任副组长。

研究小组中，绝大多数都是刚毕业的大学生，而且所学并非原子能核动力专业。于是，由彭士禄等核动力专家开课，一边学习专业知识，一边搜集资料、积累经验。从 1960 至 1963 年，研发小组仅凭手中简陋的计算尺和手摇计算器，计算了十数万个数据，确立了第一代核潜艇的计算公式。

“这个三年使我自己冷静下来，我们前面做的一些不够的地方，甚至某些错误的地方纠正过来了。这个图纸到工厂去了，工人老师傅是很细致地问的，什么公差、每一种材料的杂质等，我们的回答都让老师傅服服帖帖，舒舒服服，能够理解。”中国第一代核潜艇参研人员周永茂后来回忆说：“作为核动力系统一个完整的基础，大概就靠那个三年里面打下的。”

1964 年 10 月 16 日，中国第一枚原子弹爆炸成功。暂时搁置的核动力潜艇工程，次年也被重新提上了日程。从最初立项到重新启动，历经七年艰苦奋斗，中国核动力专业队伍得以发展壮大起来。

中国第一艘核潜艇动力装置和舰体的总体设计，也已初具雏形。彭士禄根据计算和判断，与钱三强、赵仁恺等专家交换了意见，一致决定建立核潜艇陆上模式堆，以验证设计、考验材料设备、培训艇员。1965

年，经过多方考察，陆上模式堆基地最终落地于祖国西南的一个小山坳里，代号九〇九。彭士禄担任基地副总工程师，同时也是基地的技术负责人。

由于核潜艇工程是庞杂的系统工程，中央决定集中全国1200多家单位、上万名科技人员协同攻关。没有资料、没有图纸、没有设备、没有经验，除两张模糊的核动力装置照片外，甚至连核潜艇的实物都没有看到过。就这样，新中国潜艇核动力装置的研制在一穷二白的基础上起步了。

筚路蓝缕

没有条件，就创造条件。设计人员和科研人员发扬大团结、大协作、大会战、大家干的精神与作风，白天搞研究，吃住在工地，晚上学习后，又接着工作。

尽管大家干劲十足，场面热火朝天，但生活却异常艰难。那时候喝的水，来自稻田、池塘或河沟，喝了经常拉肚子，不少人还落下了肠胃病。为解决饮水健康问题，大家都用明矾进行处理，一缸水用完，缸底便沉淀起厚厚的一层泥。他们就地取材，用石头和泥巴垒砌房屋，戏称是“干打垒”。

他们在泥土上垫一层碎石块，就成了路。天晴一久，车辆驶过，便灰尘飞扬，两旁草木上都蒙上厚厚一层灰尘。每逢下雨，路面便泥泞不堪，偶尔有人摔倒，时常引起一阵善意的逗乐。也有谁家的亲人前来探访，一下车瞅见泥泞的路面，惶惶然无法下脚。纵然路况如此，也并不影响大家的乐观情绪，他们笑称晴天是“洋（扬）灰”路，雨天是“水泥”路。

大家发扬艰苦奋斗的精神，怀着为国奉献的激情，使得核潜艇陆上模式堆建设顺利推进。他们用计算尺计算反应堆结构，用手摇计算机轮流计算着物理公式。一遍遍地计算，一次次地试验，使反应堆堆芯结构、控制、物理、热工等方面的工作有了重大突破。

在完成模式堆初步设计的同时，物理热工、结构、应力、焊接、水力、化学、控制等十五个实验室的设计工作相继开展。1965 年 11 月，以赵仁恺为队长的设计队也陆续进驻现场。

1967 年 4 月，核潜艇陆上模式堆主厂房破土动工，建设正式启动。到 1968 年，大多数试验装置陆续建成投入试验工作。次年，模式堆主厂房的土建施工完成，设备安装开始。

在关键的几个月里，工地上彻夜灯火通明，搅拌机声、汽车马达声以及炊事班送加班夜饭的吆喝声此起彼伏，交相呼应。在当时的条件下，设备安装十分困难。重达 60 吨的反应堆压力容器要由十多辆大马力汽车车群牵引，如履薄冰地翻越了十几千米山路后才运抵现场；没有大型装卸设备，指挥部只能以“发动群众”的方式，采用推、拉、顶、吊等方法将其“盘”进厂房。

筚路蓝缕，玉汝于成。不到 4 年时间，一个比较完善的核动力综合研发试验基地就基本完成了。

一鸣惊人

1970 年 4 月，中国第一个核潜艇陆上模式堆安装完毕，迎来了启堆的时刻。在启堆前，周恩来总理两次听取了工程技术负责人彭士禄等人的汇报。周恩来指示：“精心组织，万无一失，确保一次成功。”

调试过程中，总理一直保持着电话热线关注，直至调试成功。8 月 30 日，第一代核潜艇陆上模式堆主机达到满功率运行，首次试验圆满成功。在山谷间一片欢呼声中，现场总负责人彭士禄立即打电话向周总理报告。在电话这头，他强压着激动的情绪，一时竟有些哽咽，多年来积压心头的所有感情，如同决堤的洪水似的得以释放。他在心里一遍遍呐喊：我对得起毛主席了，对得起周总理了，我对国家有贡献了！

12 月 26 日，中国第一艘核潜艇缓缓驶入大海。中国人用自己的艰辛和智慧，有力回击了赫鲁晓夫的傲慢。艇上 46 000 个零部件，多达 1300 多种材料，全部自主研制，没有用国外一颗螺丝钉。中国由此成为世界上第五个拥有核潜艇的国家。

1974 年建军节，中国第一艘核潜艇被正式命名为“长征一号”，正式编入海军序列，舷号 401。20 天后，已届耄耋高龄的朱德委员长，在海军司令肖劲光的陪同下，乘坐指挥舰，检阅了刚刚服役的“长征一号”。参加庆典仪式的赵仁恺后来回忆说：“那庄严、盛大、隆重的场景，有幸一遇，足慰终生。”

1982 年，美国“核海军之父”海曼·G·李高佛访华，登上了“长征一号”。他在参观后称赞说：“这完全可以与同时代先进国家的核潜艇媲美!”

英雄事迹

徜徉于九〇九基地，瞻仰照片中一张张年轻面孔，聆听关于他们的感人故事，我仿佛感觉到历史正变得鲜活起来。这是关于英雄，关于艰苦奋斗和为国奉献的历史。墙上那些关于赵仁恺、彭士禄等的照片和文字，尽管显得简略而零碎，但仍能从中窥见其光辉事迹和伟大精神。

赵仁恺，1923 年出生于江苏南京。青年时代，缺衣少食的经历，磨炼出他坚忍不拔的意志。为实现科学报国的理想，他发奋苦读，并顺利考取了重庆国立中央大学，学习化工机械。1956 年，他被选调至原中国第二机械工业部原子能所，参与中国第一座重水反应堆的建设。从此与核工业结下不解之缘。

面对核工业这个完全陌生的学科领域，赵仁恺便从头开始学习。

之后，又被选派至苏联学习生产堆设计。学成归国后，参加了中国第一座核潜艇陆上模式堆的研制。

中国核动力工程上马不久，中央政府下达“三线”建设命令，赵仁恺便和同事们义无反顾地离开北京，一头扎进祖国西南茫茫大山之中。白天，他埋头科研，艰苦攻关；晚上，任蚊叮虫咬，潮热难耐。他在煤油灯下搞设计，在平房里面做试验。他心中只有一个念头：尽快研制出核潜艇，“为祖国争光”。

1958 年 9 月，赵仁恺被任命为潜艇核动力研究设计组组长。对于潜艇核动力研制，大家都没经验。他带领两百多名同事集思广益、攻坚克难，创新出多种方式，出色地完成了早期艰巨的探索研究任务，为主参数、主方案的确定创造了条件。

1960 年 6 月，赵仁恺率领团队全体成员夜以继日、加班加点，在 1 个月之内将 20 个月以来的研究设计，科研实验各专业、各系统取得的参数、方案汇总梳理并详细论证，形成了核动力的主参数和设计方案，取得了潜艇核动力初步设计的巨大成果。

1965 年 8 月，陆上模式堆工程才得以重新立项，赵仁恺被任命为潜艇核动力陆上模式堆工程设计（工艺及土建）设计队队长。此时，他刚过不惑之年，听到任命，便匆匆辞别妻儿老母，意气风发地直奔“三线”。

彭士禄，1925 年出生于广东海丰，为中国共产党老一辈无产阶级革命家彭湃之子。彭湃牺牲时，彭士禄年仅 4 岁。而在一年前，母亲蔡素屏也英勇就义。年幼的彭士禄也被通缉。

为保护革命烈士的根苗，很多贫苦农民冒死将彭士禄转移养育。在他的记忆里，自己有 20 多个“爸妈”。多年以后，彭士禄说：“他们无私的爱，养成了我。我永远不会忘记他们的养育之恩。”

作为“政治犯”，彭士禄在 8 岁和 10 岁时两次被捕入狱。在监狱里，他受尽折磨。反动派吊起来拿竹片抽他，放下绳子来就用脚踢他。踢完了还不给饭吃。

后来几经辗转，彭士禄终于被周恩来派人找到。于 1940 年底送抵延安。在延安，彭士禄立志科技报国，拼命补习文化。1951 年，28 岁的彭士禄通过考试，赴苏联留学，学习化工机械。毕业后，响应祖国号召，改学核动力专业。

中国核动力潜艇工程项目启动后，彭士禄担任核潜艇的心脏核动力研究室负责人。1965 年开始，八千军民陆续来到蛇虫遍野、荒草丛生的四川大山深处，为中国的核潜艇事业拓荒开疆。

当时的彭士禄已过不惑之年，携带妻儿告别城市，走进大山，带领同事们建起中国第一座核潜艇陆上模式堆。1967 年，他被任命为核潜艇陆上模式堆基地副总工程师、技术负责人。

因为敢拿主意，彭士禄还得了两个“绰号”——“彭大胆”“彭拍板”。他说：“我胆子是大，敢做决定，但是我是有根据的。”他的根据就是数据，并坚信只有第一手数据才是可信的。当时曾有人善意提醒他拍板太多，当心拍错。彭士禄说：“关键时候不拍板怎么行，拍错了我负责，要砍头砍我的，要坐牢我去坐，陆上模式堆搞出来后，可以给我提一万条意见。”

许多意想不到的困难接踵而至，彭士禄讲艰难兴邦，落难成才。工作再难再苦，苦不过他坐监狱。历时 5 年，中国第一座自行研制、独立建造的压水型反应堆建成。1970 年 8 月 30 日，反应堆发出中华大地第一度核电，将灯泡点亮。在众人的欢呼声里，彭士禄激动得全身发抖，热泪长流。历经艰难险阻，他终于初步兑现了对祖国的承诺。

他在自述里打趣说，一生最大遗憾之事，就是“夫人”太多。他共有三个“夫人”：核动力是第一“夫人”，烟酒茶是第二“夫人”，而他的妻子马淑英仅排第三。妻子很生气，不甘心当第三，“造反”了，非得晋升不可。为了家庭和睦，只好升为第二，风波才算平息。

彭士禄自陈一生就两件大事：造核潜艇和建核电站。多年来，他一直患有胃病，但他却从来没顾虑过自己的身体，经常埋头工作，甚至把命都豁上了。一次现场调试时，他突然病倒了，剧烈的胃疼让他汗流浃背。经医生诊断是急性胃穿孔，若不及时处理甚至有生命危险。组织派专机将海军总院医师和麻醉师送到工地。手术立即在工地现场进行，切除了四分之三的胃。

直到晚年，彭士禄仍保持舍身忘我的工作状态。他早出晚归，让小孙女彭瑶感到不满。小彭瑶忍无可忍，最终“迫使”他不得不以“甲方老朋友”的身份签署了一份“合同书”。其中条款让人忍俊不禁：“甲方每日下午五点半以前到家。迟到一小时罚款十元。如一周内都准时回家，奖励啤酒两罐或一瓶。”

彭士禄关心培养年轻人，一直心系中国核动力事业。直到生命最后一刻，仍然关心着“华龙一号”的新进展。对于名誉，他很自谦：中国核潜艇研制成功，是集体智慧的结晶，而自己“充其量就是核潜艇上的一枚螺丝钉。”

他时常说：“我是人民把我养大的，我一辈子、几辈子都还不了人民给我的恩。”

2021 年 3 月 22 日，彭士禄与世长辞。8 天后，在中国第一艘核潜艇下水之地，彭士禄和爱人马淑英的骨灰被放入大海。女儿彭洁说：“我父亲，他就是希望和核潜艇永远相伴。”

而在平静的海面之下，一支象征大国地位、维护国家安全的战略部队，正枕戈待旦，蓄势待发。

结语

峥嵘岁月堪回首，百年薪火永相传。行走在这片土地，让人回味不尽，亦使我感慨万千。就在某一片刻，机关小院墙柱上的鹅卵石，如同满天星辰一样在我眼前闪烁，星光之外是浩瀚无垠的夜空。

星辰是天空中的火把。正因为有星辰，夜空才有了光明，宇宙才有了希望。点是一团火，散是满天星。我想，正因为有赵仁恺、彭士禄院士及其同事们的艰苦付出，中国核动力事业才蹚过艰难而曲折的道路，最终走上宽阔坦途。星星之火最终汇聚成燎原之势。

他们的英雄事迹，既是中国现代奋斗史的缩影，亦是中华民族五千年辉煌史的注脚。他们艰苦奋斗、热爱祖国、勇于担当、奉献科学的精神，将永放光芒，彪炳史册，如同璀璨的星辰一般缀满中华人民共和国历史的天空，亦照耀着中国人民胜利前进的征途。

2022 年 5 月于成都

张人士，国家一级作家。中国作协会员。原巴金文学院副院长。四川省文艺传播促进会党支部书记、四川省文艺传播促进会代理会长。第七届冰心散文奖获得者。有多部小说、散文集出版，主编各类散文选本 40 余部。

向海，向海，向深蓝挺进

——中国第一代核潜艇研发实验基地印象记

贾璋岷

地灵：向往大海的沃野盆地

国庆庆典的广场，那是共和国庄严的舞台。舞台上，共和国的威严和辉煌一同绽放。歌如潮，旗如海，阵列千军的阅兵式过去了，排山倒海的分列式过去了，欢快的群众游行方阵来了。

几十辆彩车，在欢乐的歌涛中惊喜亮相。每一辆彩车，都是华夏大地每一个省市自治区，对母亲的述说，向全国人民的建设成果展示。“逐梦兴川”的四川彩车来了！巴山蜀水，分享着天安门广场的荣耀和喜悦。

这辆彩车在成都城南某处闭门设计组装调试的时候，我到过现场。此刻，我的心，随着广场上彩车的每一寸移动而律动。

车头，两只憨态可爱的熊猫手舞足蹈，这是四川名片，一开始就被选中，车轮处一组“太阳神鸟”图案分列两边，格外醒目。下面，中欧班列——蓉欧快铁上方，展开双手喜迎四方，这是四川开辟内陆通道，昂首向远方的新标志，“金山银山”的堆翠、一汪“四水泽川”的碧黛、藏羌彝汉灾后与脱贫攻坚的新村新寨，这些，必须有，因为，全国人民都知道！历史、风情与诗意有了，建设成就呢？车尾，矗立着新能源页岩气开发的巨牌，还有另一巨牌，一下子，抓住所有人的目光。

它，就是中国自主三代核电技术“华龙一号”。

为什么是它？它是什么？

彩车队磅礴向前，包括到过彩车设计、组装现场的我，都只知道皮毛，更未来得及细想。

不久，人民出版社《国之重器——第三代先进核电“华龙一号”核心技术研发始末》公开出版。一书读罢，几代人整整一个团队，隐姓埋名数十年的功绩，终为世人广知。

原来如此！他们创造这样的“国之重器”，就在四川的崇山峻岭里！

就在这本献礼党的百年华诞、解密性的皇皇巨著出版不久，中国共产党历史展览馆在北京开馆。在“‘不忘初心、牢记使命’中国共产党历史展”的展板上，我读到一张“三线建设布局的重点项目”图表，详细一数，位于四川，被列为全国的重点项目竟有 16 个之多。一个一个地数下来，蓦然地，一个单位的名称进入我的眼帘：

——中国核动力研究设计院。

这就是《国之重器》的作者，这就是在四川打造“国之重器”的功勋团队。

这样的项目，为什么会放在四川？

接受核动力院九〇九基地的邀请，我们来到“第一代核潜艇研发实验基地”，实地采访，翻阅这本大书。

20 世纪 60 年代中期决策和展开的三线建设，是新中国成立以后，在西南和西北地区进行的一次以国防工业为中心、牵动全局的大规模经济建设，四川是三线建设的重中之重。1964 年后，国家陆续在四川布局和启动了涉及国防、机械、电力等诸多行业的 300 多个建设项目，投入资金达 300 多亿元，形成了独立完整、门类齐全的交通能源、基础工业和国防工业体系。尤其是定点建设了一批包括军工电子、航天航空和兵器在内的项目，留下无数传奇。

在“三线工业”陆续解密之后，甚至很多处于深山的厂房，密洞已成废墟的时候，核动力院仍然在山岭如涛的大山深处，继续铸造大国重器。

有一次，我与多次到过四川、走遍四川、爱四川爱得入骨的朋友茶叙，他列出四川的种种好处，比如，位于中国内陆的西南腹地，单看地图，四面大山环绕，川人信息不通，而深入了解四川之地、四川之人，在中国近现代历史上贡献极多。如1910年，在四川发生的保路运动成为辛亥革命的导火索，最终引发了清王朝的灭亡，1926年，在国共第一次合作的大革命高潮中，发生在四川的泸顺起义，刘伯承等战将脱颖而出，成为南昌起义的先声，又比如，万里长征，千回百转，是三个方面军同时驰骋转战的唯一省份。抗战大后方，百万川军出川血战；出兵朝鲜，川籍将士捐躯人数居全国各省份之首。

他同样提到三线建设，他说，四川最重要的优势在于其独特的地理位置和环境。位于中国西南部的四川各种资源丰富、地形地貌复杂，由于三线建设是在“准备打仗”的历史背景下进行的一场大规模的建设，实现“靠山、分散、进洞”的企业布局有得天独厚的条件，相对于中国东中部地区和西部边陲，这里不靠海不靠边，是天然的战略后方。四川，干什么，成什么。毛泽东主席说“攀枝花建不成，我睡不好觉”，成昆铁路在艰难中掘进开通，攀枝花钢厂成为著名的微雕杰作，成功了，连同这座城市现在都成为共和国的骄傲。

他说，四川盆地背靠青藏高原，而正是青藏高原的“巨型抽风机效应”，造就了四川盆地和长江中下游平原的富裕，成就了长江与黄河，铸造了中华文明；四川盆地与青藏高原的天然互动，增添了国人对四川盆地的倚重与信任。

他说，四川地貌多样，除了沙漠和大海，什么都有。他开玩笑说，前几年，若尔盖那边沙化严重，好像就要有沙漠了，结果被聪明的四川人给治理掉；四川没海，就把湖泊取名为海，比如邛海、彝海，甚至把高原的小湖泊叫做海子，自称“大海的孩子”，遗落在高原。

不得不承认，他说得有道理。灵性四川，四面环山，如果不算恐龙、熊猫或更远古那一辈生物的话，天生远离大海。

但是，四川人骨子里却向往大海。在乐山犍为罗城，千百年来，在山坳，人们活生生地造出一个船型小镇，像一条扬帆出海的巨船。在成都南门大桥桥头诸葛亮万里送使者的遗址，人们也顺着“门泊东吴万里船”的历史回响，平地上，无中生有，造出一座“万里号”艨艟巨舰。

我问朋友，你知道毛主席牵挂攀枝花的建设，几十年后，一片荒山上矗立起矿山钢厂，城市华光四射，但你知道吗？毛主席说过“核潜艇一万年也要搞出来”，就在四川的崇山峻岭里起步，最终冲向大海的伟绩，还有，那场伟大的会战吗？

我又问，你知道四川在平地造船观风景，但你知道，中国第一座核潜艇陆上模式堆，换言之，本该遨游大海的核潜艇，它的第一艘模式堆，也是旱地造船吗？

我又问，你知道四川远离大海，但你知道，每次海洋大阅兵，当潜艇踏波履浪、半隐半现时，使得很多身在蜀山深处的科研人热泪盈眶吗？

那艘“陆地核潜艇”，就建在川中丘陵和大山深处的峰峦之间。在建造这艘核潜艇的科技人的心中，永远有片浩瀚的大海。

这一回，轮到朋友露出惊讶的目光，听我从头道来。

人杰：鲲鹏击浪从兹始

春天的密林深处，香樟挺立起强劲的树干，树冠铺天匝地，深深浅浅的绿色，有的苍翠暗浓，顺枝欲滴，有的娇嫩，吹弹欲溶。

去年的枝叶尚在蓬勃峥嵘，今春的新丫又绽出晶亮的芽头。树干巍峨，新叶陈叶共融共生，生生不息。

在九〇九基地，从几代核动力科研人员那里，感受到一颗颗拳拳报国心。

树高千尺，根扎大地。身处盆地，向海而生。

在山头的一个小院，有一幅毛主席的题词，题词字字千钧，如黄钟大吕：“为了反对帝国主义的侵略，我们一定要建立强大的海军。”这是1953年2月，毛主席乘海军长江舰，由洛阳舰护航，从汉口出发，视察长江中下游省市，考察组建只有几年的人民海军时说的话。他一遍遍嘱咐将领们，我们国家穷，钢铁少，海防线长，帝国主义就是欺负我们没有海军。一百多年来，帝国主义侵略我们都是从海上来的，不要忘记这一历史教训。

应将领们和水兵的请求，毛主席分别为 4 艘舰艇的官兵，连续 5 次挥毫，银钩铁画，一字不差。从此，华夏的万里边疆，从营区、军港到舰艇的舱室，到处都可以见到这幅题词。

没有想到，在身处内陆的四川腹地，也见到这幅激励海军官兵为建设强大海军、巩固海防的题词。

一下子，拉近了盆地山丘与万里海疆的距离。

向海而生，正是九〇九基地的神圣使命。

核动力院党委宣传部部长高炳焱介绍说，核动力院隶属于中核集团，是我国集核反应堆工程研究、设计、试验、运行和小批量生产为一体的大型综合性科研基地，是国家战略高科技研究设计院。她诞生于 1965 年，建院到现在，已经形成包括核动力设计、反应堆工程实验研究、核燃料和材料研究、反应堆运行和应用研究、核动力设备集成、核技术应用研究和同位素生产等完整的科研生产体系。“几十年的奋斗，硕果累累。先后有 2000 余项科研成果，获得国家和省部级奖励，获得专利授权 1600 多项。”如数家珍，满脸自豪，他说：“更重要的是，我们这里，产生了一大批国内外著名的核动力专家和 7 名院士，培养了大量技术骨干力量，具有多学科的硕士、博士学位和博士后科研流动站。”

第一代核潜艇研发实验基地，是一座座丰碑巍然挺立的地方，而她最耀眼的丰碑，是为国家奉献终身的人。九〇九基地长黄政说：“在这里，见证了我国核动力事业一步步迈向辉煌，也见证了一批许身为国的大科学家，一步步铸就人生辉煌。这里的山山水水之间，留有彭士禄、赵仁凯等核动力领域等知名专家无私奉献，劳累奔波的身影。”

彭士禄是著名革命家彭湃的儿子。他是著名核动力专家、中国核动力事业的开拓者和奠基者之一、中国核潜艇第一任总设计师，而他更喜欢自称“垦荒牛”。2021 年 5 月，彭士禄被追授为“时代楷模”；2022 年 3 月，彭士禄当选“感动中国 2021 年度人物”。央视主持人撒贝宁在那档节目中说：“在他的名字前面，总会有很多的形容词。他是中国核潜艇第一任总设计师，他是满门忠烈之后，他赓续了‘愿将此身长报国’的红色血脉，他更是新中国核动力事业的垦荒牛，他的名字叫彭士禄。”

《感动中国》颁奖词，对他的赞语是：历经磨难，初心不改。在深山中倾听，于花甲年重启。两代人为理想澎湃，一辈子为国家深潜。你，如同你的作品，无声无息，但蕴含巨大的威力。他敢为人先，是名副其实的“垦荒牛”。

他说他一生做了两件事。从担任核潜艇首任总设计师到指挥大亚湾核电站筹建，再到自行设计、建造我国第一座商用核电站秦山二期，彭士禄的每一步都是别人未曾走过的。这两件事，都是一场“核风暴”，从盆地向海洋，中国核动力的发展格局与走向，皆为大手笔。

赵仁恺，走的则是另一条有代表性的道路。他 1946 年毕业于国立中央大学机械系，机械厂、化工厂都干过，呼应时代的需要，从 1958 年起，投身核动力的研究和设计工作，担任过中国核工业部原子能研究院室副主任，中国核工业总公司中国核动力研究设计院副院长兼总工程师。1965 年，他带着设计队伍，来到四川的这片土地。他同其他科技人员一道，登山峰下沟壑，在还没有基础的山沟里面搞模式堆。从配套设施到生活设施，包括吃饭、住宿的地方，都全部从头开始。从大城市一下来到偏远农村，除了设计工作，上山打柴，下河挑水都要自己动手。住宿是最简单的条件，科研人员们找了一所乡村小学，把大礼堂占了，就是一间最好的集体宿舍。

弹指一挥，满目青山夕照明。

2010 年 7 月 29 日，赵仁恺辞世，时年 87 岁。他毕业于机械专业，从机械设计师、化工师，到核动力科研大师，他一生多领域转战，坚守科技报国初心不变。

2021年3月22日，彭士禄辞世，时年96岁。传奇一生的烈士后人，从国民党监狱的小囚徒，到漫漫苦途的乞丐，从延河边的护士，再到留苏高材生，最后在中国核动力领域铸就英名。

青峰无言，高山仰止。在九〇九基地，留下他们的故居，留下他们的故事。人们常说，国士无双，在核动力院，这样的院士有7位，每一位院士都有不凡的奉献。

赵仁恺还是中国科学院和中国工程院的双料院士，与彭士禄一道，成为中国核动力研究设计院最耀眼的双子星座。

他们是人中豪杰。他们的功业，共和国永不忘记。

核动力装置犹如核潜艇的“心脏”，他们这一辈，就是为核潜艇设计“心脏”的大师。要让中国核潜艇有一颗坚强有力的心脏，是以他们为代表的几代核动力人的追求。

这样的“心脏”，永不停止跳动。

在万里海疆，在深蓝色的巨澜大波深处。

重器：宏观在望微观在握

人杰地灵，风云激荡。沃野千里的川中丘陵，青衣江，从遥远的雪山奔来，一路逶迤，翻波卷浪，携起大渡河，在乐山大佛脚下，汇入岷江。然后，南下万里长江第一城宜宾，浪花千叠，惊涛拍岸，长江，向着大海汹涌而去。

向海图强的梦想，在盆地绽放绚丽而神秘的蓝光。

九〇九基地，诞生了中国第一座核潜艇陆上模式堆、第一座高通量工程实验堆、第一座铀氢锆脉冲堆，孕育了我国自主第三代核电“华龙一号”关键技术。

中国第一艘核潜艇、秦山二期核电站、岭澳二期核电站等国家重器的核心技术，都为国际一流的核动力研发基地添光增彩。

一座座彪炳史册的科技丰碑在这里矗立。

大国重器、卫国利器的铸造，走过不平凡的道路。

共和国初创的火红年代，朝鲜半岛的较量，国威军威大振。中国海军，万里鹏程，击水三千。毛主席登舰视察，给予人民海军殷切期望，水面舰艇部队、岸炮部队，人民军队从单一陆军起步，全速发力，奋力追赶。

科技革命的大潮汹涌澎湃。

就在毛主席视察海军后不到一年的时间内，1954 年 1 月，美国最新研制的一艘“鹦鹉螺”号下水，艾森豪威尔总统夫人，笑容满面地敲击香槟酒瓶，把这艘新型潜艇送入水中，喷射的泡沫腾起，现场一片欢呼。

看热闹的人群，只是因为第一夫人款款而到、带来节日般的快乐，真正的军事专家却敏锐地认识到，海军的一个新时代来到了。大海，迎来神秘的沉默杀器。

“鹦鹉螺”，这个潜艇的命名很温柔很软体，它的实质却很“硬核”，这个“核”，就是这艘潜艇是核动力。这艘核潜艇自下水后，连续在海底航行 6 万多海里，而消耗的核燃料却极少。

这个消息，令世界震动。先后拥核的苏联、英国、法国相继投入巨额资金，开始研制核潜艇，几年后，这 4 个联合国安理会常任理事国，都有了自己的核潜艇。

第五个拥有核潜艇的，将是谁家？

朝鲜战场的血海火山，让新中国的将帅们见识了现代战争的残酷。

第一代卓越领袖的目光，瞄向工业化和现代化的远方。其中，国防现代化不仅是整个国家现代化的应有之义，而且具有紧迫的现实性。反对核威胁，首先要打破核垄断。

中国领袖的意志是坚决的，1958 年，毛主席说，搞一点原子弹、氢弹、洲际导弹，我看十年工夫完全可能。当时，苏联为我们提供了初期的帮助，但很快撤回了专家。中国人奋发图强，终于在 1964 年金秋，大漠深处，腾起壮丽的蘑菇云，不到十年。

在核潜艇研制上，苏联是一直拒绝提供帮助。以至于后来，国家领导人说过，从一定意义上讲，核潜艇的研发比原子弹更困难。于是，有了那句流传很广的、毛主席的话，“核潜艇，一万年也要搞出来!”

限于国家财力，国家首先全力突破原子弹技术，核潜艇项目一度下马，在党和国家领导人的坚持下，继续保持一支精干的核心团队。

为了核潜艇一次建造成功，必须先建一个环境条件一模一样的陆上模式堆进行模拟实验。这就有了传奇般的“陆地之舟”。

这是中国停泊在山川沟壑之间的“诺亚方舟”，更是中国捍卫和平的利器撒手锏。没有技术资料，没有援助专家，而青山绿水的另一面，就是交通不便，条件艰苦。

“巨龙”开始安“芯”，大国再度铸“剑”。

从核潜艇到“华龙一号”，竖起一座座里程碑。

1970 年，8 月 30 日，在距离四川成都 100 多千米外的这个沟壑里，中国第一代核潜艇陆上模式堆首次实现满功率运行！通往中南海的电话线那头，周恩来总理露出欣慰的笑容，因为，这标志着核潜艇动力装置达到设计目标，可以投入使用。

4 个月后，我国自主研制的第一艘核潜艇成功下水。世界上第五个拥有核潜艇的国家，属于中国。

艨艟巨舰，浅海巨鲸，钢铁身躯一亮相，现场无数人眼含热泪。中国拥有的战略核威胁力量，所有针对我泱泱华夏的核讹诈、核封锁，从那一刻，就是成为梦呓的开始。

这是中国核动力事业的第一座里程碑，也是核动力院的建院之基。

数座山头，一条山沟，千百年在农耕文化的悠悠岁月里牛耕鸡鸣，从此，以中国第一代核潜艇研发实验基地的名义彪炳史册，成为中国核动力事业发展的摇篮。

风雨岁月，春秋几度，青衣江水，潮落潮起。

随着国家经济实力的壮大，陆上模式堆建成后，为了提高核动力研发能力，科研人员再度跨马扬鞭，剑指高通量堆的研发。1980 年 12 月 16 日，中子通量亚洲第一，世界第三的中国高通量工程试验堆满功率运行。

山沟里，再次竖起新的里程碑。

如今，40 多年过去了，高通量堆为我国核反应堆用材料、燃料的研究和辐照试验提供了重要手段，为反应堆的综合利用做了许多有益的尝试，积累了成功的经验。

新阶段新征程，核电迎来了新的发展。从九〇九基地走出来的人才和技术，为秦山一期核电站和后来的大亚湾核电站提供了支持，并完成了许多重要的试验验证。在秦山二期核电站招标过程中，中国核动力院最终在反应堆及主冷却剂系统设计任务中一举中标。

第三代先进核电“华龙一号”核心技术，也在摇篮里诞生，“177 堆芯”的构想在这里横空出世。“177 堆芯”是我国第三代核电区别于国外技术的最主要特点，它就是“华龙一号”的灵魂，相当于给汽车搭载上了发动机。从基本概念形成，到一系列重大设计改进课题的研发、试验、验证和攻克，再到工程方案的优化和完善，“华龙一号”技术研发走过了近 20 年历程。

关键核心技术要不来、买不来、讨不来。

在中国核电事业的发展中，九〇九基地传承的精神与技术，助推一代又一代核电人不断取得新的成就。“华龙一号”的成功，是中国向世界递上新的亮丽名片。

中国核电建设者的智慧和心血在这里闪光。它坚强，坚强到可以抵御目前已出现过的所有台风级别，坚强到可以抵御 9 级地震，坚强到可以抵御商用大型飞机的外部撞击。它的安全性和先进性优势明显。

中国，由核电大国迈向核电强国，这是一个标志。同时，完全的知识产权，中国核电“走出去”的高端代名词，烙印深深，丰碑巍巍，底气足足。

于是，在万众腾跃的国庆彩车上，我们看到四川彩车“大国重器”——“华龙一号”。

底气：敢教日月换新天

在这里，红色中国发出了核能第一度电，中国核电人依靠自己的力量，自主设计并逐步建成多种类型的研究堆，包括全球领先的第三代核电技术“华龙一号”，实现了核电由“国之光荣”到“国家名片”的华丽转身。

中国核动力，从无到有、从弱到强，就是在九〇九基地里浇筑的。

山岭深处矗立的丰碑，凭什么？那就是中国人特有的信心和底气。

只要来过中国第一代核潜艇动力研发实验基地，就会感受到中国核事业发展的峥嵘岁月，探寻闪亮核电背后的精神力量。

如今，就在藏在密林之中，当年创业者手植的香樟树，树冠如绿云，来访者的心情，染出青春勃发的朝气。鹅卵石加石灰垒砌，一间间房屋，盛满讲不完的传奇故事。

明亮的蜀地阳光，斜斜地投射过来。主楼正中，悬挂一块匾额，上面写着“核潜艇，一万年也要搞出来”。

这是毛主席在 1959 年秋天，在苏联领导人赫鲁晓夫拒绝对华提供核潜艇技术之后斩钉截铁讲出的一句话。一万年，遥远的时空概念，这是一种对无垠宇宙的凝望。

几年后，面对四海翻腾、五洲震荡的世界，毛主席诗情勃发，写出气壮山河的“满江红”壮词，“一万年太久，只争朝夕”！

时空，在共和国舵手的胸中激荡，诗和远方，在领袖笔下交汇。

这样的豪情，召唤了整整一代人。八千军民，壮怀激烈，来到四川。

“九〇九在什么地方？不知道。到九〇九干什么？不知道。但我知道，祖国需要我。”在基地，回望那段历史，很多核动力人都这样叙述，如今已经担当起重任的“核二代”，也总是这样怀着敬仰的心情，追忆自己的前辈。

四合院，朴实平凡。在壁上挂着一个信箱，上面写着“成都 291 信箱”。陪同我们采访的副基地长唐斌介绍，这个信箱是复制的，原来的实物已经被中国国家博物馆收藏，成为见证大国崛起征程上，艰难创业的“三线”岁月的实证。

地图上，没有这个通信地址，可它曾是八千军民与亲人互通信息的唯一方式。八千大军，都自称属于“西南水电研究所”，当时的四川，的确需要发展水电。

水润万物，电聚能量。水中的电，推动水中的利器。“水”与“电”，真是巧合而有预见的称谓。

中国大地，从来就是充满智慧和创造的热土。中国人的基因里，镌刻着永远奋进的文化印痕。

热爱和平，铸剑为犁，从古至今，都是炎黄子孙的向往。即便是战争，也有东方智慧的解读，比如，止戈为武、以战止战，

又比如，霹雳手段、菩萨心肠。

中国人的文化底气，滋养着千年以来的民族心理。

新一代创业者，携带着强劲的时代热风来了。没有条件，也要创造条件。设计者、科研者和工人，展开一场大会战。计算尺，就是计算反应堆结构的工具，手摇计算机，就是轮流计算物理公式的武器。计算，试验，再推倒，再计算，周而复始，反应堆堆芯结构、控制、物理、热工等方面堡垒，一回回被攻破。

白天千人会战，夜里百灯通明。这里的科技思维触角，紧紧与世界接轨。一条电话热线，直通共和国的心脏。

会战场面，火红脉动，生活，却在坎坷泥泞中前行。

那时，整个国家都苦，即便是国家重点保护的绝密工程，也在艰苦中奋斗。在九〇九基地生活过人，喝的水，就在稻田、池塘、河沟取用，喝后，经常拉肚子。即便是明矾处理，一缸水用完，缸底就是沉淀着很厚一层泥。

那时，患上肠胃疾病，完全是常态。中国第一任核潜艇总设计师彭士禄，在九〇九基地艰苦的环境中，他和他的研发团队没日没夜为国拼

命。就在核潜艇进行最后调试工作时，彭士禄被医生诊断为急性胃穿孔，医生在给他做胃切除手术时发现，彭士禄的胃上竟有穿孔自愈的疤痕。那是多么痛苦的隐忍，彭士禄为了早日建成陆上模式堆，拿出了“拼命三郎”的劲头，而他本人却说：“我喜欢这个工作，就是死了也是值得的。”

这是一代人的奋斗缩影。

1970 年 8 月 30 日，中国第一代核潜艇陆上模式堆首次实现满功率运行。

4 个月后的 12 月 26 日，我国第一艘核潜艇下水。那一天，是毛主席的生日。

1974 年 8 月 1 日，我国第一艘核潜艇加入海军战斗序列，中央军委发布命令，命名其为“长征一号”，舷号为 401，并授予军旗。那一天，是中国人民解放军的生日。年迈的朱德元帅视察了奋进的人民海军舰艇部队。

中国隐名埋姓，奋战在深山的核动力人，没有让共和国的领袖和人民军队、中国人民失望。

九〇九，光荣的名字，永远铭刻在历史。

1976 年，毛主席辞世。那一天，是 9 月 9 日。

一万年太久，只争朝夕。中国科技人做到了，没有让历史等得太久太久。

在副基地长唐斌的陪同下，我们参访了一处处解密的场所。在那里，我们看到许多珍藏的老照片。一幅照片上，科研人员正在安装第一代核潜艇陆上模式堆的压力容器，一位脸庞稚嫩的年轻人员盯着容器，眼神里充满了憧憬与自信。容器外面贴着一幅墨痕淋漓的大字。这，仍然是毛主席的话：“中国人民有志气、有能力，一定要在不远的将来，赶上和超过世界先进水平。”

这就是中国人的壮志和底气。

在这里，我们听到这样的故事。半个世纪过去了，用于第一代核潜艇研制的陆上模式堆也完成了它的使命，光荣退役，而就在拆除屏蔽墙的过程中，工作人员竟然在铅块底下发现了一行字迹模糊的话：“孩子们，辛苦了。”这行字，令年轻一代科技人员泪目，这是上一代人对下一代人的嘱咐和问候。谁写的？不知道。他写给谁的？不知道。在中国核动力事业的发展中，九〇九基地传承的精神与技术，就这样，助推一代又一代核动力人不断取得新的成就。

在基地，我结识了一位青年才俊，他叫李佳，刚到40岁，做材料与工艺相关研究，他的团队平均年龄不到35岁。他说他得知“孩子们，辛苦了”的故事，就流下泪水，心中一直沉甸甸的。他本科是学习制药专业的，后来，在核动力院、原子能研究院等地学习，现在已经挑起大梁。他的故事，延续了核动力院人的奋斗与荣光。

凝聚着光荣与最新科技成绩的四川国庆彩车，完成接受检阅与巡游的使命后，被安放到成都金沙遗址博物馆，亮相“太阳节”。那一次，我绕着它，把这座彩车看了又看。车身上，代表远古文明的太阳神鸟图案，与“华龙一号”的丰碑，交相辉映。我突然觉得，这座彩车安置在这里，真是太贴切了。我们的远祖，钻木取火，点亮中华文明遥远火花；今天，承继勤劳智慧的后代，引发一场场科技革命，深山里，捧起第一缕蓝光，然后，让它走向海洋，在海底发力，助推炎黄后代迈向遥远的远方，然后，这簇蓝光熊熊，作为新的燃料，造福华夏大地万代子孙，奉献人类永恒文明。即便有一天，“人造太阳”“人造月亮”冉冉升起照耀我们的蓝色星球，日月经天，江河行地，我们也会含笑向洋，热风洒向海风长天。中华永无恙，当惊世界殊。

祖先的筚路蓝缕，创造中华文明，开启我们民族的漫漫远征。我们的基因，与祖先一致。告慰祖先的是，血管里，千秋万代，都会澎湃着中华的声音。

住在九〇九基地时，是4月1日。2001年4月1日，海军航空兵某部的海空卫士王伟在祖国海疆的万里晴空上，为了祖国与军人的荣誉，被外国的重型飞机撞击坠毁，血洒海天。

这天晚上，我在住地的樟木林里独行，春雨潇潇。冥冥之间，又再次听到了永不消逝的海天呼号：“呼叫 81192，我奉命接替你机巡航任务，请返航!”“81192 收到，我已无法返航，请继续前进!”每当这一天，无数中国人都会念起这两句对话，泪流绵绵。

今晚，在为人民海军默默铸剑的地方，我又听到了英雄的最后呐喊。

必须继续前进！20 多年过去了，人民海军在奋勇前进。

4 月，也是人民海军诞生的月份，人民海军于 1949 年 4 月 23 日在江苏白马庙诞生，长江之畔起步，从内河到沿海，从黄水到蓝水，从近海到远洋，驰骋海天，潜游深海。如今的海上长城，锐利的护国重器，五大兵种齐全，核常兼备，舰阵如虹，白浪如练，壮美航程，向着深蓝挺进。

我们下榻的大楼，始建于 1968 年，是基地初建期间的砖混结构工字型两层小楼，20 世纪初，改造为基地招待所。这座饱经风霜的建筑，被重新命名。

它的名字叫“向海楼”。

向海楼，以海为基，向海而生，强核报国。

春雨润物，长夜无眠，索性披衣倚枕。遥远的海，南海、东海，还有更远的洋面海底下，波涛汹涌，伴随着窗外雨中无边林海，那一阵紧过一阵的涛声，一同奔来眼底，涌进心中。手机上，屏上荧光闪烁，拇指点画，我用《定西番》词牌的正体与变体，新填兼改动壮词几首，平平仄仄，搅动波涛难平的心海。“四海浪翻涛涌/龙啸越，马惊嘶，鸟悲啼/风卷八方云送，冷眼星乱时/鹰眼几分浮动，剑光微/（《四海》）”“旧瓿屡添新酒/思不断，恨悠悠/尚握一腔孤愤，噎人喉/当年削消无术/壮图难尽酬/举翮呵平恩怨，一壶收/（《东海》）”“浅峡一湾风激/鹰怒击，翼飘飞，亮红徽/鲸渡履波情迫/畅涂天地晖/江海大同旗舞/啸扬眉/（《浅峡》）”“南海云飞浪卷/波沸滚，水炎煎，暗礁滩/长记长空忠烈/鹰锋刺碧天/且待后生挥剑/靖边烟/（《南海》）”……

似乎还可以再填写下去。谢谢几代核动力人，前辈们的苦难辉煌，更有一张张年轻面孔的风华正茂。是你们，用你们心中的火，胸内的豪情，如同裂变聚变的浩大效应，再度点亮，再度刷新我胸中的豪情。

天已经破晓，乳白色的晨光涂亮天地。拉开窗帘，窗外，是一个广场。广场中央，一座红色纪念碑被夜雨洗得鲜亮。

碑上，镌刻着“砥砺前行，不负韶华”八个大字。大字下，是金色字体的核动力院院歌：“中国堆谷沐浴着金色朝阳，蓝色海洋激荡着百年梦想，钢铁巨鲸逐海浪，科技强军奏华章……”

回望青山，峰峦叠浪，林海吼涛。

远方的海，陆地的海，心中的海，一起在春风里激荡。

贾璋岷，高级编辑、作家、诗人，原四川法制报总编、四川省法制文化促进会党支部书记、四川省文艺传播促进会副会长，出版《本案报道失实》《迷失的晚节》等四部报告文学集与散文集。

于无声处壮国威
——中国第一艘核潜艇诞生记

章　勇

在我国西南蜿蜒起伏的崇山峻岭之中，有一个被枝繁叶茂的香樟树、小叶榕等高大乔木覆盖的地方——中国第一代核潜艇研发实验基地。在这个貌不起眼，由干打垒发展起来的工地，居然是驰骋水上疆土、深耕蓝色海洋、肩负国家安全的核潜艇摇篮，那些默默无闻在此工作的普通人群之中，竟然有不少是时代的骄子、国家的精英和栋梁！

是的，半个多世纪以来，一代又一代核动力人，他们在远离城市、远离家人的高山峡谷，默默无闻地研究核潜艇，使我国在较短时间内跻身世界五大拥有核潜艇国家；任劳任怨地发展核电，扩大战略性高科技产业，将核能服务于社会，用自己的青春与生命、激情和汗水，赋予国家自立、民族自强以无穷的力量，谱写了一曲又一曲惊天动地的战歌，为维护国家的安全与和平运用核能做出了巨大的贡献，涌现出以彭士禄、赵仁恺等为代表的一个又一个与天地同在、日月齐辉的光辉形象。

一、疾风知劲草

1954 年注定是一个多事之秋，历时三年的朝鲜战争几个月前刚落下帷幕，彭德怀将军向全世界宣布：西方侵略者几百年来只要在东方一个海岸上架起几尊大炮就可以霸占一个国家的时代，是一去不复返了。然而，在和平鸽的优美弧线还留在蔚蓝色的天空，正在接受爱好和平、远离战争的人们对她的期待和遐想时，美国第一艘核潜艇“鹦鹉螺”号，也是这个星球上第一艘核动力潜艇在柯罗顿市下水了，耀武扬威地从北冰洋海底横渡北极，露出了它狰狞的面孔。

众所周知，潜艇是一种能在水下作战的军舰，早在第一次世界大战中已成为海军作战的重要利器，在第二次世界大战中，它更是神出鬼没于各大海洋屡建奇功，成为现代战争的海中霸主之一。使用核能作为船只动力源，无异于让潜艇如虎添翼。因此，美国的霸权主义美梦又一度膨胀，嚣张气焰随即浮出水面。在 4 月 26 日至 7 月 21 日的日内瓦会议上，新中国首次以五大国的身份参加讨论和平统一朝鲜问题和恢复印度支那和平问题，这是我国政府通过大型国际会议争取和平协商解决重大国际争端的首次尝试和运用多边外交的开端。美军在朝鲜战场上的失败，让美国政府怀恨在心，结果，美国政府仗着有原子弹和核潜艇等先进武器撑腰，在这次会议上极力阻止，导致朝鲜和平统一问题最终未能达成协议。

就在美国第一艘核潜艇服役不久，英国、法国和苏联的核潜艇也相继潜入深蓝色的海洋，核潜艇也就成了通往世界强国的“入场券”之一。

大国外交，说穿了就是国力的交锋，是经济和军事实力的博弈。自古弱国无外交，只有发展才是硬道理!

1956 年，国防部副部长陈赓将军到苏联访问，他除了国际交流之外，还有一项秘密任务，就是要从中国留学生中，挑选一批有志于学习研究核动力的优秀人才。

将军出国之前，有关方面向他推荐了彭士禄。

彭士禄是我党早期领导人、我国农民运动的先驱彭湃之子。年幼时父母牺牲，失去双亲的彭士禄为了躲避国民党反动派的“斩草除根”，被送到老百姓家里寄养，在潮安、金砂乡一带，穷苦农民冒着杀头的危险护卫着他，先后辗转几十户人家，最后被送到潮安县彩塘区地下党的秘密交通站。1933 年，潮安县委书记叛变，8 岁的彭士禄被国民党反动派作为“小政治犯”抓捕入狱，得意的刽子手们曾登报并刊登照片，用醒目的标题“共匪彭湃之子被我第九师捕获”以示庆功。1935 年，彭士禄因禁释放后回到潮安，沦落为乞丐，继续寄居群众家里。翌年夏天，不满 11 岁的彭士禄再度被捕。这一次由地下党组织安排祖母周凤通过彭湃的战友将其营救出狱，此后彭士禄在党组织的安排下，在香港、澳门学习和生活。直至 1940 年，周恩来派副官龙飞虎找到了彭士禄，经桂林送到重庆。

在重庆八路军办事处，彭士禄第一次见到了周恩来叔叔。

周恩来见他又黑又瘦，将他抱在怀里，哽咽道："孩子，我终于找到你了，我是你父亲的好朋友……"彭士禄抹了抹眼泪说："那么多人都牺牲了，我要给他们、给爸爸报仇！"周恩来爱怜地说："你是好样的！不过，我们现在要好好学习，将来才能做大事。"彭士禄用力"嗯"了一声，握紧拳头重重地点了点头。

从此，"好好学习"这颗种子深深地埋在他的心中，慢慢生根发芽。后来，周恩来派人将彭士禄送到了延安。在革命圣地，彭士禄是奋发有为的好学生；在抗日晋察冀边区，他又是一名优秀的"土地雷"设计生产者。新中国成立之后，组织送他到大连工学院恶补俄文，不久他又考取了去苏联继续深造的资格。在苏联喀山，他既是一名化工学院的学生，又是留苏学生中一名党支部书记，后转入莫斯科大学化工机械学院。

小伙子学习十分刻苦，犹如一块海绵，拼命地吸吮知识的营养。在留学的几年中，他几乎从没在晚上 12 点之前睡过觉，生怕辜负了党和祖国对他的培养。

这一年，彭士禄以优异的成绩在化工机械学院圆满完成学业，并获得了"优秀化工机械工程师"的称号。他本以为凭借自己掌握的知识，回国之后会做一个教授或者工程师，实现报效祖国的夙愿。

然而，就在他学成即将回国之际，陈赓将军的突然出现，彻底改变了他人生的轨迹。

彭士禄被密召到中国驻苏大使馆，一向风趣幽默的陈赓将军面对这个瘦弱的年轻人，语重心长地问道："中央决定选一批留学生改行学原子能核动力专业，你愿意改行吗？"

彭士禄小心翼翼地反问将军："什么时候？"

陈赓将军告诉他："现在。"

彭士禄如果同意，那就意味着之前学习的化工机械专业派不上用场，从此要进入一个完全陌生的领域，一切从零开始；如果不同意，不但辜负了祖国，自己也会愧疚一辈子。小伙子低头思忖了片刻，抬起头坚定而洪亮地回答说："只要祖国需要，我当然愿意！"

彭士禄后来才知道，当时核潜艇被认为是保护国家核心利益的"撒手锏"，苏联对核潜艇技术更是守口如瓶。赫鲁晓夫用家长式的口吻说："核潜艇的技术太复杂，你们搞不了，花钱也太多，你们不要搞。"

落后就要挨打，发展才能自强不息！事关国家安全的核工业，岂能受制于他人？周总理心情沉重地踱步沉思之后，掷地有声地说："不仅原子弹要搞，核潜艇也要搞。苏联不援助，我们就自己干！"毛主席在丰泽园听了周总理等人的汇报后，对赫鲁晓夫家长式的作风十分反感，他回顾着世界各国反复无常的关系，认清了核潜艇在战略上的重大意义，终于发出了伟大号召："核潜艇，一万年也要搞出来！"

临危受命的彭士禄和同学们随即进入莫斯科动力学院，改修核动力专业，将学习的触须伸进了一个完全陌生的知识园地。用彭士禄的话来说："我们要学的东西太多太多了，一头扎进去，就像沙漠中的行人看见了湖泊那样。当时，那种奋进不息、为祖国夺取知识制高点的心情是难以用语言描述的。"回忆这段时光，彭士禄说出了他的肺腑之言，也正是这段时光让彭士禄与核动力结下了不解之缘。

1958 年，彭士禄以优异的成绩毕业回国，安排进入原子能研究所，开始寻找打开核潜艇研制的钥匙。

那时的彭士禄和他的战友，没有任何人见过真正的核潜艇，他们掌握的只有一个儿童玩具般的模型和一张从杂志上裁剪下来的核潜艇外形图的纸片。

而此时，美国继第一艘核潜艇"鹦鹉螺"号问世之后，第一代"鳐鱼"级攻击核潜艇又在北极破冰下潜。接着，第二代"鲣鱼"级攻击核潜艇列装海军。不久，第三代“拉法耶特”级战略核潜艇横渡大西洋，“洛杉矶”级攻击核潜艇又潜入太平洋……美国核潜艇像饺子一样下锅，其高度隐蔽性构成的战略核威慑力，不仅引起了世界的不安，也引起我国高层领导的警惕。

1958 年 6 月的一天，聂荣臻元帅刚跨进国防部办公室，秘书就给他送来了一份外军情报汇总和几则外国电讯。

聂帅认真地读着，犀利的目光力透纸背，似乎已经喷出火来。

美国“鹦鹉螺”号核潜艇从 1954 年初下水，到 1957 年 4 月第一次更换燃料棒时为止，总航程达 6 万多海里，其间大部分是潜航，“鹦鹉螺”号仅消耗几千克铀；而常规潜艇航行同样的距离，要消耗大约 8000 吨燃油。运输这么多燃料需要 217 节油罐车，所组成的列车将长达 3. 2 千米，要耗费 197 万美元。

美国海军披露，“鹦鹉螺”号在历次演习中遭受了 5000 余次攻击。根据推演，如果是常规动力潜艇，它将被“击沉”至少 300 次以上，而动作迅速的“鹦鹉螺”号仅被“击中”3 次。“鹦鹉螺”号展示了核潜艇的作战能力以及令人恐惧的隐蔽性和灵活性。

核潜艇拥有绝对的爆发力，有了绝对的爆发力，国家才有相对的安全性。聂帅把情报放在桌上，缓缓站起来，推开窗户，望着西方乌云翻滚的天空，紧锁眉头、久久不语。

几天之后，这些资料和一份聂帅亲自撰写的更详细的《关于开展研制导弹原子潜艇的报告》，送到了中南海菊香书屋毛主席手里。

两天后，中共中央批准由海军副司令员罗舜初中将组织领导我国核潜艇研制工作，海军科学研究部部长于笑虹具体负责。

首批核潜艇研制人员集结了相关专家共 29 名，其中就有彭士禄、赵仁恺等领军人物，他们都是全国潜艇和核动力方面的年轻学者。但是，那时别说核动力潜艇，就是像彭士禄这样有核动力学知识的学子也寥若晨星。当时的资料非常少，能见到的国外核潜艇资料，只有公开发行的《简氏防务年鉴》上几张模糊不清的照片，以及那个我外交人员从国外带回来的核潜艇儿童玩具。据说这个玩具制作逼真，美国中央情报局担心它会泄密，不久就被封杀了。

铸造重器，心怀国之大者，方可完胜。中国第一代核潜艇的研制，经历了创业者们难以想象的艰难。没有见过核潜艇，怎么设计图纸？它由哪些部件组成？有几个舱室？外壳怎样？最后用什么助力推进？靠什么通讯？配套设施功能如何实现？

经过军地双方有关专家长达几年的探讨与研究，并上报最高领导层批准，终于绘制出了研制核潜艇的一幅蓝图。但因国家经济实力有限，可供参考的资料又不足，这项国防尖端科学技术工程一直磕磕碰碰、举步维艰。

但是，疾风知劲草，危难见真情！幸亏有彭士禄、赵仁恺等一批渴望报效祖国的热血青年，他们初生牛犊不怕虎，用青春的激情勇攀科学的高峰，在彭士禄的带领下，他们拿着那些简单得不能再简单的资料，废寝忘食、夜以继日地踏上了科研的漫漫征途。

之后，国家又细分出了核潜艇研制工程设计部、反应堆设计调研小组，进一步扩充了科研队伍。

彭士禄他们一头钻进核潜艇深不可测的迷宫，进入核反应堆星空一样如梦似幻的领域，废寝忘食地沉浸在浩瀚的资料之中。

不久，组织决定由彭士禄主持潜艇核动力装置的论证。他说，“当时的各种争论实在太多了。我常常对研制人员说，不要吵，做实验，用数据讲话，最后，我来签字。对了，成就归大家；错了，我来负责！”因此，彭士禄得了两个外号——一个叫“彭大胆”，另一个叫“彭拍板”。

彭士禄的“大胆”，并非有勇无谋，“拍板”也并非胸中无数。有一次，有人问他：“为什么敢于拍板？”他说：“其实，有个秘诀，一定要用数据说话。”牢牢掌握实验数据，这是他大胆决策的科学依据。也有人问他，“在潜艇核动力研制过程中，那么多次拍板，有没有拍错的时候？”彭士禄毫不讳言地说：“有啊，怎么可能没有。错了，我就改过来，再继续前进。只要三七开，有百分之七十的把握就可以干，不然，都准备好了，要我们干什么？”

选择什么样的堆型作为核潜艇的动力心脏？提出多大堆功率才能保证核潜艇续航力的设计要求？一个又一个拦路虎出现在他们面前。聂帅闻讯后，亲自请钱三强等核物理专家给科研人员进行辅导讲解。几路人马凝聚智慧，拿出了几套总体方案，也模拟了无数个攻关项目，但尚需进行理论计算和试验验证。当时条件异常简陋和艰苦。没有电脑，只有一台手摇计算机，但又需要计算大量的数据，他们只能靠人工，用尺子量、打算盘来计算数据。每天进入研究所，仿佛见到一群账房先生，听到的全是“噼里啪啦”的算盘声。彭士禄不负重托，深入一线，全程跟踪，显示了我国第一代核潜艇科研人员忘我的牺牲精神和顽强气质！

然而，这期间我国遇到了“三年自然灾害”，国家科研经费捉襟见肘，无奈做出了先保原子弹研究与试验，暂缓核潜艇科研的决定，只保留了彭士禄等少数基础研究人员在窘困中坚守。

核潜艇工程虽然被迫下马了，但彭士禄并没有停下来，他带领技术人员，忍饥挨饿坚守在北京北太平庄，他要求大家“钻进去，迷上它、入了迷”。这期间，他们克服重重困难，在理论设计上突破了堆芯控制布置方案的设计。为了改善几位同事单身生活艰苦的景况，彭士禄特意邀请几位攻关者到家里吃饺子。吃饭前，他的夫人马淑英抓了一把筷子放到桌上，而彭士禄和几位技术人员，瞅见马淑英抓筷子的瞬间，联想到反应堆控制棒驱动机构。

1964 年 7 月底，美国借口越南北方舰艇对美国军舰进行了攻击，派出由四五艘航空母舰组成的庞大战斗群气势汹汹地停泊在南海上，并将核潜艇驶入我领海内抵近威胁。他们甚至肆无忌惮地每天出动数百架飞机，在对越南北方实施狂轰滥炸的同时，加紧对我中南地区、海南岛上空进行渗透侦察。他们倚仗武器装备的先进，将“达摩克利斯之剑”悬在我国人民的头上，制造了震惊世界的北部湾事件。

是可忍孰不可忍，勿谓言之不预！

1964年10月16日下午3点，一个振奋人心的消息传遍世界，在新疆人迹罕至的罗布泊，中国第一次将原子核裂变的巨大火球和蘑菇云升上了天空，国家的第一个镇国重器横空出世，彰显了我国人民不屈不挠的精神和勇气，有力地遏制了美军的挑衅。这时，一直锲而不舍、深潜在核潜艇研究中的彭士禄等科研人员备受鼓舞，他们苦苦期待的另一个大国神器——核潜艇，终于迎来了春天。聂帅首先站出来大声疾呼："一定要把核潜艇继续搞下去！"

"一定要把核潜艇继续搞下去！"聂帅的声音就像激动人心的号令，鼓舞着彭士禄和他的战友们为祖国的核潜艇事业去冲锋、去拼搏、去献身！

二、板荡识诚臣

核潜艇工程重新上马，标志着我国又一个镇国重器再度列入国家科研的议事日程，核潜艇破茧而出是迟早的事情！

然而，此间国际形势风云诡谲，怪异多变，超级大国发动马力开着核潜艇和航空母舰不时向发展中国家龇牙咧嘴，露出核威慑、核打击的嚣张气焰，为了防备他们突然发动侵略战争，我国领导人审时度势，将我国进行战略布局，划分为三个地区。"一线地区"包括沿海和边境省区，如北京、上海、天津、辽宁、黑龙江、吉林、山东、江苏、浙江、福建、广东、内蒙古、新疆、西藏等。"三线地区"包括基本属于内地的四川、贵州、云南、陕西、甘肃、宁夏、青海7个省区及山西、河北、河南、湖南、湖北、广西等省区靠内地的一部分，共涉及13个省区。西南、西北地区的川、贵、云和陕、甘、宁、青等俗称为"大三线"，各省份自己靠近内地的腹地俗称为"小三线"。介于一、三线之间的地区，则为"二线地区"。

于是，中央决定将一部分对国民经济和国防建设有重大影响的电子、能源、航空等工业内迁西南、西北等战略纵深的决定。这场以战备为指导思想的大规模国防、科技、工业和交通基本设施建设，被称为

“三线建设”。因此，一个集核反应堆工程研究、设计、试验、运行和小批量生产为一体的大型综合性科研团队应运而生，她就是中国核动力研究设计院。

为了确保核潜艇的科研工程不受外界影响，该院的试验基地代号为九〇九，随即陆陆续续将科研工作者从繁华的大都市秘密移师到西南的崇山峻岭之中，建构成一个封闭的地理单元。

当小草的幼芽刚刚拱出地面，向着阳光仰起它稚嫩的小脸，大雁开始从南方向北方迁徙，先遣队员们却与大雁逆向而行。表面上，他们是“搞水电”的神秘人，实际上，这些建设者们中间隐藏着中国最顶尖的核专家。他们义无反顾，背井离乡来到九〇九基地，要完成的是一项当时最高机密的工程——中国第一代核潜艇陆上模式堆建设，开启中国人建造水下大国神器的破冰之旅。

“白马庙，铁匠街，青衣江畔干打垒，大青山下攻坚忙。喝泥水，啃干粮，荣辱与共几代人。”

这首歌谣，见证了九〇九先遣队员们发扬我党我军光荣传统的英雄事迹！

在近乎与世隔绝的山坳里，他们隐姓埋名，住在老乡家里，自己种菜，喝稻田水，过着近乎刀耕火种一样的生活。木棍、电筒、雨靴是创业者们必备的三件“武器”。后来，他们请教当地老乡，用鹅卵石和土坯干草堆砌成墙，建起了简易的居所——“干打垒”。

老天爷似乎存心要考验创业者们的意志和耐力。

这年冬天，一场罕见的大雪不请自来，气温陡然降到零下几度，山坡上、沟谷里，完全被白雪覆盖，当年红军爬雪山、过草地，“雪皑皑，野茫茫，高原寒，炊断粮”的情景在这里全景再现。

土坑外寒风刺骨、呵气成冰，土坑内积满雪水，难以入睡。他们试图点燃柴火取暖，但大雪是风雨如磐之后的产物，柴火也没有免去被淋湿的厄运，因此用柴火取暖仅是一厢情愿。为了御寒，创业者们只有拼命地跳动，用加速血液的流动刺激体温升高，以此度过难熬的日子。

终于送走了大雪纷飞的天气，但雨水依然不时光顾，眼看已经沦为无米之炊，后勤人员冒着新开的土路被大雪和雨水破坏后的危险，开车进城拉粮买菜，去时陷进烂泥路上难以自拔，回来又在途中熄火抛锚，有一天真的就“炊断粮”，让他们体会到了从未有过的饥寒交迫。

后来大部队——“八千人的队伍”到达后，开山放炮，将山尖削成了平地，浇筑了坚不可摧的钢筋混凝土。接下来构筑“三通一平”，即水通、电通、道路通和场地平整，并翻山越岭架起高压线，建起四合院机关小院、山头指挥部、机床馆和家属区，给工作和起居构建栖身之地。

但艰苦的日子并没有结束!

湿润的土地是滋生蚊虫的温床，也是臭虫、老鼠、毒蛇繁衍和出没的地方，白天的紧张施工没有时间去体会生活的艰苦，但晚上蚊虫却成群结队出来偷袭，又没有驱赶它们的药物，往往只能蒙头而睡，但蒙头而睡又缺氧，很多人晚上无法入睡，尤其是长期盘桓在此的老鼠、毒蛇，开山劈石损坏了它们的巢穴，趁夜深人静之时，这些畜生便出来实施打击报复，搞得大家提心吊胆，特别是女同志经常被它们吓得手脚失措、惊魂不定。那些从北方来的同志不习惯南方的多雨和潮湿，不是水土不服上吐下泻，就是口腔溃烂、浑身瘙痒。加上基地处于崇山峻岭之中，食品匮乏、药物不足，生活异常艰苦。但是，总设计师彭士禄以身作则，与大家一起同吃同住同劳动，硬是在艰苦的环境中扎下了根!

这是一支最能战斗的队伍!

他们克服重重困难，把重点放在模式堆建设上。由于防空的需要，模式堆选择在了靠大山的隐蔽角落，这里荒草遍野、野兽出没……就是在这样恶劣的环境中，第一代核潜艇建设者们义无反顾，没有怨言，为我国的核动力事业奉献了自己的青春和生命，有的还奉献了下一代。

彭士禄执掌总设计师帅印，他勇挑重担，身先士卒，精益求精，忘我工作，把精力完全放在了工作之中。在核潜艇进行最后调试工作时，剧烈的胃疼袭来，他全身都被汗水浸透了，医生诊断为急性胃穿孔。这一次手术，彭士禄的胃被切除了四分之三。

疾风知劲草，板荡识诚臣！

这一年，彭士禄才49岁！他说：“我喜欢这个工作，付出的一切都是值得的，就是死了，也是值得的！”手术后不久，他又忘我地投入工作之中。

在九〇九基地，彭士禄除了“彭大胆”“彭拍板”两个绰号，还有一个“拼命三郎”的别名。与彭士禄这个“拼命三郎”齐名的另一个“拼命三郎”——两院院士赵仁恺。

在采访中，赵仁恺回忆说：“到四川之前，我在北京工作，建设模式堆时，我是骑着毛驴进山的。在基础条件十分差的山沟里搞模式堆。从配套设施到生活设施，包括吃饭、住宿的地方，都要从头开始。除了设计工作，打柴挑水都要我们自己动手，但我们毫无怨言！”

赵仁恺永远不会忘记1958年10月21日那一天，他当时在国务院二机部潜艇核动力研究设计组任组长，他随海军去苏联访问。中方向苏方提出了在核潜艇研发方面请“老大哥”给予援助的请求，但苏方却说：“对不起，关于核潜艇，我们无可奉告。”他们一行人吃了“闭门羹”！从此，为中国核潜艇“画”一颗坚强有力的心脏，让中国的核工业不再仰人鼻息，成了赵仁恺的夙愿，也支撑着他不管遇到什么样的困难，都能坚定自己百折不挠的信心！

初创的那些日子缺少技术资料，缺少有经验的技术专家，研制工作中遇到的困难，往往超乎大家的想象。

赵仁恺深有感触地说：“当时，在参加核潜艇工程的同志中，我33岁，年纪算是大的，其他同志很多都才刚从学校毕业，还有几位哈军工的老师，跟我差不多年纪。我们的办法是‘用集体的力量来掌握全面’。就这样，我们在最短的时间里成长起来了。”

赵仁恺带着近200名同事用计算尺计算反应堆结构，用手摇计算机轮流计算物理公式。大家心里都憋着一股劲，一定要设计制造中国的“争气艇”！白天黑夜连轴转，终于使反应堆堆芯结构、控制、物理、热工等设计有了重大突破。

有一次，核燃料已经装在厂房内的一个吊篮里，正要往反应堆里放。就在这千钧一发之际，上面的一支冷却水管突然发生故障，喷出水来。如果水喷到核燃料元件上，那后果不堪设想。

这个突发情况出人意料，就在这关键时刻，只见一个矫健的身影立即爬到了厂房最高处的吊车轨道上。那里十分危险，一不小心掉下来就会粉身碎骨，大家紧张得大气不敢出。抬起头仔细一看，发现爬上吊车轨道的这个人居然是赵仁恺！只见他临危不乱，转眼之间就将冷却水管修好了，终于化险为夷，确保了核燃料元件的安全无恙。

核潜艇完成设计安装之后，是否成功，重要的环节是水下试验。每一次参加水下极限下潜，都如履薄冰，危机四伏。赵仁恺多次上艇参加航行试验，一次，在我国南海进行深水试验，当时第一次潜深已达 200 米，已经创造了我国核潜艇的下潜纪录。在第二次深潜试验时，下潜到了 230 米，艇内突然发出“嚓嚓嚓”的怪异之声，顿时令人毛骨悚然，担心发生了不可知的故障，随时会出现难以想象的险情。

这时，潜艇与水面指挥艇之间的通讯也一度中断。赵仁恺深谙这艘艇上有零部件 4.6 万个，使用的材料多达 1300 多种，他熟悉它们就像熟悉自己的身体，凭着惊人的记忆力和高超的技术，他处变不惊，采取排查法很快找到症结，及时排除了异响，确保了极限下潜的万无一失。

事后有人问他，你紧不紧张？他说，我不紧张。凡事都有可能失败，但如果不尝试，我们的核潜艇就永远过不了关。事后人们才知道，为了这次水下极限深潜试验，赵仁恺做了充分的准备：几十年没有陪夫人旅行的他，特地陪夫人旅行了一趟，还分别给三个孩子买了一块手表。他给同事交代，我这次如果回不来了，请把我写好的遗书和三块手表交给孩子们，告诉他们父亲是因公殉职。

为了我国核潜艇的建设，赵仁恺早已经将生死置之度外。正是有他们这些具有献身精神的专家和高科技人才的不懈努力，才成就了我国核潜艇的发展和超越。

在简陋的研发条件下，在一次又一次危险的深潜环境中，核动力院的精英们完成了我国第一艘核潜艇研究论证和试验试航等工作的所有关键步骤。

三、智者必怀仁

唐太宗李世民《赠萧瑀》：“疾风知劲草，板荡识诚臣。勇夫安知义，智者必怀仁。”这首诗揭示了一个道理，只有经过猛烈大风和艰难时局的考验，才能检验什么样的草是坚韧的，什么样的人是对国家忠诚的。萧瑀坚定地支持李世民安邦立国、变革图新、发展国力，与彭士禄、赵仁恺等科技精英为国效力不谋而合，令人敬仰。

核动力院一位领导告诉记者，九〇九基地之所以能成为中国核动力的摇篮，正是有彭士禄等勇于奉献、敢于牺牲的开拓者，为大家起到了引领和示范。

负责潜艇核动力设计的工程师李宜传在反应堆安装前切除了一个肾脏，身体十分虚弱，彭士禄怕他身体吃不消，劝他回去休息。他不仅没有离开，还悄悄把被子抱到控制值班室，直至核动力装置成功达到满功率。后来，他又拖着病残之躯再次请战奔赴试验第一线，直到累倒在核反应堆试验现场。彭士禄抱着他奄奄一息的身体，痛心地说：“宜传，劝你休息怎么不听啊？我们舍不得你走啊！”李宜传弥留之际喃喃地说：“为了我们的……核潜艇……我死而……无憾……”他眼里没有对英年早逝的恐惧，没有倒在工作岗位上的一丝遗憾，仿佛蔚蓝色的海洋在向他亲切召唤，他倾心参与研制的核潜艇正劈波斩浪遨游在深海，他的生命早就与核潜艇融为一体……

为了潜艇核动力装置早日建成，像彭士禄、赵仁恺、李宜传这样以命相搏的“拼命三郎”，犹如璀璨的星星一样闪烁在九〇九基地，闪烁在中国核潜艇历史的苍穹！

1970 年，在春风送暖、百花盛开的季节，终于完成了核潜艇陆上模式堆安装工程，迎来了启堆这个令人振奋的时刻。为了这一刻，他们奋斗了整整 5 年，1825 个日夜。然而，出人意料的是启动运行不久，连接堆顶盖的通量管出现渗漏，引起顶部冒汽，彭士禄不得不下令停堆检修。

当时，工程现场没有银铅焊剂，设备检修十分困难。就在大家一筹莫展之际，曾经在武汉锅炉厂驻厂期间学过配制焊剂工艺的邹心银挺身而出："让我来！"

彭士禄欣慰地向他点点头说："好，我们等着你！"

邹心银迅速配制银铅焊剂，然后开始熟练地焊接，但是，接连焊接几次都没有成功。原来，反应堆启动后，通量管里已经渗水，水遇到高温形成蒸汽，使焊缝产生气泡。他知道，现在唯一的方法就是吸干通量管里残留的水。可通量管壁狭窄、不平滑，又不能被金属碰撞，怎么办？他们只好用毛巾一点一点地擦拭，但难以将管道深处的水吸除干净，不把水彻底除尽，就无法焊接成功！

此时，远在北京的国务院总理办公室正焦急地等待反应堆抢修的情况报告，在现场参加抢修的人一个个焦急万分。

"还是让我来吧！"不知什么时候，邹心银已经离开现场拿着一节长长的软管跑了过来，他将管子插进通量管里，整个人趴到堆顶盖上，用嘴使劲吸，吸一口，吐掉又吸……有人喊："你不要命了？水里有'剂量'！"邹心银向大家摆了摆手，继续吸。现场顿时鸦雀无声，掉一根针在地上都能听见，只有邹心银吸水的声音。这声音就像刀片刮过现场者心里，他随时都有失去生命的危险。最后，积水终于被他吸干了，焊接也就成功了！

彭士禄握住邹心银的手，动情地说："辛苦你了！"

在同一年，潜艇核动力装置进入冲刺阶段。为了确保工程进度质量，黄士鉴和同事们废寝忘食地工作，饿了就在实验室扒两口饭或啃干馒头，有时忙得连饭也顾不上吃。炎炎夏日、酷热难当，没有电风扇、更没有空调，唯一的降温是用实验室的工程制冰机制出冰块，吃冰块，喝冰水。几天下来，黄士鉴的身体扛不住了，出现虚脱和拉肚子。医生叫他去输液，他说同志们都在争分夺秒地忙碌，我是工程师，怎么能躺在床上休息？医生劝他不住，只好到实验室来给他打点滴，黄士鉴硬是在实验现场坚持到看见反应堆发出蓝色的闪光。

蓝色的闪光在加速，模式堆功率也就在逐渐升高。

每提高一档功率，出现的险情也就成比例增加。问题不断增加，担心继续提升功率的意见也就多了起来。在这种情况下，彭士禄力排众议，要求继续提升功率，实现主机“满功率”。这一天，实验现场围满了人，负责数据运算的黄士鉴并不知道彭士禄满功率的计划，下午 6 点多钟，黄士鉴发现，竟然满功率了！

这时，黄士鉴心脏狂跳不止。这可是几千人梦寐以求的结果啊！黄士鉴生怕搞错了，按捺住激动的心跳，又算了一遍，满功率，再算一遍，还是满功率。他这才向总设计师彭士禄报告结果，彭士禄噙着热泪声音颤抖地宣布：“主机达到满功率转数，相应的反应堆功率达 99%。”随即，他将这个数据上报到了周总理办公室。

现场顿时欢声雷动：“我们成功了！”

此时，黄士鉴却跌坐在椅子上，连分享成功的力气都没有了。

后来，彭士禄问黄士鉴：“我看你计算了三遍，这是为什么？”黄士鉴回答：“我想让计算准确无误！”

他们成功了！

经过全国几千个厂家的通力协助，现场 8000 多军民的日夜奋战，经过十来年的独立自主地攻坚克难，中国终于掌握了核潜艇的设计、研制、建造的全套技术！

彭士禄、赵仁恺喜极而泣，在场的人无不热泪盈眶，专程从北京赶来的国防科工委和海军领导紧紧握住彭士禄的手，激动地说：“谢谢你们！”

青山起舞、绿水唱歌，喜庆的鞭炮响彻云霄、祝贺的电报接踵而来……

我们这个东方大国，继原子弹和氢弹试验成功之后，期待多年的又一镇国利器——核潜艇终于研制成功！

被拿破仑将军看好的睡狮终于彻底苏醒。在这个世界动荡不安的岁月，我们实现了华丽的转身，用实力向太平洋东岸那个自诩为世界警察的霸权主义国家宣告了中华民族的庄严与强盛，也不动声色地给赫鲁晓夫那张藐视我们的面孔扇了一记响亮的耳光。

但对外界，一向低调行事的我国政府并没有公开宣传。毛泽东、周恩来等老一辈革命家深谋远虑、志在高远，他们知道我们的核潜艇与国外先进的核潜艇还有一段距离，指示国防科工委给予科研人员嘉奖的同时，勉励他们再接再厉，争取核潜艇早日列装海军、形成战斗力！

科学家们没有辜负党和国家领导人的重托，他们进一步完善各种数据，尤其是在降噪问题上又进行了改进，然后带着所有资料深入造舰基地，指导造舰单位争分夺秒施工。在大家的齐心协力下，不久，我国自主研制的核潜艇终于成功下水，犹如蛟龙一样潜入海里，开创了我国捍卫万里海疆的崭新历史！

然而，就在核潜艇刚试水下潜不久的一天晚上，运行人员听见有金属碰撞的叮当之声，右边出口的水温略微偏低，虽然仅仅是小故障，甚至可以忽略不计，但彭士禄、赵仁恺却高度重视，他们立即召集黄士鉴等科研人员进行排查，黄士鉴胸有成竹地判断说："可能是部分冷却水流进反应堆后，没有经过堆芯就从右边排出，导致右出口水温偏低。"

核潜艇列装仪式即将举行，党和国家领导人将亲临现场。不容许有任何故障和闪失，彭士禄立即将此事上报国防科工委和海军领导，请求将反应堆开盖检修。

此时已经夜半三更、万籁俱静，科学家们进入潜艇，寸步不离地跟在黄士鉴身边，问他："你的判断不会错吧？如果开盖检查，万一问题不是出在你分析的地方，院里的声誉和形象将受到很大影响。"黄士鉴斩钉截铁地回答："不会错，错了，处分我！"

这就是我们的科研人员，我们科研人员的胆识和信心！

反应堆盖打开了，经检查测量，结果与黄士鉴的判断完全吻合。

智者必怀仁！大家悬着的心终于落了下来。

这是一个振奋人心的时刻，是于无深处壮我国威的盛举。这一天恰逢 1974 年八一建军节，朱德元帅在海军领导和国防科工委以及彭士禄、赵仁恺等的簇拥下来到我国海滨，见到被命名为“长征一号”的我国第一艘核潜艇正式列装海军，大家抑制不住激动的心情，毛主席《重上井冈山》诗中“可上九天揽月，可下五洋捉鳖”那气吞山河的期冀，经过我国科学家们的努力和实践，原子弹之前已经实现了上天揽月的夙愿，今天，核潜艇又展现了下海捉鳖的豪迈。

80 岁高龄的朱德元帅望着蛟龙一样潜入茫茫大海的“长征一号”，异常兴奋地说：“我临行前，总理告诉我，这全是我们自己研制建造的。”

海军司令员肖劲光自豪地向老帅报告：“是的，没有一个零件是进口的。”

朱德元帅眉开眼笑地说：“有了这个钢铁巨龙，帝国主义欺凌我们的历史就该结束了！”

肖劲光司令员也喜不自禁地说：“从此，我们守卫万里海疆就有了保证！”

朱德元帅关切地问道：“研究制造它的科学家们来了吗？”

肖劲光司令员立即将身后的彭士禄、赵仁恺等科研人员逐一介绍给朱德总司令认识。

朱德元帅握住彭士禄的手，慈祥地说：“我知道你，你是彭湃的后人。好样的！我们的事业，就要靠你们这些实打实干的后来人！”

核潜艇成功了！

在我国海军的编制内，从此有了一支能给一切来犯者强大威慑的钢铁劲旅，它为捍卫祖国的安全与世界和平将产生不可估量的威力！

但被称为“中国核动力摇篮”的核动力人并没有停下来。如果说核潜艇动力装置是基地的第一个里程碑，那高通量工程试验堆就是第二个里程碑，脉冲堆研制成功则是第三个里程碑。

随着现代科技的迅猛发展，核能已经悄悄进入西方国家国民经济的各个领域。但国家科委清楚，世界各国核能发电异军突起，他们大块吃肉、大口喝酒，却没有我国一杯羹！国家决定上马秦山一期核电项目。跟核动力打了大半辈子交道的彭士禄又有了新的使命，那就是实现核电由原型堆到商用堆的重大跨越。

诗人屈原有一句名言："路漫漫其修远兮，吾将上下而求索。"彭士禄和他的团队将奔赴一个新的战场，去迎接新的挑战。

彭士禄说："党和国家给我的比我付出的要多得多。"他时刻牢记自己的使命，牢记是党和人民将自己抚养长大，要回报人民，回报祖国。彭士禄在自述中写道："也许我是属牛的吧，我非常敬仰'孺子牛'的精神，不做则已，一做到底!"

在工作、生活中，彭士禄擅长打"三张牌"。第一是"简单牌"。彭士禄的座右铭是凡事越简单越好，做事要做"减法"。在吃、住、行等生活的各个方面尽量简单，已经成为他的习惯，也让他有更多的时间和精力搞科研。第二是"懒汉牌"。彭士禄善于发动团队的力量完成使命，特别注重培养年轻人。他说，新技术发展快，年轻人思想活跃，要放手让他们干。彭士禄手下出了很多优秀人才，都是他的"懒汉牌"打出来的。第三是"糊涂牌"。彭士禄说，做明白人不容易，做糊涂人更难。对公，他总是明明白白；对私，却很糊涂。直到行动不便时，他还不知道自己拿多少钱，坐的车是什么牌子，住的房子是多少平方米……

作为中国核潜艇首任总设计师，彭士禄的名字在很长一段时间鲜为人知，他的事迹被公开披露后，有人称呼他是"中国核潜艇之父"，却被他严词拒绝。他说："核潜艇工程是个庞大的系统工程，不是我个人的创造，是千万科技工作者和干部、工人集体努力的结晶。虽然前几年大家把我抬到了第一任核潜艇总设计师的位置，但说我是中国的核潜艇之父，我不敢当，对我来说是贪天之功，我不接受!"他接着补充道："我虽然在其中做了一些技术组织工作，参与了一些领导管理工作，并亲力亲为参加了一些重要设备的制造、模式堆的安装调试以及组织指挥操作了首次满功率运行，但不要忘了，李毅、周圣洋、苏萍、赵仁恺、孟戈非、李乐福、韩铎、昝云龙、蒋滨森、沈抗、黄士鉴……许许多多人都做出了杰出的贡献。”他一下子就列出来几十个人的名字。

他十分健谈，并对老搭档赵仁恺十分赞赏，他说：“赵仁恺工作仔细、认真负责，是与我配合最为默契的伙伴。他在早期探索阶段和核潜艇陆上模式堆建设阶段所做的重大贡献，大家都记在了心里！”对彭士禄的赞赏，赵仁恺则谦虚地表示：“那些工作微不足道，满功率运行没有你顶天立地的拍板，还不知要拖到何时！”彭士禄也不讳言，他说：“现在想起来还真有点后怕，但当时形势所迫，不得不拍啊！好在启动小组里你和符德璠都是技术行家，还有各专家负责人都是我十分了解的人，我有底气！你们的言行，就是我敢于拍板定案的力量源泉。老赵，你的学识设计功底也是有目共睹，人所皆知。”

有人问彭士禄，希望他能谈点自己的贡献，他却淡淡地说：“作为技术第一负责人，我主要依靠各专业骨干，充分调动技术人员的积极性。像一位姓刘的设计人员，他在有些人眼中就是个刺头，但他是个很有天赋的设计人才，善于动脑筋。我和老赵要求他做一个核潜艇设备安装布置模型，要求投入资金少又要符合参考价值的小核潜艇模型。他不负众望，利用 1965 年春节期间，冥思苦想，在人力财力不济的情况下，动员资料室的几位女同事，土法上马，硬是用卫生纸、火柴盒、废旧塑料管等材料制作出了一个核动力装置模型……”

通过对各种人的采访和翻阅资料，记者发现彭士禄是一位很有亲和力的领导，他善于调动下属的积极性，鼓励大家的创造性，因此，在九〇九基地，无论是科研工作者，还是后勤保障人员，大家心往一处想，劲往一处使，能够发挥出最大的潜能，才有了中国第一艘核潜艇的横空问世。

2021 年 5 月，彭士禄被追授为“时代楷模”。在“感动中国 2021-2022 十大人物”的颁奖盛典上，中央电视台主持人深情地宣读：“彭士禄历经磨难，初心不改。在深山中倾听，于花甲年重启。两代人为理想澎湃，一辈子为国家深潜。你，如同你的作品，无声无息，但蕴含巨大的威力！”

为我国核潜艇奉献一生的赵仁恺临终前留下遗言：要简单处理后事，不设灵堂、不开追悼会……

但他的事迹却让我们铭记在心！为了纪念学习彭士禄和赵仁恺几十年如一日的默默奉献精神，九〇九基地副基地长唐斌带我们参观了“彭士禄纪念馆和旧居”“赵仁恺旧居”，睹物思人，仿佛让我们进入了那个激情燃烧的岁月……

在本文即将完稿的时候，记者再次来到青衣江畔的大青山下，此时正值清明节，天空飘着细雨，纤细的雨丝淋在我的头上，犹如我抽绎的绵绵情思，为了缅怀也是为了追忆，我手捧着一束迎春花，向那些为了研制我们共和国第一艘核潜艇不幸长眠在这块土地上的英烈们庄严地祭礼！

你们虽然已经化作泥土，皈依于庄严和神圣，融为深耕祖国万里海疆的核舰艇，但你们的音容貌却永远铭记在我们脑海里，你们的丰功伟绩更是像灯塔一样矗立在我们心里，激励一代又一代后人为完成共同的伟业生命不息、奋斗不止！

2022 年 4 月 10 日凌晨

章勇，四川电影电视学院教授、四川省文艺传播促进会党支部副书记、副会长。著有《沉默的天空》《男儿风骨》《血溅孤岛》等长篇小说、诗集、电影、话剧、长篇报告文学 20 余部。作品获“五个一工程奖”、金剑奖、五四新闻奖。

哪怕青山一万重

刘馨忆

穿过厚厚的云朵堆积的白色，铺开来的是环形山无边的青绿。巨大的羽翼，连缀着天边的红云，以鹰的旋停，缓缓滑行，向着满目青翠的深处——只见黛色的青山重峦叠嶂，向视野里的辽远处延伸，渐渐高拔，耸入天际。一条青白的大江蜿蜒在翠色的山间，在高山峡谷间奔腾咆哮之后，在一片苍翠里平静下来，在午后的阳光进而闪动银白色的光波，似乎在聆听岸边的青山深年，仍不断在传唱的伟业和传奇……

数日来，我在几种情绪里沉迷，好奇，慨叹，激动，崇敬，心痛，流泪。情绪的堆积里，我在各种尘封的历史里追忆，阅读所能找到的一切相关的记忆文字和资料。那些日子，因去过那里，而被防疫的大数据筛查，不得不居家隔离，正无人打扰，更可以不分昼夜，以致眼花目盲，神昏智迷，不辨昏晓。我觉得我正在做梦，乘风飞渡大山江河，又觉得自己醒着，仿佛中国第一代核潜艇总设计师彭士禄那一刻所见的。

51 年前，在我国第一艘核潜艇的“核动力心脏”陆上反应堆要启堆的前三天，彭士禄从那里赶到北京，参加了中国核潜艇工程史上著名的中央专委会第十三次会议，向周总理、叶剑英、聂荣臻等中央领导汇报启堆前的各项工作。7 月 16 日上午，开完会的彭士禄直接乘坐周总理的专机，飞回四川，准备和指挥两天后的陆上反应堆的启堆工作。

那是我们的核潜艇总设计师第一次坐飞机吗？他是第一次从空中俯瞰他战斗了 5 年的地方吗？那里即将迎来那个万众瞩目的时刻，那个验证梦想的时刻。那一刻的高山大地是多么的苍翠宁静，又是多么的壮丽神秘啊，中国核潜艇的梦想，即将从那里启航，向海出发，驶向深蓝——

谁能想得到？就在那一片青山深处，隐藏着我国第一艘核潜艇的研发基地，它就是被称为中国核动力的发源地——九〇九基地，也就是在那里，我迎头碰见了中国共产党自力更生的钢铁意志，碰见了中国文化中的源远流长的奋斗自强的精神，也是在哪里，我才开始真正关注到“核”及其B面。

2022年4月的一天，我跟随四川名家采风团，走进了这片林木苍苍的大山深处，拜谒了九〇九基地——这个注定不凡的地方，这个与国家命运紧密相连的地方，这个落实毛泽东主席“核潜艇，一万年也要搞出来”的地方，中国核潜艇梦想实现的地方，中国核动力事业起步的地方。它居然就在我的家乡不远的地方，50余年隐在深山人未知。直到2018年，我国第三代先进核电——“华龙一号”核心技术研发成功，这里揭开神秘的面纱，展示在国人面前。我惊讶不已，又因能有幸置身此处而倍感荣幸激动。

我在那栋鹅卵石砌成的二层楼的小院里流连。青山无言，春风不语，高耸入云的香樟树林也默默站在小院周围，只有小院主楼的门楣上，毛主席手书的“核潜艇，一万年也要搞出来”的横匾，向我揭示他们要做的伟业的难度，以及钢铁般的意志决心，像一颗醒目的朱砂痣，刻在离心脏最近的地方。

我久久地凝视毛主席豪迈的手书，感到分明有一种排山倒海的气势，在基地曾经的首脑机关小院里，仍然凝聚成一股不散的气，让我们这些拜访者心神震动。

抬眼望着小院门外高大的香樟树，它们一定见证了身边的历史。我想问，“核潜艇”这个伟大的梦想是如何生发的呢？这个梦想的种子是如何埋下的呢？

香樟树一定听多了人们的疑问，所以我并没有问出口。在这些隔离的日子里，我渐渐找到了答案。

还得从“核”这个字说起。

“核潜艇”首先是“核”，然后才是潜艇。

什么是“核”呢？

在中华民族五千多年的文明史中，有文字以来，“核”这个字一直都与木有关，所以它有一个木的偏旁。在实际的生活里，我们常用“核”来指代封闭在果实的中心部分，即去掉果肉的那个被坚硬的壳包住的果仁。那个果仁携带着植物生命全部的基因密码和生命遗传信息，在时间里一代一代往下遗传，而不丢失，因而也引申为事物或事件最关键的点和部分。因为果仁的中心部分精密和信息众多，与之比较就有核实和核准的意思，所以核还可以用着为动词。

果核贮存到来年，当把它埋入春风萌动的土里，就会生根发芽，长出植株，重新结出果实。果实不仅是行走生命的口粮，也是植物生命得以延续遗传的种子。它们可以保存千年之久，而不丢失植物的生命信息。《诗经》中记载的“粟”，到今天我们也还在种植。一个汉代的出土墓中，考古人员居然发现了当年的种子，也还不曾腐烂。而只要它不腐烂，不管风把它带到什么地方，无论是岩石缝隙，还是被压入石板下面，只要有一点点土，有合适的温度，有适度的水分，它就要哪怕是曲曲折折地，也总要顽强不屈地透到地面上来。它的根往土里钻，它的芽往上面挺，以不可抗拒的力量，把阻挠它的障碍物掀翻，并开花结出果实。

我们一直以自然的家园的眼光看待这个“核”，觉得只要是核，就能开出诗意的花，结出甜美的果来。直到 20 世纪“核时代”的到来，我们才重新认识了“核”，认识到“核”另一副惊人的面孔。

千百年之后，那时的人们回望历史的时候，毫无疑问，他们一定会把核爆炸的蘑菇云，当作 20 世纪乃至人类有史以来最具标志性的重大事件之一。因为以原子弹为代表的核武器的出现，使人类的头顶上，似乎永远悬挂上一柄“达摩克利斯之剑”，“末日即将来临”的核威胁、核讹诈将成为无核国家永远的噩梦。

两千五百多年来，西方科学家没有人怀疑原子是物质的最小、最不可再分割的组成部分。可是，自从英国物理学家汤姆发现了电子的存在，证明它是一切化学元素原子的组成部分之后，人类对原子核的认识就突然加速了，并将由此而改变世界。人类每一次取得突破性的认识前，总是在很长时间内保持一种既定的生活方式和秩序，而一旦有谁用创造性思维揭开了人类认识“天花板”的哪怕一条小小的缝，顺着这条缝，认识的“天花板”很快就会被掀开。黑暗的未知世界，一旦打开一点新的视野，科学的光就会很快占领一大片领域，而技术则会乘上“磁悬浮”的列车飞速前进。你只要稍一懈怠，它就会像彗星掠过天际，把你远远地丢下，你不以为然地继续生活，不久就会发现世界的生活和秩序已发生了颠覆性改变。

这一次也不会例外。1919 年，卢瑟福首次实现了人工核反应，并发现“质子”，1929 年，人类制造成功世界上第一台“静电加速器”，1931 年，世界上第一台“回旋加速器”问世，一直到 1932 年，发现了“中子”，人类对原子核内部结构的认识有了一个转折，由此才知道，原子核是由质子和中子组成的。中子的发现无疑打开了人类核时代的大门，紧接着 1938 年，科学家就发现了铀的裂变现象及铀核裂变链式反应的猜想，1939 年完成对原子核裂变反应过程的理论上阐述，并确认铀-235 是最佳的核素。

至此，人类找到了打开原子弹奥秘的“金钥匙”，正式进入了核时代。

遗憾的是，科学的进步不是最先造福于人类，而是用于研制新的武器。而悖论的是，也恰恰是先进武器的竞相追逐，才奠定了每一次科学技术进步在实现武器运用之后，转化为民用，造福于人类的基础。

经过 6 年的研究，美国在 1945 年 7 月 16 日，成功试爆了人类第一颗原子弹。蘑菇云下美国南部新墨西哥州寂静的沙漠，熔化又凝固成坑坑洼洼的玻璃体。仅仅在半个月后的 8 月 6 日的早上，美军把代号“小男孩”的原子弹投到了广岛上空，对原子弹进行了邪恶的实战验证。他们看到一个紫红的小火球在刚刚醒来的城市上空，瞬间扩大为一个巨大的耀眼火球，翻滚着迅速扩散，像火山爆发时红黄色熔岩，覆盖住整座城市，最终造成了 176 987 人罹难。3 天后，笼罩在雨雾中的日本长崎，又被一道强烈的闪光撕开了天空。强光过后，天是黑的，雨是黑的。爆炸中心区，尸体已被气化，焦黑的地上留下一个个人体形状的影子，4 万多人死亡，6 万人受伤。

原子弹的威力让世界目瞪口呆。

回过神的各个强国，立刻转身开始研制核武器。继美国之后，很快，苏联也试爆了原子弹，之后是英国、法国。

于是，新中国自朝鲜战争开始，就一次又一次面临这样的威胁。从 1954 年 4 月越南奠边府告急，到 9 月解放军炮击金门和马祖，再到 11 月中国宣布对 13 名美国飞行员以间谍罪判刑。十年间，美国一次接一次地进行核武器准备，攻击目标是中国。1959 年与苏联交恶之后，尤其是珍宝岛战役的胜利让摩擦不断的中苏关系急剧恶化，一度还到了核战争的边缘。

1954 年 1 月 24 日，世界上第一艘核潜艇，美国的“鹦鹉螺”号下水试航，其显示出超乎想象力的优越性，又一次震惊了世界的目光。后来它 84 小时潜航了 1300 千米，超过了以前任何一艘常规潜艇的最大航程 10 倍左右。由于核潜艇的续航力大，用不着浮出水面，因而可以避开空中的袭击。它可以在没有补充燃料的情况下持续航行 11 万余千米，甚至在几年后，从冰层下穿越北冰洋冰冠，从太平洋驶进大西洋，完成了常规动力潜艇所无法想象的壮举，震惊了世界，而它所用的核燃料，仅仅 1 千克重。苏联紧随其后，在 1957 年下水了 K－3 第一艘核潜艇，接着英国，法国也有了自己的核潜艇。由此拉开了大国间核潜艇的研发竞赛，并最终都锁定了弹道导弹核潜艇为终极目标。因为只有战略核潜艇，才能在遭到核打击之后，有能力进行二次核打击。谁都想把最终的反击权牢牢掌握在自己的手里。

重器在握，才能制敌于先，才能制动于静。对于亲历过朝鲜战场惨烈的彭德怀来说，没有人比他更能切身感到武器的落后所付出代价，也没有人比他更希望我们能拥有先进的武器。我们热爱和平，但我们要不怕战争，而这个“不怕”是让对手忌惮的不怕，是让对手不敢发动战争的不怕，不是应战和上战场的不怕，这个不怕我们一直都不缺乏。在回国的火车上彭德怀就给毛主席写信；“主席；我们赢了，可是我们吃了大亏。我们付出的代价太大了——朝鲜战场的胜利是用数十万战士的血肉换的……”看完朝鲜战场纪录片，坐满中央领导人的放映室寂静无声，他们仍然坐着，一动不动，毛主席眼睛盯着空空的银幕，久久无语，眼里噙满了泪水。美军大批先进的战机从航空母舰上、从陆上起飞，扑向我军阵地，装甲、大炮，万炮齐鸣，在我军阵地上倾倒下雨一样的炮弹——战士们在炮火中被炸飞，在火光中翻滚——他们深刻意识到如果没有强大的海军、空军，没有强大的军事工业，身子就永远直不起来，我们还要在大地上爬行。我们必须要有自己强大的空军、海军，要有自己的战略武器。

要反对核武器，就必须要有核武器，以“戈”方能止战。当中心部位有一条黄色彩带的长条形铀矿石，被地质部部长李四光带进中南海后，毛主席心里有了底，至少我们是有原料的。钱三强对两弹的原理结构及威力进行了具体讲解，中央领导人在现场就达成了共识，作出了建设和发展中国原子能事业的战略决策，“两弹一艇”工程提上了日程。

这一天是 1955 年 1 月 15 日。中国的这项重大决定，没有签署任何正式的文件或会议记录，重大的秘密总是隐于无形。现存的文字记录，除了周恩来办公室台历上写的“约李四光、钱三强来谈”几个字，还有便是周恩来 1955 年 1 月 14 日晚上用毛笔写给毛泽东的三页信。时隔 32 年后的 1987 年，中共党史和文献研究院根据周恩来在台历上写的字，找钱三强了解当时的情况，才揭开这一重大秘密。

搞核潜艇，我们一无技术，二无人才，三无设备，连见都没有见过，经济基础和工业基础都很落后，我们把希望寄托在苏联老大哥的技术支持上。1954 年 9 月，彭德怀和刘伯承率军事代表团赴苏联，在参观完军事演习后，彭德怀提出去看一看核潜艇，遭到了拒绝。1957 年毛主席率领代表团参加十月革命 40 周年庆典，海军司令肖劲光提出参观一下核潜艇，刚开始同意，后来又说是“出海了”，终是没有见成。

1958 年，核潜艇研究设计组的相关人员随行海军政委苏振华率领的海军代表团访苏，再探虚实，并在海军技术装备谈判中列入核潜艇相关内容，最终遭到明确的拒绝。1959 年 9 月，赫鲁晓夫访华，10 月 1 日在天安门城楼上观看我国国庆阅兵时，就对毛主席说要撤回援华的原子能专家。会谈时，甚至大讲前些日他访美时的见闻，并拿着美国的观点来质问我们，毛主席一直波澜不惊。在座的周恩来总理和聂荣臻、罗瑞卿副总理，再次提到核潜艇技术援助问题，赫鲁晓夫显得十分傲慢，他说："你们不要搞潜艇，核潜艇技术复杂，花费大，你们经济状况造不出来。我们有了，你们就有了。"然后又正式提出："我们可以搞联合舰队，再在大连建一个长波电台。"而长波电台是核潜艇的专用指挥通讯平台。毛主席听后生气地反问道："长波电台由谁来指挥呢?"掌控中国的意图已昭然若揭，面对赤裸裸的核讹诈，主席斩断了技术外援的想法，中国共产党从建党到二万五千里长征，再到建立新的中国，每一个巨大的转折和胜利都不是靠外援取得的，建设新的强国也必然是靠自己。他愤慨地说："核潜艇，一万年也要搞出来。"

久久凝视这句话，我读到的意思是：一是核潜艇，我们要自己搞；二是我们有信心；三是难度很大，多难？从时间上有可能需要一万年，虽然这里的一万年多半是个虚指，但也绝不是指一个较短的时间，所以我们要做好需要一万年的心理准备；四是遇到的困难犹如青山一万重，堪比一万年里可能发生的所有困难的总和；五是就算一万年，面对一切困难也要坚决要搞，所以是要保持钢铁意志，保证就是一万年，决心不动摇，干劲不减缓；六是既然一万年都要搞，本身就涵蕴着一个"只争朝夕"的气势和内在节奏，不可能在强大的内心力量和决心之下，在国际环境的重压之下，慢慢悠悠搞个一万年。结果永远会比在"一万年"先到来：不是成功，就是失败。

世间就是这样奇妙地存在于悖论之中。敢于要难熬的"一万年"，你却会得到短短的"十年"；你只想要一个轻松，最后多半得到个沉重，或是得到个空无。

他老人家深知，大国之强必不能依靠别人，大国之强必须立足于自力更生。他更知道，人生苦短，时光易老。他要看到他亲手缔造的新中国强大起来，他怎么可以等一万年，怎么能等一万年。他真正想说的是："一万年太久，只争朝夕。"

读到这样意思后，我的心里就有一股昂扬之气升上丹田，对毛主席的决策由衷地敬佩，对那些在"核潜艇，一万年也要搞出来"这句话的感召下，凝聚而来的核动力人充满敬意。

决心与意志高悬门楣，那是凝固了的旗帜，是决不更改的方向，"只争朝夕"是铁的内在纪律，是行动的节奏，行动的方法。这一句话就像核的链式反应，在广大的核潜艇研制人员之间不断传播扩散，汇聚成巨大的能量，凡是与这句话相遇的人都被这种能量裹挟，热血沸腾的生命所能迸发的能量，足以把核潜艇研制的事业，把大国的重器，高高擎起。经过二万五千里长征洗礼的中国共产党人，有什么困难是可以拦得住他们一定要干的事呢？

其实，早在1958年6月13日，中国第一个核反应堆达到正常运行水平时，中央就认同了聂荣臻立刻启动研制可携带导弹的核潜艇的建议。听到风声的海军也在振奋中，立即着手汇集资料，提出研制弹道导弹核潜艇的意见，并于5天后，在聂荣臻的主持下，召开了第一次关于研制核潜艇的会议。随即军队、国家主管船舶、核工业、导弹、装备计划等方面的负责人都参加了会议，讨论核潜艇研制计划、任务分工、领导机构设置等问题。

6月末，毛主席，周总理及中央领导人就批准了海军通过聂荣臻向中央提交的《关于开展研制导弹原子潜艇的报告》；9月，二机部在北京原子能所成立导弹核潜艇反应堆工程研究设计机构，组建了以赵仁恺为设计组组长的研究小组，（后来整个核潜艇核动力分成五个大组，涉及20多个专业）；海军则与一机部联合成立造船技术研究室，负责导弹核潜艇总体研究设计，紧急调动了黄旭华为船体研究组组长。10月赵仁恺带着目的随团出访苏联，虽然没能获得关于核潜艇有关的一丝技术，但他却无师自通地成为一个带着任务的科技情报人员，虽然别人不让参观怎样“养狼”，却也让他们看了怎样“养狗”，参观了那些民用的核设施。赵仁恺马力全开，生命打开了所有的天线，像进入一个深洞里探寻宝藏的人，准备接收所有的信息。他的眼睛是高速运转的扫描仪，把看到的一切细节都记下来，大脑是飞速的程序解码器，立马进行解码分析，解不了的先行记录，等回到住处，立刻复盘记录一切所看所思，记满了一个厚厚的笔记本。这只是帮他打开核动力的门，对核潜艇仍然没有一点直观直接的信息。直到 1959 年，赵仁恺才与副组长李乐福，在孟戈非副所长的带领下，终于从即将回国的苏联援华专家沃尔比约夫那里，挤了一下午的“牙膏”，得到了一些美国“养狼”的信息，比如美国核潜艇的历史、核动力研发的一般程序、反应堆物理、热工设计和反应堆启堆时可能发生的一些问题，以及建造陆上模式堆的必要性等，是当时核潜艇研发工程所能得到的唯一的出于个人之口讲解的直接相关的技术信息。

赫鲁晓夫访华时，我们已经启动了核潜艇研究计划，组建了研制队伍，已似箭在弦上。毛主席说：“核潜艇，一万年也要搞出来”，确实是有信心，有底气的，同时也传递了坚强的决心。随后一大批年轻的专业技术骨干，从四面八方汇集到核潜艇工程的大旗下，仅参与潜艇船体研究生产的人数多达 10 多万，仅核动力研制基地人员达到 8000 多人。1954 年在苏联留学毕业又改学核工业专业的彭士禄，和其他技术人员也来到了核动力设计组。

但是困难是真的大。这又是一个需要捅破的“天花板”，需要打通的一个长长的黑暗“隧道”。没人见过核潜艇，从外国报纸上翻拍的几张模糊不清国外核潜艇照片，外交官回国前从玩具店买的核潜艇模型就是他们能找到的资料。而负责核动力设计的赵仁恺，带领第五大组昼夜不休地学习、讨论、研究中所了解的也只是核潜艇工程的冰山一角，许多人还根本就不是学核专业的门外汉。他们只能一边相互学习，一边探索成长。凭着集体的智慧，从一无所知到全面了解，经过 2 年的努力，在 1960 年 6 月，赵仁恺团队提交了《潜艇核动力装置初步设计草案》，完成了“零”的突破，掀开了研制核潜艇核动力心脏的“天花板”。这个草案，在后来实践中并没有重大的改动，经受住了实际建造的考验。这时离毛主席说出“核潜艇，一万年也要搞出来”过去了 8 个月。

核动力设计需要经过元件试验堆、陆上模式堆、艇用动力堆三步程序，每一道程序有多个系统，多队人马，需要进行大量的计算、验证。核动力主方案与主参数需要与舰体设计相符合，还要与工业材料厂、院、高校布置研制任务，是全国各行各业的大协同，需要集中所有专业、行业的聪明才智，统筹指挥协调，是一个牵一发而动全身的大工程，需要举国之力。而当年的工业制造能力根本就达不到设计草案提出的技术标准。装核动力堆芯的压力容器所需的特殊钢材，十多家单位联合研制，经过 8 年，才在 1966 年生产出来，进而生产出第一台压力容器；堆内部件之一的燃料元件，经过 7 年，20 多家厂所完成一系列技术突破，于 1965 年试验成功第一批锆合金燃料元件。整个核潜艇相关的五六十个系统都要实现从无到有的技术突破，制造攻坚。彭士禄、赵仁恺等具体负责设计的负责人面临巨大的压力。

正应了那句歌词：“没有人能随随便便成功”，你想要的成功越大，你就会遭遇越大的磨难。对个人是这样，对国家也是这样。1959 年的“大跃进”运动，大食堂等已使国家经济困难开始显现；接着苏联催付 33 亿元抗美援朝军购；1960 开始，连续两年出现大面积的特大旱灾，粮食大量减产；全国铺开的水利等大量基础设施修建，再加上举全国之力的“两弹一艇”核武器工程，多重因素层层叠加，就是一头大象也架不住一群“鬣狗”围攻，国家面临着沉重的经济生活压力。

研究组自然也不能幸免，最困难的时候，核动力设计组 45 人就有 27 人生病，13 人得肝炎，14 人因营养不良全身浮肿。饥饿袭击着这些高度用脑，体量消耗极大的科研人员，饿得他们看到一切都想揪到嘴里来嚼一嚼，但手里的工作都没有一个人停下。外出调研的赵仁恺因过度劳累患上了心脏病，为怕影响士气，他默默地坚持，他的小组没有一个人知道。

可困难并没有结束，1961 年，毛主席也带头开始不吃肉，不吃蛋，吃饭不超量了，真是全国人民都勒紧了裤腰带。毛主席在延安时“忙时吃干，闲时喝稀”的吃饭标准，再一次在追求快速实现富裕强盛的目标下，刷写到国家大大小小的墙壁上。国家太困难了，只好把“好钢”用到“两弹”的刀刃上。核潜艇工程下马了，人员也将解散，堆工线负责人孟戈非和研究组组长赵仁恺也将调整去支援原子弹研究，这对核潜艇下过死功夫、大功夫的人无异于晴天霹雳。自己的娃自己痛，再难也要留下“革命的火种”。孟戈非绕过行政上级直接找到海军政委苏振华，在军方的安排下，核潜艇动力的骨干技术队伍 40 余人，被接收到国防科委系统的 715 所保护了起来。彭士禄这个临危受命的代主任领受的任务是保存实力，继续研究，并带领大家挖野菜。没有科研经费，每月只有 5 元钱，也没有差旅费。好在总可以让核潜艇这个刚刚开始孕育的“坯胎”继续发育，彭士禄接手管理研究工作，并开始对这支队伍进行英语培训、核专业培训，自编教材，自己讲授，汇集资料，对设计草案进行继续研究，调整细化，每天都工作到很晚。

带着需要学习，总是事半功倍。边背英语单词，边看英文资料，摸清了国外核电站、核动力装置的基本情况。正是这一保存下来的火种，个个练成了精兵强将，等到 1965 年 09 工程重新上马后，发挥出重要的作用，成长为各系统的专家。后来的核动力院总工程师黄士鉴说：“他鼓励我们要努力学习，应该屁股圆脑袋尖。屁股圆才坐得住，不能像猴子，尖屁股蹲不住。脑袋尖，钻得进去，才想得清问题。这话让我受用一辈子。”

念念不忘，必有回响。守得住，才见云开日出。1964 年，国家还完了苏联的债，经济也好转起来，原子弹试爆成功带来国家、人民的士气高涨，迎来了核潜艇工程的重启时刻。赵仁恺重新回到核动力所设计所，与彭士禄一起担任副总工程师，成为一对最佳的搭档，最终一起用满腔的热血铸就了陆上模式堆启堆的重要时刻。他们随即带领设计人员奔赴四川，在沉睡千年的山谷之中跋涉，开始模式堆与潜艇数据合并及试验厂房选址、设计，土建施工，从此拉开了九〇九基地轰轰烈烈的建设序幕。

世界总是那么有意思。一个明明是面朝大海的梦想，却在背朝大海的内陆深山驻扎，以“退后”的方式来说明他们的“向前”，正如要鸣镝向前的箭总是要先随弓弦向后拉开。前进的哲学里总是蕴含着向后的蛰伏，后退的准备里也包含了正在向前的回返。

潮湿的深山里，雨多雾重，土地松软多水，蚊虫小咬繁盛，初来乍到的北方人被咬得满身是胞，红肿溃烂，奇痒难耐。吃稻田水，住自己夯筑的泥房，晴天无阳光，雨天一腿泥。在基地山头指挥部，我看见当年的彭士禄、赵仁恺居住的房子，正是那种就地取材的具有川西民居风格的房子，墙用泥草夯筑的，因为是用木板相夹夯筑，墙体厚过一般砖墙，倒是有冬暖夏凉的优点。墙角都立着个半人深的陶制水缸，黑黢黢的，缸体内壁有着黄黄的印痕。那是水中的泥沙沉淀后的印迹，每年春秋之际，万物萌动，水中“小居民”太多，每日喝这样的水，身体耐不住与“小居民”的共处，赵仁恺总是慢性腹泻，要持续半年多时间。

但这些居住与生活的困难，从来就不是赵仁恺与核潜艇研究人员眼中的困难，他们所有的心力、脑力与体力，都聚焦在核潜艇的陆上模式堆的工程上，与工程相关的一切才是他们生命的重心，因为国家命运重压在肩，“核潜艇，一万年也要搞出来”的壮志一直响在他们的耳畔，“只争朝夕”的誓言激荡着他们的胸怀，“冲锋号”在心中吹了一遍又一遍，哪里敢把脚步放慢，就是工程需要他们交出生命，他们也一定不会退缩，不会有一丝怨言。

虽然工程后来又遭受到“文革”影响，许多专家都被打倒。

幸好有彭士禄，当年他的父亲彭湃从日本留学回来，当地人看到一身西装，气宇轩昂的彭家公子都禁不住心情复杂地赞叹“彭家要发达了，彭家要发达了”，可之后不久，接受革命思想洗礼的彭湃就把家里的所有地契当着佃农的面烧毁了，彭家的财富顷刻间散尽。佃农租借的土地从此属于自己，由此彭湃得到了广大人民的拥护，在中国南部成立了第一个苏维埃政权，可也因此得罪了地方势力。革命失败后，彭湃及六位亲人先后牺牲，4 岁的彭士禄就成了孤儿。

彭湃当年种下的善因最后又都回到了彭士禄的身上。为了保住彭湃的独苗，4 岁的彭士禄开始了在人民群众之间的秘密掩护和不断转移的生活，他有 20 多对爸爸妈妈，每一对爸爸妈妈爱他都胜过爱自己的子女。他与潘姑妈生活得最久，潘姑妈也十分爱他，懂事的小彭士禄并不是只享受这些爱，他也学会了担当，学会了绣花，学会了纺线，还学会了放鹅。卖了鹅之后，潘姑妈杀了留下的一只鹅，用一只鹅腿来犒劳小彭士禄，突然回家的小姐姐看到了也闹着要吃鹅腿。潘姑妈想了一下，把彭士禄的鹅腿拿来，撕下了腿肉，然后把肉放到彭士禄的手里，把腿骨给了自己的女儿。不嫌弃的小姐姐啃完了腿骨，眼巴巴地望着彭士禄的手，顽皮的彭士禄故意做出动作香她眼气她，逗得小姐姐去抢小彭士禄手里的鹅肉，拉扯中手里的肉散落在了地上。那是多么金贵的肉啊，潘姑妈生了气，用一根细条子抽打了小姐姐。蹲在角落的小彭士禄想到即将降临在身上的细条，心里很是害怕。潘姑妈却没有打他，而是捡起地上的肉，用开水洗过烫过后又放到了彭士禄的手心里。小姐姐对彭士禄也没有怨气，彭士禄心里从此有了对小姐姐的愧疚，他也在那些无数对彭湃崇敬地转化而来无私的爱里，学会了关爱别人，回报别人。

一天，潘姑妈的儿子永俊哥哥神奇地在彭士禄面前抖开一件毛衣，并被他们七手八脚地套在身上的彭士禄，觉得毛衣华彩的光芒把整个屋子都照亮了。可这时他看见小姐姐抿嘴而笑的羡慕的眼光，鹅肉的事来到眼前。他立刻脱下毛衣，一定要小姐姐穿上，小姐姐自然是不穿，直到逼得他就用哇哇大哭才达到目的。

里尔克说：艰难的生活永无止境，但因此，生长也无止境。少年的磨难也练就了他开阔的心胸，正因心胸开阔，所有的艰难都不是烦扰，也因为他豁达从容，那些遭遇的逆境也有花香。在那些血雨腥风里，众人的爱护住了一个烈士遗孤，而来自心里敬仰的爱又在彭士禄的心里种下了爱的因，他爱祖国、爱人民，不顾性命也要完成肩扛的使命，成为我国核动力事业的拓荒牛。

他无人能比的少年磨难和好成分，就是在造反派那里他的革命性也是不容怀疑的，虽然也受到了冲击，但在那些不断转移的少年岁月也练就与造反派斡旋应付的能力，因而他才得以想方设法保护好核动力研究团队，继续核潜艇的设计工作。

1967 年 8 月 30 日下发的“特别公函”无疑是一把尚方宝剑，挡开了干扰，1968 年 7 月 18 日的“7. 18”指示又给基地工程建设派遣了“神兵”，让完成进度不到 15%的试验厂房建设进入了快速推进的通道。当彭士禄再次与 715 所的全体科技人员登上一列人、货混装的闷罐车，辞别首都北京前往四川九〇九基地时，离预定的任务完成日期还剩 20 个月。而其中的许多人，从此就留在了那片青山之中。作为核动力工程的总指挥，彭士禄也在那里留下了“彭拍板”“彭大胆”等响当当的名号。他敢于承担责任，也乐于承担责任，只要是有利于工程的事情，他都放手让别人去做，需要签字，他就说我来签。他的敢于决断，有魄力，激发了大家的开拓和创新精神。他并不是乱拍板，是胆大心细，凡是重要的主参数他都要自己算一遍，做到心里有底。面对争吵他总说“不要吵，做实验，用实验数据来说话，根据实验结果我来签字，我来负责。”他说有七分把握就敢于拍板，留下三分让实验去验证，比争来争去要强，要有效率得多。

他的每一次拍板都是心中有数的，是有底气的拍板。也因为他小时候吃百家饭，穿百家衣，他有很强的包容和亲和力，善于团结周围的同志，有着广泛的群众基础。也因为这些同志在实践中不断修正他拍板的工程中可能出现的错误，让核心工程的进度不断加快，最终完成了这个开创性的艰巨重大的任务，甚至为按时完成这个历史性任务，不惜随时拼上性命。他自己就在后来因急性胃穿孔倒在工地上，医生直接在工地上手术，切掉了他 3/4 的胃，让医生惊讶的是他的胃还有一个因胃穿孔自愈后留下的疤痕，可以想象他是如何忍住怎样的痛坚持工作的。还有陈德阳、秦郝春两位同志在抢救陆上模式堆模板时，被山洪冲走，秦郝春幸存下来，而陈德阳不幸牺牲，连遗体都没找到。

1970 年 7 月 18 日，“7. 18 指示”满两周年，陆上模式堆启堆也定在这一天。随着“开堆”一声令下，电闸合上，反应堆功率开始缓缓提升。试验大厅一片静谧，所有人各就各位，眼睛盯着一排排按钮，看着闪闪烁烁的信号灯，心提到了嗓子眼。紧张地记录一个又一个试验中的数据。所有的人都希望一次成功，因为中南海的周总理时刻关注着启堆的进程，每隔一段时间就要打电话询问情况，等待胜利的消息。

可是功率每提高一档，出现的险情也会越多。挤满相关领导的主控室收到堆顶观察测量报来的“堆顶有渗漏”的报告。彭士禄只好下达“降温降压停堆”命令。强全生带领测量人员进入到高温的堆内，发现事故原因是中子通量测量管与顶盖钎焊接缝处出现了漏水。经大家商议，决定加套管焊接顶盖进行维修。因为高温、因为辐射，梅树才、邹心银、朱大全等几个焊接工艺精湛的技术人员轮流进行焊接。焊接接近尾声时，细心的邹心银发现焊接的高温使管壁中积水蒸发，水蒸气向上穿透焊剂，在焊接面形成一些大小不一的气孔。如不处理，还将出现渗漏情况。但管壁狭窄，不平滑，不能被金属碰撞，只能用小毛巾来一点点吸附，进程的缓慢难免让等待变得焦虑。邹心银一句“我来吧”，就接过了处理积水的任务。他拿着一根不知从哪里找来的胶皮细管，伸进管壁，用嘴一口一口地把积液吸出来。整个现场鸦雀无声，只有邹心银的吸水声，像刀片一样划过每个人的心——那是反应堆运行过带辐射的水啊，这个 1963 年毕业于北京电力学院热工专业的工程师，1982 年因病去世，年仅 48 岁。我知道因病去世那意味着什么。最后，积水被吸干，焊接成功，在此后的 9 年中，没有再出同样的事故。

好事总是多磨。在 8 月 25 日，模式堆重启。8 月 28 日，再次达到堆功率的 92%，但仍然达不到满功率。紧张气氛再次骤然升温，众人议论纷纷，开始怀疑总体设计是不是有问题。所有人的目光都看向彭士禄和赵仁恺，但根据测量到的所有物理数据都表明，反应堆是可以实现满功率的，他们判断问题出在主机自动调压阀上，怎么办？

周总理在盼着！中央军委在盼着！毛主席在盼着！来自全国各地的协调单位技术人员、领导，启堆领导小组，指导专家们，焦急万分，如坐针毡。

商讨会上，设计人员徐炎初提出一个大胆的设想，就地改自动为手动，增大进汽流量，并自告奋勇，和另一位人员分站左右弦的自动调压阀前，用双手提起了阀闸。箭在弦上，作为领导小组技术负责人的彭士禄拍板同意了这个惊人的建议。

8 月 30 日 13 时，试验开始，仅仅几分钟，主机的满功率达到 99.5%，就等待最后 0.5%的冲刺，主控室里的空气几乎凝固了。16 点 30 分左右，测量室负责测算功率值的黄士鉴发现功率已经超过 100%了。经过太苦太长的求索，结果到来时，总是让人觉得缺了点真实性。他太怕算错了，太怕让大家空欢喜一场。又埋头算第二遍，结果还是一样，他仍是控制住内心的激动还是验证了第三遍。确信无误，才向身边的彭士禄报告："满功率达到了，还超出一点!"声音激动得发抖。彭士禄听了，起身就走，将这个数据立刻上报到周总理办公室。而值班的赵仁恺也接到值班长耿其瑞的报告：反应堆实现满功率运行。

控制室欢声雷动，大家相互拥抱，流下激动的泪水——

神经松弛下来，五天五夜没有合眼的彭士禄在办公室的沙发上睡着了，直到欢庆的锣鼓、鞭炮把他唤醒。他梦见青山在笑，清风在唱，他变成了一只大鸟，飞越在一片辽阔青山之上，面朝大海深蓝的东方——

眼前的青山万千重，岁月里江河几度秋。于无声处起惊雷，"只争朝夕"，用生命铸造大国之梦。

多少年后，回到那里的核动力人，站在人去楼空的寂静小院里，迎面碰见高悬门楣的"核潜艇，一万年也要搞出来"那一句手书，激动的泪水仍源源不断地涌上眼眶，一如我那一日的初见。他们整个一生都是活在这句话的激励下，一万年太久，只能用"只争朝夕"来验证这个决心。无论是几十年里无法照顾家人、无暇陪伴孩子成长的赵仁恺，还是后来倒在核潜艇试航上的李宜传，太多的核动力人，他们心里都是无悔的。亲人对他们的隔膜与误解，也最终会在留给组织的遗书里，在没有名字的宣传里，展呈出对家人的关爱里化解，委屈终将会在泪水里释放，误解也必在感动中冰释，因为他们也都生活在国家重器的保护里，心里也都有家国强盛的梦想。

所有的付出都化成了春天里的歌，在青山深处传唱着不朽，传唱给那些一批又一批走进九〇九基地，参加学习的后辈们。那棵耸入云天的香樟树与那个寂静的小院，遥相呼应 ，默然相知，看着一批又一批参观而来的青少年，用枝叶在天空的细语，对话少年的询问；用阳光在天空漏下的光斑，映亮少年望向天空的眼眸。大地在春风里开启的那些尘封而不朽的记忆，如风中散落的细小香樟树的果核，用高远和芳香的气象，在少年们的心里，轻轻播下种子，只等待雨水与春雷，去启动那些伟大生长的程序，顶开科技的“天花板”，打开世界的新视野——

2022 年 4 月 17 日于北京

刘馨忆（女），军旅作家、成都市武侯区作协副主席、四川省文艺传播促进会女散文作家创作中心副主任。文学作品在《当代》《中国作家》等 20 余种刊物发表，散文入选《中外散文选粹》等 30 余种散文年选、文集。出版有散文集《与自己在一起》。

山海绝恋

——记中国核动力超强发展之路

袁瑞珍

雨轻柔地飘洒着，给无边的绿野罩上了一层氤氲的雾气，也给远处如黛的山峦披上了一层若有若无的纱衣。青衣江如天外之水在山间奔流。江两岸，青峰峻拔，林木葱茏。江面上，薄雾缥缈，江水被清浅的青绿包裹着滚滚向前，卷携着一股势不可挡的豪迈之气，冲出重峦叠嶂的群峰，带着大山的精魂与气魄，更带着隐秘在深山中的国之利器——中国第一代核潜艇研发实验基地里，“干惊天动地事，做隐姓埋名人”的核动力院人，对共和国的庄严承诺和无限深情，汇入长江，向着大海奔腾而去——大海，那是山的怀抱！大山，那是海的眷恋！

山与海的相遇，成就共和国的神话

其实，那青衣江畔的座座青山，并不曾料到此生会与大海结下不解之缘；大海也不曾想到，在深海畅游的蓝色钢铁巨鲸——核潜艇，会在葱郁的大山深处诞生，又驶向浪花飞卷、壮阔深邃的蓝色海洋。这令人难以置信的一幕，却在20世纪的1965年，在大山与大海的相遇中真实地发生，并演绎成一部共和国的神话！

新中国成立后，百废待兴，工业基础差，国民经济非常困难，当时装备海军部队的是常规柴电动力潜艇。这些潜艇一部分是苏联在第二次世界大战时使用的老潜艇，一部分是苏联技术转让给我国的中、小型柴电动力常规潜艇（苏联提供图纸、设备、材料，在中国组装建造）。当时，我国不仅在常规柴电动力潜艇上的研究设计方面缺乏技术储备，在核动力、核动力潜艇技术方面的研究更是一片空白。在苏联的援助下，我国建起了原子能反应堆。为防止中国成为一个军事强国，以美国为首的西方发达国家都对中国进行了核技术封锁。中国是一个拥有广阔海岸线的国家，为维护国家安全，在美国 1954 年 1 月 24 日，世界上第一艘核潜艇“鹦鹉螺”号下水试航，苏联 1957 年下水了 K-3 第一艘核潜艇，接着英国，法国也有了自己的核潜艇，并由此拉开了大国间核潜艇的研发竞赛，我国面临被孤立、核威慑的情况下，1958 年 6 月 27 日，聂荣臻元帅向党中央秘密呈报了《关于开展研制导弹原子潜艇的报告》，周恩来、邓小平等中央领导批阅后，由毛泽东主席批准，这项关系到海军建设大局、关系到国防现代化建设大局的重要尖端技术工程确定，从此拉开了中国研制核潜艇的序幕。核潜艇是海洋舰艇中的撒手锏，是导弹在海上的发射平台，弹道导弹核潜艇是隐藏在深海中的第二次核打击力量，事关国家安全和海洋战事。1958 年 9 月，二机部组建了反应堆研究室，负责核动力研究。海军和一机部共同组建了核潜艇总体研究室，负责总体设计、研制和任务的安排落实。1959 年 9 月 30 日，赫鲁晓夫来华访问，10 月 1 日在天安门城楼上观看国庆阅兵时，对毛泽东提出要撤走援华原子能专家。会谈时，周总理和聂荣臻向他提出了核潜艇的技术援助问题，遭到赫鲁晓夫的拒绝，他说“核潜艇技术复杂，你们搞不了，花钱太多，你们不要搞。”还傲慢地说：“我们拥有这样的武器，可以保护你们。”并提出“ 搞联合舰队，在大连建一个长波电台。”而长波电台是核潜艇的专用指挥通信平台。面对赤裸裸的核讹诈，毛泽东发出了气壮山河的誓言：“反对帝国主义的侵略，我们一定要建立强大的海军”“核潜艇，一万年也要搞出来”

从此，中国走上了一条比研制原子弹、氢弹还要艰巨的独立研制核潜艇的道路，开始潜艇核动力装置的研究开发工作，并决定模式堆先于核潜艇建在陆地上模拟潜艇实况的试验性 1∶1 核动力装置，用于验证核动力装置的设计，考验设备、系统，在模拟实艇的运行中，进行各种工况下的运行和事故处理等试验，为海军培训官兵并提供运行、检修、管理经验。当时，核科学资料与人才奇缺。科学家手中掌握的资料，仅仅只有两张外国杂志上发表的并不完全的核潜艇外形照片，还有一位外交家回国时带回的一个核潜艇玩具，以及第一届和平利用原子能日内瓦国际会议文献的全套资料，内容涵盖原子能利用的各个方面，包括研究试验堆与船用核动力堆，但资料很少译成中文。俄文、英文较全，其他有用资料为已经解密的细微卡片，全是英文版，要用高倍放大镜贴着眼皮看。另外就是苏联提供的新型常规潜艇图纸和上海江南造船厂正在试车中的苏联潜艇的实地考察资料、美国 1959 年 7 月 21 日下水的已部分解密的世界首条核动力商船——“萨凡纳”核商船资料。上海的实地考察让科技人员对于潜艇的构造有了明确的概念，核潜艇就是要用反应堆系统来代替其中的柴油发动机。参加研制的人大多数都是刚毕业的青年大学生，很多人所学专业都与核毫不沾边，一切都需要从头学起。但他们在核动力技术负责人彭士禄、赵仁恺的带领下，开始了艰难的学习、摸索与科研工作。

彭士禄是革命先驱彭湃的儿子。1925 年出生于广东省汕尾市海丰县城桥东社。幼年因系烈士遗孤，由地下党组织托给支持革命的穷苦人家抚养，从 8 岁起曾两度被国民党逮捕入狱。后到延安进学校读书，1951 年被派往苏联留学，在苏联莫斯科化工机械学院学习。1956 年即将学成归国时，又按中央决定，改行在莫斯科动力学院核动力专业学习。学成回国后，任研究室副主任、副教授、副总工程师、副院长、总设计师、六机部副部长兼总工程师、水利电力部副部长、总工程师、核工业部总工程师等职。系中国工程院首批院士、我国著名的核动力专家，核潜艇首任总设计师，广东大亚湾核电站总指挥、秦山核电二期联营公司董事长。被誉为“中国核动力事业的拓荒牛”，2021 年被追授为“时代楷模”。

赵仁恺是南京人，出身于知识分子家庭，幼年丧父，童年几经生死考验，毕业于国立中央大学，后成长为中国科学院、中国工程院两院院士。1956 年被抽调建设核工业，先后参加了重水堆和生产堆的设计工作。1958 年起，开始具体负责潜艇核动力研究设计组的工作，带领原子能研究所的有关科研人员完成了首份潜艇核动力装置初步设计草案，并参与领导了核潜艇陆上模式堆的设计、建造、安装、试验等工作。他们两人在我国核动力科学技术发展中（核潜艇、核电站），作出了系统的创造性的技术成就，为我国核能事业的发展做出了独特的不可磨灭的贡献。核潜艇陆上模式堆在他们的带领下，走过了从无到有的艰难路程。

20世纪50年代末至60年代初，我国正经历三年困难时期，再加上苏联撤走专家，中央专委决定，为保证原子弹氢弹研制成功，核潜艇研制工作暂停下马，在聂荣臻和周恩来总理及孟戈非等人的坚持下，保留了一支只有50多人的队伍，组成核动力研究室，在关键技术上继续研究不断线。尽管生活与工作条件非常差，粮食、副食都是定量供应，每月粮食定量27斤，且多半是粗粮，副食主要是萝卜和白菜、咸菜，三两油、一斤肉，常常吃不饱饿肚子，长期营养不良导致科研人员体质下降，面黄肌瘦，很多人得了浮肿病。后来人们在翻阅赵仁恺遗留下来的笔记本时，一页记录当时研究人员生病的手稿令人心疼不已，泪如雨下，那上面清楚地记载着他带领的设计团队45人中就有27人生病，其中肝炎13人，浮肿14人，占百分之六十，特别是反应堆专业小组，14人中竟然有11人生病！赵仁恺自己也患上了严重的心脏病，为了不被人发现，他悄悄服药，各项工作依然冲在最前面。他们拖着浮肿的双腿和病重的身子，奔走在图书馆和调研现场。生活的艰苦可以克服，科研的难度与工作条件的艰难却如大山般横在眼前。当时很多人的专业不是核专业，外语学的是俄语，懂英语的人不多，但很多资料都是英文，于是彭士禄、赵仁恺带领大家互教互学。那种学习的狠劲至今仍让亲历者，后来曾担任核动力院总工程师的黄士鉴刻骨铭心。他说那时他们每天都早早起床，在食堂买个火烧，有时喝一碗玉米糊，有时不喝就直奔办公室，开始一天的学习，晚上十点左右才回宿舍，天天如此，没有周日。那时他是团支部副书记，曾统计过加班情况，最高纪录是屏蔽组一位叫禹金木的，只在春节时办公室贴封条关闭三天没去以外，其他的节假日都去了。他们互教互学，人人都是老师，又人人都是学生，大家不断提出问题然后讨论，有时遇到难题就彻夜不眠。在进行反应堆物理各参数设计中，当时主要的计算工具只有计算尺和“飞鱼”牌手摇计算器，但这种计算器却很少，研究人员每天吃完中午饭不休息，在办公室继续干，累了困了趴在桌子上休息一下，晚上则头顶五、六级大风从宿舍赶到办公室加班。经过近半年夜以继日地工作，他们最终拿出了我国第一座压水型核反应堆设计草案，使反应堆堆芯结构、控制、物理、热工等设计有了重大突破。

1965 年 3 月，在我国于 1964 年先后成功发射中近程地对地导弹、成功爆炸第一颗原子弹的基础上，中央专委批准核潜艇工程重新全面展开研制。8 月，中央专委决定，建设核潜艇陆上模式堆。经过大量的勘察论证，核潜艇陆上模式堆选址在四川青衣江畔的一片苍山翠谷中，工程对外为西南水电研究所，内部称为九〇九基地，通信地址为成都 291 信箱。由此开始了我国第一代核潜艇陆上模式堆惊心动魄的研制，也演绎出一场山与海的旷世之恋，在大山与大海的相互守望中，成就了中国核动力事业超常发展的神奇之路。

为了建设核潜艇陆上模式堆，核动力研究设计队伍在周圣洋、杨履新、彭士禄、赵仁恺等人的带领下，告别了繁华的都市，带着重于泰山的责任，带着神圣的理想、崇高的使命，更带着对大海的眷恋与深情，陆续来到了这个荒僻的山沟。那里荒草遍野、蛇虫出没，人迹罕至。研究设计人员刚到时，住的是简易工棚，喝的是稻田泥浆水，走的是山野间的羊肠小道。由于山区雨水多，气候潮湿，蚊子又大又多，居住的草棚也成了蛇、青蛙、老鼠们的栖身之所。但如此艰苦的条件，也不能阻止他们对核动力事业的执着追求与满腔的爱国热情，施工现场处处洋溢着团结拼搏的高昂热情。

与此同时，核潜艇陆上模式堆近万台件设备也正在全国 29 个省市（地区）上千个高校、科研、工厂攻关研制，有近 10 万余人参与其中。当时正是十年内乱的特殊时期，不少关键项目和设备陷入停顿，不少科技骨干、专家被批斗。就在这个关键时候，党和国家领导人给予了工程建设极大的关注，1967 年 8 月 30 日，聂荣臻元帅冒着极大的政治风险，签发了史无前例的中央军委《特别公函》。在《特别公函》前面显赫位置处有 11 个大字的毛主席语录：“核潜艇，一万年也要搞出来!”紧接着是“核潜艇是毛主席亲自批准的尖端科研项目。对国防建设具有极为重要的意义，任何人不能以任何理由冲击生产研究现场，不准以任何借口停工停产，必须按时保质保量地完成任务!”最后要求核潜艇工程小组派人到有关省、市和工厂、研究所宣读。“特别公函”的内容瞬间传遍所涉及的部队、学校、科研院所、工厂，迅速掀起了核潜艇陆上模式堆研制工作的高潮，不仅彻底扭转了曾经面临的严峻局面，而且为如期保质保量完成研制工作奠定了可靠基础。广大科研人员、工人和干部忍受着屈辱，挥洒着智慧，迸发着激情，破除迷信、敢想敢干，排除各种干扰，严格遵循“一切经过试验”的原则，一步一个脚印地“摸着石头过河”，边研究、边设计、边实验，在充分实验验证的基础上，实验数据做出来了，各种设备也陆续到达并完成调试，准备进行安装。一大批来自全国各地的科技人员、工人、解放军指战员日夜兼程奔赴现场，汇入了我国核潜艇陆上模式堆安装调试队伍，开始进行一场空前规模的 8 千军民群英大会战。这支队伍吃住在现场，困了便歪在一边歇会儿，饿了吃几个炊事班送来的馒头。这其中涌现出的感人事例不胜枚举。一批以李树山、梅树才、强全生、丁家祥等为代表的优秀工人技师与科研人员密切配合，在工程建设中，用他们高度的责任心和高超的技艺，解决了工程研制和安装中的一个个艰巨的难题。有一位叫李传宜的工程师至今提起仍让人肃然起敬。他是学反应堆仪器仪表专业的，但他刻苦钻研反应堆技术，专业知识面很广很深，是自动控制室的副主任，担负着反应堆自动控制仪器、仪表的研制。他参加了核动力装置从方案论证、设计、试制、安装调试、启动运行，直至核潜艇的调试与试航的全过程。为了自动控制设备和仪器、仪表的加工、制造，他常年驻在工厂，与爱人和孩子分别了三年近千个日日夜夜！他在反应堆安装前切除了一个肾脏，大家怕他吃不消，劝他不要与大家一样坚持，但他不仅不离开，还干脆把被子搬到控制值班室，吃住在现场，直至反应堆成功达到满功率。其后又拖着病体再次请战，奔赴北海核潜艇试航第一线参加保驾护航，在一次试航时，晚上突发心肌梗死，连一句话也未来得及说，就牺牲在核潜艇试航第一线，时年还不到四十岁！

正是由于有了这种“自强自立，求真务实，创新协同，拼搏奉献”的“09 精神”，核潜艇陆上模式堆才在深山幽谷中成功研制建造。

1970 年 7 月 23 日凌晨，在我国核潜艇陆上模式堆开始升温升压的这一天，彭士禄、赵仁恺带领的科研团队群情激昂又沉着冷静，这项惊天动地的伟大工程试验，即将在青衣江畔大山深处的峡谷里，悄然拉开序幕。一场接受人民检验的，集国家科学技术，工业制造的系统工程试验，一场深受党中央关注的核潜艇陆上模式堆将开始首次启动、提升功率试验。此刻，那条静卧在深山中的钢铁巨鲸，缄默不语，它在期待着裂变的指令，盼望着积蓄冲向大海的能量！而此时，周恩来总理在中南海的办公室里，通宵达旦守着那部连接核反应堆试验现场的电话，亲自坐镇指挥我国第一座压水型核反应堆升温升压。7 月 25 日 6 时 2 分，两台 1200 千瓦的发电机组首次实现核能发电。8 月 30 日 18 时 30 分又首次实现满功率运行！当年曾有幸参加了升温升压试验工作的黄士鉴至今仍清晰地记得，那一天担任指挥长的彭士禄率领几十个参加试验的工程技术人员紧张有序地工作。试验现场气氛凝重，静悄悄没有一个人说话，人们的眼睛紧紧盯着试验大厅中闪烁不停的仪表。当在试验现场担任测量温度和流量工作的黄士鉴第一次计算出反应堆达到满功率运行的参数时，有人打破了沉静，轻轻说了一句：“达到满功率了！”但此刻的黄士鉴并没有回答，他沉住气，告诫自己要严谨，不能有丝毫差错，接着又计算了一次，再计算了一次，当计算到第四次，参数都吻合时，黄士鉴轻声对彭士禄说：“达到满功率了，还超过了一点点。”彭士禄冷峻的脸上掠过一丝惊喜，一言未发，转身向那部专线电话奔去，向周恩来总理报告了这个激动人心的喜讯后，又悄然回到了试验现场。当黄士鉴和他的眼睛相遇时，两人都发现对方的眼神中似有火焰在跳动。此刻，一种灼热的情感穿透实验室宽大的窗玻璃，向苍翠的群山辐射，他们身体里的血液在沸腾，如大海掀起的汹涌波涛！

那是令中国人扬眉吐气的日子，那条大山沟里，回荡着惊天动地的报捷锣鼓声和人们激动万分的欢呼声，四面青山碧树，辉映着人们喜极而泣的脸庞。而此时试验大厅的值班室里，彭士禄正一头倒在床上打着鼾，沉沉地坠入梦乡。他着实太累了，已经有一个礼拜几乎没合过眼！

历史将永远记住这一天，因为我们仅用了十余年的时间，便实现了毛泽东主席的誓言，掌握了核动力装置的研究设计、设备制造、建造安装、调试运行的全套技术。核潜艇上零部件有 4.6 万个，需要的材料多达 1300 多种，全部是我国自己研制的，没用外国一颗螺丝钉，为中国人民争了气，为建设强大的国防做出了为之骄傲的贡献。

历史也将永远铭记，在那段激情燃烧的岁月，崇尚英雄的年代，核潜艇研制工作者为国家所做出的特殊贡献。他们是中国的脊梁，是英雄，确切地说是无名英雄。可无名英雄更显英雄本色，因为他们也是中国海上长城的保卫者，更是共和国奇迹的创造者！

1970 年 12 月 26 日，科研人员和建设者们，将我国第一艘核潜艇推向海洋。

1971 年 1 月下旬，陆上模式堆进行了第三阶段不停机连续 83 天的“模拟长航运行”考验，近似于核潜艇航行了 29 874 海里，相当于绕地球航行 1.38 圈。这次“模拟长航运行”考验任务于 1971 年 4 月 15 日结束。这意味着钢铁巨鲸从孕育它的大山，跃入深海遨游海洋的日子即将到来！

1971 年 3 月，九〇九基地组成有反应堆物理、热工、结构、控制、动力装置、屏蔽、剂量等专业 30 余名反应堆及其一回路的骨干力量，由彭士禄带队奔赴核潜艇制造厂，参加第一艘核潜艇反应堆的安装、调试与物理启动等系泊试验。

1971 年 8 月 18 日，我国核潜艇首艇出坞，系泊试验结束。

1971 年 8 月 23 日，我国第一艘核潜艇——091 首艇（舷号：401 号艇)，带着大山的精魂，舒展百年梦想，开始首次航行试验。

那是一个多么令人振奋的时刻！那天，蓝色的天空白云飘荡，碧蓝的海洋波澜不惊。一声试航加速的号令响起，平如镜面的大海，海面突然有山隆起，宛如青衣江畔大山的精魂来到了大海，相依相伴着钢铁巨鲸驶向深海！多年后，曾参加过第一代核潜艇首次试航的核动力院科技骨干沈抗，怀着激动的心情，记下了永生难忘的壮丽场面："墨绿色的潮涌漫起浪花，翻江倒海，翻腾激荡，水沫喷溅直上半空，咆哮之声震耳欲聋。浪花在艇身上冲荡，激波水墙向远处奔涌，艇后尾流变成一片白色怒海，宽至百米，汹涌澎湃，浩浩荡荡，奔向远方，连绵数千米。人在舰桥，海风吹拂关面颊，军旗在头边飘扬。惊心动魄，血涌脉张，无比震撼。庞然巨龙驶向海洋，去下五洋捉鳖，去上九天揽月。面对此情此景，能不心怀敬畏，心情激荡。自豪之心油然而生。"是呀，能不激动吗？中国的第一艘核潜艇，能诞生在他们的手中，此生毕竟没有白过。足矣！世上几人能有此荣幸！

1974 年 8 月 1 日，第一艘核潜艇被命名为"长征一号"，正式编入海军潜艇部队服役，中国从此跨入世界上第五个拥有核潜艇的国家。二十天后，已是高龄的朱德委员长，在海军司令肖劲光的陪同下，乘坐指挥舰，检阅了刚刚服役的"长征一号"。海风吹拂，军旗猎猎，朱德委员长望着波涛滚滚的深蓝色大海，眼睛紧紧看着钢铁巨鲸核潜艇"长征一号"，胸中如海浪般掀起汹涌波涛。当肖劲光司令员告诉他，"长征一号"不仅是我们中国科技工作者自己研制的，它所有的材料和零部件也是我国自主研发制造，没用外国一颗螺丝钉时，朱德委员长连声称好，严肃的脸上露出了欣慰的笑容。

钢铁巨鲸在深海遨游，用它威武的英姿，在大山深处的九〇九基地，竖起了我国核动力事业发展的第一座里程碑。

1985 年美国海军部长莱曼、四星上将怀特，随后 1988 年海军作战部长四星上将特罗斯特陆续参观了我国核潜艇。三位美国现役海军高级领导人参观后，都赞叹不已。莱曼参观后当晚，就打电话给里根总统，说："中国人确实创造了一个奇迹。"

1988 年 9 月，我国核潜艇水下发射运载火箭成功！一声惊雷震撼海空，中国有了捍卫国家利益的"撒手锏"。

2009 年 4 月 23 日，黄海海域，中国海军历史上最大规模的海上阅兵举行，首次向世界亮相的中国海军战略核潜艇，高悬五星红旗，航行在受阅舰艇编队最前列！紧随其后，攻击核潜艇、常规动力潜艇、新型驱逐舰、新型护卫舰、新型两栖船坞登陆舰、新型导弹快艇破浪疾驰……中国海军用现代化的钢铁方阵，展示了建设和谐海洋的坚定决心！

当共和国的脚步跨入新世纪的门槛时，2004 年 9 月，时任中央军委主席江泽民同志专程到核动力院视察，当他来到这片创造了共和国奇迹的土地上，看到了核动力研发平台建设的成果，当即欣然题词："立足自主研发，开展国际合作，发展先进核动力堆。"当他听完曾任核动力院总工程师黄士鉴和院领导对当年建造核潜艇陆上模式堆的情况汇报后，感慨万千，深情地说了一句足以令黄士鉴和当年参加过这项工程的建设者们深感自豪和欣慰的话："我代表党中央感谢你！感谢你们！"

山与海的相望，铸就中国核动力超常发展之路

第一代核潜艇的研制成功，标志着中国核动力事业从无到有，也预示着经过工程锤炼的核动力科技队伍，将在核动力科技王国里继续探索，也为核动力院从零起步到成为我国唯一的集核动力研究、设计、试验、运行、小批量生产为一体的国家战略高科技研究设计院奠定了坚实的基础。

这是半个多世纪以来，核动力院人风雨兼程，历经艰难困苦考验，不忘初心、牢记使命，奋力拼搏，历经三次创业的结果。

第一代核潜艇陆上模式堆建成后，周恩来总理在接见核动力院的代表时，称赞第一座压水堆是个"样板"，是我国"核动力"的起点，"核电站的基础"，并热切期待着核动力院能在利用核能发电方面为国家做出更大贡献，他叮嘱核动力院的代表说："第一座压水堆成功了，

陆上核电站有了，你们的成功就更大了。”1973 年，国家计委批复九〇九基地建设规划中，明确规定了“舰船核动力和电站核动力两个为主”的发展方向。周恩来总理的深情叮嘱、国家计委的明确批复，再一次点燃了深处大山的核动力院人心中燃烧的烈火，壮阔的大海，又一次托起了展翅腾飞新的梦想。

1979 年 12 月 27 日，核动力院在以徐传效总工程师和周永茂、钱锦辉等为代表的一批科技人员的努力下，刻苦攻关，自主设计建造、工程设备全部实现国产化的中子通量居亚洲第一、世界第三的高通量工程试验堆首次达到临界，1980 年 12 月 16 日达到满功率运行。1981 年 2 月 10 日，《人民日报》发表题为《我国第一座大型高通量原子能反应堆建成》的消息。十年磨一剑，这又是一个划时代的历史时刻。它的建成标志着我国核动力技术有了新的突破，它能承受堆芯高热流密度和高流速工况的薄壁管状燃料元件和首次大量用于高通量堆芯的热压铍部件，代表了中国相关科技和工业界曾经达到的最先进水平，成为我国高比度同位素的重要生产基地，并承担了大亚湾等核电站的反应堆压力容器辐照监督样品的重要试验任务，为国家相关任务挑起了大梁。建成后曾被列为当年重大科技成就，1985 年获得了国家科学技术进步奖一等奖，并作为国家重大科技成就镌刻在中华世纪坛的碑文上，也成为核动力院发展进程中的第二座里程碑！

高通量工程试验堆是设计反应堆的关键试验设备，是独立自主发展核动力事业必需的工具堆。它从设计、建造起，就被赋予和承载了重大历史责任与任务。如今已经安全运行 48 年，为反应堆用材料、燃料的研究和辐照试验提供了重要手段，积累了成功的经验，为反应堆的综合利用做了许多有益的尝试。通过技术改造后，至今仍保持良好的安全状态。

随着中国第一代核潜艇陆上模式堆的运行试验和高通量工程试验堆的建成，一支兵强马壮、专业齐全、国内绝无仅有的核动力装置队伍形成，一个完整的核动力研发基地在大山深处初具规模，中国核动力事业的第一次创业，为我国核动力技术发展奠定了坚实基础。

就在大家信心满满，渴望有更快发展时，核动力院却因调整，从800多名科技人员中分走了300多人，使核动力装置技术人才队伍受到严重削弱，国家也没有重要的任务下达，科研经费投入急剧下滑，核动力院的发展进入一个异常困难的时期。特别是偏远的山区地理环境引发的困难不断凸显出来。这些核潜艇陆上模式堆和高通量工程试验堆的科技骨干，大多来自全国名校、来自北京等大城市，不仅两地分居、水土不服、无法尽孝、缺医少药、子女就业等问题困扰着他们，更重要的是搞核动力研发需要畅通的资讯。九〇九基地地处深山，几乎与世隔绝，去一趟最近的大城市成都也要大半天时间，费尽九牛二虎之力接通一个长途电话，即便是在寒冬腊月也会大汗淋漓，因为那不是在通话，而是大声地吼，否则就听不清彼此在说什么！信息不灵，交通不便导致很难获取外界信息和与外界交流，这对搞尖端科技研发是极其不利的。于是，原有的凝聚力急速下降，人心不稳，要求调离的申请书雪片般飞到院人事部门。很快，一部分人回到了北京，另一部分人到了深圳大亚湾核电站和上海“728”院，出现“孔雀东南飞”的景象，中国核动力事业发展遭遇了前所未有的挫折。

但是仍有一批经过核潜艇陆上模式堆和高通量工程试验堆工程实践锻炼的科技骨干，丢不下那份山海相依的情感。工程在院长任和、党委书记周树清的带领、支持下，开始了突出重围，走出困境的艰难道路。一方面在反应堆开盖卸料检查，开展核动力装置和方案论证、概念设计等方面做了大量工作。还自筹部分资金，瞄准了当时被美国独家垄断的新型反应堆——铀氢锆脉冲堆的技术研究。脉冲堆是一种能在很短时间间隔内达到超临界状态，从而产生很高脉冲功率和很强中子通量，并能安全可靠地多次重复运行的反应堆。它的另一重要特点是可以在禁止核武器试验的条件下模拟核爆炸试验。研制脉冲堆需要突破三大技术难关：技术独特的理论设计模型及专用技术、独特的铀氢锆燃料——慢化剂元件的设计及制造工艺、脉冲堆装置的研制发射及脉冲参数测量技术。但核动力院的科研人员却用信念与胆识、克服重重障碍，决心攻下这个只有美国才掌握的尖端技术。另一方面紧紧开展核电站技术应用研究，先后进行了60万千瓦和90万千瓦核电站的设计研究。与此同时，抓住国家三线调整的机遇，在1988年，核动力院设计部的科技骨干搬迁成都，为科研主体在20世纪90年代中期顺利搬迁成都、实现核动力院的第二次创业夯实了牢固基础。

当又一个十年过去时，核动力院于1990年7月22日，脉冲堆建成首次达到临界。1991年6月24日达到稳态满功率运行。当脉冲堆建造现场总指挥李达忠（后来担任中国核动力院党委书记）、脉冲堆项目负责人王梓生、技术负责人夏祥贵与院所领导和科技人员，站在脉冲堆试验大厅，见证着那蓝光闪烁的一刻时，所有的艰难困苦，都在人群里那发自内心的“我们成功了！我们胜利了！”的欢呼雀跃声中消失殆尽。伴随着脉冲运行发射出的那道美丽的契伦柯夫蓝光在瞬间闪烁，不仅向世界宣告了中国脉冲堆的成功建造，打破了美国对该项技术的独家垄断，使我国成为迄今为止依然是世界上第二个掌握这一高科技尖端技术的国家，同时也标志着核动力院发展历史上的第三座里程碑在深山里耸立。大山深处那片神奇的土地，又一次创造了共和国的神话！

随着世界核动力技术的发展，核动力院原有的实验设施已经老化，远远跟不上核动力科技的发展要求，院长钱积惠以对中国核动力事业的长远发展和战略需要，给时任中共中央总书记的江泽民同志写了一封信，提出加速建设我国核动力研究基地的问题。1991年6月15日，江泽民总书记专门在这封信上做了批示：“……今后我们还是要自己搞核电设备，不能老是买下去，我们已经有了一定的基础，报告所提意见是有道理的……望在可能范围内支持一下核动力骨干实验装置的建设。”江泽民总书记的批示，给核动力院的发展注入了强劲的动力。随后，在成都建设了一批核动力试验设施，被称为“615工程”。工程完成后，核动力院拥有了堪称一流的完整试验装置。这些大型工具堆和试验台架是中国核动力工业界的稀缺性战略资源，对于研发核动力技术至关重要。为后来的秦山二期核电站压水堆的自主设计和建造作出了不可替代的贡献。

中国作为一个发展中国家的核大国，作为一个已经拥有核潜艇并还要进一步发展核动力技术的国家，理应也有能力走自主发展核电的道路。

由于核动力院在极其困难的条件下保持和稳定了一支核动力科技队伍，在科研经费十分紧张的情况下，从未间断过对核动力技术的研发。所以，当国家决定建设核电站时，核动力院为秦山一期核电站和大亚湾核电站提供了大量的人才和技术支持，并完成了许多重要的试验验证。

1977 年 6 月，核动力院成功研发秦山一期 30 万千瓦核电站的燃料元件制造工艺。1980 年年初，制订了 一个十年发展规划，谋划参与核电建设。1987 年 12 月，我国第一座自主设计、建造、运营、管理的大型商用核电站——秦山二期 60 万千瓦核电站工程设计任务经国务院批准后，核工业部上报国家计委，建议该项目建设采用国际上先进的管理制度，设立董事会，全面实行招标、投标制，对设计、施工、设备制造等在全国范围内采取多项招标、投标、择优选定的办法，并由国家有关部门进行检查监督。这是我国由计划经济向市场经济转移进程中，核电领域第一次尝试招投标制。

核电秦山联营公司给核动力院发来了招标书。这一纸标书，再次点燃了埋藏在核动力院人体内火热的激情。院组织精兵强将全力以赴投入招投标准备工作中。全院上下灯光彻夜通明，经过日夜奋战，设计部拿出了所有的数据与资料，和卫东起草准备了一份构思新颖、表述准确无误的总报告。从 12 月 20 日接到招标书到准备好印刷精美的投标文件，仅用了 28 天时间。当副院长孙玉发带领的王克强、周益年、杨歧、和卫东、孙荣绵、魏守圣等 23 人组成的赴京投标组离开院里时，送别的人群拉着他们的手，将深切的希望化为一遍遍叮嘱，载着投标组成员的两辆汽车驶出很远很远了，送别的人群还在向他们挥手致意，动人的场面令肩负重任的孙玉发副院长也止不住热泪长流。

但好事多磨，有关部门以核动力院已承担其他重要任务，不宜参与核电站设计建造为由，让其主动退出竞标。这让竞标组的成员感到十分沮丧，难道多年向往的建造中国自己的核电站的梦想就这样与我们擦肩而过？不，绝不能错过这样的机会！在这关键时刻，投标组中设计部主任王克强提出了一个以退为进的主意：“与其体面地退出，不如说出真相，让董事会和评标委都知道真实情况，然后昂首离开招标会议。”这个意见得到投标组全体成员的赞同，于是立刻编写了一份《退出投标申明》送交评标委员会。秦山二期董事长彭士禄、专家组组长赵仁恺和评标委在听取了中国核动力院投标组汇报后，明确表示：我们不会受行政部门的左右，请你们照常参加一切评标活动。

1988 年 1 月 21 日至 28 日，在北京马神庙一号主楼 301 会议室，招标会议在紧张肃穆的气氛中举行。1 月 25 日，经过充分准备的设计部副主任周益年镇定自若、胸有成竹地走上讲台，在规定的 3 个小时内，用流畅的语言，条理清楚、重点突出、详略得当地讲解了核动力院实施纲要总报告，让董事会和评委们对核动力院的独特优势留下了极为深刻的印象。经过最终的陈述、答辩，1 月 28 日上午，评委庄严宣布：核动力院以 91. 33 分的绝对分数优势在反应堆及主冷却剂系统设计标段中中标！这一特大喜讯顷刻间传遍了核动力院的每一个角落，院长任和、院党委书记王海江向投标组发来贺电，代表全院党员、干部和职工向他们致以热烈的祝贺和亲切的慰问。当竞标组回到院里时，映入眼帘的是那横空高挂的“热烈欢迎参加北京 60 万千瓦核电站投标同志胜利归来，向你们致敬!”的大幅标语，还有党政领导及干部职工热情相迎的笑脸。此情此景让不少投标组成员至今想起仍激动不已。

2002 年 4 月 15 日，秦山二期核电站提前并网发电，其主要经济技术指标接近或达到国际先进水平，表明中国具备了自主设计、自主建造、自主运营大型核电站的能力。时任院长杨歧不无自豪地说：“我们自主设计建设的秦山二期核电站，开启了我国核电自主化进程!”在以后近十年的建设过程中，核动力院既承担工程设计也承担试验验证及科技攻关，为我国核电自主化的重大跨越做出了历史性贡献。

这又是一个了不起的成就，不仅成为核动力院发展进程中的第四座里程碑。更标志着核动力院弘扬“自主创新，勇攀高峰”的精神，在第二次创业中取得的丰硕成果。

进入 21 世纪，我国核动力技术发展迎来“黄金期”。在国家的大力支持下，核动力院提出了核动力研发基地建设规划问题，不久便在成都双流拉开了第三代核动力研发平台的骨干基础设施建设帷幕。一个更为强大、代表我国新时代先进水平、设施一流的第三代核动力研发基地、现代化的科研院所拔地而起。

此时的核动力院人，心中有了更为壮烈的愿望，一个更加美丽的梦想在激励着前行的方向，那就是中国不仅要有自己的核电站，中国研制的核电站还要走向世界！

他们清醒地认识到，在关系到核心技术的问题，翻版别人的设计，是不能让中国从核电大国变成核电强国的，只有搞自主化，实现自主品牌，才能获得国际认可，实现“走出去”，在世界核电市场上参与竞争，赢得尊重与地位。

“走出去”这个梦想，无疑是美丽而又充满挑战的。为此，核动力院科研人员为实现这个梦想，在核电国产化学科带头人张森如和吴琳、闵元佑、刘聚奎、张富源、赵文金等核电专家的带领下，执着地坚守着中国核电自主创新的发展道路，在他们的不断努力开拓中，产生了更为优化的第二代核电技术，同时引进、消化、吸收国外核电技术。通过岭澳核电二期、秦山核电二期扩建等一系列工程实践，并在工程实践的基础上不断加以改进提高，形成了具有中国特殊的第二代改进型技术品牌。为了突破核电技术发展长期受制于人、不能实现出口的困局，振兴国内装备制造业。从 1996 年开始，核动力院在 CNP600“121 堆芯”、CPR1000“157 堆芯”的基础上，自主创新地提出“177 堆芯”的概念，功率确定为 100 万千瓦，机型确定为 CNP1000，随后开展了主参数论证、概念设计、方案设计、模拟初步设计、工程初步设计，完成了反应堆整体水力模拟试验、反应堆堆内构件流致振动试验等一系列关键性验证性试验。在不断地技术进步、科技攻关和技术融合中，成功研发了被李克强总理赞誉为“国家名片”的自主第三代核电品牌“华龙一号”，自主研发了首个通过 IAEA 认证的小堆技术“玲龙一号”；自主研发的先进燃料组件 CF3 实现工程化应用，CF4 燃料研发取得重大突破；蒸汽发生器、驱动棒控制机构等关键设备实现自主化；安全级 DCS“龙鳞”系统的成功研发让我国核电站有了自己的“中枢神经”；NESTOR 核电设计与分析软件包的横空出世，让第三代核电有了“中国魂”。

截至 2022 年 3 月，我国自主第三代核电“华龙一号”示范工程第 2 台机组，中核集团福清核电 6 号机组正式具备商运条件，巴基斯坦卡拉奇核电 2 号机组已投入商运，3 号机组成功并网。这一切标志着“华龙一号”示范工程全面建成投运。这是我国核电发展取得的重大成就，对优化我国能源结构和绿色低碳发展具有重要意义，对推动中国制造业转型升级向高端发展起到巨大的作用。同时也标志着我国核电技术水平和综合实力已跻身世界第一方阵，有力支撑了我国由核电大国向核电强国的跨越。

在核动力院第三次创业的浪潮中，“华龙一号”成为院发展史上的第五座里程碑。

当“华龙一号”的靓丽英姿惊现在中华人民共和国成立 70 周年天安门广场检阅队列中，向世界展示中国核电这一重要的国之重器时，所有的艰难困苦，所有的曲折磨砺，此刻都化为大山与大海深情守望的热泪之中！信心、力量、拼搏、奋斗在中国核动力院人心中如海浪般激荡！

历经半个多世纪的风雨，核动力院创建的这五座里程碑，熠熠生辉。那上面镌刻着中国核动力事业从无到有，从弱到强，逐步发展壮大艰难而辉煌的历程，为国争光的赤子情怀，用浓墨重彩，书写下中国核动力事业超常发展的神奇之路！如今，全面开启核动力事业第四次创业的宏伟蓝图正在激励着新一代核动力事业的建设者。在山与海的相互守望中，更多奇迹将会出现，一座座新的里程碑将耸立在核动力院这片热土上。用核能造福人类，璀璨的理想之光必将照亮未来之路！

山与海的相守，谱写老基地新时代乐章

当我离别 15 年后，又回到被青山环抱的中国第一代核潜艇研发实验基地——那片我曾经工作、生活过 25 年的地方，看青衣江浩渺远去的身影，看基地被绿荫遮蔽的办公楼、实验室和生活区职工住宅楼，走进原基地招待所，现已修葺一新的“向海楼”，眼前熟悉却又陌生的情景令我震惊，也让我恍惚，宛若从梦中醒来，居然有亦真亦幻的感觉！

站在“向海楼”前的摇篮广场，心便泛起波澜。这里原是一片荒芜之地，现在却耸立着一面飘扬的巨大红旗雕塑，正面镌刻着“不忘初心，牢记使命。中国核动力工程的摇篮”，背面是“砥砺前行，不负韶华”八个大字。那些红色的字迹此刻似乎具有了鲜活的生命，在雨中依然熠熠生辉，洋溢着一股浩然之气。我站在那片隆起的如翡翠般碧绿的坡地上，突然那八个大字下面镌刻的核动力院院歌撞入我的眼底：

中国堆谷沐浴着金色朝阳，
蓝色海洋激荡着百年梦想，
钢铁巨鲸逐海浪，
科技强国奏华章。
核电之光辉映着皎洁明月，
神奇堆谷升腾着伟大理想。
核技术研发竞风流，
科技兴国创辉煌。
啊！奋进的核动力院人，
自主创新永攀高峰，
让核能造福人类，
神圣使命无上荣光！

顷刻间，当年我与郭勇、仲伟迁三个人共同创作这首歌词的情景凸显眼前，耳边仿佛响起激情澎湃、豪迈嘹亮又深情悠扬的院歌，我的眼泪一下奔涌而出。“山海绝恋”四个字在脑海中突地跳出来，并点燃了我心中的那团火，心止不住地狂跳起来，浑身的血液似乎也在沸腾。因为这四个字所蕴含的特殊意义、“中国核动力研究设计院院歌”充溢的自豪与深情，只有在这里工作生活过的人，才能真正理解——那是核动力院人对国家对人民崇高的情怀，那是爱的告白，那是他们的海誓山盟！

穿过一条浓荫覆盖绿草芳菲的蜿蜒道路，映入眼帘的，是我再也熟悉不过的那座用鹅卵石砌成的四合小院。这个四合小院原是二机部 27 公司的总部所在地。20 世纪 80 年代中期，27 公司完成基建任务后撤离基地，核动力院院部搬入此楼，1996 年院机关随科研主体搬迁成都后，便成为基地机关的办公场所。2008 年汶川特大地震发生后，基地机关搬离。2018 年中国第一代核潜艇研发实验基地部分解密后，九〇九基地成为国家级工业文化遗产、中央企业爱国主义教育基地，这所四合小院便随同基地一些其他设施，成为珍贵的历史文物而被赋予新的使命。据说这是一座当今世界上独一无二的“干打垒”建筑，始建于 1965 年核动力院建院初期，因钢筋水泥要省下来建核潜艇陆上模式堆，墙体便采用最原始的土建方法，用青衣江的鹅卵石与河沙混合干草、黏土夯实垒砌而成。四合院小楼正面房顶上有一个看似不起眼，却蕴含深刻含义的艺术造型：海浪中一朵飞卷的浪花托着核潜艇的心脏核动力反应堆，它已经在那里傲视苍穹又寂静无声半个多世纪。当初 09 工程是国家绝密，这个象征性的艺术造型，便寄予了建设者们研发建造中国第一代核潜艇最强烈的使命感与自豪感，更是核动力院人心中神圣的图腾。二楼正门门楣上庄严地挂着毛泽东气壮山河的“核潜艇一万年也要搞出来”的匾额。小楼廊檐上耸立着 12 根造型别致的鹅卵石砌的罗马柱。罗马柱前陈列着彭士禄、赵仁恺、周邦新、孙玉发、于俊崇、周永茂等 6 个院士的图片资料。整个建筑外墙全部是凹凸有致、排列规整的青色鹅卵石。四合院周围是一片遒劲笔挺直刺天穹的香樟树，粗壮的枝干蓬勃着伸向四面八方，有些树身上爬满了郁郁葱葱的藤蔓植物，如恋人般缠绕亲吻着香樟树，它们绿意盎然宛如卫士般护卫着这座四合小院。四合院对面是一栋四层楼的红砖楼房，原核动力院机关大楼，里面有我曾经的办公室。现在已是基地机关办公大楼。此刻，四合院里空无一人，静寂无声，干打垒墙上灰白色的沙土衬着泛着青色光晕的鹅卵石，透着岁月的沧桑，给人神秘、肃穆的庄严感。我注视着这座已成为历史文物的建筑，静谧中仿佛听到香樟树与鹅卵石的低语，仿佛看到小院彻夜不息的灯光和院领导、总师们忙碌的身影。我轻轻地抚摸着墙面上的鹅卵石，那种冰凉的触感让我联想到清澈的青衣江水和奔腾不息、辽阔壮美的蓝色海洋。而那参天的香樟树，却在我眼前幻化成无数核动力科技英才身处深山，心向大海伟岸的身姿。

沿着通往设备制造厂的公路，我信步向“桥头”走去。“桥头”曾是九〇九基地最繁华之地，也曾是我和先生、女儿居住过的地方。“桥头”原名“工农桥”，石棉堰的流水潺潺地从桥下流过。鼎盛时期，以桥头为中心，四周分布着机关办公大楼、商店、邮局、银行、粮店、冻库、小卖部、小食摊、面包房、招待所、小学、托儿所、灯光球场、游泳池、菜市场、家属宿舍。桥头公路两侧的山头上，坐落着九〇九基地曾经的最高指挥中心“山头指挥部”和需要登上几十级错落有致的宽阔台阶，才能到达的颇具气势、有着功能齐全的精致舞台和近千个座位的俱乐部。当这些熟悉的建筑与场景映入我的眼帘时，一种久别重逢的温馨感觉溢满心间。突然，一艘巨大的、气势恢宏的半浮出海面的核潜艇雕塑，在俱乐部山脚下赫然呈现，艇体上黄色的海军八一徽章分外夺目，五星红旗和核工业集团公司、核动力院蓝色的司旗、院旗在春风中飞扬。核潜艇雕塑紧靠着俱乐部山下的堡坎，堡坎的墙壁上镌刻着一幅幅研制第一代核潜艇陆上模式堆时动人故事的浮雕壁画。壁画上方的一块平地上，伫立着一组排列规整的反应堆核燃料组件模型，他们傲首苍穹，展示着原子能的威力与不凡的气质。核潜艇雕塑的对面原是基地幼儿园，现已改建为中国核动力科技馆九〇九基地馆。宽阔的广场中央伫立着一块巨石，上面镌刻的“中国第一代核潜艇研发实验基地”的红色字体，让人顿生崇敬与自豪之情。与核潜艇雕塑遥遥相对的是一片开阔葱绿的芳草地，那里原是九〇九基地的足球场，如今在芳草地的中心，高高耸立着一面敦厚的用红砂条石垒砌的墙，墙的上端，九〇九三个巨大的红字在苍茫的群山中肃然挺立，它深情地凝望着那块巨石和那艘浮出海面的核潜艇，浓浓的情意弥漫在中国第一代核潜艇研发基地的苍松翠谷中，好似在述说着半个多世纪以来，山海相依相守相望的那份旷世绝恋。

我被彻底震惊了！被眼前这创意独特的恢宏雕塑深深吸引，我意识到，它们的横空出世，意味着从此可以向世人宣告，这大山里所有的一切，都是向着大海的方向，以海为基、向海而生、向海图强、强海报国！意味着中国第一代核潜艇研发实验基地，终于撩开了它神秘的面纱，让在大山中沉寂半个多世纪的国之利器，让曾经在这里默默奉献、与鲜花、掌声无缘的科学家、工程技术人员所做出的丰功伟绩，可以得到传颂。但我更强烈感受到的是，因三线调整搬迁成都，曾经大伤元气，逐渐衰弱的九〇九老基地，正在焕发青春活力，发生着令人震惊的深刻变化，谱写着新时代的壮丽乐章！

眼前的情景让我思绪纷繁，远去的岁月，如在眼前。

1994 年，是中国核动力院发生剧烈变化的一年，也是极为动荡不安的一年。随着国家三线建设和军工格局调整方案的实施与推动，中国核动力院在 1994 年 3 月按照“纵向立院、横向富院、辅向稳院”的发展战略，制定发布了《科研布局和管理体制调整方案》，作出“前后一体，纵向主迁、成立基地”的决策。搬迁成都后的部分科研设施和近 30 个处、科级单位及近 2000 名职工和 400 多名离退休人员将留守基地，从此，基地由科研主战场转变为大后方。

这一涉及每个人切身利益的决定，宛如一块巨石投入平静的湖水，立刻在全院职工中掀起轩然大波。按照调整方案，一些为参加三线建设而来，曾为核动力事业奉献一生的人去不了成都，而一些非常年轻的后来者，却有不少人已经或正在准备进城；一些知识分子比较集中的单位不能搬迁成都而留在基地，一些长期从事科研保障服务，随着科研主体搬迁也不再需要他们的服务。能去成都的，心里喜滋滋，对未来的工作、生活充满憧憬。不能去成都的，大部分人能顾全大局予以理解，但也有部分人灰心丧气，对以后的前途深感迷惘，忧心忡忡，“今后基地在院里还有地位吗？会不会被院里当包袱甩掉不管？”“离乡背井来三线，忠心耿耿几十年，今后靠什么生存”等疑虑与怨气充斥心间，一股低落的情绪在基地蔓延滋长。

但格局调整，机不可失。院里既要筹经费，保科研，又要边建设，边搬迁，真可谓步步维艰。而划归基地建制的单位和职工，必须队伍不散，人心不乱，既要为科研工作提供条件保障和后勤服务，并配合陆续进行的搬迁，又要保稳定，求生存，谋发展。在这艰难的时刻，院领导班子决定由一直在磨砺中成长的副院长周树清任基地长。

周树清 1968 年从武汉来到九〇九基地，是在大干第一代核潜艇陆上模式堆中成长起来的优秀年轻干部，从 20 世纪 70 年代初开始走上领导岗位，担任院设备制造厂党总支副书记（主持工作）。1978 年在共青团第十次全国代表大会上当选为团中央委员，1983 年起开始担任中国核动力院副院长、党委书记等职。在基地，他和史志伦书记及班子成员，直面困难，顾全大局，在院的支持下，制定了《中国核动力研究设计院基地九十年代发展纲要》《中国核动力研究设计院基地经济实体运行大纲》。紧密依靠基地各级党组织和干部职工，形成民品开发与产业经营、科研生产条件保障、公益事业性服务等三条主线，硬是做到了调整不断，基地不乱。其后的二十多年中，基地的几届班子带领基地干部职工，紧紧围绕院赋予的“稳定压缩、保障服务、资源性发展”工作方针，在切实做好保障服务工作的前提下，后勤队伍不断压缩、整编，民品战线锐意拓展，各项工作在艰难中前行。中国核动力院历届领导班子，也关注着基地，在力所能及的范围内给予一定的支持。

可毕竟基地的性质已发生转变，昔日的辉煌随岁月的流逝而黯然失色。离转岗的无奈，与成都相比待遇明显的落差，子女求学、就业的困扰，“桥头”的日益冷清，石绵堰河水泛着难闻的气味，基地空余的房舍因无人居住而门窗破败结满蛛网，一些研究室的空地上，杂草丛生，就连那座四合小院也因汶川大地震变为危房而荒草没膝，成为野猫野狗栖息的场所。基地的干部职工和退休老同志一直在守望中承受、承担，为中国核动力院的发展做出了特殊的奉献。

但创造了共和国神话的中国核动力事业的发源地，怎会就此衰落！静寂中它高贵的灵魂依旧在大山中游荡，仍执着地与大海相守相望，它在默默等待，蓄势待发。

2017 年 9 月，基地新一届领导班子就位。这届班子最大特点是除年轻、思维开阔、充满活力、做事雷厉风行外，基地长黄政、副基地长唐斌都有着一个共同的特殊身份——“核二代”，他们在老基地出生、读书、成长，从小耳濡目染着父辈的奋斗与荣光，对大海有着超乎寻常的向往与割不断的情感。早在黄政担任副基地长时，就在思考着一个问题：在做好科研生产条件保障、守土有责的同时，老一辈基地人创下的这份家业，能否作为一种物质和精神文化遗产而发挥独特的作用？基地是中国核动力事业创建的发源地，它所遗留的一切，都是那段历史的见证，随着岁月的流逝，这份独特的遗产将愈显珍贵。让沉寂的历史与过去的荣耀，通过打造教育基地和发展红色旅游，让更多人了解那段光荣的历史，成为激励人们的精神力量，同时是否也会成为盘活基地资产的手段之一而摆脱面临的困境？但那时的九〇九基地还处于保密之中，谁也不知道何时才能解密。这个想法在当时根本不切实际。但他认为：“上一辈人为强军而建，我们这一辈人要为传承而保”，从此开始了有意识的抢救、保护基地遗产的工作。在他眼里，基地所有的东西都是宝贝，以致有人将弃之一角的红砂条石拉走后，他费尽周折硬是将其追了回来。担任基地长后，他的想法得到班子成员的支持。他提出基地的工作除继续做好科研生产条件保障外，要围绕“文化工程、民生工程、稳定工程”来做。他们首先从整治基地环境入手，一周后一支绿化队便迅速组建起来，黄政亲自带队从原院机关四合院环境整治开始，然后对职工宿舍区域、基地道路、路灯、石绵堰河水和沿河两岸进行整治、绿化和灯光装饰，以前又乱又脏的石绵堰沿河两岸如今绿草如茵，已成为基地人散步、休闲、锻炼的绝佳去处，因常年失修而成为危房的俱乐部，也改造成为高规格的室内运动场所，并开通了 2A 公交车直通县城，解决了基地职工长期出行困难的问题。很快，基地面貌为之一新，基地职工生活幸福指数提升。与此同时，一场大规模收集整理基地老物件、老照片的工作也迅速开展起来，那些记载着中国核动力院历史风云、奋斗历程，却早已被当成废品，蒙着厚厚尘埃的大到机电设备、小到茶缸雨靴都被收集起来，分类有序地存放在被人戏称为基地的“故宫博物馆”里。甚至一颗年代久远的香樟树上生长的一株灵芝，都成为副基地长唐斌心中的宝物，被附近老乡盗走部分后心疼不已，立刻装上监控予以保护。

2018 年年底，中央有关部门下达中国第一代核潜艇研发实验基地部分解密的通知，随后中央宣传部组织开展了对九〇九基地的系列宣传报道。这个大好的消息让核动力院、让九〇九基地迎来了新的发展机遇。基地领导班子决定在做好科研生产条件保障的同时，下大力抓好第一代核潜艇研发实验基地解密后对公众开放的各项准备工作。于是发展红色旅游和抓好文化创意被作为工作的重点提上日程。在院党委、院宣传部和四川省、市、县等地方政府的支持指导下，按照“红色基地可‘阅读’，特色建筑可品味”的思路，打造爱国主义、党性教育基地的工作很快开展起来。经过一番研究策划，建造一座核潜艇和九〇九雕塑的创意得到院长王丛林和院宣传部部长高炳焱的鼎力支持。他们精心挑选了雕塑家李洪波，请他来基地考察。考察中九〇九基地那些惊心动魄、可歌可泣的历史和人物深深感动着雕塑家，他表示哪怕不要报酬也一定倾力把这件雕塑作品做好。李洪波与黄政、唐斌不断交流、探讨着雕塑设计方案，决定核潜艇雕塑建在桥头，充分利用俱乐部山下，沿公路一侧的堡坎，创作这件雕塑作品。那段时间，他们都很兴奋，有时竟夜不能寐。一天，已是深夜凌晨两点，黄政还在思考着核潜艇雕塑的问题，与此同时，那位雕塑家也是辗转反侧难以入眠，突然一个灵光闪现，黄政立刻给李洪波打了个电话，两人赶到桥头。此时的桥头，月色朦胧，灯光浅笑，万籁俱寂。灯影下，两个拉长的身影在慢慢移动，黄政向李洪波描述着自己的灵光乍现，两人兴奋的谈笑声打破了寂静的夜空。副基地长唐斌在查阅大量资料的基础上，对九〇九基地的历史进行梳理，为向公众开放准备了翔实而丰富的解说资料。在此后接待中央电视台及国家、省、市有关部委领导时，唐斌声情并茂的解说常令他们感动得热泪盈眶。与此同时，诸如山头指挥部、院机关四合小院、彭士禄故居、赵仁恺故居、将军楼（长楼）、中国核动力科技馆九〇九基地馆等极具时代特点的二十多个景点也清理整治、建造起来，一个具有鲜明特色、反映我国军工红色文化、展示中国第一代核潜艇从深山到海洋的颇具规模的核工业遗产和党性教育基地，从 2019 年至 2022 年不到三年多时间，就在九〇九基地完美呈现。期间，那个基地建设之初，因保密需要而设置的与外界通信的唯一渠道，承载老基地三代人的记忆、核动力院“干惊天动地事，作隐姓埋名人”重要物证之一的墨绿色邮箱“成都 291 信箱”，被中国博物馆永久收藏；九〇九基地先后获得了“第五批国家工业遗产”“首批 100 个中央企业爱国主义教育基地”“中央企业工业文化遗产”“四川省爱国主义教育示范基地”“四川省党外知识分子学习教育基地”“四川省军工文化教育基地”“四川省科普惠民共享基地”“四川省党性教育基地推荐点”“中核集团首批党性教育基地”“中国核动力研究设计院教育培训基地”等授牌，至今已迎来中央各部委、核工业集团公司、四川省、市、县、部队等政府部门和民间组织干部、职工、军人、大、中、小学生的参观、学习、培训近 6 万人次，吸引了央视、新华社、凤凰卫视及多家媒体前来宣传报道，起到了爱国主义和党性教育的良好作用，达到了“参观一阵子，震撼一辈子，激励一辈子”的目的。目前，基地制定出一幅壮美的发展蓝图：未来的九〇九基地，不仅核动力院的一些新的重要实验设施会在那里建设，科研硬件和软件投入力度加大，对外开放的中国第一代核潜艇研发实验基地，也将投入巨资，打造成中国第一个全景再现三线生活场景的核科学基地，整个基地建设将以核潜艇造型为轴心而向外辐射，打造出创意独特、恢宏大气的集爱国主义、党性教育与红色旅游为一体的国家级教育培训基地和 4A 级旅游风景区。实现四个奋斗目标：在文物保护方面：创建国家级文物保护单位；作为培训基地：打造国家级的干部教育培训中心；作为研学基地：打造国家级的中小学国防教育及高等院校核技能学习中心；作为 4A 级红色旅游目的地：创建国家级科学家精神策源地。

九〇九基地的发展前景，让我再一次深感震撼，心潮澎湃！

带着这份惊喜与震撼，不久我又回到九〇九基地，正逢中央电视台准备在基地拍摄 38 集电视连续剧《许你万家灯火》，剧务组人员正在基地紧张工作。在基地长黄政的陪同下，我走进了剧组正在恢复和搭建电视拍摄所需要的职工医院、情报处科技图书馆及利用原营房科场所，按照 1∶1 的比例，重新还原建造当年第一代核潜艇陆上模式堆的部分工作、生活场景。当跨进还原建造的堆舱后，那种新奇、激动、自豪的感觉，瞬间在心中涌动，仿佛又回到了那个激情燃烧的年代，脑海里“山海绝恋”四个字再次跳了出来，激动中，著名诗人舒婷的诗句闪现脑中，我的泪情不自禁流下来：

仿佛永远分离
却又终身相依。
这才是伟大的爱情，
坚贞就在这里：
爱——
不仅爱你伟岸的身躯，
也爱你坚持的位置，
足下的土地。

此刻，我深深地感到，这诗的韵味在大山萦绕，又飞出山外，向着大海飘荡……

2022 年 9 月 15 日

袁瑞珍（女），中国作家协会会员、中国散文学会会员、四川省、成都市作协会员。原中国核动力院党工部副部长，现任四川省文艺传播促进会特邀副会长、女散文作家创作中心主任。获第八届冰心散文奖等十几项文学奖。出版有《穿越生命》等 4 部著作。

九〇九抒情九章

曾令琪

一

走进大山的深处，走进老一代科学家的故居和办公间，深入采访我们可亲、可敬、可爱的年轻的科学家，徘徊于林荫道上，我不禁惊诧于这里的古朴与宁静。

九〇九，寄托无数中国人强国梦想的地方；

九〇九，几代科学家念兹在兹、魂牵梦萦的地方；

抚今追昔，我的眼前幻化出老一辈科学家执着耕耘的身影；

放眼全球，我的心里涌动着大江东去拍岸的惊涛；

……

这里的香樟为什么那么的粗壮、茂密？这里的一砖一瓦为什么那么地令人流连？那一块块鹅卵石垒砌的小楼啊，静默，伫立，在清风微雨中，诉说着曾经的故事……

二

每一个人都会有惯性的思维。比如，鱼在水中游，鸟在天上飞。在我的印象中，我们纵横万里海洋的核潜艇，应该就在海边研究、生产，并由此驶向大洋的深处。

直到跨进九〇九基地，我才搞清楚，中国核潜艇的研发基地，却在远离大海的大山深处；

直到瞻仰老一辈科学家的旧居，我才蓦然发现，我和王姐曾经写过的那个著名科学家、“中国核潜艇首任总设计师”彭士禄院士，原来，曾经在这里艰难地跋涉、辛勤地耕耘、并攀上科学与人生的高峰。

谁说鱼只能在水中游？柬埔寨洞里萨湖边，鱼照样可以上树；

谁说鸟只能在天上飞？非洲大草原的鸵鸟，在一望无际大草原上，奋力奔跑如飞；

谁说核潜艇只能在海边研究和制造？大山深处，同样可以成为梦想诞生的摇篮……

三

若要问我，最佩服的老一辈核潜艇科学家是谁，我会毫不犹豫地回答：彭士禄。

中华民族曾经历无数的苦难，但无数的苦难也造就了无数的杰士。令全民族记忆犹新的“三年自然灾害”中，面对西方的封锁，面对昔日盟友的卡脖子，我们民族迎难而上。

领袖们自减口粮，降低生活标准；全国人民积极响应，勒紧裤带共度时艰。从上到下，我们只为要争一口气：“核潜艇，一万年也要搞出来！”

几经波折，一项项具有战略意义的项目，全面铺开——

我们的核动力研究诞生了；

我们的核动力研究在艰难中前进；

我们的核潜艇项目重新启动了；

……

一声令下，一个风华正茂的小伙儿，打起背包就走。他告别北京的妻子儿女，只身入川；他积极参与筹建中国第一座潜艇核动力装置陆上模式堆试验基地，并于 1967 年 6 月—1971 年 6 月，担任核潜艇陆上模式堆基地副总工程师。

列车汽笛长鸣，呼啸着奔向远方。繁华的都市渐渐远去，身后是平原、山川、河流；远方，是未知的环境，是莽莽的大山，更是国家的需要，是燃烧理想、燃烧青春的地方！

四

站在彭士禄同志旧居前，听着讲解员声情并茂的解说，读着一份份文字介绍，我的思绪不禁漫向那遥远的年代……

彭士禄是革命烈士彭湃同志的儿子，从小就历经坎坷：三岁时母亲被反动派杀害，四岁时父亲英勇牺牲；幼年时还遭遇两次牢狱之灾。

但一颗红色的种子，即使在岩石的高压下，也注定会生根、发芽，直至长成参天大树。

在那个特殊的年代，党组织就是母亲。几经辗转，彭士禄回到母亲的怀抱，从此，开始了他学习终身、奋斗终身的“万里长征”。

从中国到苏联，再从苏联到中国，彭士禄以其超越常人的勤奋，获得了令人瞩目的成绩：

仅在喀山化工学院和莫斯科化工机械学院学习的6年间，彭士禄便修了36门课程，除3门课程成绩为“合格”外，其他33门课程成绩均为“优秀”。求学期间，彭士禄还有3门实践课程的成绩也是“优秀”。

苏东坡在《晁错论》中说：“古之成大事者，不惟有超世之才，亦必有坚忍不拔之志。”

从彭士禄的留学经历，我深深地感受到了这一点。

五

因为我们一个姐姐与彭士禄家的关系，2021年，在彭士禄院士逝世之后，我曾经与姐姐一道写过一篇悼文。从那时起，对有关彭院士的一切新闻，我也就更加地留意。

但在这次到九〇九之前，我根本就不知道彭士禄曾经战斗了好几年的地方，就是四川，就是青衣江畔，就是这大山的深处！

直到跨进九〇九的大门，直到陡然间看到“彭士禄同志旧居”这块金色的牌匾。那一刻，我的心猛然一紧，我顿时感到，浑身的血液忽然急速涌动。

我知道，儿时对老一辈科学家那种敬仰，忽然间被调动了起来，我再也无法控制我奔涌的情感。

幼时遭遇的惨痛，青少年时期的发奋苦读，踏上工作岗位后的兢兢业业，在紧要关头的刚毅果敢……彭士禄同志事迹陈列馆里的一帧帧照片，一段段文字，令我热泪盈眶。

要知道，我国建造核潜艇的过程几乎从零开始。彭士禄同志曾经回忆说：“当时我们这批人有学化工的、有学电的、仪表的，我们大多数人不懂核，搞核潜艇全靠 4 个字：‘自教自学’。”

解说员告诉我们，在具体的科学研究和科学实验中，研究人员常常为一些工程问题陷入激烈争论，而且不容易达成一致。因为时间太紧张，争论不休的问题，最后总是由彭士禄来拍板、签字。

我们可以想象，那最后看似潇洒、轻松的拍板、签字，需要的仅仅是一种对国家、民族负责的责任心吗？仅仅是一种超越常人的勇气吗？不！这样拍板、签字的背后，应该是多少的殚精竭虑，多少的反复思考，多少的深入研究！

六

世间的一切，都是在有序中存在，在存在中发展，在发展中创新，在创新中前进。在采访九〇九青年科学家杨忠波博士的时候，对此，我的印象尤其深刻。

杨博士与我们聊到了老一辈科学家的过去，也聊到了青年科学家的今天。聊到了老一辈科学家“筚路蓝缕，以启山林”的艰辛开拓，也聊到了他们这一代青年科学家肩上的责任和对时代的担当。

我是文学工作者，对工科类的材料科学可谓连“一知半解”都谈不上；但杨博士如数家珍地娓娓道来，让我对“材料”、对“工程”、对“核电”、对“反应堆”，也就有了一些粗浅的了解。

中国的秦山核电站、大亚湾核电站，日本的福岛核电站，智利、英国、巴基斯坦……都进入了我们的聊天视域。

杨博士说，九〇九最值得珍视的，是那种自强不息的精神和严谨求实的作风。

是啊，从本科，到硕士，再到博士，杨忠波的读书求学和科学研究之路，走过了20多年的艰辛历程。2006年，时年27岁的杨忠波来到了九〇九，在导师赵文金的带领下，专攻材料科学。

九〇九是富有光荣传统的基地，九〇九的学术导师也有自己的传道方式。

赵文金的要求是严厉的，但也正因为导师的这种严厉，杨忠波等青年科学家才进步神速。他们不仅继承了九〇九的优良学术传统，还继承了赵文金的学术衣钵，艰苦地进行了进一步扩展、延伸，在材料工程上开辟出一片新的天地。

在九〇九，像赵文金这样的学术导师，还有很多、很多。

采访之后的闲聊，让我们知道了杨忠波博士生活中的一个侧面。他对生活的要求并不太高，但重视家庭，有家庭责任感。科研之余，只要有时间，他都要尽量陪伴自己的家人。

是啊，“无情未必真豪杰”。只有热爱家庭，才能热爱事业；只有热爱事业，心里才能装下全民族、全中国乃至全世界！

七

解说员告诉我们，对于在核动力领域辛勤耕耘几十年的彭士禄同志，国家将“中国首任核潜艇总设计师”和“中国核电事业的拓荒者”的荣誉送给了他，但彭士禄院士却谦虚地说：“我只是一颗螺丝钉，对国家没什么贡献。”然后，话锋一转，边笑边说：“我贡献最大的就是买烟酒茶交的税！”幽默风趣之言，闪现着大科学家特有的智慧之光。

在彭士禄同志事迹陈列室，我们读到一则轶事。

一天早晨，彭士禄在床上发愣，说：“我在想我的第一夫人。”彭夫人说：“我吗？”彭士禄马上说：“不，我的第一夫人是核动力。”夫人说：“好，这个我让。第二夫人该是我了吧？”彭士禄打趣地说：“第二夫人是烟酒茶，第三夫人才是你。”

是啊，在那个特殊的年代，艰苦的生活环境，简陋的科研环境，让我们的科学家兢兢业业，一门心思扑在了工作岗位上。而长时间的研究与实验，最好的“醒神”之物，便是常见的烟酒茶。

在彭士禄等同志的旧居内，我们看到的是一张简朴的大床，一张老式办公桌，一个非常简陋的厨房，还有一口大大的陶水缸。

物质上要求甚俭，精神上追求甚丰，科研上勇攀高峰，这就是九〇九基地几代科学家薪火相传、傲视群雄的“独门秘笈”。

徘徊于九〇九基地，瞻仰基地大院的办公楼、实验楼和科学家旧居，抚摸着鹅卵石垒砌的建筑，我的心久久不能平静。

八

翻开《国之重器》这本九〇九基地赠予的图书，我们看到的是一串串名字：彭士禄、赵仁恺、闵元佑……还有一个个材料、构件、水力、传感等众多的“精英团队”。

大山深处的杜鹃开了又谢谢了又开，青衣江的水涨了又消消了又涨。

20 世纪 50 年代立项，60 年代上马，70 年代成功，80 年代转型。一步一步，九〇九基地走过了从草创到成熟运用、从核潜艇的研制到核能的重点推广、从军用到民用转型的几十年艰辛的历程。

现在，中国的核潜艇可以潜航到全世界的海洋深处。国之重器，有力地保证了国家的安全；中国的核电技术走出了国门、走向了全球，民之福祉，获得了极高的世界声誉。

时移世易，时代在变，但九〇九基地为国为民的初衷没有变，几代科学家和工程技术人员孜孜矻矻、矢志不渝的追求没有变，几代科学家一脉相传的精神传承没有变。

九

是啊，一个人绝不能坐在父母的功劳簿上，安富尊荣，丧失斗志，不思进取。人生就是一个一个攻坚的战役，只有发愤图强，努力拼搏，才能战胜一个一个的困难，从而攀上人生与事业的峰巅。

一个人的学习与奋斗是终身的，除了不能浅尝辄止，更要有咬定青山的坚持，百折不回的坚韧，心无旁骛的坚守，矢志不渝的坚定。唯其如此，才能在艰辛的人生旅途上，走得更远；才能在蜿蜒曲折的事业小径上，攀得更高。而对待自己从事的专业，要像一颗钉子一样，咬住目标，深钻进去。只有这样，才会有特别的收获。

2022 年 5 月 25 日

曾令琪，大型文学期刊《大中华文学》总编、四川文学艺术院院长。在《人民文学》《中篇小说选刊》《四川文学》《星星》等报刊发表、出版学术专著、散文集、中、短篇小说等 370 万字，获人民文学征文奖、中华文学奖图书一等奖等多项文学奖项。

蛟龙雄姿耀世　群雄气贯苍松

——置身中国核动力研究设计院采访所思

蓝　帆

引言

四月的西南春光绚烂，
四月的基地林木如海；
四月的江边百鸟抒情，
四月的文人弘扬核爱。

水流明净如钻，波澜涌动绿如蓝；
敬仰汇成云霞，万语千言情满天。

青衣江清澈碧波与我同颂中华儿女的骄傲，
核动力几代豪杰引我回望壮举如虹的神采！

一、兵马已到　满目荒凉

潜伏于中国西南群山中的蜿蜒溪流，汇成不舍昼夜的青衣江；它犹如隐身西南群山的银龙巨蛟，壮蟒飞豹；越险滩、跳峡谷，自西向东不舍昼夜；它们或宽或窄，百溪成川；它们千流集纳，万水相连，聚成青衣江；它们滔滔不绝，再汇长江；它们奔腾向前，暗礁险滩无所惧。

一路奔涌的青衣江，见证了伟大的中华民族优秀儿女们奋战三线攻坚克难的壮举；他们的经历展现了中国人惊世骇俗的志气豪情与不朽建树！

西南深山，原始荒凉，千年沧桑；在这远离都市，远离繁华的无名山沟里，曾几何时，前无古人的中国核动力骄子们以惊天动地的核工业探索创造，铸就了中华民族划时代的长歌！

站在这片光荣土地上，我浮想联翩：20 世纪 60 年代初，刚刚从废墟上站立起来的中国，成就了光辉伟业：中国人民解放军雄赳赳气昂昂跨过鸭绿江，抗美援朝保家卫国，让欧美强大的联军溃不成军；“两弹一星”发射成功，中国成为第五个发射人造卫星的国家。一部部史诗在前，加强国防建设构筑保卫祖国的铜墙铁壁，中国迫在眉睫。

面对美国德国苏联……核垄断、核威胁、核讹诈的大背景，毛主席发出了惊天动地的声音：“核潜艇，一万年也要搞出来！”这句话成了中国核动力科学家们奋斗的方向，发力的引擎。

筚路蓝缕，以启山林！时空见证了 8000 军民建设大军潮水般涌入苍茫荒凉的三线山沟慷慨悲壮、气势如虹的场景。

这个神秘的核哟，你有怎样的奥妙？国内没有数据可参照，没有资料可借鉴，如果说有人见过，那就是曾有人见过两张国外资料上的图片，还有一位外交官回国时偶遇出售儿童玩具的潜艇模型，他们买下是要带回家给孩子玩儿的；如果说交流，那就是曾有过苏联领导人访问中国，我们曾提到渴望合作，但被否决，还有就是我们的访问团出访，看到苏联的破冰船。

面对国际大势，每位与核事业相关的中国人都有强烈的紧迫感：必须制造出属于我国的核潜艇。

但要想使我们的潜艇的核动力心脏强壮有力、下水后万无一失，就必须先制造一个陆地模拟反应堆，便于严格操作反复试验，这也是其他国家制造核潜艇反应堆采用的方法。

当我们置身青衣江畔曲径通幽的山川沟壑，中国核动力研究设计院九〇九基地方圆一片神话世界映入眼帘；我恍若步入陶渊明的桃花源，浮想联翩：20 世纪曾几何时这里阴风怒号，野兽出没，蛇鼠流窜，物资短缺，这群建设大军因为没来得及建造后勤保障部门，他们伙食简单，饮水就地取自河沟、山泉，所以难免拉肚子，肠胃闹病。怎么办！

还是土法上马：他们把明矾放入水中进行简单处理，结果发现喝完水后，那个大搪瓷茶缸里沉淀着一层泥土……

采访那天，我目睹展室珍藏的当年建设大军们用过的搪瓷大茶缸，感慨万千。半个多世纪过去，而今这里青山碧草，林木参天，环境优美，恍如仙境，站在那里我左顾右盼唏嘘不已。仰望举臂撑天的粗壮林木、名木错落、生机盎然；松柏高耸，香樟入云，满坡绿草清香扑鼻；吮吸大自然的香气，聆听莺啼燕唱。目睹企业文化标志和鼓舞人心的标语口号，细品浮雕，我油然出口念诵毛泽东主席语录、毛泽东主席诗词，不觉间热泪盈眶。随同为我们讲解的九〇九基地副基地长唐斌清晰的讲解，把我们带到那个艰苦的年代，看到那些热血沸腾的核动力专家和各路大军可歌可泣的奋斗场景。

二、土法上马　建造房屋

20 世纪六七十年代，从北京、上海、东北、西北等地聚集了来自部队和地方热血青年，他们朝气蓬勃、热情洋溢地坐着绿皮火车带着激动的心情，走出部队、机关、学校、水电行业，告别深爱的家乡；还有的放弃了稳定的工作，怀揣建设祖国、奉献青春的美好理想，情愿跻身荒凉艰苦的三线地区，立志“干惊天动地的事，做隐姓埋名的人。”泱泱 8000 大军汇成人海，他们要为祖国研发核动力能源的意气风发势不可挡。

中华人民共和国建立刚刚几年，人才匮乏，经济建设百废待举，创建核工业基地形成高科技新能源，为核潜艇建造有力的心脏，防范侵略保家卫国，这是多么崇高的理想。然而，经济凋落，专业空白，谈何容易！俗话说，兵马未到，粮草先行。这里兵马已到，但除了荆棘满目，杂草丛生，其他无从谈起。

运输无路，物资短缺，唯有先修路，先建房；要保证物资运得了，设备能安装；他们一不做二不休，土建、绘图、商讨、集思广益！

荒凉的山沟里，核工业基地建设热火朝天地打响了。解放军官兵，刚毕业的大学生，四面八方涌来精英，陆续聚焦，他们不讲条件，不论分工，挥汗如雨开发这片荒芜之地；拾柴草，清山林，捡石头铺路。说是铺路，砂浆水泥、沥青细石全都没有，更别提打夯、压道。只是把茂密的灌木丛杂草清理出去，把落差大的地方多扔些土石垫起来，让人们可以下脚行走而已。其后的日子，基地运来的很多机械零部件，都是手搬肩扛或双人抬摆放到位的，意气风发有志者像开足马力的电机，有使不完的力气；赶上下雨天，深一脚浅一脚，肩扛重物难找平衡，摔倒在泥水里是常事。

人气旺了，流蹿的草蛇远了，蚊子却肥硕了。这些乐观的开发大军们吃着清汤寡水的饭菜常说，我们喂养的蚊子非常健硕，三个蚊子一盘菜。是啊，蚊子肥吃肥喝，随心所欲，火热的盛夏，潮湿气候，穿长衣长裤蚊子都能钻进去叮人吸血，三伏天男士甚至戴着帽子防蚊子，年轻的姑娘们甚至戴上围巾护脸。

这里巴掌大的蜘蛛随着杂草打秋千，密集的织网扯不断；无论白天还是夜晚，老鼠、狐狸、野猪们来拜访都是常事。更让这些三线建设大军困惑的是，这些家伙甚是嚣张，曾咬断他们日夜辛苦安装的反应堆零部件，夜里钻被窝骚扰。恐怖事件何止这些，那些小到针眼大的跳蚤会让他们全身过敏，寝食难安；那些“黑夜魔鬼”蝙蝠，会在夜里突袭走出实验室的工作人员，使惊吓得连连后退。更让人惊悚的是，曾有毒蛇盘踞在门把手上装死，伺机袭人……

而这些五味杂陈的经历，他们只能咽在肚子里，因为这是国家保密工程，工作状态、生活环境、具体地点家里人一概不知；外人、包括家人唯一知道就是：他们是“西南水电研究所”的，是来发展四川水电产业的，代号就是“九〇九”。我作为曾经的党报职业记者，直到今年3月末4月初的采访结束，我才耳闻目睹了当年一个个感人的故事，心中的五味杂陈。这里隔世遗存的文物，从房屋到生活用品，无不引人深思。

文物之一：办公楼旧址一座座鹅卵石为墙面的房子，阳光下闪烁着岁月磨砺的光，这是我们的建设者用“干打垒”的土办法建造的，因为没有砖，没有大量木材，第一批三线人只能土法上马建造这种房子。

我知道他们这是继承了 20 世纪 60 年代末大庆石油工人白手起家、艰苦奋斗、开展石油大会战时采用的建造办法解决工地困难的。再往远了说，早在革命圣地延安，中国革命根据地的精英志士们开荒种地开展大生产，人人参与挖窑洞，也可以算是一种“干打垒”式的建房。

我们核潜艇基地这种房屋简单地说，就是在两块平板中间装入土石掺和茅草，凝固成密实的墙壁，墙壁干了之后，把夹板挪开；最外层可以用不同规格的石头加固，这样一来，既增加了厚度、保暖度，而且还有“装饰性”，远观近看都别具一格；人住里面冬暖夏凉，又预防野兽，非常实用，人人动手，不需专家，立竿见影渡过难关。延安时期革命志士在圣地挖窑洞居住；大庆石油工人们是全员参与“干打垒”，核动力人发扬这一优良传统，写下新时期光荣建设史。他们怎么也想不到，这个外表别致、镶嵌着灰色鹅卵石的房屋，若干年后的今天，竟然成为国家文物部门重点保护的建筑之一，昭示着核动力大军艰苦卓绝的奋斗经历。

文物之二：由于保密需要，基地没有通信地址、没有门牌号，往来书信只能投到草绿色的“291 信箱”；这个信箱亲人般地陪伴核动力人半个多世纪，而今，它的历史价值非同一般，目前已被国家文物局收入国家博物馆内。

这个信箱承载着八千核动力大军奉献祖国、思念亲人的笃厚情怀；有多少父母在最需要他们在身边照顾的时候，他们是缺席的；他们无法在争分夺秒的岁月，在惜时如金、加班加点地搞核潜艇的忙碌中抽身顾小家。这些科研专家们也没有什么“细软”，就说这些专家当中身份最高的彭士禄吧，他所有的宝贝就是一个多处掉瓷的搪瓷茶缸子，严重变形的铝合金饭盒，每天走在泥水中必穿、磨得很旧的胶皮鞋子，一个很小并走形、褪色的皮箱，对了，还有一个传统的珠子算盘，有翻破了的毛主席著作单行本、毛主席语录本，一个台灯、一把手电筒，摆在他窄小的办公室桌子上。

三、大潮暗涌　静水深流

说到我国核动力成果，人们首先会想到一个如雷贯耳的名字：中国第一代核动力专家、中国第一任核潜艇总设计师、中国工程院院士彭士禄。我们就从彭士禄的故事说起，从建造中国核潜艇陆上模式堆那光荣灿烂、艰苦卓绝的昨天说起吧。

20 世纪 50 年代，国际核武器迅猛发展，为保障国防安全，中国亟须核动力人才。根据国家安排，彭士禄等五名中国学生被选送到莫斯科动力学院，和其他 35 位苏联学生组成了特殊班，特殊班共分为 4 个专业，彭士禄被分配到核反应堆专业。1958 年彭士禄从苏联学成回国，被分配在国家二机部原子能研究所。1962 年，中国组建了核潜艇项目专家团队，开始核动力装置预研，彭士禄被任命为核动力研究室副主任；而研究室没有主任，彭士禄就是实际工作的负责人。

新中国成立之初满目疮痍，中国的核能力是零，便希望正与我们友好苏联老大哥能够提供援助。1959 年赫鲁晓夫访问我国，在与毛主席会谈时，提出了对核潜艇联合舰队和一些与核潜艇有关的超长波电台等建议；外表是“建议”，实质内容是控制、讹诈。毛泽东主席断然拒绝，并发出钢铁般誓言：“核潜艇，一万年也要造出来！”中国领袖掷地有声的豪言壮语、坚定决心激荡着核能创造者民族尊严感、责任感和强烈的爱国士气；有专家信誓旦旦地说：我们一定要创造出中国人的“争气艇”！

1965 年，根据中央指示，赵仁恺带领北京的一支队伍来到西南山沟里、当初那个对外保密的九〇九基地，这里在不同时期曾有过不同名字。后来改名为中国核动力研究设计院，隶属中国核工业集团有限公司，是中国唯一集核反应堆工程研究、设计、试验、运行和小批量生产为一体的大型综合性科研基地。当时组织决定彭士禄担任核潜艇工程和陆上模式堆设计的技术总负责人。同时，决定由赵仁恺负责陆上模式堆工程建造中的生产准备、调试和建成后的运行管理工作。

1965年8月，在党中央的领导下，我国核动力开发研制专家们，为第一代核潜艇建造陆上模式堆的高端科研工程秘密开工。

浩荡大军各司其职，通力协作，吃住在工地，用的是手摇计算机+原始算盘+轮流计算反复求得相同数据……彭士禄带领队伍克服了艰难险阻，在基地军管会和指挥部领导下（当时那个特殊年代的特殊部门），8000多名解放军、工人、干部、科技人员同心同德奋战在工地。白天，他和赵仁恺等人一起，到基地挖掘现场解决岩层掘进难题；晚上，又详细研究设备安装计划、调试方案。彭士禄草拟出各个阶段可能遇到的问题文本、对策及整体工作思路。1969年，他们争分夺秒连续加班，战胜了山高、炎热、多雨、潮湿、施工现场狭窄、野兽经常破坏等困难，经过一年多的艰苦奋战，陆上模式堆设备安装大军终于开进主厂房。至于蔬菜奇缺、燃料困难，子女入学入托困难，在核动力模式堆科研人员面前都排不上号；身体不舒服去医院检查，更列不到日程。

舍小家，想国家，只争朝夕，于1969年10月，核动力装置进入安装阶段，近万台件设备、管道、电缆，等等，仅用了半年时间安装任务就全部完成。

马不停蹄已形成惯性，仅仅一年多时间，抢建、物理、热工水力、结构力学、化学腐蚀、自动控制……十几个实验室建成并投入实验，致使陆上模式堆设备安装于1970年4月完成，团队从上到下激动不已，这是他们又创下一个“提前完成”的纪录。

四、“神”“仙”争执　碰撞激烈

基本建设、设备安装两个阶段分别提前完成，为后面的工作提供了方便，但人们不会忘记，那个特殊的历史时期，正是我们国家“十年动乱”期间啊。如果没有中央保护，没有周恩来总理等领导亲自关注进展、过问具体试验结果，等等，这个重大核创作项目恐怕会搁浅。

人员和设备都有了落脚之地，接下来就要面对两道重大难题。

重大难题之一：建造什么类型的模式堆、堆型是一体化布置还是分散布置？

在这个问题上，彭士禄和某些专家学者出现了严重分歧，爆发了激烈争论。彭士禄主张上压水堆，而另外一种主张是搞增殖堆；主要原因是认为这种模式有国外某国家用过……

持有不同主张的人受了国外先进科技影响，他们以反对“爬行主义”“提倡赶超世界先进水平”为借口，否定彭士禄观点；还列举了美国、苏联、德国等事例以否认彭士禄观点，一时间情况陷于复杂状态。

后来，经上级主管部门考察并请钱三强等专家和有关工业部门参与意见，选定的是压水堆方案，并于 1965 年 7 月经中央专委批准上马。事实证明，彭士禄的主张是切合实际的。有人送给彭士禄绰号：“彭大胆”“彭拍板”，实践证明，支撑他大胆、拍板的是严谨的科学审视，一丝不苟的工作态度，反复认证的严谨意识；是以国家为重的责任感和使命感。用他自己的话说，他的拍板也有拍错的时候，但是前面有专家认证，后面有施工人员把关，是不会让问题形成的；与此同时，如果是他的观点有偏颇，他从不文过饰非；还有关键的一点是，他不允许以国家大事扯皮推诿，面对大事该拍板而不拍，那是害怕承担责任。彭士禄常说，我拍板是深思熟虑、反复论证的，拍板意味着不怕担责任，成绩是大家的，万一出了问题我负责……

建造模式堆类型的问题终于圆满解决了，可新问题又摆在面前。

重大难题之二：是否建造陆上模式堆？是直接把核动力堆建造在艇上，还是在陆地制造一个同规模的模式堆？

1965 年，根据中央指示，赵仁恺带领北京的一支队伍来到西南山沟、当初那个对外保密的九〇九基地，这里在不同时期曾有过不同名字，但后来改名为中国核动力研究设计院，隶属中国核工业总公司，是中国唯一集核反应堆工程研究、设计、试验、运行和小批量生产为一体的大型综合性科研基地，对外还是叫九〇九基地。当时组织决定彭士禄担任核潜艇工程和陆上模式堆设计的技术总负责人，同时，决定由赵仁恺负责陆上模式堆工程建造中的生产准备、调试和建成后的运行管理工作（赵仁恺的作为后面呈现）。

两种不同主张各抒己见。持否定观点的认为：没有必要先建造一个陆上模式反应堆；如果建造，不但使制造成本提高50%，而且还会推迟核潜艇下水进度；再则，万一控制不好，还可能成为一颗爆炸的原子弹；这就不如直接把反应堆安装在艇上进行试验，试验成功后就可以交部队做战斗艇使用，如果不完全成功，经过修改后交部队还可以作训练艇使用 ；再经过修改后再生产战斗艇。

对这种观点，彭士禄等一些专家坚决反对。彭士禄认为，舰艇上核动力装置我们没有搞过，技术上百分之百没有把握，不经过陆上模式堆进行模拟实验就直接装到舰艇上风险太大；即使基本成功不出大问题，小问题在艇上修修改改，换装设备也很不方便，何况陆地模式堆并不是试验完就报废了，花这个钱是有长远意义的。彭士禄根据判断认为，建陆上模拟式堆是“投入少，回报多”的好事，它可以保证一次性成功。

彭士禄把这一想法和钱三强、赵仁恺等专家进行了细致交换，同时他强调：美、英、法国等国家都曾建造过潜艇陆上模式堆，这是有科学道理的；试想，造一架飞机、一辆汽车还得制作一个真实样品呢，何况制造核潜艇呢！

五、吃百家饭　穿百家衣

彭士禄为中国核潜艇事业呕心沥血、殚精竭虑，源于对祖国深情的爱，源于对党的关怀培养感恩之情。在重大项目研究判断面前他要据理力争，是源于内心燃烧的那团火，迫切的感恩报答之情，是矢志不渝的责任感，万事不惧的使命感。他深知创建核潜艇的艰难险阻，他的内心无疑曾经有过矛盾和担忧，陆地模式堆长什么样他一无所知；之所以敢于大胆拍板，完全是因为肩上的担子，承担的使命；他说自己的生命都是党和人民给的，是祖国培养自己成为有专业知识的人；用生命回报党和国家培养他的恩情他都在所不惜；至于承担风险、肩扛责任、有人误解，这些都不在话下！

彭士禄传承着革命烈士的基因，他是革命烈士彭湃的儿子，出生在广东省海丰县，那里是中国革命的摇篮；父亲彭湃是无产阶级革命家、中国农民运动的领袖，他参加革命后，奉献了自己的家产，把祖传土地全都分给了贫苦农民，农民们出于感恩，都叫他“彭菩萨”。

1928 年，彭士禄 3 岁时，母亲蔡素屏不幸被捕、英勇就义；4 岁时父亲彭湃在上海被捕。据相关资料记载，彭湃是高唱着《国际歌》慷慨走向刑场的。可怜的彭士禄幼年就成了孤儿，奶妈背着他东躲西藏。不久他们转移到潮州，为了躲避国民党“斩草除根”的追杀，彭士禄只能隐姓埋名，吃百家饭、穿百家衣。据彭士禄回忆，他曾有 20 多个“爸妈”，这些穷苦善良的农民再穷也会把有限的鱼肉留给他吃。保护着革命志士的根苗。

彭士禄曾经住在红军陈永俊家，把陈永俊的妈妈叫姑妈，他们家里还有个姐姐，一家三口相依为命过着穷苦日子。1933 年农历七月十六，由于叛徒出卖，彭士禄和姑妈被捕，只有 8 岁的孩子又成了囚犯，被关在潮安县监狱女牢房。没想到在牢房彭士禄竟然见到了曾经抚养过他的一位同村妈妈，在那段最难熬的苦日子里，两位妈妈照顾着他，敌人连续施刑逼她们说出彭士禄是“赤党”的儿子，可他们忍受着受刑揪心的痛苦就是不供认彭士禄的真实身份。偶尔放风，男女牢房几百位难友看这个革命战士的后代彭士禄衣衫破烂，就凑钱给他做了一套新衣服，彭士禄穿上了百家衣。

几个月后，彭士禄哭着告别了两位妈妈，被单独关押到汕头石炮台监狱。后来，又被转移到广州“感化院”监狱，接受了一年的“感化”。在那里他受尽残酷折磨；发霉的饭里沙子、虫子都有，破烂衣服里爬满虱子，身上层层疥疮，睡觉盖的是麻袋片……坐了两年牢，非人的折磨，使这个骨瘦如柴的孩子一场重病差点儿死在监狱。

国民党反动派曾把彭士禄列为“小政治犯”并拍了他的大照片，在《民国日报》等报刊上刊登，在醒目处注有“共匪彭湃之子被我第九师捕获”等。正是这些消息，让彭士禄的祖母周凤找到了彭士禄，把他营救出狱。

六、在延安“重生” 到苏联留学

1936年祖母把他带到香港，12岁才读二年级。当时香港受到抗日救亡运动影响，年轻人喊着“打倒日本帝国主义”，激情四射地在大街游行，趁祖母回老家，彭士禄悄悄加入了游行队伍。那段时间，党组织一直在秘密寻找他，直至1940年终于找到了他，在重庆八路军办事处，彭士禄第一次见到了周恩来和邓颖超。周恩来见到彭士禄时凝视了一阵子，亲切地拉着他的手说：“终于把你找到了，你爸爸是我的好朋友；你要继承你爸爸的遗志，好好学习，努力工作。”

彭士禄15岁那年，党组织把他安排到延安，1945年他加入了中国共产党。忆往昔，看眼前，这条汉子泪水涟涟，他曾饱含深情地说，“坎坷的童年经历，磨炼了我不怕困难、不畏艰险的性格，我对人民永远感激，无论我怎样努力，都感到不足以回报他们给予我的恩情；只要祖国需要我，干什么我都愿意!”

是啊，受尽人间苦，终于结束了东躲西藏的苦难岁月。党组织又安排他来到革命圣地，彭士禄异常兴奋，从早到晚奔跑忙活，哪里需要到哪里。抗日战争期间，他做过护士；解放战争期间，他又去炼焦厂做过技术员，而且干什么都干出了成绩，受到组织表彰奖励。这个从小就经受了父母被反动派杀害之痛、一直隐姓埋名、躲避追杀的孩子受到党和人民的深爱，内心充满温暖深藏感激。

新中国成立后，他先后被派到哈尔滨工业大学和大连大学学习；1951年，他被选派留学苏联。在苏联留学期间他刻苦学习，每次都等到别人睡了他还要安静地学习一会儿才睡。那时的留学，苏联教授每教一节课，中国政府都要付出昂贵学费的。彭士禄留学，花的是国家和人民的钱，这些成了鞭策彭士禄努力求学，学业有成早日回国报效国家的动力。

就在他留学的第 4 年——1954 年 1 月，在美国东海岸发生了一件大事：一个巨大而灵巧的“黑色水怪”下水，它幽灵般转眼潜入太平洋、驶过墨西哥湾、南美洲而后横穿大西洋，途经欧亚非三大洲后又回到了美国东海岸；而这遥远的航行所消耗全部能源竟然只是一块儿高尔夫球大小的铀燃料。如果换了石油作燃料，需要整整 90 节车皮盛装……此消息一经公布，举世震惊。这就是继原子弹之后再度震惊世界的美国核潜艇“鹦鹉螺”号。这一重大新闻震撼了彭士禄的心灵，他想了很多，想了很久，想了很远，那一夜他失眠了。

时光如水，转眼已是 1956 年，就在彭士禄毕业回国时，正赶上到苏联访问的陈赓大将，陈赓把他召到了中国驻苏联大使馆问他：“中央已决定选一批留学生改行学原子能核动力专业，你愿意改行吗？”彭士禄兴奋地回答：“我当然愿意，只要祖国需要！”彭士禄愿意留下来继续学习，更是陈赓期待的，他希望彭士禄毕业回国后开创核动力事业。

岁月不会设想，就是那个契机，冥冥之中，奠定了中国核潜艇第一任总设计师诞生。

很快，刚毕业的彭士禄又被选派去了莫斯科动力学院原子能动力专业进修深造。

七、告别妻儿　潜心攻关

1958 年，为了打破美苏对核潜艇技术垄断，中央拍板决定启动核动力潜艇工程项目，但正与中国友好的苏联，显然不是这么想的，1959 年，苏联人以技术复杂，中国不具备条件为由，拒绝对中国协助。没有图纸，也没有资料，更没有援助专家，一穷二白的中国核动力研究设计院的专家们靠摸石头过河。

1962 年 2 月，彭士禄被任命为北京原子能研究所核动力研究室副主任，主持核潜艇动力装置的论证和主要设备的前期开发。当时一穷二白新中国正处在三年经济困难时期，开展核潜艇创造的困窘可想而知。

迫于客观形势，核潜艇项目暂时搁浅，多数人暂离，只留了 50 多人的研究室。报国心切的彭士禄没有抱怨，他在切切等待，他没有束手停工，他在全面复工前悄然做着准备工作；他一边自我学习，一边给学生们开课；开工前得把潜艇核动力装置的论证和主要设备的前期工作准备好。除此之外，他带着一群连潜艇都没见过的学生们爬大山强身健体，养精蓄锐。

说到“带着一群连潜艇都没见过的学生们爬大山”，他彭士禄见过核潜艇吗？如果只见过核潜艇儿童玩具的模型就算见过，那可以说他彭士禄挺厉害！

曾有人见过国外公开发表的核潜艇两张照片，再就是前面说到的我国一位外交官从国外买回的一个潜水艇儿童玩具——这就是彭士禄见过的核潜艇模型。然而，即便是见过真正的核潜艇模型，我们既不是制造模型，又不是仿真游戏，更不是纸上谈兵！见过又有什么实际意义呢?!科学来不得半点含糊！不可掉以轻心啊！焦急等待，冥思苦想，彭士禄千方百计寻找有用信息。

1964 年 10 月 16 日，中国第一颗原子弹成功爆炸，彭士禄激动之余，还敏感意识到核潜艇制造重新上马之机就在眼前！机遇等待有准备的头脑。1965 年，核潜艇项目重新启动，彭士禄像离弦的箭一般带着一支几百人的先遣队，告别妻儿奔赴四川三线偏僻的山沟，披星戴月开始秘密建设中国第一座潜艇核动力装置陆上模式堆基地。他心急如焚，要把失去的时间夺回来。关于建立陆上模式堆的方案，经中央相关部门批准立项；1965 年 8 月，中央决定把建成陆上模式堆的开工时间定在 1970 年。

据相关资料记载，关于建造陆上模式堆，国家领导人周恩来和聂荣臻都有倾心关注、明确指示。周恩来总理曾说，为了核潜艇建造一次试验成功，必须建立陆上模式堆！这个钱不会白花的，是合算的。为此，中央军委拟定了建造的原则：保证安全，保证可靠，立足国内，自力更生研制，便于操纵，适应我海军指战员的科学技术水平，便于维修和换料，等等。

尽管那段时间彭士禄也会突然接到有关部门的电话，通知他去出席“说清楚会”、政治学习，等等，但彭士禄还是郑重地按照眼前会议的要求，对有人提出的“会不会爆炸”的问题，进行了有理有力的表述。即使这样，在陆上模式堆即将建成时，还是不断地有莫名其妙的质问。有人说，陆上模式堆如果检测不好会很危险；还是有人质疑彭士禄：这个会不会爆炸呀？更有人在背后散布：彭士禄搞的陆上模式堆根本就发不出功率！

面对这些荒唐质疑，彭士禄用哲学思辨+专业知识举例说明不同物质其本质差别，他用浅显的道理说明：白酒是可以点燃的，而啤酒是不能点燃的，而不能点燃的啤酒即使控制失灵，也不会引起爆炸。至于建造陆上模式反应堆能不能发出功率，彭士禄根据计算，说明了陆上模式堆不仅能够达到100%的功率，而且还可以达到120%。但在公式面前，依旧有人固执己见。而彭士禄早就对那些扯皮误国的人非常反感，从内心不屑一顾；他只是慷慨地在论证面前拍板、做出了保证成功的承诺。

八、沧海见证勇士　核能锻造英雄

何谓英雄？通俗意思的英雄，无疑是在一般人群中超出常人能力的人。中国核动力领域的开拓者和奠基者之一的彭士禄，无疑堪称英雄！

1970年8月30日，经过千磨百炼的核潜艇陆上模式堆达到了中央要求的满功率指标！1970年12月26日，我国自主制造的第一艘核潜艇成功下水！1974年“八一建军节”那天，经过连续试验圆满成功后，中央军委将我们中国自力更生、自主创造、惊世骇俗的第一艘核潜艇命名为“长征一号”，并正式编入海军战斗序列！

陆上模式堆核动力装置首次实现核能发电，这伟大的变革是中国人艰苦卓绝、开天辟地的奇迹。彭士禄曾回忆道：“这个期待已久的试验成果成功后，团队所有人都兴奋不已！真的看到原子能发电了！”一个多月后，陆上模式反应堆实现满功率运行，提前完成试验任务。

新中国的第一艘核潜艇的心脏“核动力”一次试验成功、荣耀问世，极大地鼓舞了核动力专家和每位参与者。

1970 年 12 月 26 日这个大喜的日子，青史留名，星宿闪烁；核潜艇科学家们欢欣鼓舞，眼含热泪；他们有的说笑，有的击掌，有的握手，有的拥抱；而此时的总指挥、早就熬红了眼的彭士禄，竟然一屁股坐在椅子上安心睡觉了！他太累了，连续几天没有合眼，这回可以踏实地睡一觉！

文章至此，辛苦思考、快速敲击键盘的我也激动不已，我要为这个动力十足、功率满负荷的核动力反应堆取一个形象的名字“核潜艇心脏起搏器”！这个惊天动地庞然大物，全部设备、仪表、附件多达 2600 多项、4．6 万多台（件）、电缆总长 90 多千米、管道总长 30 多千米、1300 多种材料……小到每颗螺丝钉，大到中流砥柱的元器件，全都是咱们中国的血统，中国的骨肉！

我要送它们一个名副其实又响当当的大名：“中国制造！”

我要送它们一个充满诗意又匹配身份的英名：“国之重器！”

我要为这些功臣们祝贺！

是他们为蛟龙潜海耀世赋予了惊天泣鬼的核裂变；

是他们为神奇的庞然大物插翅铸魂！

是他们书写了惊世骇俗、前所未有和壮美华章！

是他们使中国成为全球第五个拥有核潜艇的国家！

这可歌可泣的成就，有多少次设计研究、有多少图纸呈现方案、有多少次计算验证、有多少次碰撞切磋、有多少人放弃家中老人孩子需要帮助的事情、废寝忘食忙碌在岗位?!

这一切，如同江河湖海的浪花无法统计数量，

这一切，仿佛星辰日月恪尽职守举世无双！

我的采访本中有这样一段记录：

1968 年，核潜艇开工建造在不长时间内，突击完成了 700 多份图纸资料；彭士禄本人就曾经有几十个设计研究资料文本。

在反应堆压力壳与基座焊接的关键日子，焊接工人要在 200 摄氏度

的高温酷暑下进行焊接，彭士禄也是一身工装和工人们一起在现场工作。在立体交叉安装的装置铁壳时，彭士禄与大家一起扳螺丝、接线头，几乎 24 小时都和技术员、工人们并肩战斗，洞察秋毫。

但人们没想到的是，紧张的调试，激烈的争论，长时间的贪黑起早繁忙，掩盖了彭士禄身体的问题。有一天他正在制造厂进行最后的调试安装工作，有人发现他满头冒汗，眼看全身湿透，周围同事们知道彭士禄的胃疼很久了，每当剧痛难忍时，他就咬着“牙”、弯下腰、用拳头顶一会儿，这是他长期辛劳超常伏案工作积累的毛病；他自己知道病得不轻，却不舍得花时间去看病。同志们劝他去医院检查，他总说没大事儿，咬咬牙就能挺过去。这位铁打的汉子、牙咬了几十年，终于挺不住了！他被抬到基地医务所，医生诊断为急性胃穿孔，如果不及时手术会有生命危险。基地领导万分焦急，立即给北京上级单位打电话汇报，即刻海军首长派专机把海军总医院外科权威骆主任和麻醉师送到工地，手术火速进行，彭士禄的胃被切掉了四分之三；让医生怎么也想不到的是，这次手术还发现他的胃上还有一个已经穿孔而且已经自行愈合的疤痕。医生惊异地说，彭士禄的忍耐力太强了！还没见过他这样的患者。可事后彭士禄还是乐观地说着他常说的老话：不怕死就死不了！

童年的磨难，痛苦的经历着实锻造了彭士禄顽强的性格、强大的忍耐力，铸造出他特殊的生命。手术第三天，驻地海城发生了强烈地震，他被同志们用担架抬出来，送上飞机回到北京，在海军医院仅仅住了一个月又开始超负荷运转！彭士禄的身体明显瘦弱了，但在试验现场，他也如同满负荷的反应堆，各个环节都有他忙碌的身影，有时面对文本他深思熟虑，一坐便是半天；有时哪个环节有问题，他就来回奔走协调改进，同事们早就适应他风风火火而又脚踏实地的作风了。大家没有忘，创业初期他和同事们一样穿胶皮靴趟水上班，一天到晚靴子里灌满了水，脚在水里一泡一天；他和同志们一样，拿着饭盒在简陋的食堂排队买饭，汤菜简单；他把精力都用在核潜艇科研攻关上了，家里啥事都不管。

有一次他要出差，急忙回家取衣服。看女儿趴在桌子上，便问女儿在干什么，女儿说在做算术题，不会做除法，想让他给讲讲。可他竟然没舍得这点儿时间，在脚迈出家门时来一句：把乘法倒过来就是除法……这个父亲无法知道：多年后女儿彭洁依旧留下埋怨；他只顾工作冷落孩子的一桩桩一件件，都留在了孩子的童年；孩子发烧烧得直迷糊，还是自己往基地医院打电话问医生她很难受，是不是病了。有一次孩子得了肝炎住院，他们都没有在身边悉心照顾。是的，妻子也从北京调到彭士禄所在的山沟里的九〇九基地，但她同样是个工作狂，工作是天大的事，家里的事情都要让路；孩子病了竟然托付护士照看，幸亏这是个懂事明理的孩子；但童年一定委屈，长大才能理解。彭士禄只求科研，只爱工作；面对待遇、报酬、荣誉从不动心。他的房子是一般的楼房，他不要将军楼；他荣获何梁何利奖，得到 100 万港币的奖金，他叮嘱女儿帮助办理，全部上交给组织，后来成立了彭士禄青年人才奖，用于奖励后来那些有作为的年轻人。

九、铁骨傲狂涛　赴死犹逍遥

国之重器，义士担当；祖国需要，龙虎共闯！

为早日完成建造中国的核潜艇陆上模式堆这一艰巨而光荣的重大任务，使我国早日推出核潜艇，防范外敌侵略，保卫祖国安全，彭士禄呕心沥血，带领团队攻坚克难只争朝夕，感人肺腑的故事不胜枚举。这里，我们要讲述的是和彭士禄一道奉献才情、前面提到的中国科学院院士、中国核潜艇副总设计师赵仁恺。

当中央批准上马核潜艇陆上模式反应堆后，专委会决定彭士禄为核潜艇工程和陆上模式堆设计的技术总负责人，同时决定，由赵仁恺负责陆上模式堆工程建造中的生产准备、调试和建成后的运行管理工作。这是一位具有传奇色彩的卓越科学家，他功底扎实，知识丰富，专业严谨，组织曾委任他为项目副总工程师，参加中国第一座生产堆的建设。当年只有三十几岁的赵仁恺思维活跃，精力充沛，胸怀强烈的责任心和使命感，在与彭士禄的配合中，同样起到了中流砥柱的作用。

42 岁时，组织又安排他回到核潜艇上，与彭士禄总工程师配合，建设我国第一座核潜艇陆上模式堆。在这些重大项目试验运行阶段，不仅见证他赵仁恺卓越学业见解，严谨的科学精神，精准的判断能力，而且经历了一次次生死考验。

在九〇九基地采访那天，我记下了关于赵仁恺的一些故事梗概。而有这样一段故事让我落泪了：核潜艇陆上模式堆长达十年的运行，有 500 多次的运行试验，试验的数据结果，模拟了核潜艇各种状态下的试验、各种事故情况下的判断和处置。这一切练就了赵仁恺对核动力装置观察的火眼金睛，奠定了他的泰斗地位，彰显了德高望重的人格力量。此时，我想起毛泽东主席《实践论》这篇著作中的一段话：知识的问题是个科学的问题，来不得半点的虚伪和骄傲，决定的需要倒是其反面——诚实和谦逊的态度。这正是这些核动力科学家们奉行的准则。

赵仁恺没有高大威武的形象，但在科研道路上，他以严谨精细、孜孜以求的精神呈现对每个环节的高度负责，始终是国家重大项目的中流砥柱。业界没有忘记他一次次地拿出的准确结论；一次试验运行中舰艇发出异常声音，赵仁恺总是沉着镇定地观察、正确判断问题所在；无论情况多么复杂危急，他总会准确判断，大胆决策，及时排除。

有一次设备出现了不正常声响，而对这一事故的判断出现了两种不同观点；分歧严重，争论不休。一机部领导非常重视这一事故，并立即向国防科委上报了问题的严重性。上级研究后立即派赵仁恺负责处理。赵仁恺首先进行了全面测量，然后听取各种意见，他屏住呼吸在细枝末节处观察隐患，经仔细分析很快找到了事故的症结：是反应堆右出口处接管密封结构压紧弹簧失效，导致了固定套筒内的滑套滑动，进而引起了漏沙的撞击声响，他和同事们火速解决问题后顿时云开雾散，心情舒畅。

还有的试验过程中，出现了不正常声响，时断时续；到 200 多米、更深水域时，那声音更让他们担心。深水潜行判断格外艰难，其险感受仿佛世界末日到来；假如重大事故发生，国家损失不堪设想，对赵仁恺来说这最担心的。读者朋友，你能想到吗，这位出生在旧中国、饱受痛苦生活煎熬的著名专家学者，已然留下遗言并托付同事说：一旦我死了，请把这封信和三块表交给我家人，这是送给三个儿子的。而此时斯人正在深海险境中挑战着生命的极限、面对反应堆的疯狂反应；它并不知道，其所有的乖张暴行，在下海之前都在核动力专家的预料中。

十、国事在心　家事淡忘

1942 年 7 月，赵仁恺高中毕业后以优异成绩同时考取了上海交通大学和国立中央大学。由于母亲年事已高，又有弟弟妹妹在读书，母亲含辛茹苦把他们带大，他便选择了免费学校国立中央大学。大学期间他依旧铭记母亲叮嘱，志向在胸，刻苦钻研；其间，他除了躲避日本飞机轰炸之外他就在教室思考作题；数学、物理、化学结构力学等全部基础牢固，他自信所有工作都能胜任：飞机、火车、汽车、电厂、机械纺织厂；只要与工程机械有关的工作，他都会得心应手；核动力工程也属于工程技术，根本差别是以“核”为根本，即以核为动力；只要把核动力原理、应用和辐射防护等相关知识补上就没有问题了。

1945 年，日本无条件投降，中国人民结束了长达 14 年抗战生活，赵仁恺以优异成绩走出国立中央大学机械系，他强烈意识到，终于可以施展学识报效国家了。

毕业后，他回到天津走进一家民族企业永利宁厂，在那里一步步成长为优秀的专业技术员。1949 年 3 月，他从一名技术员晋升为工程师；赵仁恺兴奋不已，干劲更足了。新中国成立后企业进口了新设备，组织把进口炉和 1500 千瓦发电机安装交给他负责组织安装分系统设计。学中干，干中学，赵仁恺完成了很多重大攻关项目。

荣誉、职务、爱情同步到来，他在担任永利宁厂职工业余学校教学工作中，结识了美丽贤淑、后来成为他妻子的杨静溶。他们互相鼓励，互相爱慕，赵仁恺有很多项发明，更幸福的是，1952 年他们的大女儿出生，第二年大儿子出生。

与这快乐同时到来的还有祖国百废待兴，正亟须赵仁恺这样的优秀人才，1958 年他被调到北京中国化工部设计院。此时妻子一个人担负起照顾孩子和公婆的重任，没多久，赵仁恺又被调到位于西南的九〇九核动力研究院担重任。打那时起，国家重大保密事业核潜艇陆上模式堆研究便是赵仁恺几十年相守的天职；他托付贤淑达理的爱妻独自承担了家事；孩子们的童年无疑对父亲印象是模糊的；再加上从小到大看到的都是母亲一个人操持家务，照顾爷爷奶奶，作为父亲的赵仁恺又从没说过他在哪里、干什么工作、怎样的环境；妻子、孩子父母内心感受肯定都是五味杂陈的。

在父亲去世后，儿子赵明打开了当年的遗书，里面没有核潜艇，没有他热爱的事业，只有一件件家里人的“小事”，儿子的数学成绩不好，妻子的胃病要继续治……所以，当有人打开了父亲特意为三个儿子购买的三块手表、凝重地读着父亲面对生死考验表达的对国家的忠诚，对国防建设的挚爱，对家人孩子的不舍和思念，那饱含撕心裂肺般深情的文字，一下子冲开了儿子内心紧紧关闭的感情闸门，他们再也忍不住几十年的压抑痛苦，堂堂男子号啕大哭，泪水如奔腾的大海，撞击在场所有人感同身受的心！几十年对父亲的误解，因为父亲常年不在身边陪伴产生的内心委屈，常年思念而不得见的痛苦和失落，一时间所有郁结都散开，万语千言任清风送给慈悲的父亲！国之栋梁赵仁恺，值得三个儿子骄傲的骨肉至亲！

此时，我想起鲁迅先生的话，无情未必真豪杰！

我想说：情到深处道义弥坚；情到深处大爱惊天！

赵仁恺为中国科学技术的卓越建树，占尽全部篇幅也无法道尽。此时我无法多述，只想和您一起听听他对祖国对人民赤子柔情的倾诉：

“一天深夜，我们核潜艇在海南岛以南海域巡航，我坐在核潜艇的舰桥顶上，舷外浪花飞逝，海风拂面。我抬头遥望北方，祖国大地笼罩在夜色蒙蒙中。想此时，辛劳了一天的祖国人民，为了迎接更加美好的明天，正在幸福中安心休息；嬉戏困了的幼儿，正在母亲温暖的怀抱中甜甜地睡去——祖国一片宁静安详。我心中不由得浮起：祝福您，我的祖国！我们的核潜艇正在保卫您，正在保卫祖国的繁荣富强和人民的幸福安康！为了您，我们愿意付出一切，再苦、再累也值得!”不是诗人，却诗意缠绵，句句深情。

谁能想到，这位在舰艇上和大家一起在犄角旮旯搭床睡觉——五六平方米住六七个的专家学者，胸襟这般浩荡多情，宽阔如海。

赵仁恺的卓越贡献、高风亮节值得十四亿人民骄傲自豪；他获得的荣誉称号不胜枚举；他曾受到时任总书记的江泽民接见……分别当选“中国科学院院士”“中国工程院首批院士”——这是国家设立的工程技术方面的最高学术称号，为终身荣誉。

十一、祖国不会忘记　人民不会忘记

文章写到这里，我深深怀敬！热爱祖国，担当使命，忘我奉献，已成为精英文化，进而融入后来专家的血液。

在核潜艇的整个研制过程中，不知有多少艰难险阻，检验了参与的专家们生命的极限和心理极限；他们何止远离妻儿，又何止没能尽孝？这个队伍里曾在积劳成疾溘然长逝于工作岗位的英雄，他们都是以大无畏的献身精神，让我们肃然起敬的楷模！

今天，核电战线的精英们早已进入新的思考和重大战略项目创新阶段：核电作为典型的“大国重器”，是一个国家工业体系的综合实力体现；我国目前投入使用和在建核电站已有几十座；从核电大国转变为核电强国是业界专家奋斗的目标。20 世纪 90 年代，这个当年从山沟里兴建的核能研究基地——中国核动力研究设计院，在完成我国首座自主研发设计的 60 万千瓦核电站——秦山二期工程的基础上，即启动了自主创造、百万千瓦核电技术的研发攻关工作，并在 1997 年提出了“华龙一号”诞生的源头和核心技术基础——177 堆芯方案。

2012 年 1 月，第三代自主核电技术福清核电 5 号机组作为“华龙一号”的国内首堆示范工程。

4 月的一天，我在核动力研究设计院与负责核电站“心脏”部分（反应堆及反应堆一回路系统和设备）的研发设计工作的团队负责人、项目总设计师、国内核电行业的知名专家刘昌文交谈，再一次见证了这个领域团队精神、精神文化物质。

交谈中他没讲自己的事情，却告诉我，我们的团队任务繁重，时间紧迫，加班就是常态。有一天，一位同事下班后急匆匆骑上自行车往家赶，着急给孩子做饭，不承想半路被撞摔了。她草草到医院急诊处置包扎了外伤，安排一下孩子又返回单位继续工作。过了很多天，她转身时下意识地“哎哟”一声，同事们这才知道她摔伤多日一直没休息。

尾声：英雄化林木　高风唱忠诚

数十年的职业生涯，我历时最长的职业是广播电视台播音主持人；历时更长的职业是党报高级记者、首席记者。播音采访编辑+业余文学创作数十年至今，走南闯北不知国内外采访了多少地方、写了多少篇文章、播送多少各种类型的文稿、舞台唱诵、主持弘扬多少次精英志士……阅人无数，阅世无数。

然而，当我走进这个山清水秀，林木葱郁的核动力王国，置身当年的三线山沟里九〇九基地——中国核动力研究设计院，我的内心异常激动，波涛翻卷。当年的一穷二白、偏远闭塞、物资短缺、艰苦卓绝，8000 解放军、学生、专家们是怎么拼搏鏖战、杀出重围，创造出核潜艇反应堆奇迹的？他们惊世骇俗的伟大创举，让我感到语言文字的苍白；万语千言不足道尽壮举。

我行走在开阔清新的基地中，满眼香樟高耸入云，直径几人合抱、笔直挺拔的松柏，恍然间化作年轻的核动力专家向我走来；我眼前仿佛出现了电影胶片，他们的镜头推拉摇移，特写镜头出现了鹤发童颜、大名鼎鼎的共和国院士；他们安详地笑着，树与君相合，人与树互现；我跑上前去拥抱着这些可爱的共和国功臣，泪如雨下。

我径直向前走，向前走；黑白相间的喜鹊在我头上嘹亮地唱着，仿佛在代我歌颂那些坚强不屈 ，百折不挠的核动力专家们铮铮傲骨，威武不屈；每棵大树都是一座丰碑，大写着他们坚贞不屈、不畏艰险的英雄气概！

我笔下的核动力精英令我敬仰，篇章单薄不足示爱。

此时，更繁茂的松林柏树如华冠罩在我头上，遮挡着刺目的阳光，樟树的香气，入云的青松，不谋而合地高举着吉祥美好的祝福，表达着中华英雄和平刚正、坚忍不拔的意志；万木葱茏的时空，百禽自由的炫舞，是一部没有结尾的长卷，是一幅没有边界的大画——

一枝一叶诗意厚，
一平一仄笔墨浓。
时空见证才子心，
江月状写英雄情。
飞鸟鸣唱追思曲，
华夏豪杰昭后生。
丛林茂密佑子孙，
常绿乔木爱不尽。
悠悠岁月好时光，
代代传人尽忠孝。

2022 年 4 月 25 日

蓝帆（女），中国作家协会、中国诗歌学会、中国报告文学学会会员。四川传媒学院教授、硕导。获海内外文学及朗诵特等奖、金奖、一等奖、最佳诗人奖 。作品在《人民文学》《诗刊》《人民日报》等近百种刊物发表；已出版个人诗集、散文集 6 部。

严格保密

税清静

谨以此文向为祖国国防事业做出巨大奉献和牺牲的先辈们致敬!

姑娘一直低着头，任凭媒人二嫂说什么，她只是微微点头或摇头，偶尔只轻轻“嗯嗯”地答应。这姑娘莫不是个哑巴吧?也不知道她能不能听懂普通话。严格有些失望，心里埋怨起二嫂来。嫂子你这是给我介绍了个啥对象嘛，再不济我也是名牌大学生呀，虽然年龄大了点……

想到年龄，严格刚找到的自信瞬间又消失了。大学一毕业，服从组织分配，没想到从繁华的大上海一下给拉到了大西南这个偏僻的小山沟。因为单位保密要求，自己所从事工作的任何信息都不能对外泄露。严格地说，严格大学毕业后就仿佛从人间蒸发了一样。因此，大学时如胶似漆的女朋友，也因误会和不理解与他分了手。转眼一晃好几年过去，严格已经30出头了，相亲倒相了无数次，女朋友也谈了好几回，最终都因为严格“不老实”“不说实话”“骗人”等原因，愣是一个都没能修成正果。

这时姑娘终于抬起了头，眼光跳过媒人，直接朝严格射来。四目相对，严格这才看清，这川妹子长得真是漂亮呀!姑娘叫田小花，芳龄19，是山沟另一边的农民，生产之余常把自家自留地种的蔬菜背到严格工厂生活区来卖了补贴家用。一来二去就被严格师傅的爱人给盯上了，说是要给她介绍个吃国家粮的，姑娘及其家人自然喜欢得不行。

田小花今天没有做任何打扮，更没有涂脂抹粉，但还是洗漱得干干净净，穿戴得整整齐齐，可她身上有种大城市姑娘永远也找不到的质朴和清纯，尤其是她那对水汪汪的大眼睛，仿佛要把严格给融化了。

田小花终于开口了，她用四川话夹着普通话问道:“我妈说，问你在什么厂上班，是做什么工作的？”严格一听，吓了一跳，赶紧拿眼咨询二嫂，二嫂也不知自己老公和严格他们具体是做什么工作的，二嫂只好转移话题：“严格那可是好单位好工作啊，保证你以后不会饿饭！”那个年代，尽管吃饱肚子比什么都重要，可二嫂这回答，并没让田小花满意，她红着脸又看着严格的眼睛问道：“我妈说，一定要问清楚你在什么工厂做什么工作，她怕我上当受骗！”

看来这个问题对她和她的家人非常重要，严格现在再也无法回避了，该怎么就怎么吧，他只好硬着头皮说道：“保密！”

“爆米？爆米厂？你在爆米厂上班！”田小花回想二嫂说的保证以后不会饿饭，一下便兴奋起来，她从小就喜欢吃爆米花，此时她已经开始幻想自己嫁给对面这个比自己大十来岁的“叔叔”后，一辈子都有吃不完的爆米花了。

田小花的反应让严格和二嫂面面相觑，很快二嫂就反应过来了，估计田小花对普通话和四川话的音调转换并没完全掌握，误把“保密”听成了“爆米”。二嫂赶紧接过话头：“对、对，爆米厂！”并拿眼睛示意严格。

严格于是也只好跟着撒谎说：“是的，我在爆米厂上班！”

田小花又来了兴致，继续好奇地问道：“都爆些什么呀？玉米？大米？”

严格擦了把额头的汗珠，顺口说道：“有时爆玉米，有时爆大米，反正领导安排爆什么就爆什么？”

田小花突然一改先前的腼腆，大胆问道：“在单位听领导的，在家你听谁的？”

二嫂一听，有戏了，立即替严格说：“在家听你的！严格快说，在家听小花的。”说完打了个哈哈，佯装说有事，丢下严格和田小花自顾自就走了。

等二嫂回来时，严格与田小花已经坐到了同一条板凳上，见二嫂回来，两人赶紧分开了些距离。二嫂是过来人，装着什么也看不见，只把手里的一包爆米花塞给田小花："花，这就是严格他们厂里的爆米花，看好吃不好吃？"

田小花抓起一把塞到嘴里，又把手里剩下的放回纸袋，连说："好吃，好吃！你们也吃，你们也吃！"二嫂看她那么喜欢，便说道："我们天天吃，都吃腻了！"田小花也不吃了，她知道自己以后也会跟二嫂一样吃腻的，她得把这袋爆米花带回家去与家人分享。

谁也想不到，一袋爆米花竟然成就了一段美好的姻缘。婚后田小花也成了跟二嫂一样的家属，只是苦了严格。他不仅恶补了爆米花相关知识和学问并学会了如何爆爆米花，还得隔三岔五到处找点爆米花带回家。有时是爆玉米有时是爆大米，每次还得说清楚是单位福利，否则田小花会骂严格占公家便宜。田小花没什么文化，但她知道什么是对什么是错，大多数时间也是通情达理的。严格要出差，就得找各种理由来哄田小花。比如去别的爆米花工厂交流学习啦，帮别人修理爆米花机器啦，还有就是给别人送货啦，等等，让田小花想都想不到，小小的爆米花，还能做成这么大的产业。

严格每次对田小花撒谎后都非常内疚，因为田小花嫁给自己最低的要求也是唯一的条件就是不要骗她，可自己却不得不骗她，而且一骗就是几十年。

有一次，厂里成功研制出一款新型装置，这可是填补了我国在这项领域的空白呀。夜里严格在梦中高兴得手舞足蹈，冷不丁被田小花一脚给踹醒了，赶紧一把捂住自己的嘴巴。

"梦见娶小媳妇啦？看你高兴得又是笑又是闹的，睡个觉也不老实！"

"你就是小媳妇，我还能娶什么娶。花，我，我没说啥吧？"严格有些担心自己在梦里说漏了嘴。

"你说什么'漂亮'？什么'研制的全国第一'……"

严格惊出一身汗，赶紧解释："是我们厂里，新开发了一种米花糖，只是爆米花不挣钱，新来的领导带着大家研究把爆米花做成漂亮的米花糖，全国第一家……”

“就这？我以为什么事让你那么高兴呢，改天给孩子们带两块回来，睡觉。”田小花翻了个身又进入了梦乡，严格却久久不能入睡，他为自己所从事的事业而感到无比的骄傲和自豪，他知道祖国的国防事业等这一天等得太久了……这大山沟的夜晚真的太安静了，静谧得严格能听清自己的每一次心跳，要是师傅知道今天这消息不知道他有多高兴，只可惜师傅已经牺牲好几年了，严格更没法入睡了。

日子就这样一天一天过去，即平淡又普通，这大山沟里的人们都这样生活着。一晃就是几十年，严格退休了，组织安排他回上海老家养老，可他和老伴田小花都舍不得离开这大山沟，这山沟也舍不得他们离开，这里有他们的青春和美好的回忆。

有一天，头发花白的严格打开电视看新闻，中央电视台正播放“华龙一号”首堆福清核电5号机组核岛三台安注箱吊装的镜头。主持人解说：“我国能够研发设计出完全自主知识产权的第三代核电技术‘华龙一号’，源于我国50余年来深厚的核动力技术积累，而这些核心技术是买不来的……”看得严格热泪盈眶，此时田小花正好拿着扇子从卧室出来，严格一把抱住老伴，激动地说：“花呀，那是我们研究制造的，那是我们研究制造的！第一代核潜艇的心脏，核反应堆是我们造的！”他想，自己憋了大半辈子的秘密，现在终于可以告诉老伴了。

田小花平静地看了看电视又看了看老头子说：“对，是我们国家研究制造的，我们国家真是越来越强大了。你一个爆米花的怎么突然关心起国家大事来？”医生说了，老头除了血压高，还有阿尔兹海默症，不能让他受刺激。严格刚想好好向老伴解释自己真是核专家，没想田大花却命令道：“好了，今天早点休息，过两天就是清明了，明天还要去给你师傅和二嫂上坟呢！”

税清静，中国作协会员、中国散文学会、报告文学学会会员，四川省作家协会第七届全委会委员、报告文学专委会副主任。省作协工会副主席。长篇小说《大瓦山》获第十届中国作家鄂尔多斯文学奖。先后发表文学作品数百万字。著有长篇小说等七部作品。

向海而生

邹安音

一

人间四月，江山如画。在中国西部的膏腴沃野，云上仙境的壮美河山中，一条从雪域高原奔涌而出的大江，舒展开龙一般的身姿，拥抱着这里的远山近水。

一场春雨后，山越发空灵，水碧蓝而澄澈。仿佛感受到大自然的心跳，“九〇九”——中国第一代核潜艇研发实验基地，迎来了它最美的季节，也揭开了它神秘的面纱：在这里，我国不仅研发出了第一代核潜艇陆上模式堆，还发出了中国核能第一度电，被誉为中国核动力工程的摇篮！

核潜艇，最重要的是潜艇内的核反应堆，这是整个潜艇的动力之源。为研制潜艇核动力装置，1965 年 9 月成立了代号为九〇九的潜艇核动力研究设计基地。您知道中国的第一度核电是从哪里发出来的吗？就是在位于我国西南大山深处的九〇九基地。20 世纪 70 年代，这里研发出了我国最早的核动力反应堆，由此发出了第一度核电，更成为我国第一代核潜艇的动力之源。

时光溯回，新中国成立之初，百废待兴。面对风云波诡的国际形势，为江山护航，“核潜艇，一万年也要搞出来！”毛泽东主席掷地有声，发出对我国核动力事业发展的伟大号召。

历史这样记载：1958 年，我国领导人提出了制造一艘我国自主研发核潜艇的方案，并为此派出代表团去寻求苏联的帮助，不过万万没有想到的是，苏方不但没有答应为我们提供帮助，甚至还否认自己拥有核潜艇。

在代表团向中央汇报了这一情况后，周总理立即传达了中央的决心：“不仅原子弹要搞，核潜艇也要搞。”“苏联不援助，我们就自己干”。因此，我国核动力技术是在没有任何外来援助的情况下发展起来的。

1965 年，中央决定核潜艇陆上反应堆在西南山区进行建造，称之为九〇九基地。为了掩人耳目，这个核反应堆基地对外称之为“西南水电研究所”。

箭在弦上，一触即发。“一万年太久，只争朝夕！”1965 年 8 月，我国第一代核潜艇正式开始研制。核动力装置是核潜艇的心脏，为了保证潜艇持续航行，在下水前，必须先建一个环境一模一样的陆上模式堆进行模拟实验。青山有幸，江河是缘，雪山下的这条山沟，成为中国第一代核潜艇核心技术核动力研制的首选地。

1968 年，近万军民来到深山中，他们成为“搞水电”的神秘人，这里云集着国内顶尖核专家和科研人员。荒沟里，没有大型机械入场，军民们便以血肉之躯赤膊上阵，就地取材，修宿舍，建工厂……科研人员们也就此踏上征程，向着核动力高精尖技术发起猛攻，有的甚至血洒疆场。

“核动力研制”，这几个字如同恶劣的自然条件一样，在科学家们的脑海里是一片空白。没有技术资料佐证，没有外援专家指导，一切都是摸着石头过河。但就是在这样的境况中，第一代核动力研制人硬是在荒山峻岭中建设起第一代核潜艇陆上模式堆，让世界为之侧目。

那时的九〇九基地，包括生产区、生活区、娱乐区等，设施一应齐全。远远望去，高达 120 米的烟囱直冲云霄，凸显出无比高昂的气势，笑对山河。与普通烟囱不同的是，这里面却并不曾冒出烟来。与之对应的是：核潜艇陆上模式反应堆厂房神秘庞大，两座弧形墙壁之间的堆舱浸在 8 米深的水中，雄伟壮丽。

2018 年 2 月 17 日，央视新春走基层特别报道《祖国不会忘记——解密“三线”》开播，首次解密了中国核潜艇研制时那些不为人知的故事。摇篮广场、将军楼、核潜艇陆上模式堆指挥部、彭士禄事迹展览馆……

历史当铭记!“壮丽史诗　伟大飞跃”——四川省庆祝中国共产党成立100周年主题展览上，一幅幅历史老照片，将观众带回那些举国沸腾的瞬间，“两弹一星”和核动力精神感召力穿越时光，直抵人心。核动力潜艇和四川有着深厚渊源，这段隐秘而伟大的历史，由展览的两张照片和一件潜艇模型展示出来。

其中一张被放大的黑白照片上，一座小楼矗立在山间坝子里，正对面的山坡上，一根高达百米的烟囱静静耸立。这便是当年第一代核潜艇陆上模式堆厂房外景。

第二张照片，则是1970年12月26日我国第一艘核潜艇“长征一号”下水的情景。从核潜艇事业重启到下水，只用了短短5年。这一成绩的取得，离不开核动力专家彭士禄。

熟悉的人都知道：彭士禄被称为中国核动力事业的“拓荒牛”，他的父亲是老一辈无产阶级革命家彭湃。

彭士禄原本是在当时的苏联学习化工机械，即将毕业时，中央决定选派一批优秀的留学生改行学习原子能专业，问及彭士禄的意愿时，他坚定地回答：“当然愿意，只要祖国需要。”1965年，核潜艇项目重新启动，随着中央一声令下，彭士禄告别家人离开北京，打起背包只身入川，参与筹建中国第一座潜艇核动力陆上模式堆试验基地，跟所有人一起喝稻田水、住干打垒房子。

1970年8月30日，中国第一代核潜艇陆上模式堆在这里首次实现满功率运行。同年12月26日，中国自主研制的第一艘核潜艇成功下水，中国成为世界上第五个拥有核潜艇的国家。值得一提的是，核潜艇上有4.6万个零部件，没有用国外一颗螺丝钉。

1974年8月1日建军节那天，中国第一艘核潜艇被命名为“长征一号”，正式列入海军战斗序列。

……

“热爱祖国、无私奉献、自力更生、艰苦奋斗、大力协同、勇于登攀”的“两弹一星”精神是中华民族精神谱系中的重要组成部分。历史川流不息，精神代代相传。在今天的九〇九基地，一件件实物、一幅幅照片、一幢幢住宿楼、一个个鲜活感人故事，不禁让人感怀不已：故人已去，此情只待成追忆！

二

今天的九〇九基地，眼见之处是满满的岁月痕迹，无一不在诉说着当年的艰辛和奋斗！

走进当年的基地宿舍，发现在其中一间门背后的墙上，居然留有一首笔墨书香的毛笔手书古诗《忆江南》：江南好，风景旧曾谙。日出江花红胜火，春来江水绿如蓝，能不忆江南？

写字的是谁？他（她）又来自何处？是怀着怎样的情感和思恋，才在这里留下了历史的印记，留下了心灵的芳华。我们今天已经无从考证，没有什么豪言壮语，可却强烈震撼着每一个走到它身边的人。

遥想当初，那是一个特殊的日子，它让中国人背负多年的理想和愿望得以实现。1970 年 12 月 26 日，我国自主研制的首艘核潜艇下水。大海深处，浪花飞遏，已然寒冬，但为此付出心血的每一个人心中却分外炽热。

消息传回中国内陆的九〇九基地，就在核潜艇入海的那一刻，人们喜极而泣。在古老的东方大地，作为华夏民族的中国人，即使经历苦难的岁月，也从不曾失去希望：渴望像雄鹰一样在蓝空盘旋，梦想像蛟龙一样在大海游弋，我们做到了！

向海而兴，中国正迈向建设海洋强国的崭新征程，中华民族向海图强的世代夙愿正逐步变为现实。历史当铭记：中国人依靠自己的力量终于造出了第一艘核潜艇，成为世界上第五个拥有核潜艇的国家，而这背后，隐藏着的是科学家们几代人的心血和奋斗。

历史可以作证：在今天，只要走进九〇九基地办公旧址，迎面看到的就是一幢特殊的建筑体，令人称奇的是房屋外墙非砖木结构，而是由一个个大小不一的鹅卵石堆砌，泛出青色的光芒，既古朴又典雅，成为中国房屋建筑史上的奇迹。

原来当初基地选址于此建设时，因为地势偏远，所见皆荒芜，一切因陋就简，遍布江河两岸的鹅卵石就成了最好的材料。而这全国唯一的房子样式，则被称为“干打垒”，成为珍贵的文保。

在九〇九基地生活过的人都不会忘记，那时候喝的水，来自稻田、池塘、河沟，喝了经常拉肚子，不少人还落下了肠胃系统的毛病。为了解决这个问题，大家都用明矾进行处理，经常会发现一缸水用完，缸底沉淀起很厚一层泥；住房是“干打垒”——就地取材用石头和泥巴垒起来的房子；路是土路，在泥土上垫一层碎石块就成了路，当时人们笑称晴天是“洋（扬）灰”路，雨天是“水泥”路。

“核潜艇，一万年也要搞出来!”毛泽东主席的这一句铁骨誓言，被科学家们镌刻在了“干打垒”房屋顶上。只要一抬头，就可以看见它们，仿佛每一个字，都焕发出鲜活的生命力，成为岁月最好的代言人。

山河不曾忘记：一切从零开始。这里的建设工地上声雷震天，办公室里灯火彻夜不灭，从白天到夜晚，又从夜晚到白天。即使在最严酷的寒冬腊月，科学家们心中也有希望的火焰在熊熊燃烧。他们用计算尺不停地比画来比画去，一遍遍地计算着反应堆结构；他们用手摇计算机轮流计算着物理公式，一次次地试验，一次次地失败、失败……

大地永远记得：五年时间，在人类的岁月长河中可能只是一朵浪花，但他们却把每一个平凡的日子过成了自己想要的模样，成功地完成了党和国家交代的重大任务。

三

“九〇九在什么地方？不知道。到九〇九干什么？不知道。但我知道，祖国需要我。”当时，绝大多数人在接到任务时，并不知道要去哪里要去干什么，只知道一个代号叫 909，但为国奉献青春、贡献知识力量是他们的共识。

机关小院里至今还留有一处信箱，上面写着“成都 291 信箱”。这个地图上找不到的通信地址，曾是军民与家人唯一的联络方式。而面对当地老百姓的询问，他们只是说自己属于“西南水电研究所”，来到四川发展水电。

相距咫尺，却遥远如天外。外人甚至是家人根本不知道科学家们在这里究竟是干什么工作的，他们与外界唯一的联系方式，便是通过一个绿色的邮箱代替。“成都 291 信箱”，成为“九〇九”基地的另一个代名词。

九〇九基地里珍藏着这样一幅老照片：照片中科研人员正在安装第一代核潜艇陆上模式堆的压力容器，一位脸庞稚嫩的年轻人盯着容器，眼神里充满了憧憬与自信。容器外面贴着一幅字：“中国人民有志气、有能力，一定要在不远的将来，赶上和超过世界先进水平。”

在今天，有一个“核二代”，义务当上了这里的讲解员，对每一个走进九〇九基地的人，只要愿意倾听，他都会满怀深情地讲起那些年的那些人和事儿。他就是中国核动力研究设计院基地纪委书记、副基地长唐斌。

“中国核动力从无到有的信心和底气，是在四川西南部这片山区浇筑的。”出生在这里、成长在这里，唐斌每次都对客人这样介绍，这里四面环山，我国第一代核潜艇的核心技术——核动力部分的研制基地就确定在这里。

毛主席说：“核潜艇，一万年也要搞出来!”于是，彭士禄、赵仁恺等一大批核工业人和广大建设者们来了。

“虽然这里有山有水，但当年这里环境十分恶劣。我们这里有句俗语——三个蚊子一盘菜，从这句话就可以感受到这里的环境。”据唐斌介绍，稻草顶、土坯墙构筑了当年核工业建设者们的家，他们以“战士”身份发扬大会战的精神，生生在短短数年的时间内，成功完成党和国家交代的任务。

有这样一张合影特别引人注目，照片中，彭士禄、赵仁恺、黄纬禄、黄旭华四位站在核潜艇前面，笑得像孩子一样。

“中国自主研制的第一艘核潜艇没有用国外一颗螺丝钉，中国也成为全球第五个拥有核潜艇的国家。老一辈的这种心怀国家、心怀民族、心怀人民的精神应该被我们传承下去。”对于这种老一辈核工业人为了国家一切都可以抛弃的精神，唐斌是深有体会。

因此，在回到基地、决定守护基地的唐斌看来，中国核动力在这里起源，中国核动力的未来也在这里。事实上，跨过地域的同时跨过五十年，一代代核工业人正在前赴后继投身我国核电事业。他清楚地记得：父辈时期，曾经有一个被分配到基地工作的大学生，因为这个有着“成都”二字的邮箱，学子在成都转了几天，也没找着它的影子。后来他才知道走到这个邮箱地，需要一路辗转，先坐火车，再坐汽车，然后徒步进山沟。

今天，在“干打垒”房舍上，“成都 291 信箱”静静地挂在那里，成为一个时代的文化符号和遗存，它默默地望着九〇九基地主办公楼，似乎在期待着什么，也在讲述着我国第一代核工业人“干惊天动地事，做隐姓埋名人”的传奇故事。

“我深深地爱着你，这片多情的土地，我踏过的路径上，阵阵花香鸟语……”每当《我和我的祖国》这优美的旋律声响起，没有谁更能体会他们的心情。有的科学家少小离家老大回，家乡却不再是记忆中的模样，儿童相见不相识，挚爱的亲人也已经辞别红尘，只留下肝肠寸断的无尽念想；有的科学家为祖国贡献完自己最后的一滴心血后，骨灰被撒向大海，回到他们梦想开始的地方。

上愧对父母，下愧对孩子，科学家赵仁恺是其中一位。他出身于江南水乡的江苏南京，却把青春和热血奉献给了深山老林。这名荣誉加身的中国科学院院士、中国工程院首批院士、核动力材料与燃料专家，功勋卓越，参与主持了中国第一代核潜艇关键问题，并领导完成了研究堆用低浓燃料元件的研究和动力研究设计、建造、试验等全寿期工作。但他对家人，却满怀歉疚，抱憾而去。

“每次随潜艇出海，科学家们都会写上一封遗书，以防不测。”唐斌站在办公楼前，声音有点哽咽。2016 年中国核动力院举办《赵仁恺传》发布仪式。来自各方的领导专家纷纷讲述了赵仁恺院士生前的故事。当组织把一封手写遗书递交到其孩子手中时，对父亲久有怨言的儿子，手捧老父亲出海写下的遗言，不禁悲痛欲绝，号啕大哭。他说，他从小就很理解自己父亲工作的艰辛，但今天他终于明白了父亲心中的那份大爱。

这些科学家们，他们不是钢铁之躯啊，一样有着儿女情长，一样有着悲欢离合，一样期待月圆时刻！

邮箱依然在，但是它却再也等不回它所想要看见的人！

2021 年，为庆祝中国共产党成立 100 周年，中国国家博物馆特地致函九〇九将基地曾经使用过的“成都 291 信箱”，作为见证了我国两弹一星事业发展的历程，是爱国主义教育的重要载体，在“两弹一星”精神展览中展出，以教育后人，铭记历史。

四

春风过处，满眼是绿。仰望四围，“干打垒”房舍已经被参天大树笼罩，显得郁郁葱葱。房顶正中安放着一匹骏马，分外显眼。骏马踏空而来，烟云激荡，这何尝又不是九〇九基地全体人员的精神和写照?!

办公楼下，空地中，蜀地随处可见的鱼腥草正在繁茂生长，那淡淡的清香，似乎总是在提醒着人们：不要忘记那一段吃野菜咽米糠的艰难岁月！

不知名的花儿开得正艳，显示出顽强的生命力。一草一木，一山一水，也似乎总在呈现出什么。彭士禄、赵仁恺……他们似乎从未离去，微笑依然，音容宛在。

走过办公大楼，抚摸着那些高大的香樟树，这都是基地人当年亲手栽种的。树们已经枝繁叶茂，笑语春风，这似乎是他们朗朗的身影，正与华夏大地永同存。

出了办公大楼，过基地招待所“向海楼”，车行厂区大道，几分钟后，便可至赵仁恺和彭士禄旧居，两者毗邻，皆位居山头指挥部。

1965 年，赵仁恺被任命为陆上模式堆工程设计队队长，随后率领设计队进入陆上模式堆施工现场，“干打垒”平房修建完成后，便居住于此。

心之所在，梦之所想。在九〇九基地的任何一个位置，只要一抬头，就能看见山头指挥部所在地，那也是基地的灵魂和原点。

今天的山头指挥部依旧保持着原样，又特地开辟出彭士禄展陈纪念馆，以让更多的人了解这位核动力研究的旷世奇才。

彭士禄居住的房子很窄小，在山头指挥部的侧面，屋内还有他戴过的草帽，用过的洗脸盆，骑过的自行车等，那应该是一个老农的样子，清瘦的身躯，黝黑的脸庞，朴实的话语，坚强的毅力。

一个个发光发热的名字，书写了中国人的年度精神史诗！

当“感动中国 2021 年度人物颁奖盛典”在中央电视台综合频道、央视新闻客户端等平台播出时，以“平凡铸就伟大，英雄来自人民”为核心主题，全面展现中国人所经历的波澜壮阔的 2021 年。中国核潜艇第一任总设计师、核动力专家、中国工程院院士彭士禄当选“感动中国 2021 年度人物”。

在他隐姓埋名的那段时间，他带领团队在四川的崇山峻岭间，克服重重困难，铸就了共和国的“水下钢铁长城”。离开这里后，他也一直关心着他的四川老家，关心着中国核动力研究设计院和“华龙一号”的最近进展。

彭老生前常说“是人民将我养大，我几辈子都还不了，只要祖国需要，我愿贡献一切！”

在赵仁恺和彭士禄的旧居面前，香樟树遮天蔽日，蓬勃生长。从树的罅隙中，依稀可以看见远处青黛的山，那是山的高度，而九〇九基地的山头指挥部，与山的魂魄相融合，也成为向海而生的中国气质和精神。

五

江河奔涌，百舸争流。

改革开放后的今天，中国核动力院的工作领域已经得到极大拓展，核电、核技术应用一路高歌。如今的九〇九基地青山依旧，它是我国从事核反应堆工程研究、设计、试验和运行规模最大的综合性基地，在中国高新技术领域和先进能源开发工业体系中占据着重要地位。

山头指挥部下，是一座石桥。石桥边上，从前是基地的菜市场，今天是一座公园，南来北往的人，走进这里，就是走进了一段特殊的岁月。

九〇九基地深藏的“红色文化”“军工文化”和“科普文化”，让人敬仰。九〇九基地也先后被评为中央企业工业文化遗产、四川省国防科技工业军工文化教育基地、中核集团党性教育基地、四川省爱国主义教育示范基地、四川省党外知识分子学习教育基地、中央企业爱国主义教育基地等。

江山代有才人出，在核动力的研发方面，宛如接力棒，一代一代相承，薪火相传。

出生于1979年的俞德怀，模样敦厚，言语很少，但他已经是九〇九基地燃料组件研制项目的项目总师。毕业于重庆大学机械材料控制专业的他，自从2002年来到这个偏僻的地方后，心无旁骛，不管外界的繁华和喧嚣，守着自己的专业和心灵，一干就是二十年。

“老一辈科学家们在这里默默无闻干工作，他们就是我们的榜样。归纳起来：我们基地的精神就是‘自强自立，求真务实，创新协同，拼搏奉献’”。

这几句话看似简单，但在实际的工作中，要求的就是一遍又一遍的重复试验，一遍又一遍的检查和装配，确保的是零事故发生。

“我们在搞‘华龙一号’燃料元件的研发时，不再依赖进口，自主成立了研发团队，当时的管材、棒材，经过无数次的探索和试验后，最后运行。但是最后焊接里的气孔达不到要求，非常恼火。我们就从原材料成分分析，全方位找原因。开始磨材料，一层、一层、一层……直到第 24 层，才没有气孔出现。”不善言辞的俞德怀一口气说完这些，脸上露出的笑容很灿烂，那仿佛就是他认为的天下最幸福的事儿。

“华龙一号”：全球最安全、唯一按计划建造的第三代核电项目。

作为主研单位，“华龙一号”核心技术与关键设备是核动力院过去数十年技术积累和攻关的成果。其中标志性的核反应堆 177 堆芯设计理念，早在 1997 年就由核动力院首先提出。这个 177 堆芯先进燃料组件设计是“华龙一号”完全自主知识产权的灵魂标志，仅这一项技术就让反应堆的发电能力在同等条件下提高 5%以上。

“华龙一号”最大特点就是国际最高标准的安全性，创新性采用“能动与非能动”相结合的冷却安全系统、能抗击大飞机撞击的双层安全壳、抗地震等技术。

所谓“能动冷却”，就是利用电力驱动的水泵等设备将冷却剂压入反应堆，使非正常状态下产生的热量及时冷却，保证反应堆安全。而日本福岛核事故主要原因就是海啸造成的海水涌入，导致柴油发电机无法为“能动冷却”装置提供电力，进而导致堆芯熔化。而“华龙一号”除了具有“能动冷却”手段，又额外引入“非能动冷却”，充分结合“能动”与“非能动”优势，即便出现极端恶劣情况，也不会发生日本福岛核事故那样的悲剧。

“华龙一号”的自主知识产权全面覆盖了设计、燃料、设备、建造、运行、维护等领域，装有“中国芯”，配备自主开发的核电专用软件，形成完整的知识产权体系。

这个意义不只是打破国外对多项关键技术设备的垄断、达到世界领先水平，还代表着“华龙一号”不受国际管制的约束，为出口海外扫清了障碍。

目前，中核集团在国内和国外有 4 台“华龙一号”机组正在同步建设。4 月 27 日，“华龙一号”全球首堆——中核集团福清核电 5 号机组一回路水压试验正式启动，标志着该机组提前计划 50 天启动冷态功能试验，由安装阶段全面转入调试阶段。这是“华龙一号”项目的又一关键里程碑。

除了第三代核电，核动力院的第四代核反应堆技术已经取得实质性突破，还前瞻性地开展了行波堆、钍基熔盐堆等研发工作，并取得积极进展。

对于核动力技术未来运用于我国的航空器等问题，核动力院专家自信地表示：其他大国有的，我们肯定会有！

无论是当下潜艇用的核动力反应堆，还是“华龙一号”这样目前最完美的第三代核电机组，利用的都是核裂变释放出的巨大能量。这也是人类目前能够成熟运用的核能技术。

目前正在推进的“人造太阳实验工程”也是利用氢弹的核聚变原理，但与“氢弹爆炸”后瞬间释放大量无法控制的能量不同，我们是要实现可控地发生核聚变，源源不断地持续释放能量，就像太阳内部发生的核聚变一样为人类提供取之不竭的能源。

当年新中国刚成立的时候，我们那些世界顶尖的专家学者，他们为什么远隔重洋也一定要回来？回来了，也是忍受着常人根本承受不起的巨大压力，干出天大的功绩，甚至于只是为了解决一个在今天看来很简单的技术问题，献出自己一辈子的青春年华！一辈子生活在默默无闻中，无人知晓。

现在，其实也是一样的啊！

今天，“华龙一号”已经成为一张响当当的“国家名片”，国家核动力研发基地一期工程也已全面建成，为第四代核电技术研发奠定了坚实的基础。

六

曾经获得冰心散文奖的袁瑞珍老师，多年的生活观察了然于胸，于细微之处见巨光，她沉下心来，写了九〇九基地自己熟悉的人和事儿，写了那些平凡的和不平凡的人，把他们汇集成一本书：《灿烂瞬间》，以此也收藏了自己所有的心事和情感。

“举头望明月，低头思故乡。”这是李白诗情中的月儿，成为中国人的乡愁。九〇九基地的人们也有自己的浪漫和爱恋，他们给石桥命名为“石桥映月”。一座普通的石桥，它不但连着昨天和今天，连着内陆与大海，还连着亲人和家乡！

石桥之上，核潜艇陆上模式反应堆的雕塑伫立在蓝天下，昭示着它的昨天不可以被忘记，它的今天也风采依然。它永远记载着昔日军工人的顽强拼搏精神和九〇九基地的神秘与辉煌。

蓝天白云下，那艘核潜艇模型惊现于“九〇九”基地广场，面向大海的方向，春暖花开。广场辽远而空阔，韵透出天地的质朴和清朗，也给予这片土地无限的想象和渴望。

台阶之上，九〇九几个大大的字碑，立体而生动地叠拼在一起，像一位老人深邃的目光，深情地瞭望着中国，俯瞰着世界。

清明将至，远远望去，野花开满了山冈，装点了这里的每一棵树，每一座房子，以及幽思的每一个人。山河不会忘记，祖国不会忘记，那些把核动力事业写进华夏大地的人，尤其是中国核潜艇首任总设计师彭士禄！

邹安音（女），中国作家协会会员，全国书香三八读书活动特约作家。第八届冰心散文奖、第二届四川散文奖获得者。作品散见《人民日报》《散文选刊》等报刊，入选中国作协 2019 年定点生活项目和各种教辅等。出版散文集《心上青居》等 3 部。

赵文金四十年育“儿”记

——中国锆合金是怎样炼成的

张忠辉

核泄漏——美国三哩岛——1979 年 3 月 28 日——世界上首次核电站堆芯熔化重大辐射泄漏事故，导致周围 20 万人紧急疏散……自此，科学家们潜心研究优化核电站每一个细小环节，不断强化核安全，提高核电站综合性能。

那时，赵文金刚从清华大学毕业分配到中国核动力院工作不久。几十年过去了，社会上对“核”的关注点在原子弹、氢弹、核潜艇、反应堆、加速器、核航母、核污染等热词之间不停切换，可赵文金的目光却一直死死盯在核燃料（氧化铀）元件的包壳上，与此结下不解之缘。

一、听赵文金念“育儿经”

“赵老师好，我听说您只有一个独生女儿叫赵妍丹，可您老伴魏医生却说您和同事还有个儿子，女儿还说您重男轻女!?”一见到赵文金，我就像追星的狗仔，提了个很“狗血”的问题。

“呵呵，”年近七十的赵文金有点不好意思，说，“她们是不安逸我一天东跑西跑，只顾锆合金，冷落了她们母女，拿我开涮的。”

“锆合金?”我没听懂。

“就是核燃料元件用的包壳材料，”他见我满脸迷茫，就像一个小学老师一样细说起来，“看来得从头给你说起，锆是化学元素周期表中的第 40 号元素，元素符号 Zr（Zirconium），很多人都不晓得锆是啥子，但又常用到它。现在人们漂亮又管用的烤瓷牙、陶瓷刀具、陶瓷电子元件等就是用氧化锆做的，美女们戴的五颜六色的首饰，很多就是用天然锆石制作的。天然锆石是锆的硅酸盐晶体，无色透明的较多，也有呈现红褐、绿、蓝等不同颜色的，经珠宝工匠精心切割、打磨后放射出璀璨的光彩，媲美钻石。而单质锆却是稀有金属，是 1789 年由德国人 M. H. Klaproth 在对锆石进行研究时发现的，1824 年瑞典的 J. J. Berzelius 首先用金属钠还原锆氟酸钾才得到不纯的锆后，经过许多年科学家们的不断努力，到 20 世纪中叶，才有了可用的金属锆。”

“像啥样子?”我有点好奇。

“单质锆呈浅灰色，表面易形成一层氧化膜，具有光泽，看起有点像不锈钢。它是一种高熔点金属，比重 6.5，可塑性好，还耐腐蚀，是骨科手术用的好材料。炼钢时只要加进千分之一的锆，就会使硬度和强度得到惊人地提高。含锆的装甲钢、大炮锻件钢、不锈钢和耐热钢等是造装甲车、坦克、大炮和防弹板等的好东西。”

“那就用它做核燃料包壳?”我有打破砂锅纹（问）到底的毛病。

“不是，包壳是装载核燃料芯体的密封外壳，其作用一是防止裂变产物泄漏，二是避免燃料受到冷却剂腐蚀，三是高效地导出燃料裂变产生的热能。包壳材料的性能和品质，直接关系到核燃料元件的质量和安全，若包壳破损或熔化，就可能造成核燃料泄漏和辐射污染扩散。所以它是核反应堆的‘第一道安全屏障’，是燃料组件的‘骨骼’和‘皮肤’，是反应堆最为重要的结构材料。最初人们是用铝合金、不锈钢等做核燃料包壳，但不理想。科学家希望找到一种中子吸收少、强度好、耐高温、耐辐射、寿命长、能提高反应堆安全性能，能延长运行周期，能提高经济价值的新包壳材料。之所以选中锆作包壳，最关键的是因为锆原子不易吸收中子，与核燃料有良好的相容性，被喻为‘原子时代第一金属’。实际做包壳时，用的不是纯锆，而是锆合金，就是在锆中添加了很少一点点其他金属。”

见我皱着眉，他又说：“给你打个比方吧，都晓得成都街上的担担面是面粉做的，但面粉与好吃的担担面还有十万八千里距离，还需要做成面条，并要多种辅料，多种调味品，还得有厨具，经好厨师精心烹调后，才能得到一碗可口的担担面，是吧。”

他见我点头，接着说："就像我做不出一碗正宗味美的担担面一样，我国以前也做不出优质的锆合金，必须依靠进口。几十年来，我们一直在研究锆合金，现在终于有了属于自己的品牌产品，并把它做成了合格的核燃料包壳，用在我们第三代核电站——'华龙一号'的反应堆上了。魏医生她们说的'儿子'，就是锆合金。一路走来，我确实欠了她们母女好多，她们吃醋了。"

"真有意思。"我忍不住笑了。

听他念了这一大通"育儿经"，我恍然大悟，原来核科学家们家家也有本难念的经！难怪彭士禄院士在自述中说他一生最大的遗憾就是夫人太多，第一夫人是核动力，第二夫人是烟酒茶，第三夫人是小玛莎（妻子马淑英），小玛莎不甘心当第三，造反了，为了和睦，只好升为第二，才算平息……

二、在漫长的冬夜里苦苦熬炼

1977年，23岁的赵文金参加工作时，我国第一代核潜艇已经下水。1979年，美国的三哩岛核电站泄漏事故令国际国内对核电持谨慎态度，核动力院的工作变得"清闲"起来。1986年，苏联切尔诺贝利核电站发生爆炸事故，更是给搞核动力的人浇了一大盆冰冷的苦水，核能产业仿佛进入了严寒冬夜……而社会上的经济改革和经济特区建设已热火朝天，一些学生竟"三不要"（不要户口、工资组织关系和档案）就跑出山沟，奔向大城市，奔向沿海。凡俗夫子的我，也是那波浪潮的随波逐流者。

作为那个年代的共同经历者，我忍不住问赵文金："那时，你想没想过离开山沟？"

"说从没想过，那是假的。"他脸隐隐泛起浅浅的红晕，回答我的灵魂考问，"但小时候常听父亲说，咱家祖祖辈辈都是农民，耕读传家，种地为本。他说农民不种地还叫农民吗？我是清华反应堆材料专业的，你说我不在这里搞堆材料，到别处去做啥子？"这话问得我脸发烧了。

他好像没注意到我的脸红没红，接着说："那时，需要用的锆合金之类的关键核材料，不但要花大把的外汇进口，还要求人家，看人家的脸色，还随时被外国人卡脖子……不能总是过讨米下锅的日子呀，我们心里着急，内疚得心紧。"

"好想试一下，自己做锆合金！"在周邦新（核燃料元件及材料专家，1995 年当选为中国工程院院士）等老专家带领下，赵文金他们从仿制国外现有的锆合金（锆-2，锆-4）做起，白天在实验室，烧起小坩埚，做起小试验，钻进电子显微镜下的核材料的微观世界里观察思索；晚上在家整理分析实验数据，研究国内外各种技术资料。

"七五"期间，这事尚未列为重点研究课题，也没人关注和看好他们，在经费筹措，科技人员组织，设备设施配置，横向协作配合等方面碰到诸多难题。特别是国外对核心技术严格封锁，工作难度无以言表。

马克思有一句名言："在科学的道路上没有平坦的路可走，只有不畏艰辛，沿着陡峭山路勇于攀登的人，才有希望达到光辉的顶点。"他们按正交实验法，开展不同的比例配方，不同的冶炼时间、温场、电场、磁场条件下的系列试验，对得到的试验样品的感观指标、理化指标，仔细分析研究……赵文金们夜以继日，夜以继日，从春到夏，从秋到冬，咬紧牙关苦苦熬炼着。功夫不负有心人，小小的坩埚既熬炼出了纽扣样大小的锆合金豆粒，也熬炼了锆合金般坚毅的人。靠他们工作的实绩，"八五"期间，终于争取到上级部门的"高性能锆合金应用研究"新材料项目。

又是数个春秋的熬炼，得到了大量珍贵的实验数据、曲线和图表，成功试制出了改进型的锆-4 合金，更重要的是锻炼培养出了自己的人才队伍。赵文金本人已经成长为锆合金领域的行家里手，并光荣加入了中国共产党。一定要搞一个真正属于中国的锆合金！周邦新带领他们从众多锆合金体系中，选出了 40 多种成分配方，逐一进行分析筛选，熔炼和测试，苦战 1000 多个日日夜夜，筛选出 25 种候选合金，从其中最终确定了两种新型锆合金。

进入“九五”，赵文金扛起了自主品牌锆合金研发的旗帜，带领一帮年轻人，针对不同需要，对分为低铌和高铌两个新型锆合金展开了成分、性能、组织、工艺等成体系的研发工作。一个个技术难题被接连攻克，大量工艺参数、性能数据得以获取。并在院里各部门支持配合下，获得了一些堆内性能试验数据。“十五”期间，锆合金的试制规模从“纽扣锭”、3 千克、7 千克……一直做到了 36 千克级铸锭，成功实现了中等试制规模生产。

三、在明媚春天里灿烂绽放

终于，冬去春来，沐浴着国家新能源发展战略的春风，赵文金团队研发的一种性能优异的锆合金材料—— N36 诞生了，从此，我国有了自己的锆合金牌号。2008 年申报了 N36 发明专利，对新型锆合金的成分进行了保护，2010 年获得国家知识产权局正式授权。

2010 年 5 月，第 16 届“锆在核工业中”国际研讨会，在成都国际会展中心隆重召开。这也是该会创办 40 多年来第一次在中国举办，是专门冲着赵文金他们来的。此次学术会议云集了美国、加拿大、法国、德国、英国、日本、印度、瑞士、阿根廷、瑞典、俄罗斯等国的锆合金研究领域的专家，充分展示了各国锆合金研究的成果，反映了国际锆合金研究领域的发展动向。

赵文金担任了大会的副主席，与世界顶级锆专家共同主持了研讨会。通过这次学术交流，让世界了解中国的锆合金，也让赵文金的锆合金团队走向了世界。

也是这年，中核集团重点科技专项“压水堆元件设计制造技术研究”启动。要求以新型包壳材料 N36 锆合金为突破口，以 N36 锆合金管棒材研制为主要内容，赵文金作为中核集团 CF3 专项副总设计师，全权负责技术工作。

可是，项目一启动，赵文金就遇到了拦路虎：当时全国都没有新型锆合金研制及小批量生产的专业化成套设施！反复调研后，他只好在全国各地找熔炼、锻造、挤压、管材轧制加工的厂家，攒成了一条研制生产线。由于各协作方都没专门干过锆合金，更没干过 N36，设备改造的难度非常大，设备的技术稳定性和可靠性也不好，赵文金就带领大家亲自动手，吃住在现场，严格开展质量控制和过程控制。那年赵文金近 60 岁了，但不管是在西北的熔炼锻造车间，还是在上海的管材生产车间，人们都能看到他忙碌劳累的身影。冬天，在零下 4 度的车间里，他和同事一起扛管坯；夏天，在 40 多度的车间，他仍然专心致志地蹲在轧机前，汗水湿透了衣衫……在熔炼过程的日日夜夜中，赵文金每天在炉前工作十几个小时，常常熬到凌晨两三点，实在太累了，他就趁铸锭冷却期，趴在桌上眯一小会儿……协作的同事和现场工人连连赞叹：从来没见过哪个老总这么玩儿命！

就是那年，同事们戏称他是“空中飞人”，成天不停地在全国各地穿梭。其实，能按计划不停地在空中飞来飞去，那是累并快乐着，他最怕的是研发工作上出现新情况必须处理，导致耽误了计划好的航班或错过了动车，他就要拉着行李，在机场或车站玩儿命狂奔……他常常是一出差回来，又加班加点写材料直到深夜。“老赵在不?”“你去办公室看看吧，要是门开着肯定在写东西，要是门关着肯定又是出差了。”这是在办公区过道经常能听到的对话。

就是那年，他的头发似乎一下全白了，人却黑了瘦了很多，奔波大半年后回家，女儿妍丹第一眼居然没认出他。妻子魏医生望着白发苍苍、又黑又瘦的他心痛不已：“老赵，莫太拼命了，不比当年，咱们老了！”他却淡淡一笑说：“是妍丹他们这一茬在院里成长起来了，催我们老了。”妍丹不依不饶：“我只把妈催老了，你是被你宝贝儿子催老的。”一提到锆合金一家人又吵闹着笑了。

在进行 N36 锆合金管棒材加工工艺筛选阶段，为了获得全面的数据，须针对 9 种工艺上百个微观分析样品，进行金相组织及第二相的分析，其中每个试样需统计 1500 个以上的第二相粒子。赵文金带领大家一个一个仔细分析研判，忙得都忘了季节的变换。

科学研究从来都不是一帆风顺的，2011 年 5 月，N36 锆合金研制进入到 500 千克级管材轧制阶段，可管坯外表里面出现了许多不该有的横向短裂纹。业内很多人认为，只要把管壁表面裂纹除去，不会影响后续的轧制和质量。一贯作风严谨的赵文金，凭多年对锆合金的认识，认为尽管表面裂纹可以去除，但裂纹去除处已被深度改变了结构，会对后续加工产品质量带来影响。多次讨论会，双方各持己见，赵文金始终坚持质量第一，要求重新投料制备管坯。

重新投料，意味着已做的就要报废，这可是十分难得又很昂贵的锆合金呀，研制成本难以接受。可是早改总比晚改损失小得多，而且各个研制环节的时间一环紧扣一环，特别是堆内考验的时间窗口，错过了这一趟，下一趟可能又要等一年！事后证明他这个决定是正确的，从问题管坯中选出两支相对好的，跟随新制备的管坯一起进行后续加工，轧出的 20 几支包壳管材竟无一支满足技术要求。正是他在大是大非面前，勇于担当，果敢拍板，为国家减少了大量的损失，最关键的是抓住了堆内考验的窗口期。2012 年 7 月，N36 锆合金包壳燃料棒特征化组件顺利进入商业堆辐照考验，实现了项目第一个里程碑节点。

2013 年，1000 千克级 N36 管棒材的研制阶段，他获悉某公司从美国引进了锆合金管材制造生产线，兴奋得睡不着，心想一定要到专业化锆合金管材生产线上去检验 N36 的加工性能。经多方衔接后，在方案评审会上，专家们希望按国外锆合金制备工艺路线研制 N36，但赵文金认为 N36 不同于国外的锆合金，它应该有自己的工艺路线，不能简单照外国的路线走。在他的坚持下，两种工艺路线都上，并采用同样的工艺参数，在专业化的锆合金生产线开展 3000 千克级 N36 管材的研究，经过研制比较，按他提出的工艺路线，制备 N36 锆合金包壳管加工性能更好，成品率更高。这样，既减少了物耗，节约了经费，又少走了弯路，缩短了研发时间。又一次用事实说明洋人的路不一定都适合我们。2014 年 7 月，N36 锆合金包壳燃料棒先导组件顺利进入商业堆辐照考验，实现了项目又一个里程碑节点。

2015 至 2017 年，N36 锆合金研制逐步扩大到产业化研究。2017 年 9 月，N36 特征化组件在国内首次完成了为期 4 个循环的商用核电站随堆运行考验。与此同时，采用 N36 包壳材料的先导组件，也已经完成两个循环的随堆考验。结果显示，N36 锆合金作为包壳材料的燃料棒在结构稳定性、辐射生长等关键指标均优于其他包壳材料。11 月 23 日，在李冠兴院士为专家组长的评审会上，国内顶级专家们一致认为：赵文金团队掌握了具有自主知识产权、完整的 N36 锆合金工业化制备技术；构建了完整的锆合金性能分析评价体系，获得了完整的 N36 锆合金堆内外性能数据，并建立了数据库；N36 性能优异，技术经济性良好，达到国际先进水平，具有较好的产业化应用前景，它将有力支撑我国核电走出去战略的实施，并为我国第三代核电技术“华龙一号”提供关键材料保障，为保障我国核电安全发展具有重要意义。

评审专家的充分肯定，使赵文金几十年辛勤的汗水，瞬间化成了幸福的泪水，当场泪流满面！

他庆祝成功的方式是酣畅淋漓地打一场从小喜爱，但又久违了的乒乓球。他的研究生小 C，也许是还没摸透赵老师的脾气，也许是想让他更开心，总是没几下就输了，可他并不开心：“年轻人不要畏手畏脚的，要放开打，你可以打得更好些。只要勤学多练，努力钻研，你定能青出于蓝而胜于蓝。”从那一次交手后，他俩成了好师徒，小 C 的球技长进了，他们的锆合金也更棒了。

四、我是一个幸运的农民娃儿

采访的全过程，赵文金一直说着一口椒盐普通话，于是，我又提了一个有点狗血的问题：“您老家是?”“我是剑阁人，”他大概明白了我的意思，就坦率地说，“这里头全是从各名牌大学来的，几十年了，山沟里像一个封闭的小社会，长期南腔北调的大融合，我这种椒盐普通话，自然而然就成了官话了。”

“呵呵。”夜深了，他明天还要上班，我抓紧提了最后一个问题，“对您影响最大的人是谁?”

“小时候是父亲。”他脱口而出，“父亲是剑阁柘坝乡南桥村的普通农民，他就像一夫当关，万夫莫开的剑门关上的一匹土砖，默默地铺垫在雄关最低层的阶梯里；他就像南桥村田地里的一把泥土，悄悄地滋养着一株株秧苗。他不会讲什么大道理，总教我做人做事要讲良心。他只读过一年私塾，却是生产队的出纳员，每天除了下地干活，还要负责队里的收支，虽然没有巨款，但分分厘厘，进进出出收支繁多，从没有一户社员提出支付有差错。每年结算，他都没有一分一厘短差需要核销，反而常常是长出几角几块的来。队长说，长出来的应该是你自己该领忘领的，不能老是亏了自己。他说：只要社员们没亏一分钱，队里没亏一分钱就好。”

“我还记得有一次，队长让父亲到镇上去买农药，我就跟着去耍。他买好农药后，我以为要带我在镇上耍一下，父亲却匆匆往回赶，我又以为他惦着家里背篼还没编好，可他回来就到队里棉花田里打农药去了。他说买药队长给他的是全天的工分，省下的时间是‘公’时，不能用来做私事，早一天打药，虫子就少祸害棉花一天，自家的事，等队上收工后再做也不迟。我后来才知道，打药的事，队长常常找不到人接招，父亲只好‘独揽’了。”

我抢着接话：“父母是孩子最好的老师，正是从小受父亲言传身教，使您从一个普通的山里娃，成长为核材料领域的大科学家。”

“啥子大科学家哟，我只是一个幸运的农民娃儿。”他说，“我有幸生在新社会，有幸上了清华，有幸在核动力院工作几十年，有幸做出了一点有益国家的事而已。参加工作后，对我影响最大的是周邦新院士他们那一辈老科学家们。他们吃的苦比我多得多，学问比我大得多，贡献比我大得多，却始终朴实无华，一直默默无闻地在祖国最需要的岗位上‘做隐姓埋名人，干惊天动地事’，我从内心里特别敬重他们。”

最后，他一再强调：“组织上叫我来向你介绍一些情况，我希望你多写写大家做的工作，不要写我个人，要写人就写那些院士吧。像彭院士是革命先烈彭湃的儿子，国内外很多人称是中国核潜艇之父，他却说自己只是核潜艇上的一颗螺丝钉。他是太谦虚了，我才真的是一个极不起眼的小小螺丝钉，是小人物，不值一提。”

“彭士禄院士那些大科学家，有大笔杆子写，我就要写您这样的小人物。”似乎是受他执着锆合金的影响，我也对赵文金执着起来，“再说您哪是小人物，您是博导，是中核集团重点科技 CF3 专项副总设计师，是 CF3 燃料组件包壳材料 N36 研发技术负责人，是 N18、N36、N45 锆合金主要发明人，您有一大摞国家级学术头衔，有一大堆国家级获奖成果和专利。我是学核物理的，咱俩本是同行，可是我半途而废了。而您从 1977 年至今，45 年在一个岗位默默坚守，辛勤耕耘，太难能可贵了。正是因为您超越常人的毅力和付出，中国才有了完全自主的知识产权的锆合金，才能在世界锆合金家族中占有一席之地。正是因为您的巨大贡献，我们的核反应堆才有了真正意义上的中国‘芯’，咱们的‘华龙一号’才是我们靓丽的国际名片。我们感谢您，中国感谢您！在我心目中您就是非常了不起的大人物，值得写出来，向大家宣传，让大家学习。”

“真的莫写我，像我这样长期在一个很小的领域做了点具体事的人，院里还有很多。”

“但是，您要是不让写，大家一个都不晓得呀！”

道理，就这么简单。

2022 年 4 月 28 日

张忠辉，中国散文学会会员、四川省作协会员、成都市作协会员。原四川省经济信息厅巡视员，现任四川省医药行业协会党支部书记、副会长、四川省文艺传播促进会常务理事。首届格调美文奖、格调网络人气奖获得者。出版有散文集《树下读叶集》。

爆裂与柔情 核的AB面

田海燕 冯 晓

谈“核”色变，在一般老百姓的认知里，核就意味核爆炸、意味着原子弹氢弹核导弹，意味着战争，意味着杀戮；也意味着核辐射，意味着对人类健康和自然环境的损害。大家都很恐惧它。的确，二战中促使日本投降的就是两枚原子弹，也让全世界第一次见证了核的威力。1979年的三哩岛核电站事故，1986年的切尔诺贝利核电站事故，2011年的福岛核电站事故……泄漏的放射性物质，对人类健康和环境都造成了巨大的损害，其隐患至今都未完全消散。

然而，壬寅之春，当我们随四川省知名作家采风团走进中国第一代核潜艇研发实验基地（九〇九基地）后，对“核”有了公正、科学和客观的认识——它既具有巨大的威力又满含温润的柔情。

一座四合院的记忆

在峨眉山麓、青衣江畔，在青山绿水簇拥的那条起伏的山谷，春雨无声，随处可见的香樟树群高大挺拔。穿行其间，抚摸粗糙的树干，缓缓抬头仰望，绿叶浓密、高不可攀的树冠似乎要刺破天际。绵细的雨丝从天而降，轻柔拂面，像是一种对接、一种对话、一种领悟，“干惊天动地的事，做隐姓埋名的人”，这句九〇九人无私奉献的名言，与眼前这无声的春雨、伟岸的香樟树的景象是多么的吻合重叠。润泽的空气中飘着淡淡的植物香语，仿佛述说着从1965年起步的我国核动力工程的艰辛历程、不朽的人与事以及引以为豪的今天。

那座始建于1965年、环境优美的四合院，记载着我国核动力艰难始于零的昨天，如今它成为供人参观的“工业文化遗产”旧址。这座独特的、具有很强时代感的鹅卵石“干打垒”四合院，保留着原建时的模样。

四合院的第一个主人是当年参加陆上模式堆建设的中核二七公司总部。那时缺水泥缺砖，更缺钢材，因为建造模式堆更需要钢材，而青衣江里现成的、被江水冲刷了成百上千年的鹅卵石就成了最好的取代品。青衣江的鹅卵石和这座四合院一起，经历了激情燃烧和动荡不安的岁月，成了我国核动力从无到有的见证。后来，陆上模式堆建成后，中核二七公司完成使命离开，核动力院机关搬入，一住就是二十多年，直到1996年核动力院非核主体搬迁到成都。这里就成了基地办公区，也是这里的第三个主人。2008年，在那场震惊世界的“汶川特大地震”中，鹅卵石“干打垒”四合院没有倒塌损坏，但因为当时的建筑没有现在的承重结构，不敢再住人。闲置十年后，2018年获批为“中央企业工业文化遗产”（核工业），门口的左边就挂着这块牌子。去年刚刚获批了国家工业文化遗产。而与之相呼应的右边，则是“中国第一代核潜艇陆上模式堆研发实验基地（九〇九基地）”的牌子。

四合院在一排高大笔直的香樟树护卫下，显得幽静神秘。进门右侧墙上挂着一只绿皮信箱——“成都291信箱”，原物已拨交中国国家博物馆，这是复制品。为了保密，这是当年九〇九基地与外界唯一的通信渠道，再次印证了核工业人隐姓埋名高风亮节的情操。

鹅卵石“干打垒”四合院，两进两出的结构，中央位置是两层小楼，前面有左右耳房，院右侧有一小门，门内是一长方形小院和一排平房，连着后面的一排房子，将中心小楼围合起来。

小楼前立有宣传展示栏，分别是彭士禄、赵仁恺、周永茂、周邦新、于俊崇、孙玉发六位院士，他们都参与了第一代陆上模式堆的建设，其中赵仁恺、周永茂、周邦新都曾在这个四合院里工作过。他们当中有的离世，即便生命已逝，但事业长存。

这座鹅卵石“干打垒”四合院，散发出来的别致意味和特殊时代烙印气息，使参观者过目不忘。鹅卵石“干打垒”墙特别吸引眼球，情不自禁想靠近它，轻轻用手指划过一枚枚镶嵌于墙体中的鹅卵石，将耳朵贴近，仿佛听见青衣江不息的涛声，而这涛声讲述的是九〇九人一个个风雨兼程的故事。

二层小楼的顶层正中的门楣，上书毛泽东主席的“核潜艇，一万年也要搞出来”的豪言壮语。九〇九基地人用“一万年太久，只争朝夕”的拼搏精神，仅用了十年的时间，在1970年就研制出我国首个核潜艇陆上模式堆并使第一代核潜艇顺利下水。这是我国核动力事业值得铭记的第一座丰碑，从此九〇九基地有了“中国核动力工程摇篮”的美誉，从此我国核动力工程之船在这个不起眼的、偏僻的山坳里扬帆起航，从此我国核动力发展走上了不断探索不断发展的道路。

打造国防爱国主题教育基地，是九〇九基地向公众开放部分区域的动因。已经解密的部分区域，获得了“第五批国家工业遗产、首批100个中央企业爱国主义教育基地、中央企业工业文化遗产、四川省爱国主义教育基地”等十几个授牌。除了这座四合院外，还有已开放和拟开放的数个区域，如“山头指挥部”、彭士禄旧居及彭士禄事迹展览室、赵仁恺旧居、核潜艇雕塑、九〇九雕塑墙、反应堆堆芯模型、将军楼等。用黄政基地长的话来说，就要让来此参观的每一个人“参观一阵子，感动一辈子”。

是的，来九〇九走一趟，没有不被感动的。感动于他们所做的惊天动地的事，感动于他们默默奉献的精神，感动于他们知难而上、绝不放弃的执着！

五十多年过去了，造福于民的核电站建设更是一个接一个，在中国地图的东南方，从上到下，依次是红沿河、徐大堡、海兴、田湾、秦山、方家山、福清、宁德、岭澳、漳州、阳江、昌江等核电站，都有核动力院的身影。其中秦山二期，是核动力院自主设计的中国第一座大型商用核电站，福清核电站是中国第一座具有自主知识产权和国际先进水平的第三代核电技术“华龙一号”的示范工程。

现在，“华龙一号”作为国家名片，以过硬的技术和安全性走出国门，在巴基斯坦开建了落地示范工程，而与阿根廷也签署了设计采购合同，即将开建第三代核电站。

“华龙一号”中的“大白”

作为“华龙一号”核心技术研发团队的中国核动力研究设计院，为中国第三代核电技术付出了几十年的心血，三代人前仆后继，克服了重重困难，迎来了具有中国自主知识产权的“华龙一号”丰收的季节。

回望峥嵘岁月，那些不能忘怀的经历，都铭刻在了核动力院人的记忆里。坐在我们对面接受采访的研究员李勇，是这座中国核动力研发试验基地中众多科研技术人员中的一员。他主要负责核心技术设备蒸汽发生器的研发试验工作。

1980 年生人，脸上架着一副眼镜，说话有条有理，逻辑性强，一个典型的理工男。2006 年东南大学热能工程专业硕士毕业的他，目前是西安交通大学在读博士，历任二所五室副主任、支部书记，现任二室主任；曾获省部级二等奖等各类科技奖 7 项，授权专利 18 项。

李勇在研究生毕业那年入职核动力院，分在二所五室。五室是核动力院重点骨干科室，也是出院士、院长的科室。如孙玉发院士、钱积惠院长，还有现任 585 院长的刘叶。

对于刚到核动力院的李勇来说，能被分到五室心里多少有些窃喜，但是实际上开头的一段时间，他成了“消防员”，或者说是一块砖，哪里需要就往哪里搬。除了“消防员”的工作，当时的室领导闫晓主任非常有远见地让李勇先进行关于蒸汽发生器方面的技术知识储备以及调研，说早晚都会用到。

果然，在 2010 年的 10 月 7 日，李勇清楚地记得，国庆大假的最后一天，在华阳新基地核动力院领导召集各部门开了一个会：完全自主知识产权的第三代核电“华龙一号”，我们搞不搞？若要搞，而其中的核心设备蒸汽发生器必须解决自主知识产权问题。在这之前我国用于核电站的蒸汽发生器，都是从国外引进设备或是技术翻版的，产权都是别人的，所以在这块技术领域里核心产权我国是零，也是制约我国第三代核电出口的瓶颈，“这是一个卡脖子的难题。”李勇说。

然而，几年来在这方面的知识技术储备、论证调研的积累，使核动力院从上到下都有信心：搞！

最终会议通过了“自筹经费研发第三代核电蒸汽发生器”的重要决定，由吴琳副院长挂帅、蒸汽发生器总设计师张富源为攻关组组长。同时组建的还有以时任二所副所长李朋洲为首的试验攻关团队，李勇就是这个团队里的一员猛将。

这一干就是五年。

“华龙一号”ZH-65型蒸汽发生器的研发，对于院里和李勇来说都是第一次。核动力院以前虽然承担了秦山二期以及其他第二代+核电站蒸汽发生器的设计，但都是别人的翻版，或者对某些部件进行改进、创新，没有搞过这个大家伙。

蒸汽发生器被称为“核电之肺”，是反应堆系统能量转换的枢纽，负责将堆芯热能转换成用于推动汽轮机发电的蒸汽能，是压水堆电机组中的核心关键设备。而且还是整个核电站所有主设备中个子最高、体积最大、造价最贵的。因为它通身白色，研发它的技术人员称这个可爱的“白胖子”为“大白”。

蒸汽发生器研发过程中，有四大试验，李勇参与了其中的三项。三项中的两项都是在河南南阳油田做的，而在南阳发生的“冰火”两重天的故事，至今提起，他仍记忆犹新。

那是2012年的冬天，雪也特别大，李勇说那是南阳“百年不遇的寒冬”。银装素裹的北国风光，对于出生于四川彭州、很少见到雪的李勇来说，应该是惊喜有加的，但是原本很有诗意的“千里冰封，万里雪飘”，却给蒸汽发生器的第一个试验——管子支承板热工水力性能试验造成了麻烦。

在极端天气使之前准备的脉冲管防冻措施失效，脉冲管内的工质一夜之间就被冻住了，试验无法进行。怎么办？首先要设法保住设备，不能冻坏了设备，因为这些设备很昂贵，都是所里自筹资金得来的。保住设备才有可能进行下一步的试验，于是他们用了最土的办法：烧热水浇。李勇他们几个人连夜定时往管子上浇，同时想办法将室温升起来。很快，成都总部的高功率伴热系统也被调运至南阳油田解围。在这套系统对所有易冻管线进行加热保护后，试验才得以进行下去。

试验现场的条件太苦了，没有食堂，李勇他们吃的饭菜，都是从几公里外的村里做好再用保温桶运来的。大家裹着军大衣，将雷锋帽系得紧紧的，冒着风雪蹲在一片白茫茫的雪地上将就着吃。对自己的生活将就点，但试验却不能将就不能有半点含糊，他们严格认真地进行着每一项试验。经过整整七天，以两班倒人停机器不停的方式，终于在 2013 年 1 月初，管子支承板热工水力性能试验的所有内容完成，获得了 ZH-65 型蒸汽发生器第一批试验数据，保证了后续研发的进度。

如果说管子支承板热工水力性能试验是在与冰雪搏斗中完成的，那么紧接着的第二个试验——汽水分离装置性能试验，就是在高温高湿的“蒸笼”里抢时间了。

汽水分离装置性能试验由李勇牵头负责组建团队。这个试验要在油田的另一个点——油田锅炉旁的露天空地上另建试验装置，2013 年春节后开建，建完后已快到夏天了，气温一天比一天高——“百年不遇”的高温天气，又让李勇他们遇到了。老天像是要专门考验他们团队和 ZH-65 型蒸汽发生器，先“冰封”后“火攻”，看看是否能经受住“九九八十一难”？

按油田管理规定，李勇他们把试验装置用蓝色铁皮包裹，这更加增强了试验厂房内部的高温。那时日照时间增长，而无遮挡的空旷露天试验装置厂房又西晒，加上锅炉本身散发出的热量，使试验厂房的环境温度升至 40 多摄氏度，而里面的温度高达 285 摄氏度。整个试验需要展开四次单项试验，每次都要在装置冷却后更换试验本体，而这时油田方为了保产，将给李勇他们用汽的时间削减了 1/3，给本就不多的时间压缩得少之又少。也就是说，每天傍晚 6 点钟才开始供汽。

要命的是，在第一次通汽时发生了大漏汽。因为油田师傅在安装通汽管道时不熟悉这套装置的精密度和连接形式，按通常的油田管道进行安装。通汽时汽压太高，稍微有半丝不对中，就会发生漏汽。李勇和黄振博士亲自上阵，带着油田的两位师傅，站在两米高的临时架子上查漏、重拧，试了无数次，每次都干到第二天凌晨，终于解决了漏汽问题。这时人已经很疲惫了，真想好好休息好好睡一觉，但是这来之不易的试验条件现已具备，如果停下太可惜太浪费。李勇和团队人员一鼓作气马上继续开展调试和试验，直到把单次需要开展的工况全部做完，才长长地松了一口气。就这样，他们每次试验从准备到完成，紧张有序，严丝合缝。加班加点是家常便饭，团队不休息连续工作时间最长达到了40多个小时，完全就是一种拼命的状态。

为了把失去的时间抢回来，李勇豁出去了，全部试验由他一人更换试验本体。因为他是这个项目的负责人，最熟悉试验本体结构，由他亲自担任四次更换试验本体的任务，相对来说能在更快的前提下保证零失误。

按规定，每次单项试验后，需等装置内的温度从285摄氏度降至至少40度时，才能进去更换试验本体。但李勇等不及了，刚降到45度时就争分夺秒地钻进容器内。容器内空间狭窄，只能容下一个人，除了高温高热，还有残留的水蒸气带来的极高湿度，真是一个名副其实的“蒸笼”。在这个狭小的蒸笼里，他一人要完成不同高度下多达十个连接装置的解除工作，可想而知那个难度和强度。每隔十分钟，他就不得不把头伸出来，在40度的外面“凉快”一下，喝口淡盐水，然后再进去接着干。为了减轻热度，课题组的同事找来鼓风机，对着装置内猛吹，让里面的李勇好受些。

每次更换试验本体，大约需要在高温高湿环境中连续干一个多小时，这需要多大的毅力和坚定的信念啊！而李勇的话说得却很朴实：“就是憋着一股子气，要把事情做好做漂亮。要让中国人自己研发出这个蒸汽发生器。”没有响亮的口号，也没有讲什么大道理，只有埋头干实事的无言的行动，这就是九〇九人的传统，这就是现代九〇九人的精神风貌!

后来李勇还参与了ZH-65型蒸汽发生器综合性能试验，在进行ZH-65型蒸汽发生器综合性能试验的同时，也诞生了国内最大的蒸汽蒸发器综合性能试验基地及研发中心。2015年年底，课题组完成了ZH-65型蒸汽发生器综合性能的所有试验工况，获得了我国第三代核电ZH-65型蒸汽发生器的首批综合性能数据。

“后来ZH-65型蒸汽发生器在‘华龙一号’运行中，其指标都优于之前提出的设计要求，甚至比AP1000（美国西屋电气公司第三代核电核技术）还要好一点。”李勇说这话时脸上露出了欣慰的微笑。这些指标、性能数据，让李勇内心充满了自豪感，为自己，为核动力院，也为我们的国家。

感恩核就像感恩太阳一样

什么叫第三代核电站?

20世纪50年代至60年代初苏联、美国等建造的第一批单机容量在300兆瓦电左右的核电站，称为第一代。第一代属于原型堆核电站，主要目的是通过试验示范形式来验证其核电在工程实施上的可行性，量少，未大规模用于商业。之后的70年代，因石油涨价引发的能源危机促进了核电发展，现在全球商业运行的400多台核电机组，基本上都在这一时期建成，称为第二代核电站。而这一时期核电主要是商业化、标准化、批量化的发展模式，因此注重经济性而忽视了安全性。当时普遍认为发生堆芯熔化和放射性物质释放这类严重事故的可能性很小，不必把预防和缓解严重事故的设施作为设计上必须的要求，因此，第二代核电站应对严重事故的措施比较薄弱。2011年的日本海啸，使福岛电站发生核泄漏事故，其严重后果至今影响着我们的生活。之后各国才对正在运行的第二代核电站进行了不同程度的改进，在安全性和经济性上都有了不同程度的提高。而第三代核电技术，是把预防和缓解严重事故作为设计上的必须要求，满足这些要求的核电站称为第三代核电站。

第三代核电技术是目前全球投入商用的最先进技术，具有中国自主知识产权的“华龙一号”的诞生，使我国快步加入了全球核电技术第一阵营之中，并与最早发展核电的国家并驾齐驱了。

作为老百姓，最关心的还是它的安全性能，李勇告诉我，请放心。“华龙一号”除了充分借鉴了包括 AP1000、EPR（法马通和西门子联合开发的反应堆）在内的先进核电技术外，还特别针对福岛核事故的短板进行了安全有效的设计。

我们在《国之重器》一书中看到这样一段话，作为日本福岛核事故之后设计定型的第三代新堆型，“华龙一号”“同时具有能动与非能动的安全系统，并在设计中考虑了针对堆芯熔化事故的缓解措施。此外，‘华龙一号’可以抵抗 9 级以上地震，其双层安全壳可以抵御大飞机撞击，安全性国际领先。”

具体来说，“华龙一号”外有抗击打的双层大容积安全壳，内有能抗地震烈度 11 度（相当于 2008 年汶川大地震烈度）的控制棒驱动线；多机组事故应急响应方案，可以满足事故发生后 72 小时不干预原则（电厂自治要求）；保障出现严重事故情况下的 72 小时用水需求，能够在事故发生之后的至少 72 小时内实现“电厂自治”而无须任何外界援助。同时非能动安全系统在发生严重事故时会自动投入运行，分别执行预防堆芯熔毁、堆芯熔毁后保证压力容器的完整性；提供蒸汽发生器二次侧冷却，保证安全壳不超温超压、消除氢气爆燃（福岛核电站事故中，核电机组相继发生氢爆，加剧了核泄漏）及爆炸风险等安全功能……

可以说“华龙一号”在安全性上从里到外都做到了几近完美的设计，符合国家提出的“在任何时候、任何情况下都要把安全放在第一位”的要求。

能源，一直是人类孜孜以求的生存物质。火是人类最初认识的能源，用于煮食、取暖、照明、驱走猛兽、保护安全等，并使人类文明上了一个大台阶，也是工业革命的前奏。从木材、煤炭、原油、天然气、水能、风能、太阳能、地热能、海洋能、太阳能等，到今天，核能是目前人类所能掌控的所有能源中被视为最清洁、最稳定和最有效的能源之一，不会排放有害物质（无核泄漏的前提下）和造成温室效应，也不会受自然力量的影响，如完全依赖自然力的风能、太阳能等，且总发电成本低于燃煤电厂，所以它是人类今后能源发展的主力军。假如，能解决可控核聚变技术难关——其原料是取之不竭的海水，无放射性，对环境零污染，而非现在核电站用的放射性铀-235，那人类就永远不愁能源问题和核污染问题了，也不会因为争夺能源而发生战争。当然，这是后话，也是科学家们正在努力攻克的重大课题之一。

自从希腊神话中的普罗米修斯“盗火惠人”后，人类就一天也离不开火离不开能源了，也不可能回到没有火没有光明的原始社会。人类依赖电的程度已经到了与生命同等重要的地步。说到电，我想起了日本电影《生存家族》，讲述的就是某天全球性毫无征兆地突然停电，东京整座城市处于瘫痪状态，一周后铃木一家四口逃离东京，一路上经历没电的千难万险，死里逃生终于抵达女主故乡、日本最南端的鹿儿岛上一个对电依赖不大的小渔村的故事。这次停电停了三年之久，影片最后只轻描淡写说了一句是太阳异常活动造成的，停电只是作为背景，重点描写这个家庭在极端环境下重拾亲情及每个成员的成长过程。就连片名《快乐家族》，与停电一点都不沾边，且类型为喜剧片。而我观影感受最深的则是无电状态下人类生存的窘迫、无奈和挣扎：无法上班、无法充电，无法上网——所有的电器都停止工作、工厂停产、银行挤兑、超市抢购、随处停着无油无电可加的汽车……最后最紧缺的是食品和饮用水，金钱、豪车、别墅都换不来一片面包和一瓶水，只能以物换物，比如铃木一家因为之前储备了较多的饮用水，就可以换来他们急需的食物。他们先是骑单车逃难，单车被河水冲走后，在被群狗围困之时，最后是一列路过的、无须用电的蒸汽火车将他们救下……

这部电影给我最大的震撼就是：人类不能没有电！人类已经回不去刀耕火种的时代。所以，一个国家的电力资源是多么重要！所以我国发展核电也是多么重要！核电，是目前人类所能掌控的最清洁、最环保、最稳定、发电能力最强的新能源之一。我们不应该恐惧它，我们应该张开双臂迎接它，同时也应该像感恩太阳一样感恩它。

现在已调至二室并任室主任的李勇，在给我们讲述“华龙一号”安全性的时候，实际上也是对我们进行了一次关于核反应堆和核动力的科普。

在我看来，其实核也是要分“好坏”的，有些核，是我们生命的源泉，是我们离不开的，离开了人类就无法生存，比如太阳。“万物生长靠太阳”，说的就是这个道理。

核反应是宇宙中早已普遍存在的极为重要的自然现象。现今存在的化学元素除氢以外都是通过天然核反应合成的，太阳就是一个巨大的核反应堆，随时都在进行着核反应核爆炸。这些核聚变发出的能量，其中只有 22 亿分之一的太阳能辐射到地球上，成为地球上光和热以及维持生命的主要来源。对于我们人类来说，太阳就是好核，虽然它的核聚变活动有时也会给地球造成伤害甚至灾难，但它不是毁灭性的，也是人类可控可用的。

宇宙与原子，最宏观和最微观，如此辩证有趣，如此难以置信——宏观世界中的超级核爆炸，是微观世界里小小的原子核稍微变动一下引起的。我们都知道，世界是由物质构成的，物质是由分子构成的，分子是由原子构成的，原子是由原子核和电子构成的，原子核是由质子和中子构成的，而夸克又构成了质子和中子……物质我们是看得见摸得着的，如我们的身体，如山川大地，如飞禽走兽，如树木花草，如地球上所有的存在，包括核爆炸，是宏观世界。而原子核，我们摸不着也看不见，微小得好像不存在一样，属于微观世界，可一旦原子核只要发生分裂或者聚合，就能爆发出巨大的能量。原子弹和核电站就是核裂变反应，氢弹和太阳能就是核聚变反应——在宏观世界里展示微观世界里的它不可忽视的威力。原子弹氢弹核泄漏杀人伤人，核动力核电站太阳造福于民、恩泽于民。一个面目狰狞，一个柔情温馨，真是好坏泾渭分明。

我们需要和煦的太阳，温柔的阳光；我们需要清新的空气，充足的食物；我们需要多彩丰饶的自然界，先进文明的社会；我们需要机器永远转动，需要高科技带来的舒适生活；我们需要探索太空，需要更强大更持久的动力……所以我们需要核动力，我们需要核电站。需要“华龙一号”，需要核动力院和李勇们，需要未来的“华龙二号”“华龙三号”……

我们期待青衣江畔那片山谷吹来的清风，吹遍祖国的大江南北，吹来第四代核电技术的春天——核聚变的技术问题最终能得到解决。期待人类将获得无穷尽的能源和依然鸟语花香的宜居环境！期待人类走向和平，走向更加繁荣昌盛的未来！

2022 年 4 月 24 日写于成都
2022 年 5 月 4 日修改于成都

田海燕（女），四川省文艺传播促进会副秘书长、四川省文艺传播促进会女散文作家创作中心执行主任。作品散见于《人民日报》《散文》《四川日报》等报刊，出版长篇散文随笔《走着走着，天涯不再是远方》。作品多次获国家、省级奖。

冯晓（女），大型期刊《格调》杂志主编，四川省散文作家联谊会副会长、四川省文艺传播促进会副会长、女散文作家创作中心执行主任。

我看青山多妩媚

——中国第一代核潜艇研发实验基地采风记

莫　然

那里曾是一座青山，那是一片干净、圣洁的土地，四处种着几十棵高大的香樟树，枝叶繁茂，郁郁葱葱，树冠巨大如华盖，俯瞰着一栋栋陈旧的楼房，给它们增添了浓郁的色彩。在高楼林立的大城市难得看见这样的美景，那浓淡深浅多层次的绿色，在我眼中化为了漫天的幽幽青雾，令人目眩神迷，如醉如痴……

人们都神情专注地听着解说，我却眺望那片绿色，陷入了沉思。

我比他们幸运，因为三十多年前，我曾走进这片青山，看见了一道道璀璨的蓝光。那是一种从未见过的蓝色的辉煌，超常的色彩，同时向你注进了理性美和直觉美——那就是鲜为人知的、能发生灿烂星光般的脉冲反应堆。

青山作证，让我来讲述这段故事，那是与共和国命运有关的秘密历程。

时间回到1965年，这一片大山生机盎然，满山的绿树抽出了新芽，油菜花开得金黄灿烂。在如诗如画的青衣江边，来了一群又一群工程技术人员和解放军战士，他们带着富国强军的梦想，在这片青山里扎下根来，白手起家，战天斗地，经历了无数艰辛和奋斗，建成了九〇九基地，我国第一艘核潜艇陆上模式堆蓄势待发。

20世纪50年代末，北京成立了核潜艇研制工程设计部和二机部反应堆设计调研小组，一批经过挑选的学子及留学生被抽调过来，其中就有赵仁恺。他们迫不及待钻进了反应堆的迷宫，沉浸在浩瀚的资料中剔沙拣金。选择什么样的堆型作为核潜艇的动力心脏？提出多大堆功率才能满足核潜艇续航力的设计要求？一连串谜语般的硬骨头啃不下来，他们就去请教钱三强等核物理专家。几路人马汇集智慧，拼凑出好几个总体方案，也提出了上百个攻关项目与课题，但尚需进行理论计算和试验研究，还有一个不断摸索、创造与发现的过程。不久中国海军代表团访苏，苏方守口如瓶，只让他们去列宁格勒港口参观“列宁”号核动力破冰船。谈判几经曲折终于失败，甚至在赫鲁晓夫访华的钓鱼台宴请上，他仍摆出家长的派头，说核潜艇技术太复杂，你们搞不了！在丰泽园里，毛泽东听取周总理汇报后，心情沉重踱步沉思，回顾着世界各国反复无常的关系，认清了核潜艇在战略上的重大意义，终于发出了气魄非凡的呐喊：“核潜艇，一万年也要搞出来！”

在这声号令下，中央调动了精兵强将，很快拿出了工程设计的初步草案。但不久适逢自然灾害，部里又决定核动力下马，只保留了几十个基础研究人员。彭士禄正是在这时，一头扎进了中国的核事业队伍。他们咬紧牙关面对现实，默默挑起了这副沉重的担子，在困难中苦苦坚持，终于打动了一批国家领导人，更有老帅站出来大声疾呼：“一定要把核潜艇继续搞下去！”而彭士禄更是显示出大将之才，毅然发起了对核潜艇心脏——反应堆设计的冲刺。直到冰雪悄然消融，树尖上嫩芽含苞待放，这才迎来了核潜艇的春天。中央专委批准，核潜艇工程重新上马，并确定于1970年建成陆上模式堆。于是，这座沉寂多年的大青山便热闹起来……

“好人好马上三线”！这是创业者的铿锵誓言。青山沸腾，江水奔流，希望在前，如火如荼。这个在困难年月里挣扎出来的重大项目，又有了能够实现的闪光目标，建设者和科学家心里也燃起腾腾烈焰。而九〇九基地破土动工后，他们又付出了多少辛劳，经历了多少艰难困苦啊！在远离尘嚣的青山脚下，练就了一支善于攻坚的骁勇之师，在浩如春潮的江水岸边，叠印着核工业者的青春足迹。他们克服了各种生活上的异常艰苦——地方荒僻，交通不便，阴雨潮湿，蚊虫扑面，住所简陋，食品匮乏。由于营养不良，他们腹泻，口腔溃烂，甚至多病多灾……但他们没人叫苦埋怨，而是提出了响亮的口号：“不建成中国的爱达荷人造海洋决不罢休!”

他们组建了军民联合施工队，在岩层上完成了上万立方米的掘进，在大山深处艰难地浇注了上万立方米的钢筋混凝土，让模式堆主厂房拔地而起！在全国各地技术力量的支持下，他们又组建了三结合的“装堆”小组，由彭士禄、赵仁恺担任正、副指挥，安装最为复杂的反应堆心脏。飞旋的火花，钢铁的碰撞，在九〇九的工地上，他们用闪光的生命奏出了动人心弦的战歌。其中工程师李宜传的事迹最为感人，他动了切除肾脏的大手术，不顾妻子以离婚为阻拦，坚持来到九〇九工地。他吃住都在现场，全身心扑在工作上，一直战斗在核潜艇建设的第一线。同事和医生让他住院治疗，他含泪说：“只要让我参加核潜艇的安装，死也心甘!”

他终于倒在首次核潜艇的试验现场。江河知道，湖海知道，弥留之际，他眼前出现的是那片蔚蓝色的大洋，他看见了艇首涌起的束束浪花，也感受到无与伦比的满足与骄傲。那有情有义的海风呵，将他的魂魄带到大海深处去安息……

1970 年 6 月，我国第一艘核潜艇的陆上模式堆在九〇九达到冷态临界。

彭士禄等人去北京汇报，周总理欣喜地说：“核潜艇在你们年轻人手里搞出来，很了不起！党中央、国务院感谢你们，人民感谢你们!”

7 月 17 日凌晨，模式堆具备了升温升压提升功率的条件。

现场指挥彭士禄命令：“提棒!”

但这次出现了故障，立即组织抢修，并实施了补救方案。之后彭士禄组织人员对几十个系统和上百个关键设备又进行了全面认真的检查。

7 月 23 日凌晨，模式堆再次启动成功。25 日，反应堆功率达到指标，两台发电机并网，核能首次发电。30 日，反应堆经过多天运行，核动力装置达到 100%的满功率运行，并且取得了上千个测试数据……

成功了！经过全国 2000 多个厂家的协助，现场 8000 多军民的奋战，经过十余年的独立研制，我们终于拥有了核潜艇的设计、研制、建造的全套技术！

成功了！彭士禄、赵仁恺等人热泪盈眶。压抑不住内心的激动和喜悦。国防科工委领导专程为他们这批立功受奖的科学家们披红戴花！

山知道，水知道，报捷的锣鼓惊天动地响起来，祝贺的电报如雪片般飞来……

九〇九的科学家们没有沉醉，他们又风尘仆仆地赶到滨海，进行最后的冲刺——将核潜艇推下水。这是我们科研人员自主研制的核潜艇啊！它就像一条大鲸鱼，更像是一条钢铁巨龙。在蔚蓝色的深海中上下浮游，运动自如……

"这是我们自己研制建造的吗？" 80高龄的朱德元帅问。

"是的，没有一个零件是进口的！"海军总司令肖劲光笑脸相迎。

他转身向站在后排的彭士禄等专家说："我代表海军谢谢你们！"

这是1974年，他们在碧波荡漾的大海上检阅"长征一号"核潜艇。研制者的脸上都洒满了阳光。他们用惊人的成果向全世界宣告：我们做到了！

九〇九基地又被称为"中国核动力的摇篮"。核潜艇动力装置为其第一个里程碑，高通量工程试验堆是第二个里程碑，脉冲堆研制成功则是第三个里程碑。

我国自行研究、设计和建造的第一座高通量工程试验反应堆，也坐落在这片巍峨的青山之中，它像一颗晶莹的星体，发出熠熠闪烁的光辉。透过数米厚的防护水层向反应堆的心脏——堆芯望去，燃料元件好比一根根"火棒"，在清澈水层的衬映下，辐射出瓦蓝瓦蓝的光，是那么的神奇和迷人！

位于九〇九的这座大型反应堆是在十年动乱中起步的。其研制历程更是艰辛曲折，让研制人员此后痛饮庆功酒时，也是在欢笑中含着泪水，无法完全释怀……

那是20世纪70年代中期，因为现代科技的发展，核能已悄悄进入了国民经济的各个领域。但科学家们心里有本账：世界各国的核能发电迅猛发展，可是几百座核电站却没有一座能标上“中国”的字样！正是这个“空白”在召唤着他们的责任心，哪怕他们被骂成“臭老九”，仍然在压抑之后，又产生了激奋之情。他们只有一个心愿：要施展出自己的才华和抱负，哪怕再苦再难，也要为国家争这口气！

幸运的是，国家领导人听到了他们的呼声，最高层做出了重要决定。于是，又一列火车开进了大西南，输送着另一批技术人员来到大三线，要在这峰峦叠翠道路崎岖的青山中，建设我国第一座高通量反应堆。还是那么艰苦的生活条件，甚至用农民的茅草屋和自己搭建的竹棚为工作室，没有办公桌，就用几块砖头垫起一张粗木板，第一批施工蓝图又奇迹般地绘制出来了！未来的主厂房，就定在一个绿竹环绕的小山包上。随着一声开山炮响，寂静的群山再次沸腾……

这一次，是老天在跟他们作战：当科学家们按照“先工作、后生活”的原则，还没来得及建好“干打垒”住房时，一场多年不遇的大雪悄然而至，草木葱茏的青山变成了白雪皑皑的世界，让烧煤都困难的技术人员尝尽了挨饿受冻的苦头。当小山包变成了一个近万平方米的大土坑，当推土机的马达轰鸣不断时，一连串的春雷又霹雳震耳，在人们头顶上滚动炸开，然后下起了瓢泼大雨。土坑内立刻积满了地下水和雨水，变成几条奔流不息的小河沟，难以施工。接着便是阴雨连绵，人们所住的破旧房屋漏雨严重，技术人员成天穿着湿漉漉的衣服无法换下，几个月都洗不上一次澡，浑身奇痒难耐。不少人的鞋都干了湿，湿了干，脚也泡成了烂脚丫。最可怕的是道路，晴天是洋灰路，雨天是烂泥路。运送蔬菜粮食的大卡车也时常陷进去，无法运送到基地。喝水就更成问题，大家都是喝稻田、池塘、河沟里的水，下雨就混浊成了泥浆，须用明矾去澄清。然而工期却在抓紧，在加快，速度惊人！

恩格斯说：“有所作为才是生活中的最高境界。”科学家们正是这样。

1972 年年底，主厂房建成。然后工程任务一个接一个，工程进度一环扣一环。

经过八年苦干，一座世界级的高通量试验堆终于在青山脚下建成，125 米高的排风塔从负五米多的土坑里拔地而起，蔚然壮观，四周紧紧簇拥着有关的附属设施。它凝聚着建设者的心血、汗水、智慧、辛劳和敬业精神，让科学家心中充满了自豪，他们没有辜负国家的投资，人民的期望，圆满完成了党交给的任务。

1978 年夏天，综合调试开始了，担任副指挥长的徐传效和副总工程师李乐福，与调试小组的人一起通宵达旦，细心拟定了每一步的试验计划。在十多米高的反应堆大厅里，悬挂着洁白、肃穆的碘钨灯，耀眼的光芒照射得试验场如同白昼。主控室内空气紧张，几十双眼睛注视着仪表的变化。试验一步一步地进行着，数据一项一项地推算着。当反应堆到达临界，点火试验成功时，大厅沸腾了！人们热泪盈眶，相互握手祝贺，科学家们笑脸盈盈，一封封捷报飞向成都，飞向北京……

两位副总的心情久久难以平静，眼前这一张张年轻的笑脸，多么像一个个点火中子源啊！在九〇九基地，一代一代的“新中子”在成长，在撞击，在热烈地点燃着核之火。他们循序不绝，在极端困难的环境中，绝大多数又变成了“热能中子”，向祖国奉献出一颗颗滚烫的心——蓝光就是这样产生的，而且闪烁着耀眼的光芒。

青衣江蜿蜒流淌，滋润着大青山，也养育着一代又一代核工业者。它也是九〇九基地创业历史的见证，它源远流长，百折不回，一往无前，也是科学家们品德和意志的象征。到了 20 世纪 80 年代，改革大潮在华夏奔涌，商品经济的浪涛冲击着人们的思维，脉冲反应堆异军突起，在核技术领域奇葩绽放。但在世界上的 50 余座“脉冲珍珠”里，这项技术却一直被美国垄断着。这一切激发了炎黄子孙们攀登高峰的欲望，于是，九〇九重又站在了新的起跑线上，科学家们的理想又一次闪光。

但那时，这项技术全是保密的，我国科研人员的认识还远未触及那个门槛。屈指算来，全是疑问，如同在读一本科幻小说，神往之但不可捉摸。

1979 年，在春寒料峭的北京，核动力院副院长杨履新提出了脉冲反应堆的研制任务，说这是为了给潜艇核动力装置的试验配套。会议室立刻炸开了锅，来自全国各地的核工业部所属单位，都争先恐后要抢这个任务，却被杨院长占了上风。他立下军令状，挑起这份重担，等那一纸红头文件下达，整个九〇九基地全都动起来了！院内进行了机构调整，科研人员立刻搜集情报，分析研究，模拟计算……

1980 年底，一份严谨完善的脉冲堆设计方案，已经呈现在部领导的桌上。紧接着，他们组织考察团马不停蹄地去美国考察，不顾旅途劳顿，个个精神焕发，力求掌握更多的实用技术。回到青山的怀抱中，考察团成员个个憋足了劲，立刻准备拉开架势，大干一场！

然而人世间的万事万物，就像天上的风云变幻一样难以预测。因国家计划调整的需要，脉冲堆竟差点下马！经过多方面争取，只得到一句“推迟缓建”的指令。院领导不甘心，决定改隐蔽堆为脉冲原型堆，少花钱多办事，先建成再说。

这一缓就是五六年，研制队伍也流失严重，科研人员万分焦虑，难道这项技术攻关任务竟会半途而废？幸亏有不少院领导都是赤胆忠心为脉冲堆而冲刺的人，在院务会上重新提出了这个项目，形势才大为改观。院内各单位的任务进一步明确，工程调度会一次次召开，各条神经都有力地调动起来，于是奇迹又像山花般，一朵朵盛开在这片青山里。参加脉冲堆工程建设的人们，逐渐形成了一个特殊的群体，全都汇进了整体拼搏的交响乐中，而每个音符的准确和谐，便注定了整篇乐章的成功奏响。这是一部辉煌的史诗性乐章，每个音符都是那么感人……

1989 年春天，1∶1 零功率试验开始。当脉冲堆首次达到临界时，控制室内的所有人都站起来热烈鼓掌，响声如雷。此后的一个个脉冲试验都非常成功，取得了满意的数据。在关键性试验的那一天，要进行最大脉冲的发射了，各级领导都来参观，人们的心弦都绷紧了！随着一声发射的命令，示波器瞬间现出一道尖锋利剑似的脉冲波形，刚劲有力。试验成功了！科学家都热泪盈眶，欢呼呐喊。他们又一次报喜，为国争光，为民造福，这一连串脉冲发射出了强大的光和热，璀璨耀眼。

随着无数的鲜花、掌声和奖章，九〇九基地还有第四座、第五座里程碑……

哲学家说，生命只是一个过程。但核工业者的生命过程却是特殊造就、鲜为人知的。他们都是忘我工作勤于事业的人，他们以自己的智慧和血汗，铸成了对国家对人民无限忠诚的群体塑像。任何置身于他们其间的人，都会经历一场灵魂的震撼，产生强烈的共鸣，并且渴望与他们进行一场神圣的心灵对话。

多年后，我在 120 万字的自传《蓦然回首》里，曾这样写道核工业群体：

“1985 年秋天，我在四川省科委的新能源处工作，因乐山的一个能源研究所要验收国家重点科研项目，省科委派我前往参加。会议地点在一座大山里，偏僻而简陋。鉴定项目是一种新能源，叫做‘核聚变’，又被称为‘人造太阳’。这是三线建设的核心机密，其艰苦卓绝的创业道路却鲜为人知。一批科技精英默默无闻地苦干了许多年，终于取得骄人的成绩，研制出大型核聚变装置‘中国环流一号’。就在聚变人痛饮庆功酒时，一个消息赫然传开：核工业部要撤销，聚变研究所也要军转民。当晚的座谈会上，人群沸腾了，大家议论纷纷，情绪激烈。都说我们是搞高科技尖端技术的，要靠国家拨款，核工业部撤销了，谁来管我们？我们成没娘的孩子了！毛主席号召我们献青春，献完了青春献子孙。怎么现在党和国家不要我们了？我们算是白干了？不少人洒下热泪，放声大哭，委曲万分。这对沉浸在胜利喜悦中的聚变人来说，就是当头一棒呀！我被他们的献身精神所感动，也为他们的处境而担忧。走出会议室，树上的绿叶铺着一层寒霜，山风吹得尽情尽兴。那些参天大树就像一个个历经沧桑的聚变人，在山风中呼应着，我想它们肯定懂得彼此，那明月的清辉，寒风的呼啸，在它们眼中都是热烈的情怀，值得为此青翠碧绿这一生！

“多年后，我仍然忘不了这一幕，想起来就会感动得泪奔，跟那群深山里的科学家比起来，我们的工作是多么平凡，生活是多么优越！可我又能为他们做些什么？直到二十年后一个偶然的机遇，我再次近距离接触了这个已迁到成都附近、改名为核物理研究院的科研群体，参观了他们新研制出的‘中国环流器二号’。我深受启发，灵感萌动，据此写成了一部长篇小说《聚变》，并申报为中国作协重点作品，由解放军文艺出版社出版，希望世人能永远铭记科学家和聚变人的丰功伟绩。”

时间过去很久了，实在记不清是哪一年？我也曾陪同国家科委领导，去视察过另一个核工业基地。在我的小说《聚变》中，又如此写道：

“……在本省连绵百里的莽莽群山之中，还簇拥着另一个核工业的科研基地。据说这个研究所用了六年时间才建成，远远看去，只见在一座巍峨大山的屏障下，一片建筑群拔地而起，高高耸立的水塔和色彩斑斓的办公楼参差错落。细看之下，才发现管道纵横，车辆穿行，隐约还有机器在轰鸣，绿树掩映中另有几栋红墙灰顶的家属楼，一派勃勃生机的景象。江河踏进这个研究所，就觉得历史在惊人的巧合。为什么这种类型的科研所，都被雪藏在高山峻岭之中？是为了考验科研人员的坚强意志？还是革命工作的需要？难道在现代化的大城市里，就不能进行这些科学研究了吗？为什么国外却不同？他们的高精尖科研所，都分布在大城市周围，与现代经济水乳交融。江河一直在拷问自己，深深感到肩上担子的重量。这个研究所和聚变研究所面临的情况一样，他们能否禁得起这次机构改革的冲击？国家的这一变革又意味着什么？或者它正是给予这样的研究所一次展翅腾飞的契机？

“在简单的问候之后，他听取了所领导的汇报：这座研究所的建立是在 20 世纪 60 年代后期，当时的中国百废待兴，华夏大地正渴望在改革开放中振兴。在核技术领域，反应堆虽然已被美国作为商品出卖，但一切技术都是保密的，而我国科研人员的认识还是一片空白。一纸红头文件，调动了成百上千人的神经——我们也要搞自己的脉冲反应堆！部里很快拍板立项，并且下达军令状，组成了一个设计和研制的班子，要在大西南的深山幽谷中，建设我国第一座脉冲反应堆。施工蓝图很快就绘制出来，寂静的山林中回荡起开山炮响，反应堆工程破土动工了！群山也沸腾了！在希望的土地上，推土机的轰鸣声喧嚣着一个个壮丽的黎明和黄昏……

“从那以后，一批又一批朝气蓬勃的建设者与科研人员，就投入一项又一项艰苦卓绝的工作。他们凭着高度的责任心和顽强的奋斗精神，在这荒无人烟的地方开天辟地，创造着生活也创造着奇迹。他们只有一个心愿，要完成一个光荣的梦想，为中国人争一口气！经过艰辛曲折的研制，脉冲反应堆终于成功运行了，那一道道蓝光闪烁着熠熠耀眼的光辉，犹如科研人员那一颗颗滚烫的心！

“听完汇报，就去实验大厅参观正灿烂星光般散发着晶莹光芒的反应堆。江河向下俯视着那不锈钢板围成的水池，只见在清澈的池水底部，一根根燃料元件四周辐射出湛蓝湛蓝的光焰，平静、安宁，似乎耸立着一根根发着蓝光的‘定海神针’。突然，‘嘭’的一声响，随着气动脉冲棒的飞升，从水池底部又射出一道耀眼的光柱，冲出数米深的水层，昙花一现般的炽亮金光转瞬即逝。人们正在目睹这一神奇的光芒，示波器的荧光屏上，已经记录下一道刚劲有力、尖峰有如利剑的波形图。这就是我国自行研制的第一座脉冲堆，在美国之后，中国是世界上第二个掌握这一神奇技术的国家。江河观察着四周，好像走入了一个奇妙的世界。这种脉冲反应堆是具有安全性的堆型，而此时在美国，各种改进型号的脉冲堆已如雨后春笋般地被研制出来，并广泛应用到各个领域中。它安全、经济、用途众多，使用方便，备受人们青睐，已成为最走俏的市场商品。江河心里又掀起了瀚海般的春潮。这个研究所的人们还不知道，旋律激昂的商品经济正在冲击我国市场，军转民的进程已不可逆转。或许这个深藏在大山里的研究所，对突如其来的命运转折还没有任何预感，更不知道在这个变革的深层背景里，正酝酿着他们始料所不及的狂风暴雨……

“参观结束后，江河控制住自己的激动，跟实验大厅里的有关人员一一握手，亲切问好，热情地说着祝贺的话：这个脉冲反应堆的成功运行，是你们研究所广大科研人员、工人、干部辛勤劳动的结晶。在我国的核工业战线，这也是一个成功研制的里程碑。今后希望你们再研制出第二个、第三个反应堆，为我国的科研事业推出一个又一个里程碑……到那时，我们再向祖国报喜，为你们请功！”

“在场的人都热泪盈眶，热烈鼓掌。当天晚上，所里举行了盛大的酒会。欢声笑语中，核工业者兴奋地举起了酒杯，但酒还没喝，激动的泪水就滴进了酒杯，使得杯中酒更清香，更醇美。只有坚韧不拔的人才能获得胜利，只有顽强奋进的人才配享受欢乐。但此时此刻，江河心里却是百感交集，他的欢愉里带着几分严峻，笑脸中包含着些许深沉。虽然在核工业部工作了很长时间，但江河从没想到过，因为国家前期的一个重要决策，这么多优秀的科研人才就来到这片大山里，艰苦创业，奋斗到底，甚至积劳成疾，献出了自己的生命。‘献了青春献终身，献了终身献子孙。’这真是对核工业建设者生动的概括，也是他们毕生奋斗的写照！正因为有了这一群不计较自己个人得失的科研人员，在大西南的山山水水中，一座座核科研基地、实验室，一排排高大的生产厂房，一条条纵横交错的道路，才能在建设者们手中奇迹般地诞生，而且不断传出一个个捷报和喜讯……

“江河把深邃的目光投向窗外，继续向远处伸展，仿佛看到了日月如梭，江河倒转，世界的动乱与和平，核工业的追求与实现……它们和这森林、青山的神话与传说，共同孕育出了一种深沉的历史情愫，那样强烈地激励着他。江河长舒了一口气，这几天来，他看到了一批又一批默默奉献的人们，他们确实在干惊天动地事，做隐姓埋名人。而他们身上所发出来的星光般的亮点是如此璀璨耀眼。正是这无数的星光，构成了中国科学界灿烂的银河。现在他怎能忍心看这星光消逝、银河暗淡？江河在心里暗自下定决心，只要有可能，他一定要想办法帮助他们……”

我书中写的那个核工业研究所，应该就是九〇九基地，是这片干净又圣洁的沃土。

37 年过去，弹指一挥间，又能光顾此地，真是荣幸之至。

此次采风参观，虽是浮光掠影，但也刻骨铭心。因为有一张灿烂微笑的脸，总会随着一缕春风浮现在我面前。他就是彭湃的儿子彭士禄。他的头发乌黑油亮，眼睛深邃有神。他脸上的皱纹并不显老，却表现出一种非凡的气度。他那高高的标志性的颧骨，更是展现着特有的深厚力度。他有显赫的家世：父亲是老一辈革命家，中国农民革命运动的先导者，牺牲在上海龙华；母亲也是年纪轻轻就为革命而献身；这个家一门忠烈，竟有六位亲人为革命事业献出生命！彭士禄很小就成了孤儿，5 岁当乞丐，8 岁被捕，关在不见天日的黑暗潮湿的牢房里，直到奄奄一息才被放出来。地下党把他寄养在同情革命的穷苦人家，但他为了生存躲躲藏藏，要避免敌人“斩草除根”，还不得不经常改名换姓，住进不同的人家，也干过不少活：放牛、打柴、种地、绣花……直到 1940 年被送至延安。真是独特的经历，神奇的传说！全世界有哪些人如同他这样，担任过那么多角色后，最终成为核动力专家？全世界又有谁知道，他竟然和万千同事在条件极差的情况下搞成了核潜艇？

他门前那棵高大粗壮、茂密青翠的香樟树说：我知道！他就是闻着我的芳香，在我的枝叶下大胆拍板，组建了“山头指挥部”。他屋里贴着巨幅的中国地图，还有那么多画满符号和数字的表格图。我看见每个夜晚，他都在这屋里伏案计算，像是一头憋着气的巨狮。我知道他怀着那么多忧虑和责任，在努力完成着自己的使命。在那漫长的不被人知的为核能而秘密奋战的日子里，只有我知道他睡得最晚，起得最早。清晨，他精神焕发地起身，在我的繁叶下做操，带着露珠的花儿向他微笑。夜晚，他顶着星星从实验室回来，闻着夜合花的芳香，又伏在桌上描图计算。有时候他会突然走出房间，望着面前寂静漆黑的山野，幻想着科学的明天，它是那样美丽，那样动人，是他生命里永远灿烂的奋斗主题，是他笔下瑰玮绚丽的多情诗篇。他想呀想呀，又会跑回屋里，精神振奋地继续工作……对了，我还看见他用热茶伴着冷酒喝，那真是太别致了！我也曾看见他妻子马老师问他：你为啥不听我这个老婆的话？

他笑着说：因为你只是我的第三夫人，我的第一夫人是核动力，第二夫人是烟酒茶。我看见他为了说这话，在家里总挨马老师批，还被她打过几拳，拧过几把，但她也亲过他无数次……哎，这可是人们看不到的隐私哦！

树知道，花知道，彭士禄曾经在自己人生的坐标中，没有过一丝犹豫。他考虑的总是国家和人民。新中国成立后，他结束了流浪的生活，被送去苏联学习，党却需要他改行。他那时站得很高，眼睛凝望着远处，注视着国家和民族的未来。他知道自己将站在科学前沿，面前是未知的领域和急需探索的奥秘，人类的触角将伸向太空，矗立在浩渺的苍穹。他还感到了历史的雄伟与沉重，虽然这不再是冷兵器厮杀的时代，但激烈的竞争仍然存在。一个伟人说："一万年太久，只争朝夕！"那就是战斗的号角，国家的战略，人民的利益，也是他必须冲锋陷阵的战场。

于是，他来到这片青山中，以极大的热情发起了科学攻坚战。直到他手里握着那个神奇的"潘多拉魔盒"，骄傲地窥视着头顶的蓝天和脚下的大地，只要命令传来，他便启动那把钥匙，深海中就会响起一道惊雷，荡涤着尘埃……

他一生只有两个梦想，都做到了！忧国忧民的辛劳，呕心沥血的付出，换来了核潜艇陆上模式堆的成功！他应该是那片青山里的大树，但他却说，他没有干下什么丰功伟业，他只是做了自己要做的事。在墙上的照片里，他曾青春年少，也有鹤发童颜，甚至垂垂老矣，但他仍在自豪地微笑着！好吧，那么他就是中国核工业这棵参天大树上的一片绿叶，他为中国的核工业做出了重要贡献，他的生命之树长青。如今他已离我们而去，他的辉煌事迹却永远长存，他的胸怀和气质也永留人间，闪耀在人们心中，而且感动着所有参观的作家，不止一个人想要写他……

筚路蓝缕，以启山林。青衣江边，青山脚下，何止一个彭士禄！科学家就是我们这个时代最可爱的人。另一个老科学家赵仁恺，也是九〇九的核心人物。他跟彭士禄恰好相反，没有光彩的出身，人生道路因此更崎岖。但两人却是黄金搭档，珠联璧合。往往是彭士禄大胆拍板，赵仁恺便砥砺前行。20 世纪 60 年代初，就是他率领一支年轻的设计队伍，在白纸上画出了中国核潜艇动力装置的蓝图，这是一张强国防、壮军威的蓝图。赵仁恺随之被任命为潜艇核动力陆上模式堆的工程设计队队长。他立刻意气风发地来到这片青山脚下，一干就是三十年！“文革”中他忍辱负重，默默承担，历尽了百般的艰辛和煎熬，才迎来自己壮美辉煌的人生。他设计了中国“潜龙”的心脏，他也是九〇九的心脏，历经磨难，仍然坚强有力地跳动着……

这样的故事还有很多，正如一个核工业诗人所写：“一条河，两条河，三条河，核工业汇集了无数江河。它们日夜奔流，却不沉默，吟唱着建设者的赞歌……”

时间飞速逝去，一栋栋试验楼拔地而起，跟这片青山血肉相连。九〇九也把自身能贡献的东西全都贡献出来了，无论成功失败，总是活得精彩！科研人员都爱这片青山，这是他们用热血和青春奋斗过的地方，这里有他们辉煌的事业。

然而进入 20 世纪 90 年代，核动力院又面临严峻的考验：国家对九〇九再无投资，也没有明确规划，更无项目开发，全院 5000 多人窝在大山沟里等饭吃！为了解决这个困境，院里派人东奔西走，为院里找项目寻资金。钱积惠正是在这艰难的局势下，担任了核动力院的院长。其时人才流失严重，科研人员再也不能忍受这份莫名的清贫，他们要生存，孩子要读书，他们即使满腔热血，但却有力无处使啊！

天知道，地知道，在一个寂静的夜晚，钱积惠独自来到山头指挥部那棵高大的香樟树下，思绪有如一缕丝线在夜空中抽拉出来，又在漆黑的山野中回环飘荡，他的思路也渐渐清晰，不禁神往地想：这片青山虽然人杰地灵，我们核动力院的潜力更是无穷，只要能冲出这片群山，必将大有作为，又会是另一番景象！他脸上露出久违的笑容，几片香樟树的叶子立刻呼应般地落到他头上。他长舒了一口气，他终于为自己的研究院和千辛万苦的同事们，找到一条更加宽阔的康庄大道了！

借助“三线迁移”的国家政策，核动力院终于迁到成都。钱积惠又斗胆给中央领导写信，得到有力的批示，国家投资建设了新一代核动力试验平台，命名为“615 工程”。其重大意义在于：为中国的核电发展制定了一条依靠本国的技术力量和设备，走自主发展的道路。这也是中国核动力事业的“造血工程”，为设计院托起了光辉的明天，筑成了他们的第二次腾飞，是研究院走出这片大青山，走向商品市场，走向国际舞台的关键工程，也是核动力院突出重围的一次成功壮举。

但在这青山中仍然留下了一片净土，这里曾有一群灵魂干净的人，扎根此地，茁壮成长，蔚然成才。他们曾肝胆相照，患难与共，干出了一番轰轰烈烈的事业。这里成了研究院的基地，人们喜欢回来看看，每一次欣然回归，都是一次灵魂的洗礼和皈依；每一次来寻故地，都会找到个人价值的重新定位，才不会迷失人生的方向与目标；无论什么样的艰难险阻，都不能阻止他们奋力跋涉的步伐……

这里还留下了迷人的传说，动听的歌曲，还有一些人，永远长眠在这里……

叶知道，草知道，青山处处埋忠骨。我也相信在这片山中，在那云雾深处，必然有一个核工业者的烈士墓。那是一个平静而安详的世界，四周环绕着苍翠的青松和不老的万年青，正如烈士们的事业之树一般长绿不衰、生机盎然、挺拔绵长。他们生前的同事也会时常去祭奠，面对着那些烈士墓，面对那一块块刻着他们名字和事迹的丰碑，人们会想很多很多，似乎面对着美丽庄严的首都北京，面对着长城的雄浑、故宫的肃穆和天坛的神秘，还有鲜花、掌声与奖章……

适逢清明节前，不禁让人想起马克思说过的那句话：“我们的事业并不显赫一时，但它却永远存在，在我们的骨灰面前，高尚的人将洒下热泪。”

一座座壮美的丰碑，一个个鲜活的人物。核工业者就像新时代的“夸父”，他们逐日前行，日不落，步不止。凡是奋斗的人，都有胜利的权利。但是为了真理，为了事业，他们全都不计名利得失。为了探索神奇的原子宫殿，他们团结一致，“龙头”一跃，蛟龙便腾飞而起。如今，他们虽然离开了这片青山，但青山里还在流传着他们的故事。潮起潮落，时代变迁，这里也不再是层峦叠嶂、山石峥嵘。但这片群山没有被遗忘，无声的寂寞里，地下岩浆会跟随一支支笔，喷薄而出……

核在我心中，本就是故事。一个文友却说，核是种子。那么这颗种子，如今已长成参天大树。而每一个在九〇九基地战斗过生活过的核工业者，就好比那香樟树上的一片片叶子，以此青绿，雕塑生死，装点人间。人活几十春，树活千百年。青山长存，亘古不变。正如那功在千秋、利在万代的伟业，永不磨灭，万古常新。

采风团的作家们乘坐大客车回城，青翠欲滴的绿树和竹林从车窗外次第掠过，远处的青山呈现出明丽的线条，颜色也渐渐清亮起来。轻柔的风吹拂在脸上，有种沁人肺腑的凉爽，作家们谈笑风生，议论着这次采访核工业基地的盛事。我却仿佛听见青衣江鼓荡起它那粗犷的旋律，在我心头奏响了一曲动听的凯歌：

我穿过青山的广阔，
看见了蓝色的星火。
我透过大海的磅礴，
爱上那绿色的角落。
我听见脚步声交错，
知道你曾乐得其所。
我相信所有的前行，
都出自你坚定的执着。
梦想简单，一生去做，
策马奔腾，心有寄托。
看那时间流成了巨河，
承载着无数的青春炽热。
道路坎坷，岁月斑驳，

此生无悔，壮志几何。
我的生命本不属于我，
让我去点燃那熊熊核火。
假如我在这奋斗中倒下，
我的灵魂也将永远超脱。
青山不老，红日不落，
这就是核工业者的歌……

2022年4月4日

莫然（女），中国作家协会会员。曾任省作协和市作协委员、巴金文学院创作员。著名作家、编剧、制片人、话剧导演。曾获“十月文学奖”“成都金芙蓉文学奖”和电视剧本等奖项。出版文学作品20余部（种），担任编剧和制片人的电视剧已播出9部。

风景独好处　“核院”情深深

李　淮

好雨知时节，当春乃发生，雨丝若有若无，柔柔地洒在“第一代核潜艇研发实验基地”的“四合院”里，给鹅卵石头垒起的干打垒房洗了容颜，添了厚重感；随风潜入夜，润物细无声，雨点稀稀疏疏落在核动力研究院两排砖木结构瓦房的山头指挥部，似有千军万马在指挥长的一声令下里四面出击，以海为基，向海而生，向海图强，强海报国；雨水轻轻地亲吻着彭士禄旧居及事迹陈列室前后的香樟树、小叶榕树、柳树、水杉沙杉、灵芝芽、爬山虎、车前草、折耳根、蒲公英，它们的叶片与芽孢便摇曳婀娜春意荡漾，情意深深，让陈列室和旧居里面的一切都鲜活起来；雨滴土地，雨润山川，雨升绿烟，我在壬寅虎年的春雨醺醺中，走进中国核动力研究设计院第一代核潜艇研发实验基地，被此地细雨霏霏润湿的绿和热血沸腾的红所感染所激动，心情久久不能平静。

好人好马上三线

从1964年到1980年，我们国家有三个“五年计划”。16年期间，我国工业由东到西大迁徙，是共和国历史上著名的“三线建设”。前前后后有400万工人、干部、知识分子、解放军官兵、民工在祖国的大西南、大西北的深山峡谷中，用红的热血、白的汗水还有鲜活生命的付出，建起了1100多个（所）大中型工矿企业、科研单位和大专院校。1955年中国的核工业创建，无数的科学工作者不断默默奉献积极探索，1965年国家二机部通过在贵州六盘水以及四川盆地的多地选址，最终中国核动力研究设计院落户在这里。为了保密，挂牌为“西南水电研究所”，对外用“九〇九”基地数字做了代码。

走路，到了命名为“四合院”的机关小院，首先映入眼帘的是挂在墙外面的“成都291信箱”墨绿色长方形邮箱，原始邮箱已经在2020年6月3日住进了中国国家博物馆。邮箱，是1965年8千军民会战此地时与外界联系通讯的重要物件，这里的工作人员有海军、陆军、科研工作者、建设人员，他们干惊天动地事，做隐姓埋名人。他们与家人朋友的联系不是某省某县某厂，而是“291”几个数目字，数字既显得神秘莫测又饱含着工作性质的特别和特殊。我仿佛看见，邮箱旁走来了一位女大学生，她用黑色橡皮筋扎着两条刷把辫子，身穿军队“六四”翻领绿军装，她步履匆匆，头上有汗水，边走边拿着手上的军帽扇着风，走到邮箱前立定，喘了口气，用左手在衣服口袋里掏出一封贴了邮票的信，她拿在手上，看了又看，用右手抚平牛皮信封上面的皱褶，然后，小心地把信投进了邮箱上方窄窄的空隙处。她似乎听见书信落入邮箱底部的声音，或者是她感觉到书信已经到了远方亲人的手中，她对着邮箱笑了，笑意从眼角到眉梢，又到嘴角弯弯上扬，再到脸上左边的单酒窝里，笑容是那样的甜，像新酿的蜂蜜一样的甜。

又走一段路，见一戴工牌的老同志在路旁边值守，他的工牌代号是“N014438”，名字叫“李华”。他是20世纪80年代初期到此地工作，1986年到技工学校当英语老师。说起当年的事情，他话多语稠，眉飞色舞。那时，我们有三个幼儿园，三所小学校，还有医院、邮局、小卖部、储蓄所、俱乐部、篮球场、足球场……我们学校是1982年核动力与西南核物理研究院联合创办的一所培养中级技术工人的摇篮和对职工进行职业技术教育的培训中心。他指着前面一大片地方，有宿舍，有教室，有参天的樟树，有穿工装的人在走动。对呀，学校占地面积14 000平方米，建筑面积达8000余平方米，是一所比较完整的工科技工学校。说的是创办以来，共培养了反应堆运行、电工、钳工、热传动加工、仪表、烹饪等技能人才近千人，真是了不起。嗨，“青衣江技工学校”，黑色正楷大字白色底，一块竖立的长方形牌子在他右手指的方向，呈现在我的眼前。对老师我是非常敬重的，对在深山沟里“青衣江技工学校”当老师的李华，我更感觉他朴实的话语介绍中有生命的活力，是活着的年轻，是不惧过往和将来的人生魅力。我亲切地尊称他“李老师!”诚挚地道一声：“您辛苦了!”

二号点家属区建于1965年至2000年，陆续分批建成职工宿舍住宅，先前建的是红砖房，通走廊，砖混结构耐用，现在还有职工居住。二号点家属区户型种类多，共有28栋785户人家，位于九〇九基地核心区域，抬头，我看见二楼住户阳台上小花盆里有天竺葵的绿叶与红花朵儿，半开的窗前，有白色底子蓝色碎花布的窗帘随着春风轻轻地，轻轻地摆动。

入夜，我与几位文友走至工农桥，工农桥是二号点地区的标志性建筑，修建于建院初期，是由当地采掘的红砂岩条石做的拱跨、横跨跃进渠。九〇九基地建设初期该桥主要用于连接二号点、三号点、四号点片区的实验室、居住区等。基地的人们习惯称工农桥附近区域为“桥头”。1986年核动力院在其旁边修建了更为宽阔的钢筋混凝土桥，建成后专供人步行。2020年，基地对工农桥及周边水渠两岸进行了维修改造，结合周围漫步道，改建成石砌仿木结构的漫步桥。只见桥下石棉堰水潺潺流过，桥边排排樟树高大葱绿，香樟树叶儿暗香浮动，桥上人流匆匆，桥头餐厅、店铺人来人往，华灯初上，映着桥与水，人与桥，动与静，喧嚣与静谧，风景独好处，和谐生美，各美其美，美美与共。

往上走一点点，左边道路拾级而上，“俱乐部”三个大字闪着霓虹的光芒。想当年，容纳千人的俱乐部，遇节日和重大活动，大厅里坐满职工和科学家们，主席台上紫红色的金丝绒幕布，庄严隆重；在庆祝建院四十周年的文艺汇演中，这里唱响了《中国核动力院院歌》《唱给核工业新的春天》，吟诵了《堆谷建设者》，跳起了舞蹈《核动力之魂》《川妹子盼核电》，吹、拉、弹、唱、跳、编、排，人才济济；星期六晚上七点半钟有职工舞会，跳交谊舞蹈，华尔兹，圆舞曲，把疲劳与艰苦束之高阁，在曲调的旋律与舞蹈的优雅中身心得以放松；下面水泥地广场大坝，那里几乎每个星期都有一次或者两次的坝坝电影，孩子们下午放学回家，早早地从家里搬出凳子拖出椅子，跑到广场上，排排坐，占位子，等待晚上的坝坝电影，《地雷战》《地道战》《卖花姑娘》《鲜花盛开的村庄》这些中外电影，都是在广场场坝里面坐着看了的。

初心使然奋斗者

我与文友们走在中国第一代核潜艇研发实验基地采访参观的路上，脑海里盘旋着百多年来震惊世界的大事件。1905 年，风景秀丽的瑞士，爱因斯坦发明的质能方程向人类展示了质量与能量的转换关系。40 年后，质能方程在日本以原子弹的形式彻底断绝了日本的抵抗之心，让数千万人埋骨荒山的惨烈战争画上了休止符号。1951 年 12 月 20 日，美国爱达荷州东部沙漠一处实验基地，第一座反应堆问世，成功地将核能转化为人类所利用的能源，如热能、动力、电能，人们第一次实现了核能发电。美国实现了第一个核能发电，但是是苏联在 1954 年 6 月 27 日，第一个将核能成功应用于农业生产。

当年世界上两个大国，一个想当世界霸主耀武扬威，一个对中国说“我们来保护你们”，毛主席却说“核潜艇，一万年也要搞出来!”我国于 1964 年成功爆炸了原子弹，也在 1970 年成功研发了军用核动力技术，实现了核能的可控利用。但在核电领域起步较晚，1985 年中国第一座核电站秦山一期开工建设，1991 年正式投入运行。其后，中国的核电人一直在艰苦工作，不断突破，砥砺前行。

“我一辈子只做两件事，一是造核潜艇，二是建核电厂。”这是被称为“中国核潜艇之父”的中国科学院院士彭士禄挂在嘴边的话。彭士禄是革命先驱彭湃烈士的次子，父亲澎湃在上海龙华壮烈牺牲时，他还未满 4 岁。他 1951 年 9 月到苏联莫斯科化工机械学院化机系学习，1956 年 9 月在莫斯科动力学院核动力进修班学习。他 1958 年 4 月先后担任第二机械工业部原子能研究所研究室工程师，研究室副主任。1965 年 6 月起先后任核工业第二设计院二部副总工程师，九〇九基地副总工程师。在山头指挥部南面的一排平房中，有建筑于 1967 年的干打垒房子，当时彭士禄全家从北京来到这里参加核潜艇陆上模式堆建设居住于此。在他住过的平房里，我见到了木头做的办公桌，木头的双人床，木头的文件柜，红色的漆纹已经斑驳，但质量很好，稳稳当当地立在房间里面，是不是象征着当年的房间主人坚忍不拔的进取精神呢？我想，应该是。

在参观过程中，彭士禄说自己平生遗憾是夫人太多，有三个。讲解员此语一出，在场的文朋诗友男人们心旌摇曳，科学家、院士都有三个夫人，文化人浪漫主义与现实主义相融合，何况你我？我偷偷地打量了男同胞们一眼，吔，个个眼睛里都有风乍起吹皱一池春水的涟漪。且慢，九〇九基地副基地长唐斌解释：彭士禄说自己的三个夫人是："第一夫人是核潜艇，第二夫人是烟酒茶，第三夫人才是小玛莎（妻子马淑英）。"话说小玛莎不甘心当第三，造反了，非晋升不可，为了和睦，排为老二，才算平息，来世能否当第一"夫人"，很难说。听了说辞，男同胞，女同胞，全部哈哈大笑。我在笑的同时，心里感慨万千：彭士禄院士真是勤勤恳恳醉心于核动力事业的人，他的豪言壮语是这样的不同一般，让人过耳难忘。

彭士禄院士 2021 年 3 月 22 日去世，在追悼会后的座谈会上，他的儿子彭浩在谈及父亲时曾放声痛哭。在痛哭之后，他哽咽着说，事实上他不了解父亲，懂事后就没怎么与父亲见过面。父亲一辈子忙工作，根本无暇顾及家庭和子女。在参加追悼会和听了核动力院老人们对父亲的评价后，才真正体会到父亲作为一个科技工作者的不容易，不是父亲不爱儿女，"知否兴风狂啸者"还"回眸时看小於菟"，父亲不是无情，他是真正把自己的所有时间和精力用于了国家的核潜艇建设和国家建造核电站。彭浩哭了十多分钟，多年前与父亲疏离的心结就此解开了。听到这里，我的眼睛湿润了。

赵仁恺是我国核动力专家，两院院士。他提出了中国第一个潜艇核动力装置初步方案，主持完成了第一个核潜艇陆上模式堆的建设，参与主持了中国第一代潜艇核动力的研究设计、建造、试验和退役全寿期工作。在他简陋居住的房间里有一口大水缸，他们到此地时，没有自来水可用，青衣江水也不是天天都是清澈的。这口大水缸用来接雨水，和就近池塘里的水，放上明矾澄清水，才能饮用。往往是半缸泥沙半缸水，而且放了明矾的水，口感差。房间走廊上，有个蜂窝煤炉子，炉子把我带回了我的青春年代：那时，忙了一上午的工作回家，第一件事情是先打开蜂窝煤炉的密封盖子，让蜂窝煤顺利燃起来。如果蜂窝煤炉子熄了，很窝心，要重新用短小的干柴搭火，或者提一块蜂窝煤去邻居家引燃。有时，一个中午的时间都在折腾蜂窝煤，饭都吃不上。想到科学家为蜂窝煤炉子忙碌的身影，就觉得他们的人生既伟大又平凡，是普通的生活旋律又有壮美的华章异彩。房间里有一部天津产的二八圈加重自行车，赵院士上下班骑着自行车在土路、泥巴路上疾驶，有时，前杠搭着从幼儿园接回的儿子，后座驮着菜市场买回的大米与白菜萝卜。生活里的柴米油盐酱醋茶，与图纸、机床上的高精尖并驾齐驱。有文友感叹，院士也要吃饭吃菜，生活条件那么差！唐斌就说，赵院士还扛着锄头，在驻地周围，挖土种菜，施肥浇地。如果不知道他的身份，走过路过就把他当成土生土长的本地村民了。

我站立的中国核动力院，是我国集核反应堆工程研究、设计、试验、运行和小批量生产为一体的大型综合性科研基地，是国家战略高科技研究设计院。在我国国防、高新技术领域和先进能源开发工业体系中，占有重要地位。在桥头核潜艇浮雕前，有彭士禄、赵仁恺等老一辈科学家的身影，有黄色燃料棒的模型，有白手起家的建设，有核动力院三次创业历程回顾，他们用山海可平的执着，无问东西的付出，九死不悔的勇气，在艰苦的生活条件下，为我国核动力、核潜艇的开发研究做出了巨大的贡献。站立此地，不得不让人肃然起敬。

年轻的总工程师

身穿蓝色衬衣，赭色拉链外套敞开，着一条毛蓝色西裤，1 米 7 的个头，宽皮大脸，偏分头发，额头亮了出来，一双明亮的眼眸，一泓温暖的笑容，戴一副白色无框近视眼镜，站在我面前的是中国核动力研究院燃料组件研制项目总工程师俞德怀。先前，我想我采访的专家学者一定是个头上有白发，脸上有皱纹的具有沧桑感的老人，一见面，眼前的俞总师如此文静，如此儒雅，让我禁不住啧啧赞叹："太年轻了！"

1979年出生于宜宾的俞德怀，就读于重庆大学机械工程学院材料成型及控制工程专业。他到核动力研究院工作20年了，把最好的青春年华，最好的工作状态，都给了自己的事业，给了国家核燃料的开发和研究。

开篇说话，他不说自己，说的是彭士禄、赵仁恺、张森如、闵元佑、周邦新、邹从沛、戴受惠等老一辈核电人对我国核电事业做出的贡献；说的是单位"自强自立，求真务实，创新协同，拼搏奉献"的09精神；说的是研发团队的团队人员，合作进取；说的是我国国之重器——第三代先进核电"华龙一号"的先进性与安全性。

来此地之前，家人听说我要到中国核动力研究设计院采风，眼睛瞪得溜圆，说，"核动力"，那是多么危险的地方？日本号称科学先进技术发达，福岛核电站核泄漏，震惊世界，祸及无辜，好吓人哟，不去也罢。听俞总师说我国的"华龙一号"，自主研发，清洁环保，安全高效，十分经济，现在在巴基斯坦国土上运行良好。心里一块石头"噗"地落地，感觉自己安全的同时又为我们核电人感到骄傲。

当初学校老师说话："愿不愿意去支援核动力，到山区工作？"那一年，国家刚好停止了对大学生的分配，大学生要自主择业。听说有个"组装焊接"与自己学习的专业有点对口，又听说这边工作稳定，想了想，俞总师就来到了这里。他是农村出来的大学生，父母希望他当老师当医生，觉得这样的职业稳定，不会有失业之忧。来报到前，母亲还说，你这个单位是不是修电视机的，拿不拿电焊条？实际工作中真的要用焊接方法，但材料不同，精密精确也不一样。

俞总师报到后，对核动力是做什么的也不清楚，只是感到很兴奋。到了四所后，知道自己的工作主要是从事核燃料的研发。

他从一个一个产品做起，每天几乎从事同样的操作。说是搞科研，实际的工作也是枯燥的。做产品，小试样都没有问题，一个一个做好了，半年以后，批量生产时出现了问题，同样的工艺，同样的材料，产品出来不满足设计的要求。也就是说某一项突破并不代表整体。雄关漫道从头越：又从原材料性能、焊接工艺调整、工艺流程等多方面研究开始，重新试样，重新工作。

一步一个脚印，一个脚印一个脚印踩得踏实，他从技术员做起，然后做到了专业组长，又到了研究室副主任，2012 年做了燃料项目副总师，到总师办主任，2019 年担任研究院燃料组件研制项目总师。

20 年来，俞总师最高兴的事情是从事燃料元件研发的成功。老一辈科学家是用分体式来解决团绕问题。他在一次工作中想，为什么我们不可以采取分体式到整体式的改进。这个方案提出后，就做实验，一试就成功了。原来，分体式到整体式，一个思路的改变，并不是多么高深，并不是多么高难。当时他是专业组组长，他如果没有思考，没有创新思维，继续延续老的工作思路，就不会有任何改变。当时的王世忠老师是他们的主任，看了他的实验，马上就再加派人手，动手做实验，2~3 个月实验产品出台，比原来的方法做的产品好。那一刻，俞德怀心花怒放，比受到任何嘉奖和表扬都要高兴。从此事知道，在四所工作要多动脑筋，多想办法，不一定是最优方案，但要想，要做，反向思维也行。这也是得益于指导老师和王老师的肯定与支持。当年他们两个年轻人，老是跟着老师走，老师上个厕所都要跟着去一去，就是想学习，就是想提高。前五年的工作都是这样，前一分钟看老师干，后一分钟就自己干，干得多，收获也多，质量、效率都有提高。

在反应堆里，一根根燃料元件棒竖立着，棒体四周辐射出湛蓝湛蓝的光，平静，安详，好像是东海龙王海中发着蓝光的“定海神针”。倏忽间，“嘭”的一声响，随着气动脉冲棒的飞升，一道耀眼的光柱冲出数米深的水层，金光闪烁神奇无比。示波器的荧光屏上，忠实地记录下利剑般的波形图，这就是我国自主研制的脉冲堆。俞总师，一直从事的就是燃料元件的研发。

2015 年 5 月 7 日，对“华龙一号”研发团队及俞总师来说是一个值得纪念的好日子。在福建省福清市最南端的三山镇——福清 5 号核电机组开工，拉开了“华龙一号”大会战。这一天，包括中央电视台在内的许多主流新闻媒体发布了福清 5 号核电机组开工的消息。2019 年 10 月 1 日，新中国成立 70 周年的群众游行中，载着“华龙一号”模型的“逐梦兴川”四川彩车从天安门前缓缓驶过，万众瞩目。俞总师与其团队及全体核动力设计院的员工们，在电视屏幕上看见彩车，看见自己的产品，知道多年付出的心血没有白费。国之重器，国家名片，我国第三代先进核电“华龙一号”亮相于世，从中国走向世界，心里激动得很，有人欢呼，有人鼓掌，有人抹着眼泪，有人轻声啜泣。

人生不是一帆风顺的，有高潮也有低谷，这里的人员也有流动，认为工作与待遇不成比例，就想跳槽。也有猎头公司来挖人才，俞总师接到过这样的电话，一说就许以优渥待遇。但他没有动心，既然做了核电人，就要在这里为我国的核电事业奋斗一生。

他星期一坐班车来上班，星期五才能回家。遇到任务多，星期六才能回家，或者这个星期就不回家了。每天上班早九晚五，两点一线从住的宿舍到工作车间。单位大，占地面积广，人员分散。下班后要跑三到四千米长的路，或者在俱乐部下面篮球场打打篮球，这是他工作之余的锻炼。

家安在外地，有时说好了今天要回家，可是实验正在关键时刻，或者临时加了工作任务，就走不了了，爱人在电话里就生气，免不了埋怨：“你怎么老是这样？说好的回家又不回家了！”心里愧疚，感觉对不起家人，但工作又真的走不开，他默默挂了电话，关了手机。一回家，就多表现，做家务事，买菜做饭。他说拴上围裙，会做红烧排骨、辣子鱼，每次做饭是三菜一汤，家人吃完饭，就让爱人坐沙发上休息，自己收拾桌子，把碗筷端厨房里自己洗，自己做厨房卫生。

“我早已为你种下，九百九十九朵玫瑰”，玫瑰花象征美好的爱情。

2010 年 10 月 10 日，俞总师在民政局门口，把一束 99 朵红艳艳的玫瑰花献给了即将成为自己另一半的爱人，不能不说，理工男也有文人的浪漫与风趣。花解语，花寄情。在夫妻共同生活里，因为工作，俞总师老是没有按时回家，家里大大小小的事情都是爱人一肩挑起。这一次，爱人真的生气了，电话不接，微信不回。俞总师在第二天回家时，专门跑去花店，选了洁白的百合花，回家后，把家里清洁卫生做了，把百合花插在花瓶里，等候爱人回家。爱人回来，看见一尘不染的家和芬芳的百合，板着的脸上露出了原谅的微笑。

俞总师说对不起家人，也对不起女儿。女儿在医院剖宫产出生时，他在单位上班，没有及时赶回爱人的身边。医院要亲属签字才能做手术，急忙中还是丈母娘救了急，签字画押爱人才进了手术室。等他赶到医院，女儿已经呱呱坠地。有一回，俞总师有半年没有见到女儿了，当他回家时，女儿看见爸爸，不理不睬，他想去抱一抱女儿，女儿就是不要他抱，坐在沙发一角，用警惕的眼神打量他，仿佛见了陌生人一样。急得他抓耳挠腮，没有办法。问爱人咋办呢？女儿都不要自己了。爱人苦笑，你都不回家，女儿都不认识你了。是的呀，日远日疏，日亲日近，一百多天不在家，小小年龄的女儿，自然与父亲产生了隔阂。

“从国防建设来说，我们有了核潜艇，不怕大国的核威胁核打击，从民用领域，核动力转化成动力、热量、电能直接被人类所利用，还可以用作同位素治疗疾病。”俞总师对 2022 年满 9 岁的女儿科普自己工作的知识要点。女儿知道爸爸工作的重要性，听了爸爸的话频频点头，再不出现不理爸爸的现象。但在日常的手机对话中，女儿还是会说：“爸爸，你什么时间回家呀？”听到这样的问话，俞总师往往不知道怎么样对女儿解释才好。家国情怀，有国才有家，只有做好手上的工作，建设好保卫好我们的祖国，我们自己的家才能和谐安宁。对于家庭与女儿的愧疚，可能要伴随俞德怀的终身了。

我在中国核动力研究设计院的采访参观时间不长，从资料、影像、图片、人物，接触了党委宣传部部长、宣传科科长、基地长、副基地长、俞总师、李华老师、中国核动力院原党委工作部副部长、文友袁瑞珍女士和她的爱人宋先生……他们是个体，但他们构成了核电人的群像，从他们的身上，我了解核电人，理解16字的09精神。我看见，青山滴翠，草木含绿，每一个人，每一棵树，每一株草，每一座房子，机床馆路边的大黄猫，二号点家属区门前的两只白色小狗，表面上都是平和的、安详的，但其内心，又是激情澎湃的，又洋溢着一种特别浑厚的气韵，因为这里是中国核动力工程的摇篮，是中国的堆谷。

2022年4月4日

李淮（女），中国散文学会会员、四川省作协会员。德阳市散文学会副会长。作品散见报纸杂志及“学习强国”等网络媒体。已出版散文集《风景这边独好》《读客》。作品获第二届四川散文奖。报告文学入选四川人民出版社出版的《大爱华章》。

他用动力学触摸核反应堆的心跳

——采访中国核动力研究设计院反应堆工程研究所副总工程师马建中纪实

吴 微

说起核动力、核反应堆、快堆、慢中子等等专业术语，让我感到茫然陌生，当走进中国“第一代核潜艇研发实验基地”，参观并进行了采访后，我豁然明白，原来核能有发电、城市供热、工业供汽、海水淡化、航天发射、探索宇宙等多种用途，但核反应堆要长期安全运行，必须要经过专业严格的流体振动和地震实验验证。

从事流致振动（流体流动导致结构振动的简称）研究工作的马建中，书生气十足，纯粹而整洁，是位反应堆结构动力学专家，我幸运地采访了他，方知他生于斯长于斯，故乡美丽的青衣江畔，是激励他报效祖国的动力；盼望祖国强大，是他毕生致力的夙愿。

1989 年他从重庆大学工程力学专业毕业后，分到核工业第一研究设计院（中国核动力研究设计院前身）反应堆工程研究所（二所）反应堆结构力学研究室工作。在几位老同志的指导下，从事有限元静力学计算、管道系统抗震分析、流固耦合抗震分析程序开发或结构流致振动试验。为了提升和丰富自己的科技理论水平，1996 年，在老所长谷芳毓支持下去西南交大力学系读了两年半在职研究生，主要研究反应堆吊篮结构流致振动响应计算。学成归来不久，发生了中国驻南斯拉夫大使馆被炸事件，这让他认清了中国国防只有拥有了敢于和外敌抗衡的实力，才不会被欺侮，作为国防科研的一员，任重而道远。从此，他全身心扑在自己的研究中，三十多年来，见证和亲历了中国核动力事业发展，其间的酸甜苦辣，磨炼了他的意志；实验的白昼黑夜，迎来了中国自主核电的春天。现在的他，已经是二所副总工程师，带领他的团队承担过许多堆型的流致振动实验（包括吊篮、燃料组件和蒸汽发生器管束），为核电站的安全运行做出了重要贡献。

说到结构力学，我完全是不懂的门外汉，马建中给我科普："主要研究工程结构受力和传力规律，以及如何进行结构优化的学科。我们成功完成的'华龙一号'首堆福清 5 号机组，其反应堆堆内构件流致振动现场实测，排在影响华龙首堆现场调试进度十大问题之首，可见其难度与风险巨大。"在他娓娓的叙述中，我渐渐认知了真实的核电技术。

马建中读研回来到核动力院二所力学室工作，开始担任流致振动专业组组长。那时整个院研究状况并不太好，秦山二期 60 万千瓦核电站正在建设中，他们的副院长张森如就提出了下一代核电 177 堆芯的构想，形成"华龙一号"的前身 CNP1000 方案。"2000 年到 2002 年，二所完成了 CNP1000 方案的两个验证试验：堆内构件流致振动模型试验和反应堆水力模拟试验，我负责完成了 CNP1000 堆内构件流致振动模型试验。2006 年，国家百万千瓦级核电厂招标中，我们院（中核集团）申报 CNP1000，美国西屋公司的 AP1000（三门核电站）方案，还有一个法国的 EPR1000 方案，最后国家选了 AP1000。后续国家又提出堆芯统一上 AP1000，便于管理，但在研究技术层面上却制约了自主核电的发展……"

马建中突然说不下去了，眼眶一红，声音哽咽，表情里有些愤懑、憋屈，深沉得令人不忍直视。我心头一阵纷杂，沉默中想象得出他们当时在极度艰难的环境中，要顶住压力，在条件差、科技不成熟阶段和外国人竞争，开发中国自己的产品，有力使不上。这种滋味多难受呀，最难的还是一些国人因为不自信，因为所得利益权重的分配问题，不支持用自己的技术，想要全面引进技术，成了一股不能协调不能施展才智的阻力。这在他拼搏的时候，不仅仅是心累，还产生了五味杂陈的情绪。

"2011 年 3 月，正当历尽磨难的 CNP1000 福清 5、6 号机组开工时，日本福岛核电站因地震发生断电事故导致爆炸，国家紧急停止了核电项目的审批。经过一波三折的等待，CNP1000 重新改进、优化和融合变身为'华龙一号'，2015 年福清项目终于开工。我们去做流致振动实测时，感到有些技术用钱是买不来的，还是要靠我们自己一步一个脚印地走出来才会知道未来的发展，才不会永远落后于别人。”马建中铿锵的话，说出了中国人民的心声，我被这骨气铮铮的华龙精神，还有永不言败的高昂士气，激荡得热血沸腾。

“AP1000 是美国技术，非能动的理念确实也是先进的，但要实施起来，难！因为，外国在核心技术、细节上比我们强，所以卡我们。如果我们要用这些技术，就得花钱去别的外国公司买，买还不一定买得到，真是让人无奈。”他不说，我还不知道中间这样复杂，外国人卡我们原来与我道听途说的大相径庭。中国核动力的发展，经历是多么的曲折艰辛啊！

“核电技术发展到第三代，中核在 CNP1000 基础上改进，变成改进型百万千瓦级核电 ACP1000，中广核也提出了一个 ACPR1000，国家取其所长，合二为一，成为‘华龙一号’，其最主要特点是我国第三代核电用自己的技术，也是‘华龙一号’的灵魂；堆芯变大了功率也就大了，控制技术和堆芯制造技术，都有不可克服的困难……”从设计到建设，中间的跨度大致有 20 多年，有两种思路交集，一是引进国外技术派，核动力院的领导和基层技术员，则是坚定的自主研发派，一直通过种种渠道向国家反映，认为自己拥有几十年的核动力技术基础，60 万千瓦核电站在运用法国技术上吸收消化是成熟的、可行的，完全有能力自主研发百万千瓦级核电站。

日本福岛核电站事故后，核电站建设抗震设计基准地震从第二代核电 0. 15g，提升到了第三代 0. 3g。“‘华龙一号’核电站，设备和系统必不可少的事情就是：设备的鉴定试验，其中就有振动和抗震试验。我们在扩建秦山核电站过程中，为了配合消化吸收引进的法国技术，验证整个设计，国家拨款修了 615 实验室，就是二所的十几个试验台架，在力学室有一个国内当时最大最先进的“6 米×6 米”的地震台和 15 米深多点激励抗震试验竖井。我们依托这个设备，做了大量核级设备鉴定，验证了地震状态下各类设备的安全性和可运行性，包括控制棒驱动线、泵、阀门、电气柜、蓄电池组、消防设施、控制台等，只有验证通过才能上工程。”马建中当时任这个结构力学室副主任，负责鉴定试验，他回忆道，“那时全国各地做鉴定有沈阳阀门、神通阀门、苏州阀门和上海自动化仪表厂等，包括我们自己研究生产的设备，也来做抗震鉴定实验。秦山 60 万千瓦核电站控制棒驱动线、‘华龙一号’控制棒驱动线、西屋 AP1000 的控制棒驱动线、‘玲龙一号’控制棒驱动线和其他研究堆的控制棒驱动线，都在我们试验室做过抗震鉴定试验。我们核级设备鉴定试验室，是国家核安全局唯一发文认可的。”

原来抗震试验这么重要，这和军队打仗时“兵马未动，粮草先行”一样，在没有充分准备好的前提下，是不能仓促行动的。同理，抗震试验，是关系到堆芯能否正常运作的重中之重。参与试验工作的科技人员，担负的责任有多大可想而知。他们在做抗震试验的同时，也是在为自己的心灵做抗震，这需要多么坚强而强大的“心”啊！

核反应堆让我不由得联想到原子弹，感到恐惧。马建中给我们用图文详解：“核反应堆说白了就是一个锅炉，核燃料元件在锅炉里燃烧，只要设备性能过关，就不会泄漏。压水堆核电站有四道防辐射泄漏屏障，非常安全。”

反应堆燃料元件在发热时，利用一回路中流体流动带走热量，在蒸汽发生器中转换成二回路的蒸汽来推动汽轮发动机组发电。一回路是高温高压回路，在高温下压力很大，流体流动时会引起结构的振动，长期过大的振动会引起承载燃料的吊篮结构等堆内构件损坏（松动、磨损、断裂），他要负责做的核心试验，是对堆内构件的振动进行实堆测量和评定，对有限元计算分析模型验证。

正在秦山二期 60 万千瓦核电站建设时，室里的老主任胡永陶争取了现场实验任务，2000 年马建中负责完成了堆内构件振动特性测量，每天在 10 米高的吊篮外壁的软梯上爬上爬下。2001 年，喻丹萍负责协助法国人完成了秦山 60 万千瓦核电站堆内构件流致振动现场实测。所有的燃料元件安装在吊篮下堆芯板，吊篮通过法兰挂在压力容器的凸台上，总质量达到 100 多吨。高速水要从吊篮结构的四周冲下去再翻过来从中心往上流过堆芯的燃料元件，这个过程会产生各类结构振动。他们就是要证明振动的大小是可接受的，并验证预计分析是否合理。这种实验在国内外都很难做，也容易出问题。当时总技术负责是法国人，提供了方案和设备。参与这次实测，马建中他们积累了不少经验，为后来自己做实验奠定了基础。

马建中在 2001 年秦山二期进行实测，他们要采购传感器，用于测试高温高速下吊篮等部件在振动时产生的响应。国外给中国的供货目录上没有该类型传感器，而法国人能采购到。过去我国的核动力发展落后于国外，外国人仗着技术优势卡拿我们，技术的不对等，优势的落差，怎么施展话语权的力量？我现在真正体验到了什么叫“落后就要挨打”，也理解了马建中为什么会愤愤不平，有些事不想面对而必须直视的事实。

2015 年，国家批准“华龙一号”福清核电站开建后，按照法则，新堆首堆必须做现场流致振动实测。反应堆运行，压力容器内温度达到 300 多度，压力 15 兆帕，该条件下传感器的安装和稳定性尤为重要。围绕保护部件设计制造、实验、计算和技术等方面，亟待完善，同时也困难重重，“我们压力很大啊！”马建中说，“针对这种情况，2016 年，院里成立了福清 5 号流致振动实测攻关组，任命我当组长，全权负责技术、内外协调和商务谈判。院内涉及设计所、二所、采购部和科技处，都配了专门的技术人员，喻丹萍负责现场试验，席自德负责理论计算，徐昱根负责设备订货，从滨负责传感器安装培训，保护部件设计负责，设计所前后换了三人。大家通力合作，历时五年多圆满完成了这项艰难的工作。”

为了解决技术瑕疵，避免发生重大事故，马建中的攻关组于 2017—2018 年与实验室的同事从技术上进行了很多攻关，一是走线，反复优化方案；二是对保护的结构优化，看到美国人的螺栓规格细了，设计时加大螺栓直径，并在实验室做了水下高速流体的冲刷实施考验。

2019 年 5 月装入传感器，开始做冷态实验，没有出一点问题；2000 年开始做一个月热态实验，所有的传感器没有一个失效的，均取得可靠的数据。马建中开怀地说："这之前，法国人先于我们在台山做实验做的 EPR1000，有两个引线通道，其中一个通道的引线全部冲断了，差一点实验重做，如果重做，工期肯定延迟。说到技术，过去我们从电子管到现在使用激光技术测试，已经飞跃地发展。但做实验的仪器，国外的精度和可靠性更高，这不影响我们支持国货。开拓我们的'华龙一号'第三代核电技术，与世界级差距逐渐缩小，形成了中国名片。"听到这些，我感到无比的解气无比的振奋，中国制造形成了自己特点，在国际市场有了一定的竞争力，终于实现了核工业史上的跨越。

"我们流致振动研究团队，有 6 个研究员，有博士和本科毕业生，在流致振动实验技术、理论和综合评价分析上，在国内肯定是领先的；实测技术做得比美国人、比法国人更牛、更好、更完整，解决了反应堆流致振动实测难点。这些完整的数据交给核安全局评价堆内结构设计合格后，堆芯才能装核燃料。实验技术是有传承的，就像中国工匠，有的东西文字无法描绘，语言也无法尽述，关键的技术只能通过言传身教去领悟去意会。目前喻丹萍正带领团队在'华龙一号'防城港核电站做技术指导，我也去过几次。现在研究技术上比较牛的，差不多是我这样年龄的，也算是单位的中坚力量。"

有一次他上北京去答辩，向专家们说，我们有能力和技术，把判断传感器损坏的部件修复。为什么有底气这样说？"因为我们身后有老专家现场指导，实验技术没有断代，在不断的探索失败中，跌倒了再爬起来，总会走出自己的路子，取得良好的成效。"

望着他自信而欢快的笑容，我仿佛觉得他那么高大，像一株长在无人问津、扎根深山的青松，无论雪压霜欺，始终挺直腰杆，傲视苍穹，肩担风雨，在寂寞中迎接雷霆洗礼，于闪电里塑造品格，坚强是他的化身，忠诚是他的图腾，他用智慧坚固强国富民的信念，带领他的龙战士们不畏艰险迎难而上；他用一腔爱国热血，攻克了一道道难关，为的是早日实现中国龙满世界腾飞……

2020年大年三十这天，马建中他们远赴他乡，在福清核电现场简单地过了除夕夜，到了凌晨五点，三泵运行达到预定工况（温度、压力和流量均达到设计预定值），他们立马开始测量，取得了完整的数据（怕后续传感器有失效）。那时，核安全局的人都回北京过年了，初一早上他们取得了完整的数据，与核安全局约好初七来一起见证实验。他返回成都，正是疫情期间，辗转乘机又坐高铁，到了双流再坐高铁到乐山，家人来接他回夹江过年。“搞实验工作，随喊随到，这就是工作的特殊性。”马建中轻松话意的背后，我能体会他有更多不为人知的辛劳。

“现在福清5号机组‘华龙一号’，经过实测已满功率连续运行一年，6号机组也已商业运行；‘华龙一号’海外核电机组在巴基斯坦卡拉奇也已正式运行；福建漳州项目建设的‘华龙一号’正按计划开展。福清5号机组的实测数据，还与巴基斯坦安全局进行了多次视频会议讨论，支持了华龙出海。海南昌江‘玲珑一号’，也要做流致振动实测。‘十四五’期间，我国核电运行装机容量将达到7000万千瓦。”他的脸上闪现的自豪和笑容，充满了魅力。我们更关心他除了工作以外的生活，“过去来这里参加工作时，条件那么艰苦，又在荒山野岭住，有没有感到不适？”

他呵呵一笑告诉我们，自己是土生土长的本地人，单位就在家门口，感到非常的神圣。“我记得1989年刚来这里的工资是125元，比地方上高得多。上班第二个月买了一辆200多元的自行车，100多元的工资不够，家里还给了一点补贴。”有了自行车，方便他工休时骑车回到10公里外的家，看望父母亲。

最让他欣慰的是，母亲虽然90高龄，跟随他在成都已生活了20多年，但身体健康。几年前把老家的房子修了一下，每年都要回老家过年。“我们的中国老人很了不起，间接地也做了很多的贡献，给我工作极大的支持。我有好的工作好的成绩，母亲都会向邻里夸奖。”马建中由衷地赞叹母亲，话语也变得轻柔了。“我想女儿回来接我的班，她却喜欢从事金融去了深圳，那我就尊重她的选择吧。”

我们问他在家乡的土地上工作这么多年，有没有什么遗憾？

他肯定地说：“清苦一直是科技人员避不开的现实。守着实验室，我那时工资只几百元，外面的收入是我工资的 10 多倍。面对这些高回报我也有过动心，也有过核电站向我伸出橄榄枝，可是一想到年迈的父母亲需要照顾，还有基地牢固而凝聚人心、风险共担、荣辱同当的核文化，已深深扎根于心，就真舍不得离开自己的岗位！曾经单位要我做科研管理工作，我没有去，不愿放弃传承老一辈专家技术的理想，坚持在一线做科研，至今无遗憾。回过头来看，我们一些老一辈的同志，改革开放以来二次创业有成效的时候，收益大幅增长的时候，他们没有享受到福利，买不起成都商品房。看看他们，心态就会平和下来。我常对女儿说，选定道路后，永远不要后悔！当处在人生的三岔路口时，你不知道哪边的风景最好，但是你一旦选择了一条路走下去，一定要给自己说，走过的这条路上风景是最美的。我们不要说自己为核动力事业做了多大贡献，但是只要我们尽了力，至少能向大家有个交代。”

从他的讲述觉得工作似乎很顺当，其实不然，他也有“脾气”的。在基地工作的老一辈创业者，最尊重科学，坚持实事求是，不论什么场合，只要涉及科学专业问题，可以向领导发发“脾气”的。这是核动力院特有的科研文化，马建中也发过这样的“脾气”。那是 2005 年的一个星期五，马建中团队负责高通量工程试验核反应堆安全再审查项目的抗震分析与评价，发现射线检测主管道焊缝有缺陷，在会上要马建中于星期一拿出计算分析结果，他反映问题的复杂性和处理的困难，为团队争取了合理的时间。最终的计算结果和处理方案获得了核安全局专家组的认可，为高通量工程试验堆运行取证提供有力的支持。至今，高通量工程试验堆又安全运行了十几年。

还有一次他为福清 5 号实测的传感器及其保持部件的安装，这是一个十分细致的活，占用时间较长。在现场协调会上，福清核电要求安排人员三班倒，争取节约时间，他坚决反对，认为晚上疲劳和精力不集中容易出问题，难以保证安装质量，反而会拖延工期。建议只两班倒，晚上十点后不安排施工。最后福清核电采纳了他的建议，安装按计划完成，试验中传感器无一损坏。他认为安装质量要按科学规律办事，不冒进不盲从，是一个科研人员应有的坚守。

听着这位荣获2013年入选第十批四川省学术与技术带头人后备人选，获得过中核集团科学技术进步奖特等奖、二等奖、三等奖和核能行业协会二等奖的专家，和你聊这些家长里短，更感觉他的平凡卓越，朴实无华，谦和可亲，他为国奉献了青春奉献了智慧，还想着奉献子女。这样的大情怀大无私，此刻用再好的语言，都不能表达我对他的景仰和敬重。

采访结束前，马建中说，如果中国核电需要新的技术攻关，要我再来磨一剑，我会带着年轻人，把自己的老经验和成熟的东西传承给他们，为他们保驾护航，引领和启发他们广开思路，用新的方法去发现可能存在的风险，造就一批比我们能干更有开拓精神的团队。

说起自己获得的荣誉和成就时，马建中说："自己的发展和单位的荣誉是连在一起的，与英年早逝'华龙一号'领军人吴琳副院长、与那些默默无闻献身核动力事业的新老同事相比，自己不算啥，他们才是真正的荣誉获得者，是核动力的功勋英雄!"他又一次哽咽，眼泪流了出来，我能听到他那颗"华龙之心"发出悲壮的祭歌，如霹雳惊鸿，如号角长啸，回响于路云和月，昂扬在中华大地上，成为核动力的文化和精神象征，成为深沉的家国情怀，谁听了都止不住心潮起伏，怦然动容。

采访完毕，我的心情久久不能平复，核工业、核能源、核动力、核电站，啊，这陌生而熟悉的名称，为什么在今天特别让我神往让我激动?因为中国有了核动力，就有了安邦定国的保证，就有了抵御世界霸权、捍卫国家主权、实现民族伟大复兴的基石；就有了十足的底气建设家园，进行大国和平外交。

我眼望莽莽苍苍的山林，绿荫蔽日，隆起的坡地上，简陋的办公室里，核动力专家彭士禄、赵仁恺、张森如等老一辈科研人员带领马建中这些年轻的科研人员，他们埋首深山，远离尘嚣，夙兴夜寐，殚精竭虑繁忙的身影，迎来朝阳送走晚霞，那么生动那么鲜活浮现我眼前；当我们酣然入梦时，他们别家离乡正挑灯夜战；当我们阖家团圆时，他们只身孤影正奔忙现场。失败让他们痛过哭过，付出让他们苦过累过，但他们没有退缩，没有逃避，依然在没有掌声和鲜花的静谧之地，雕凿岁月的高光时刻，来应对变幻莫测的风云世界，来诞生放之四海的核科技；他们甘于寂寞的一心所愿、所念、所行，就是为了核力量变得更强，飞得更高，走得更远。

他们勤奋坚韧，知难而进，把理想化作赤诚，呕心沥血创研史无前例的中国核工业之最，用生命书写了几十年的艰辛奋斗史；他们牺牲和亲友的团聚，隐姓埋名人世间，以自己的大好年华，铸就了中国核动力一片天；纵然他们倒下，那嘴角的笑意、那留恋的一瞥，是那么有风范那么有气势，一点不失“核贵族”的优雅。

我轻轻走进九〇九中国核动力工程的摇篮，生怕惊扰了这些科研专家，因为他们把魂魄留在了这里，天天在计算生命的重生和演化；因为他们将智慧刻在了数据中，时时在测定结构抗震的应力。

在一张张照片和实物前，我看到了中国人“一万年太久，只争朝夕”的意志和决心，看到了核动力专家为核工业的崛起，走在孤独而举步维艰的道路上，他们张开双臂向世界宣示：

我将扶摇横空出世，我将负重劫后余生；

我将仗剑砥砺前行，我将傲视浩瀚星河；

我站起来，回望来时路，为的是永不掉队；

我强起来，抚摸道道伤痕，为了中华民族免受屈辱；

我富起来，亲吻祖国大地，为了世界和平的永生……

我来了，我自力更生要赶超时代，赶超先进；

我是龙，我是中国龙啊，我的脊梁不怕撕裂碾压，我的力量能顶住狂风暴雨；

“核潜艇，一万年也要搞出来！”来吧，用我的身体做支点，怀抱山河，撬动地球；用我的灵魂铸堆芯，聚变焚烧，泽福人类；

我累倒了仍然屹立东方，我长眠时依偎祖国的怀抱，我将以龙之心，奠基祖国的腾飞；我将以核之力，弘扬工匠的辉煌！

……

随后，他们眼神炯炯地向我问道：我是谁？

我说：您是天之骄子！您是核潜艇之心！您是“华龙一号”！您是国之重器！您是华夏民族的霸主！

他们沉默了，而我，再难抑制心潮澎湃，让滚滚泪水模糊了双眼……

2022 年 4 月 10 日

吴微（女），中国散文学会会员、四川省作协会员。原四川省文联《文艺报》副刊编辑，现为四川省文艺传播促进会副秘书长、女散文作家创作中心副秘书长、四川散文奖、首届格调美文奖等文学奖获得者。出版有散文集《奔向墨脱的灵魂》。

那些让人感动的石头

红　狼（李国仁）

一

从中国第一代核潜艇陆上模式堆研发实验基地采风回来后，好长时间我的内心都不平静，满脑子都是那些石头。

刚写下这个标题，耳边就响起了苍凉的歌声："我是一颗小小的石头/深深地埋在泥土之中/千年以后繁华落幕/我还在风雨之中为你等候……"这是我听过的第一首歌唱石头的歌，好像也是唯一的一首。至于赞美或歌颂石头的文艺作品，除了山水题材的国画，山和石同为主要的构图元素，其他我还真没有遇到过。

关于石头，我们曾经对待它的感情是复杂的，尤其生活在大山里的人们，既恨又爱，既敬畏又鄙视。虽然，中国传统文化中有"奠基石"一词，也有"垫脚石"一说，但前者是建筑物奠基用的长方形石块，上面刻有奠基的年月日，是举行庆典活动不可缺少的物件；后者原指上马时垫在脚下的石头，常比喻有野心的人向上爬时所利用的人或事物，有时也指愿意为他人付出的一种献身精神。但是，真正对石头给予人文关怀的文学作品却鲜见。虽然《红楼梦》原名叫《石头记》，但那毕竟说的是贾宝玉这块女娲用于补天所剩下的一块顽石（实则是一块仙石）在红尘中的一段经历，那是另一回事。

我们却往往忽略了大自然的石头对人类的贡献。其实，人类文明的进步，却是以旧石器和新石器时代作为标志性的。

大自然为所有生物的生存提供了丰富的物质，包括石头。远古时代，人们不仅利用石头作为生产生活的器具，还将其作为建筑材料，一直沿袭至今。不管是城市还是农村，铺路、架桥、砌墙等都无不以石头为主要材料，千百年来，作为器具的石碾、石磨、石碓以及石水缸、磨刀石等，在乡村随处可见。还有，用石材作为房屋基础的在农村更为普遍，也有全部用石头建筑的房屋，大多是就地取材，或条石或砖石或片石，虽然很粗糙，却冬暖夏凉，既生态又节省木材。而这些石头房子见多了也就不算稀奇，倒是觉得很平常，最多也只是对房屋主人和建造工匠在心里进行一番褒贬。

但是，当笔者在青衣江畔亲眼见过那幢石头房子以后，却完全颠覆了我以前的观念，从而对石头有了更新的认知和理解。

二

那是怎样的一座石头房子啊！

如果不是受中国核动力研究设计院的邀请，到已经向社会公开解密的中国第一代核潜艇陆上模式堆研发实验基地九〇九采风，笔者还不知道用鹅卵石也可以建造房屋，而且是那样别致，是那样富有艺术生命力！

在修竹茂林中，一套四合院式的小院，显得古朴沉静。一颗颗光滑圆润的鹅卵石，与稻草和黏土构成了一堵堵坚固的墙体和柱子，既原始又带着明显的设计痕迹，让整座院子像一座古老的城堡，充满了一种神秘感。四合院的正面和右侧，是带有阳台兼走廊的两层高的楼房，由几根圆形柱子牢牢地固定着；四周房顶都铺着青瓦。整座小四合院，除了门窗，几乎看不见一块木头和方砖，全是一颗颗大小不等、形状各异的卵石垒砌而成的。

在青衣江畔一片毫不起眼的山林中，这样的石头房子既与自然环境协调一致，又与周边村落的民居格格不入，显得别具韵味。基地周围一棵棵葳蕤挺拔、遮天蔽日的樟树，或独擎苍穹，或携手参天，深情地将一大片绿和浓荫投下，半遮半掩着那座神秘的石头房。

看着这些很不规则的鹅卵石，在眼前却排列有序地组合成很规则的立体几何形状，完全就是一种复古建筑艺术品，我真的很惊讶！

来自大山里，并在大山里生活了近三十年的我，对石头是再熟悉不过的了，虽然曾见过用毛石、条石、片石等砌成的各种风格的石头房子，但一整幢四合院，从墙基至屋脊全部用卵石和黏土采用干打垒方式的建筑，还是第一次看见。关于卵石，川东北农村人习惯叫做“广（音）子石”，多见于河滩和溪沟，是常人眼中最不待见的一种石头。我曾经写过一首名叫《河滩上的石头》的诗歌，其中写到：“……那些磨光了棱角的石头/好像坡地滚下来的土豆，又像镇上/包子店蒸熟的馒头，最大的一个/却像母亲给我们许诺的年糕//……现在/它们什么都不像，只像/一群队伍庞大的打工人群/在等待暖春到来，顺水而下/到另一个城市/或是准备回家过年/正簇拥在火车站排队购票//行走在石头之间/我忽然感觉，自己就是/它们中的一员/我跟它们是兄弟。”当然，这首诗歌的核心并不是写鹅卵石，而是写农民工。所以，看到这些自己很熟悉的鹅卵石，我就觉得分外亲切。

三

作为中国第一代核潜艇陆上模式堆研发实验基地，我不明白，这座被用作科研人员办公的四合院式的楼房，为什么要用鹅卵石来建造，难道仅仅是因为国家当时还很穷而没钱购买钢材和水泥？抑或是为显示别具风格的建筑美？直到我们对曾经在这里工作过的第一代核工人的了解，以及面对面地对部分第二代、第三代核工业人的采访，我才深刻地领会到它的寓意。

看到院内墙壁上和宣传栏里，那一张张发黄的人物照片和文字简介，我顿时犹如雷击：过去咋就不知道有这些人呢？

彭士禄（1925 年 11 月 18 日—2021 年 3 月 22 日），革命烈士彭湃之子，中国第一任核潜艇总设计师，中国工程院首批及资深院士，2021 年被追授时代楷模，这个具体信息可以网上查到。1965 年，中央专委和中央军委批准了陆上模式堆的建造方案、地点和协作关系，决定建设核潜艇陆上模式堆基地（代号 909）。彭士禄、赵仁恺、符德璠被任命为九〇九基地副总工程师，彭士禄为技术总负责人。1968 年 7 月 18 日，毛泽东签署命令，要求成都军区派一名师级干部和一个工兵营进驻九〇九基地，加强基地领导和模式堆建设。

在核潜艇研发期间，为了建立反应堆物理的计算公式，在只有极少量的计算机、手摇计算器和计算尺的条件下，彭士禄等科研人员夜以继日计算了十几万个数据。他基本上吃住在实验室，很少回家，一天 24 小时投入工作，困了就随便找个地方睡一会儿。

陆上模式堆满功率运行试验成功后，彭士禄立即带着数十名科技人员奔赴核潜艇造船厂，参加核动力装置的安装、调试。1970 年 12 月 26 日，我国第一艘核潜艇下水。第二年，我国第一艘核潜艇首次驶向试验海区，进行航行试验，彭士禄亲自跟着核潜艇下海。1974 年，我国第一艘核潜艇加入海军战斗序列，中央军委发布命令，将其命名为“长征一号”，舷号为 401，并授予军旗，中国成为继美、苏、英、法之后第五个拥有核潜艇的国家。

赵仁恺（1923 年 2 月 16 日—2010 年 7 月 29 日），国际著名核动力专家，中国核能动力科学与工程技术设计的奠基人和开拓者之一。1965 年 8 月，赵仁恺被任命为潜艇核动力陆上模式堆工程设计（工艺及土建）设计队队长。刚过不惑之年的赵仁恺二话没说，匆匆辞别妻儿老母，意气风发地直奔建在大西南的“九〇九基地”，这一走就是 30 年。他和彭士禄一样，作为主要技术负责人之一领导了中国第一艘潜艇核动力装置及其陆上模式堆的设计、建设、安装、调试、运行，荣获我国“第一代核潜艇研究设计”国家科学技术进步奖特等奖，为我国潜艇核动力技术发展及预先研究，开展了大量卓有成效的工作，为研制我国核潜艇、实现“两弹一艇”的战略目标做出巨大贡献。

周邦新，1935 年 12 月 29 日出生于江苏省苏州市，核材料、核燃料元件专家，中国工程院院士，上海大学材料科学与工程学院教授、博士生导师。1965 年至 1966 年在英国剑桥大学冶金系、纽卡斯尔大学冶金系进修，1960 年至 1970 年担任中国科学院金属研究所课题组长，1970

年至 1998 年担任中国核动力研究设计院室主任、所长。

还有至今仍在基地工作的二所所长、中核集团科技带头人的李朋洲，四所所长、反应堆燃料及材料重点实验室主任易伟，四所党支部书记、核燃料及材料领域领军人物的邱绍宇，以及张富源、赵文金、张显鹏、张良、李勇、俞怀德、李佳、杨忠波等核工业专家，他们都是第二代、第三代的核工人，几十年来一直默默地坚守在这里，为我国的核工业献出了青春，做出了杰出贡献。

四

老家在四川什邡市的张良，出生于 1981 年，清华大学工程物理系毕业，是我国第三代核工业人中的代表，夫妻俩都在基地工作。据他介绍，2003 年毕业后刚到基地报到时，有车直接把他送到了这山沟里，他当时觉得是上当了——这与他想象中的核潜艇研发基地有天壤之别，纯粹就是远离大都市的荒山野岭！但他最终坚持了下来，尤其了解到曾在这里工作过的彭士禄、赵仁恺、周邦新等前辈——中国第一代核工业人不怕艰苦、兢兢业业地工作，为我国第一艘核潜艇下水试航成功所付出的心血，以及发生在他们身上许多可歌可泣的感人事迹，还有第二代核工业人在工作中对他们第三代核工业人不计回报的传帮带，都深深地感动了他，从而坚定了他的信念。

张良在这里工作快 20 年了，主要从事第一代核潜艇陆上模式堆的后续工作。刚到不惑之年的他，现在是一所十二室副主任。十二室源自中国第一代核潜艇陆上模式堆（196 堆），历经了 196 堆建造、运行等全过程。（我本人没有经历全过程，只经历了退役过程，看这怎么说，可以说十二室经历了核潜艇由生至死的全过程（设计、建造、运行、退役。）

在偏僻的大西南，在青衣江畔的荒山野林中，当初由彭士禄、赵仁恺、周邦新等国家顶尖科学家在这里亲自设计、建造的这座石头房子，半个多世纪以来，见证着中国核潜艇的发展历程，见证着无数核工业人在基地的创业精神。曾经因为保密，对外界称为“西南水电研究所”的九〇九基地，从他们第一代到张良等第三代，到底有多少人在这里隐姓埋名地为国家默默奉献一切？据有关资料记载，20 世纪的六七十年代，“八千军民从祖国的四面八方来到西南大山深处，开始了轰轰烈烈的陆上模式堆建设。”亲戚、朋友都不知道他们在什么地方，具体在做什么，他们只能通过现在依旧挂在九〇九基地外墙的“291 信箱”与家人通信联系，只说自己在搞水电。而今还有三四千人工作、生活在那里，依旧在为国家的核工业发展贡献力量。

如果说，在九〇九基地这片土地上，像彭士禄、赵仁恺、周邦新等是我国核工业革命的种子的话，那么，这些种子早已生根发芽和开花结果。随着第二代和第三代核工业人的成长，我国核工业现在的发展势头，正如基地那一棵棵参天的樟树，华盖如伞，正充满了强劲的生命力。

五

当我了解到这三代核工业人的许多事迹以后，再回到九〇九基地小院，用手轻轻抚摸着那一颗颗牢固镶嵌在墙体上的鹅卵石，默念着一个个核工业人的名字，不仅心潮澎湃，再次被它深深地感动。

忽然间，我似乎明白了那些鹅卵石象征着什么。

我觉得，在这里服务于基地的千千万万的核工业人，他们就是那一颗颗紧紧簇拥在一起的鹅卵石，相互依靠，相互助力。或者他们每一个人都像鹅卵石一样，承受着寂寞，自觉肩负起振兴民族的责任和强国使命，共同形成一种坚不可摧的力量，所谓众志可以成城。

这些被叫做“鹅卵石”的石头，它们沉默或者隐忍，担当或者负重，成全他人而牺牲自己，天生具有这种高尚的品格。

此时此刻，我忽然想到，被称为“国之重器”的核潜艇，它毕竟是科学家和科技人才研发出来的；一个国家要成为大国、强国，立于世界不败之地，只有靠一代代勇于奉献的科学家。

所以，我想说的是，真正的国之重器是具有献身精神的科研人才。就如曾经在那座卵石小院里工作过的核工业革命的前辈，就如至今还战斗在九〇九基地的所有核工业人。

李国仁，《中国乡土文学》杂志主编。笔名红狼。中国诗歌学会会员、四川省作家协会会员、中外散文诗学会理事。在《诗刊》《四川文学》等报刊发表作品多篇，出版有6部文学作品。长篇小说《农历》系第九届茅盾文学奖入围作品。

向海图强赤子情

——记彭士禄院士为中国核动力事业发展奋斗的事迹

蒋大海

一

今年二月的一天晚上，做完家务后已是八点过，便习惯性地打开电视，收看节目。中央台一套正播“时代楷模”，主持人介绍一位获得“时代楷模”荣誉称号的人物为彭士禄，已于去年3月22日去世。彭士禄逝世一个多月后，被中宣部追授“时代楷模”称号。代他接受荣誉称号并受访的是他钟爱的女儿，也已七十出头，两鬓斑白，秀发染霜。

彭士禄的名字，对于我很陌生，更不知晓他有何丰功伟绩，当得起“时代楷模”这一崇高荣誉。但是听完主持人的介绍，我释然了。原来他是我国第一代核潜艇的总设计师，并主持了我国大陆第一座核电站的设计建造，为我国核能技术发展做出了巨大贡献，是我国核动力技术专家，中国工程院首批院士。获得“时代楷模”称号，应是实至名归。如果仅仅如此，在我心中也许他只是以千百英模的普遍形象留在我心中。但是主持人一句“他是革命先烈彭湃的次子”的话，顿时像磁石一般吸引住我，让我特别关注起来。

彭湃是我崇敬的革命先烈，毛泽东主席曾称赞他为“中国农民运动大王”。二十多年前我到广东出差，曾专程去汕尾市，参观彭湃故居，深为彭湃当年在海陆丰地区的革命事迹感动和震撼。作为一个留学东洋，前程似锦的富家子弟，在黑暗如磐的旧中国，为寻求救国救民的真理，自觉接受和坚决践行马克思主义，与自己出身的阶级彻底决裂，烧掉自家田契，将家产分给农民，兴教育，办报纸，领导武装起义，建立起中国革命史上第一个红色政权——海陆丰苏维埃政权。海陆丰农民运动失败后，彭湃在上海龙华警备司令部英勇就义，时年仅33岁。在前一年，彭湃的妻子蔡素屏被国民党反动派杀害，年仅31岁。那时，彭士禄还未满4岁。

九十多年的沉寂后，获知彭士禄的信息，却是在这样高大上的平台上，以中国人民的“楷模”形象亮相，但是斯人已逝，令人唏嘘感慨。真是满门忠烈！彭士禄的父母为中华人民共和国的成立，奋斗牺牲，流尽了最后一滴血。而彭士禄作为红二代，继承先辈遗志，把毕生精力贡献给了共和国的核动力事业，鞠躬尽瘁，死而后已。

这种感动，一直持续在我心中。

二

原以为，因对彭湃先烈的崇敬，爱屋及乌而特别关注彭士禄事迹的我，会将这段记忆和感动留存心间就画上句号了。但命运的安排奇妙而善解人意，大约也是为解开我的执念，满足我的牵挂吧，因为不久之后仲春时节的一次中国核动力院的采风笔会，意外地让我走进彭士禄曾经工作生活过的地方，而对他有了较为深入的了解，他对党和人民的忠诚，对事业的挚爱忘我与无私奉献，都深深感染着我。

进入核动力院，映入眼帘的是一面仿若迎风招展的巨大红旗为背景的雕塑，上面书写两行大字：“不忘初心，牢记使命”和“中国核动力工程的摇篮”，十分醒目。这里是“中国核动力工程的摇篮”?！我不禁有些惊讶，而又有些难以置信。更没想到的是，这里竟然就是彭士禄院士长期工作的地方。以后几天，随着同他的同事、助手、学生近距离接触，参观他曾经生活工作的场所，以及他的纪念馆，得以知晓他的不平凡的一生，从中感受到了他那颗仿佛仍在跳动的拳拳赤子之心和浓浓报国情怀。

彭士禄的一生充满着传奇。他年幼时蹲过反动派监狱，在乡亲们的保护和党组织的营救下，出狱后去了延安。在延安，彭士禄受到党组织的关怀培养，在战争年代没有间断学习。1944年春，彭士禄从延安大学中学部转到延安大学自然科学院化工系学习。彭士禄超乎寻常的懂事和努力，得到周围老师、同学的认可，被评为模范护士、模范学生，他的事迹被刊登在 1944 年 7 月 5 日的延安《解放日报》上，并在延安各学校形成了一个学习的热潮。1945 年 8 月 1 日他光荣地加入了中国共产党。他在自述中说：在延安短短的几年生活里，培养了他自力更生，艰苦奋斗，自强不息的精神，自然科学的学习又培养了他“革命第一、工作第一、他人第一”的思想。延安时期的学习生活，使他在政治上完全成熟，确立了为共产主义事业奋斗终身的初心。中华人民共和国成立后，他被组织选送到苏联留学。1956 年 5 月的一天，在彭士禄的生命里，是极其重要的一天。在苏联访问的国防部副部长陈赓将他召到大使馆，告诉他中央决定选一批优秀留学生改行学习原子能核动力专业，问他“愿意改行吗?”彭士禄坚定回答：“只要祖国需要，我当然愿意!”从那时起，彭士禄被派往莫斯科动力学院核动力专业进修深造，他就与我国的核动力事业紧紧联系在了一起。

就在彭士禄刻苦学习，成为新中国培养的第一代又红又专的技术专家时，中苏蜜月随着苏联单方面撕毁协议，撤回对华援助而终结。新中国面对当时美帝封锁苏联逼债的严峻形势，党中央做出上马“两弹一星”的重大决策，并决定研制核潜艇。毛泽东主席坚定地说：“核潜艇，一万年也要搞出来!”

正当这项工作紧锣密鼓进行之时，国家出现暂时经济困难，国防科委确定要“缩短战线，任务排队，确保重点”，核潜艇工程作为二线项目，被迫下马。经过彭士禄力争，保留了潜艇核动力设计队伍，由彭士禄主持，开始潜艇核动力的研发工作。这为后来核潜艇研制复工保住了骨干技术队伍。

1965 年，当国内经济形势好转之时，核潜艇工程再次上马。于是，以北京团队为核心，从全国 26 个省 1200 多个单位抽调科技人员、工人、干部、解放军指战员 8000 多人，在“备战备荒为人民，好人好马上三线”的伟大号召下，怀着“心系国防”的火热情怀，从祖国的四面八方，奔赴青衣江畔的这片山区，自力更生，白手起家，为建立一个比较完善的核动力研发综合基地（代号九〇九）而努力奋战。

1967 年 4 月，核潜艇陆上模式堆主厂房破土动工，建设正式启动。彭士禄毅然奔赴现场，靠前指挥，任现场副总工程师、革委会代主任。不久后，彭士禄即被任命为核潜艇陆上模式堆基地总工程师、技术负责人。担起了基地建设的主要担子。

当时，九〇九基地什么都没有。刚来的人只能借住老乡家，喝的是稻田和池塘水，之后自己盖草棚和干打垒房。尽管条件艰苦，生活不便，但是没有人畏难退缩。与生活条件的艰苦相比，更大的挑战是研制核潜艇这样高精尖的大国重器。周总理说核潜艇是比“两弹”更为复杂更为艰巨的工程。这其中最关键的就是核动力技术，为此确定以突破核动力技术为整个核潜艇工程的中心，并决策建立陆上模式堆，充分释放技术风险。但是，彭士禄和他的团队在技术上面对的困难和挑战是巨大的：一没有资料可以参阅，二没有经验可以借鉴，更没有实物可以观摩解剖参照，完全是白手起家，需要探索前进。前面的弯路、困难、问题层出不穷，需要一个个地去克服去解决，才能到达胜利的彼岸。这既需要艰辛探索、反复实验的科学严谨，又需要无私无畏、敢于负责的大胆决策。彭士禄以他扎实的学识、科学的精神以及对事业的忠诚，在基地建设的“五大战役”中，敢拿主意，敢做决定，被称为“彭大胆”“彭拍板”。他的这种决断魄力和果敢精神，不是盲目地拍脑袋，而是建立在心中有数基础上的科学决策。他自己说他敢于拍板的底气有四点：一是概念清楚；二是定义确切；三是数据准确；四是给国家争气无私无畏。在拍板前，他都加班加点做足了功课，获得了第一手资料和数据，胸有成竹，才敢大胆拍板。只不过鲜有人知道他在拍板前所付出的心血和汗水罢了。基地人说：核潜艇陆上模式堆工程和第一代核潜艇研制中遇到的重大技术难题，都是在彭士禄的带领下解决的。正是彭士禄带领八千军民，发扬“一不怕苦，二不怕死”和“科学求实、刻苦攻关”的革命精神，九〇九基地建设“五大战役”立体交叉作业，昼夜奋战，掀起了一波又一波建设热潮。

三

彭士禄后来总结他的一生，曾经谦虚而又自豪地说：仅仅做了两件事。这两件事都系核动力范畴，一为军用，一为民用，但都是事关大局开先河的大事。第一件事，是建设完成核潜艇陆上模式堆；第二件事，是领导建设我国首座自主商用核电站。

当年，彭士禄就在九〇九基地的山头指挥部，扎根十数年，领导完成了他人生第一件大事。

基地山头指挥部分为两部分。一部分是干打垒的简陋平房，彭士禄同赵仁恺等基地负责人住在这里，兼作个人办公场所。而相邻的是两排砖木结构的瓦房围合而成的一个相对独立的院落，共有 8 间办公室，则是第一代核潜艇陆上模式堆工程建设时期的三方联合指挥部办公地点。两者并处一个地方，人们一眼便可看出两处建筑物的区别：办公区房屋的档次明显高于彭士禄他们的住房。基地同志告诉我们：尽管现在看来，红砖房屋早已落伍，但在当时，红砖是稀缺之物，彭士禄等负责人要求将它们用于修建办公房屋，为大家在当时尽量提供较好的办公条件，以利工作。

一件小事可以看出境界高低。我不由得看向干打垒住房院坝头那棵两人合抱的参天樟树，它多像彭士禄这批基地负责人伟岸的形象哦！

彭士禄就是住在这样简陋的干打垒房子里，夙兴夜寐，领导着基地科研团队和军民日夜艰苦奋战，实现着毛泽东主席提出的“核潜艇，一万年也要搞出来”的宏伟目标。

在祖国最需要的时候，彭士禄来到祖国最需要的地方，在新中国关键时刻和危急关头，豁得出，顶得上，勇挑重担，敢啃最硬的骨头。他不忘初心、牢记使命，以对党和人民事业极端负责的精神，以对国家核事业的坚守，数十年如一日，钻在山沟里，胸怀祖国命运前途，排除干扰，克服困难，坚定不移地朝着既定目标，顽强奋进。他两袖清风，克己奉公，清清白白做人，干干净净做事，永葆共产党人的政治本色，“不要人夸颜色好，只留清气满乾坤。”他患有严重胃病，但长期坚持工作。一次现场调试，突然病倒，诊断是急性胃穿孔，若不及时处理就有生命危险。专机送来海军总医院医师和麻醉师为他在工地现场进行手术，切除了四分之三的胃。他用自己的言行，影响、凝聚和带动着基地军民，全身心投入大会战，在短短五年内完成反应堆主厂房建设、模式堆建设、辅助实验室建设、设备安装调试等工程，终于在 1970 年 8 月 30 日，我国第一代核潜艇模式堆正式达到满功率运行；同年的 12 月 26 日，中国的第一艘核潜艇下水。彭士禄及其团队，领导基地军民，为完成核潜艇的研制做出了历史性的巨大贡献，必将载入我国的历史史册，为全体中华儿女世代铭记。

四

彭士禄所做的第二件事，是领导建设了我国首个自主商用核电站。

早在我国第一颗原子弹爆炸成功后，周恩来总理就主张建设核电站，提出我们不能光有“弹”没有“电”，应从长远考虑解决华东地区用电问题。1970 年 2 月 8 日，上海市组建了核电工程筹建处，将核电站工程定名为“728 工程”，彭士禄又担起中国“核电起步”的重任，为开拓中国核电事业，殚精竭虑，刻苦攻关，艰苦创业。

中国发展核电，走何技术路线？熔盐堆方案和压水堆方案如何取舍，一时成为争论焦点。经过深入调研和科学论证，彭士禄力排众议，提出采用国际上技术成熟的压水堆并充分利用我国建成的陆上模式堆技术经验及其工业配套设施，容量可暂定为 30 万千瓦。得到大家一致赞成。1974 年 3 月，彭士禄向周总理及中央专委会汇报后，又经大量试验和科学论证，确立压水堆为中国发展核电的主力堆型。彭士禄为中国核电走“以压水堆为主的技术路线”起到了关键作用。

1983 年，年近花甲的彭士禄被任命为大亚湾核电站建设总指挥、水利部副部长、国务院核电领导小组成员，负责我国第一座百万千瓦级核电站的引进、总体设计和前期工作。他带着曾经搞过核潜艇工程的10名技术骨干来到广东，从一片空白开始筹建核电站，为大亚湾核电站的建设起到了非常关键的作用。

随后，秦山一期核电站方案被批准。该电站是中国第一座自行设计、建造和运营管理的30万千瓦压水堆核电站。彭士禄对此做出了重大贡献。该电站的建成，结束了中国无核电的历史，实现了零的突破，标志着“中国核电从这里起步”。也使中国成为继美、英、法、苏、加、瑞典之后世界上第七个能够自行设计、建造核电站的国家。秦山一期核电站由此成为中国自力更生和平利用核能的典范。

在那之后，核动力院凭借雄厚的技术积累，获得秦山二期核岛工程设计项目。彭士禄带领核动力人抓住机遇，直面挑战，顺利完成了秦山二期的核岛设计，掌握了自主知识产权的60万千瓦级压水堆核电的设计技术，为后续我国核电设计国产化打下了基础。

1986年，彭士禄作为秦山联营公司董事长、负责人，组织了秦山二期核电站的设计与建造工作。提出“以我为主，中外合作”及自主设计，建造2台60万千瓦机组方案，落到实处就是对设备国产化的坚持。并在管理上创新，提出业主负责制、招投标制、工程监理制等。在设备采购上，制定的总策略是“凡是中国自己能干的都自己干”。他突破陈旧观念的大胆变革和对国产化目标的执着追求，对我国核电发展有着重要的指导作用，产生了深远的影响。

五

数十年来，彭士禄为开拓和发展中国的核动力事业，全身心地扑在工作上，做出了卓越贡献，取得了巨大成绩，开创了我国核动力事业的五个第一：第一座核潜艇陆上模式堆（196陆上模式堆）；第一艘核潜艇——401核潜艇；第一座核电站的技术路线——秦山一期核电；第一座百万千瓦级核电站——大亚湾核电；第一座自主大型商用核电站——秦山二期核电。彭士禄，当之无愧是中国核动力事业的开拓者、奠基者。他在 1994 年，当选中国工程院首批院士。鉴于他的卓著功绩，有关各方理所当然地给予他若干荣誉，包括“全国科学大会奖”“国家科学技术进步奖”特等奖、“国防科技事业作出突出贡献”荣誉奖、“何梁何利基金最高奖——科学与技术成就奖”“第十三届光华工程科技成就奖”等。但在荣誉、鲜花、掌声面前，他却是低调、糊涂、无感的，与他在工作与事业上的清醒明白、精明强干形成鲜明的对比。他心里始终揣着两笔账：一是公事的“明白账”，二是私事的“糊涂账”。他在总结自己一生做的工作时自我评价只是“沧海一滴，但就是要为人民做奉献，默默地自强不息地去耕耘、开荒、铺路。”

1978 年，当有人通知他去参加全国科学大会时，他根本不知自己是获奖者。在荣获国家科学技术进步奖特等奖时，他竟然惊讶地说：“我也可以得奖？”确实，他兢兢业业，埋头工作，为党和人民的事业无私奉献，已成天经地义的认知和习惯，从来不是为了得奖或是为自己谋取私利。对于什么时候调级、评职称、涨工资，他一概不知，也不打听。他总说：“党和国家给我的比我付出的要多得多。”1991 年，在撰写中国导弹核潜艇的诞生历程时，彭士禄的事迹才开始为人们所知晓。国内外很多人称赞他是“中国核潜艇之父”“中国核电站创建人”，对此，彭士禄坚决反对。在纪念周恩来 120 周年诞辰之际，彭士禄言从衷发，写下感言：周恩来总理直接领导、组织、指挥、决策核潜艇研制的每一关键步骤和重大关键问题，是当之无愧的中国核潜艇工程总工程师、总指挥。

在九〇九基地参观学习期间，我曾数次来到基地核潜艇塑像前，久久仰望，久久沉思。从铭牌介绍中得知，它建于 2020 年，是参照核潜艇创作而成的。全长近 100 米，依山而建，艇首微微向下倾斜，整个艇身一半露出地面，一半埋在地下，形象地寓意中国核潜艇起自西南大山，冲出山峦，奔向深蓝。核潜艇上方堡坎护墙上，是艺术家现场创作的 12 幅浮雕，展示了中国核动力事业创业史。艇首上方第一幅浮雕前，镌刻着毛泽东主席掷地有声、豪气干云的两句名言。一句是：核潜艇，一万年也要搞出来！另一句是：一万年太久，只争朝夕！这两句话放在一起，初看似不和谐，甚至似乎有些矛盾。但是细细思索，灵光突现：原来，它们是辩证统一的。前一句，是表达中国人民坚定不移的决心。不管千难万苦，不管付出何等巨大的牺牲和代价，都要有自己的核潜艇，因为它关乎国家和民族的命运。这是具有大国战略远见、战略决策的表述。而另一句，则是向我们指明，核潜艇这类的大国重器的建造，刻不容缓，时不我待，必须争分夺秒，集举国之力来办好它。这是从战术上来要求的。彭士禄和他的团队，正是对此有着清醒透彻的理解，在九〇九基地的建设和发展事业中，才能将坚定信仰、坚强决心与开拓创新、实干苦干统一起来，融合一体，激发出无穷的力量和智慧，自力更生，艰苦奋斗，从无到有，创造出人间奇迹！彭士禄用他毕生矢志不渝的不懈奋斗，真正做到了“干惊天动地事，做隐姓埋名人”。生动地诠释了一个真正的共产党人坚守初心，对党忠诚，勇于创新，敢当使命，淡泊名利，甘于奉献的精神。

斯人已逝，风范长存！

彭士禄，一个屹立在天地间的大写的人，激励着我们在科技自立自强的道路上行稳致远，汇聚起奋进新征程的磅礴力量，为实现中华振兴的中国梦而努力奋斗！

2022 年 4 月 27 日

蒋大海，中国散文学会会员、四川省作协会员、原德阳市政府副秘书长、市科委主任，现任四川省文艺传播促进会特邀副会长、德阳市散文学会名誉会长、已出版多部小说、诗歌、散文集。荣获第八届冰心散文奖等多种国家、省级文学大奖。

九〇九基地，向海而生！

岳定海

一轮红日自东方冉冉升起，它的光芒照耀祖国莽莽苍苍的神州大地，蜿蜒盘旋的长城内外……站起来的中国人民用勤劳的双手与智慧的大脑，在戈壁滩上升起第一朵“蘑菇烟云”，在茫茫太空放飞第一颗人造卫星，在宽阔原野奔驰第一辆呼啸动车。然而，中南海的殷殷目光和神州大地各族群众的凝望，仍然呼唤新世纪从万里波涛中喷出蔚蓝色水面的核动力潜艇。是啊，这国之重器，你将脱胎于祖国的哪座山峰？哪片云彩？哪道江河？在万众翘首以盼之际，在层峰叠嶂的四川盆地，在名不见经传的九〇九基地，在波涛起伏的青衣江旁，可见一城山光，阅尽风华，半湾水色，揽尽沧桑……跨越千年之九〇九基地，历史与现实在这里激荡！五彩缤纷与光荣在这里弹响！今天，太阳万丈光芒属于东方，也属于九〇九基地，在行色匆匆的开拓者的身影里，在林木葱茏的绵延山峦之上。是的，向海而生，这是探索的勇气，这是开放的胆魄，这是通达的梦想，这是未来的希望。更让人心潮澎湃不已的是，中国核动力研究设计院基地骄傲地从那条奔流不息的青衣江畔出鞘亮剑，它，保护鲜花的国土；它，绽放春潮的风采；它，肩负人民的期望；它，奔向美好的未来！

被揭开神秘面纱的四川省九〇九基地，是中国第一代核动力潜艇的试验基地。1958 年，为打破美、苏等国对核潜艇技术的垄断，中央批准研制导弹核潜艇。这一年，革命先烈彭湃的遗孤彭士禄学成归国，被分配到二机部原子能所工作。当他准备大展拳脚的时候，中苏关系出现裂痕。面对复杂的国际形势，毛泽东主席讲了一句气势如虹的话：“核潜艇，一万年也要搞出来！”这振奋人心的一句话，改变的是一个国家和民族的命运。毛主席还大手一挥，说出那句惊天动地的名言：“一万年太久，只争朝夕。”雷声在天边滚动，风云在大地驰骋，“天将降大任于斯人也”的九〇九基地在崇山峻岭掩映下修建的生产区、生活区、娱乐区设施齐全。1962 年 2 月，彭士禄被任命为北京原子能研究所核动力研究室副主任，这位“中国第一任核潜艇总设计师”主持核潜艇动力装置的论证和主要设备的前期开发。彭士禄与核动力专家赵仁恺知道，核动力装置是核潜艇的心脏，为达到潜艇持续航行的要求，上级指示在下水前先建一处环境一模一样的陆上模式堆进行模拟实验。彭士禄领导的核动力研究室，面临着前所未有的困难，很多人都没见过核潜艇长什么样。彭士禄鼓励大家，困难中孕育着机遇，我们一步一步来！当时，先由他和几个懂一点核动力的人，一边自我学习，一边给大家开课！他还发动大家一起学英语，钻研英文资料。他对年轻人说：“要脑袋尖、屁股圆，脑袋尖钻进去，屁股圆能坐得住！”自然科学的常识告诉我们，以核反应堆作动力源的潜艇称为核动力潜艇，简称核潜艇。核动力装置的核心是反应堆，堆芯核燃料铀-235 的裂变反应产生高热，加热第一回路的高压水，经过蒸汽发生器，把第二回路的水加热成蒸汽，推动蒸汽轮机运转，通过传动装置带动螺旋桨推动潜艇前进。曾经还有科学家形象地比喻：如果将原子比作地球，那么原子核相当于棒球场大小，而核内的夸克及电子只相当于棒球大小。在四川郁郁葱葱大山中奋战的日子，是彭士禄一生中最难忘的经历：群山逶迤，交通不便，吃住全在工地，密林中有半年见不到太阳，而蜀山的毒蛇蚊虫却肆虐不休，彭士禄与同事们依然干劲十足，在科学的秘境里去捕捉原子花盛开的“核”，那“核”充满天地的能量，洋溢着世间的正气。彭士禄回忆道：“困难时期，我们都是吃着窝窝头搞核潜艇。那时没有电脑就拉计算尺、敲算盘，那么多的数据就是没日没夜算出来的。”1967 年起，彭士禄组织建造 1∶1 核潜艇陆上模式堆，并全程跟踪模式堆的安全运行，分析异常现象、事故苗头，排除故障。核动力专家赵仁恺在堆型的选择、主参数的确定、堆芯结构的研究等重大关键性的技术问题提出设计方案，并且做了大量的调研、分析和综合工作，在极其困难的条件下，与同事们提出核动力初步设计方案参与并主持了研究设计和试验。在国际风云变幻莫测的1968年，全国顶尖的核专家和科研人员共八千军民风尘仆仆汇聚九〇九基地的深山密林大会战，他们对外谨慎地称自己是“搞水电”的异乡人。1970年7月18日，核潜艇陆上模式堆启动试验开始，试验取得了圆满成功。1970年8月30日晚上6点30分，指挥长彭士禄含着热泪宣布，核反应堆顺利达到满功率！啊，核潜艇向海而生，向阳生长，面朝大海，春暖花开！1974年8月1日，胜利潜航的中国第一艘核潜艇被命名为“长征一号”，正式编入海军战斗序列。至此，中国成为世界上第五个拥有核潜艇的国家。

见过大海的无边无际，才知九〇九基地那条河流的珍贵；见过天空的深邃宽广，才知九〇九基地这三个阿拉伯数字的迷人；见过群山的峰峦起伏，才知核动力潜艇的气势恢宏；见过九〇九基地科学家的睿智目光，才知祖国的海疆无上荣光！

我在九〇九基地静寂的院落里走动，用手轻抚由鹅卵石和土坯干草建成的“干打垒”机关小院，这是全国独一无二的“干打垒”小院，光滑的鹅卵石和黏性很大的材料融为一体，使这座“干打垒”隐隐迸发出中国科技强国的坚强呼声！我在石头砌筑的坚实墙体上看见挂了一只久违的墨绿色邮箱，上面标注“成都291信箱”，这是这批神秘异乡“搞水电的人”在相当长的时光里与外界联系的唯一渠道。这些“干惊天动地事，做隐姓埋名人”的无名英雄，把对家乡的回望，对亲人的思念融汇到时代大潮的创业之中！在当地人用敬佩口气称呼的九〇九基地山头指挥部门前草坪上，一棵笔直的枝繁叶茂的香樟直冲云霄，流连忘返之时，我惊喜地发现树干接近根部的表皮位置长着一株酱红色的灵芝，它成椭圆形地绕树生长，足有一个瓷盘面大，弥漫着鲜活而生动的气息。我被感动了，连苍天也敬仰那激情燃烧的岁月，连丘陵也崇尚这片人杰地灵的山头，将最珍贵的一朵灵芝孕育出来，奉献给我们伟大的祖国，英雄的历史，红色的热土，前进的人们，真是太好不过了！它们肩负着保卫国门、振兴中华的历史重任，它们几十年如一日地不断创造和奉献而成为国家栋梁。我和我的祖国，向他们致敬！从此去感受中国核事业发展的峥嵘岁月，探寻闪亮核电背后的精神力量！九〇九基地，这里不仅孕育了中国第一代核潜艇动力装置，发出了第一度核电，也是全球领先的“华龙一号”核电项目的孕育地。朋友们，你们听见了吗？大海在地平线上喧腾不止，地球的生命生生不息！九〇九基地自山崛立，向海而生，万千气象，波澜壮阔。它将时代骄子核潜艇，郑重地交付于波涛汹涌的蓝色海洋，在那里生，在那里长，在那里潜伏，在那里丹心向阳！

2022 年 4 月 6 日原创于四川省绵阳市

岳定海，中国散文诗学会理事、中国散文学会会员、四川省作家协会会员，四川省文艺传播促进会副会长、绵阳市散文学会会长，出版文学著作 15 部，系经济日报征文奖、四川五个一工程奖、首届格调美文奖、格调网络人气奖获得者。

核
——访九〇九基地核工业第三代青年专家张显鹏

李　云

核，一个振聋发聩的字；

核工业，乃国之重器、国之利盾；

核专家，乃核中核、国之宝也；

创新、创造、永不服输，是中华民族精神，更是中国人的核！

——题记

一

他向我走来，自我介绍张显鹏。我一愣：张先生不应该是一位老者吗？在我印象中能称专家、何况是核专家的，不应该这么年轻呀！我意识到自己犯了经验主义的毛病。不过最近几年出现在电视上的、重大科技领域的新面孔，都是又帅又靓的年轻人，也是事实，比如说“北京明白”的那批年轻人。我脑子才转过弯儿来：现在高科技领域的专家学者都年轻化了，核事业也不例外。

目测他身高 1.9 米以上，体魄结实魁梧，发量略稀，一脸敦厚。若走出这个工作环境，谁相信他是“干惊天动地事、做隐姓埋名人”的核专家呢？

我们坐下来，说是采访，其实是边喝茶边聊天。他聊他做的工作，我问我好奇而一无所知的问题。他微笑着一一作答。

2022 年 4 月 1 日，在代号为 909 的我国“第一代核潜艇研发实验基地”——四川的青衣江畔，我有幸采访了我国核工业第三代青年专家张显鹏。

我拿到的材料上显示："张显鹏，氧化膜测量专业组负责人，同时也是组件拆装专业组主要负责人，多次主动放弃休息时间连续倒班20多个小时以上，圆满完成氧化膜测量任务。在组件拆装工作中，毫无保留地传授相关技术经验，培养了多名专业技术人才。从2018年起，担任池边检查团队副经理，工作认真负责，现场指挥有序。"

我曾采访各个领域，写过无数人。今天第一次采访核事业领域的专家，这机会来之不易。"第一代核潜艇研发试验基地"2018年才解密，对外有限开放。据说这次是基地接待的第一批四川作家团参观采访。

核，从来都是一个重磅而敏感的词，这个领域秘而不宣。

核，一个国家的脊梁，缺了它，这个国家腰杆就不硬；

核，一个国家的底气，缺了它，这个国家雄风不在；

早在20世纪60年代中期，我国第一代核工业建设者们，秉行"一万年太久，只争朝夕"争分夺秒的奋斗精神，八千军民奋战在九〇九实验基地。那时这里是一片原始森林，道路不通、通信闭塞，建设者们出行坐马车、驴车或安步当车。他们喝的水，来自稻田、河沟，喝了经常拉肚子，不少人还落下了肠胃的毛病。生活异常艰难。由于条件限制，那时图纸都是手写、手画，没有计算机，全靠人工打算盘计算。8000拓荒人，身份保密，单位对外的名称是"水电研究所"。因为它神秘，激发了人们的好奇与神往，产生不少遐思。他们中有中国工程院院士、中国核动力事业的拓荒者和奠基人、我国核潜艇第一任总设计师——彭士禄，曾主持我国第一代核潜艇的动力设计与调试工作，参与指挥大亚湾核电站和秦山核电站二期建设，引领我国核工业实现从无到有、由弱变强的历史性跨越；有核动力技术专家、中国科学院院士、中国工程院首批院士赵仁恺，他提出了我国第一个潜艇核动力装置初步方案，主持完成了我国第一个核潜艇陆上模式堆的建设，参与主持了我国第一代潜艇核动力的研究设计、建造、试验和退役全寿期工作；有核材料与燃料专家、中国工程院院士周邦新先生，他多年从事核材料研究，对锆合金及其腐蚀性能进行了系统研究，解决了核反应堆工程中燃料元件材料方面的许多关键问题，并领导完成了研究堆用低浓燃料元件的研究和国内首批生产；有反应堆热工水力专家、中国工程院院士孙玉发；有反应堆热工水力及核安全专家、中国工程院院士于俊崇；有反应堆工程专家、中国工程院院士周永茂……

半个多世纪过去了，经过一代、二代、三代核工业人接续奋斗，到如今，我国核工业从无到有，从小到大，实现了一系列自主重大跨越，构筑了完整的核工业体系，形成了更高水平的核工业创新链和产业链，显著提升了我国核工业的资源整合利用水平和整体国际竞争实力。中国核工业从“两弹一艇”到核能发展，从国防建设到服务经济社会，从独立攻关探索到广泛开展合作，走出了一条具有中国特色的核工业发展之路。中国人独立自主研制成功了原子弹、氢弹、核潜艇，支撑起中华民族自立的脊梁，铸就了共和国坚强的核盾牌。

很幸运，我国有一个老中青人才群体，掌握着核技术，日夜为国凝魂铸盾；很幸运，我们生活在中国这样的核大国，日安夜宁。

而张显鹏正是融入核事业中的第三代中坚力量，发着他的光和热。

正应了那句话：我们今天的岁月静好，是有人在替我们负重前行。

二

2006 年 7 月，张显鹏从哈尔滨工程大学自动化学院毕业后，和未婚妻女同学江常玉携手结伴，来到九〇九基地。算起来他们在这儿也工作了 16 个年头了，恋爱结婚生子，现在儿子都 9 岁了。

他说：“大学毕业来核动力院之前，我其实对我国核工业了解不深，随着工作开展及深入，先后参加了我国具有自主化知识产权的华龙一号核电设计研发，燃料组件设计研发，对我国核动力事业感情越来越深，自豪感越来越强。工作 16 年，看到过很多新加入来的大学生，几个月间感觉现实跟想象差距很大，就离开了我们这个山沟，他们并没有对这份工作产生认同感。我作为一个在城市长大的孩子，刚到大山深处的时候，也犹豫过、彷徨过。之前看过一本书，书里有句话：人要有所成，必要有所执。我和妻子坚持下来了，真正做到干一行爱一行，才有了现在的成绩。”

我也了解到，他妻子到一所后，先在 49-3 室从事反应堆运行工作，2008 年调入科技办，开始从事科研项目管理及综合计划管理工作。2018 年，为了孩子上学，调整回成都，开始从事项目技术管理工作。她在科研管理、工程建设项目管理方面能力一流，受到院、所各级领导认可。

张显鹏说：当时也不知道自己这一步走对没有，毕竟从北到南是一步大的跨越。一毕业，同学们都各奔前程。今天看来，这一步走对了。自己和妻子都踏上了国家核事业的发展快车。把自己的事业和国家的事业紧紧捆绑在一起，国家的核事业发展壮大了，自己的事业也有所收获。现在他已是我国商用压水堆燃料组件研制池边检查团队的负责人，带领着后来者努力奋斗，工作领域，是一枚妥妥的专家了。夫妻俩在家庭和事业中，齐心协力比翼齐飞，家也安在了他们喜欢和向往的城市——成都，孩子健康成长。夫妻二人有着前所未有的安心和幸福，心无旁骛，敬业奉献。

“原子能之父”费米曾经说过，“核技术的成败，取决于材料在反应堆中强辐射场下的行为。”

华龙一号自主化核燃料及材料的研发中，有一支坚守了 10 余年的队伍，常年驻守在大旗山下、青衣江畔，他们便是李国云、张显鹏带领的我国首个大型先进商用压水堆燃料组件研制池边检查团队。

2010 年，中核集团开展“压水堆燃料元件设计制造技术”重点科技专项任务，集中攻关研制具有高可靠性、安全性、高经济性的大型先进压水堆燃料组件。燃料组件池边检查技术就是其中的核心环节之一。

形成中国池边检查能力的历史重任交给了核动力院一所。在研制初期，一所制定了先引进国外成熟的设备形成能力，保证 CF 燃料组件研发的进度，同时继续开展具有自主知识产权的池边检查设备研发的“两条腿”并行的发展思路。2012 年 11 月，核动力院组成了李国云、江林志、张显鹏、任亮为核心的池边检查团队，奔赴韩国大田 KNF 公司进行了为期两周的人员培训。团队成员掌握了整个池边检查系统设备的安装调试、外观检查、尺寸测量、氧化膜厚度测量、超声破损检测以及燃料组件拆装等各项专业设备、测量原理、设备安装调试以及实际操作等各项技能。

2013 年 6 月，李国云作为池边检查团队第一任经理，带领团队成员在秦山核电站迎来了 CF 特征化燃料组件辐照考验第一循环后的池边检查工作。经过 7 个昼夜的连续奋战，成功获取了四组 CF 特征化燃料组件对内辐照后的整体状态、表面形貌、腐蚀、形变等大量数据，为燃料组件性能评价提供了重要依据。

2014 年 6 月，在高温（36℃）、高湿度（99%）、有辐射的恶劣工作环境下，张显鹏带领氧化膜测量小组现场连续奋战 26 个小时，圆满完成检查任务。2016 年春节期间，池边检查团队迎来了第三个辐照循环后池边检查，当朋友圈满屏都是“再见 2015，你好 2016”时，他们整装出发。从 2013 年到 2021 年，池边检查项目部在浙江省海盐县，共同度过了元旦、春节、端午、中秋、国庆等大大小小的节日，他们夜以继日、废寝忘食，为“华龙之芯”听诊把脉，受到学习强国、央视二套、中核集团公众号等的报道，被评为“中国最强修复师”。

整个团队发展历程，已经有十余年，先后完成了 2 组特征化燃料组件 4 个辐照循环、4 组 CF2 辐照考验组件 3 个辐照循环、4 组 CF3 先导燃料组件 3 个辐照循环、4 组 CF3A 燃料组件 3 个辐照循环、8 组批量化 CF3 燃料组件、1 个辐照循环、3 组 N45 组装件、4 个辐照循环等一系列的池边检查任务，检查结果显示，CF3 燃料组件性能达到国际同类产品先进水平，标志着中国具有完全自主知识产权、适用于大型商用压水堆核电站的 CF3 燃料组件具备工业化应用条件。为我国自主第三代核电建设以及国内核电大规模应用奠定坚实基础，对华龙一号和我国核燃料“走出去”以及我国能源供应安全保证具有重要的战略意义。

与此同时，池边检查团队经历了技术准备、团队组建、现场实施、经验反馈、自主研发 5 个阶段，建立了燃料组件池边检查技术、燃料组件水下拆卸与复装技术、阻流塞形式燃料组件池边检查技术、压紧板弹簧压紧力测量技术等多项核心技术体系，先后设计研发了燃料组件水下整体检查系统、N45 组装件池边检查系统、压紧板弹簧压紧力测量设备等池边检查系统、设备，获得中核集团科学技术奖二等奖 2 项、三等奖 1 项，中国核能行业协会科学技术奖二等奖 1 项，全国发明展览会金奖，授权发明及实用新型专利 20 余项。

核动力院池边检查团队，将全部心思都用在现场工作中，在自己的岗位上发挥了不可替代的作用。用他们的青春与梦想、心血与汗水，扎根在核电最前线，抗高温、顶压力，在无经验可循、人员紧张、工作周期短的压力下，在最短的时间内交上了一份满意答卷。

提到这些成绩，张显鹏一定要我把团队成员做个介绍，他说毕竟取得的成绩是靠大家共同奋斗取得的。他们是：

李国云

李国云是核燃料及材料辐照后检验专家，对包括池边检查在内的相关技术都有较深入的研究。早在 2010 年项目成立之前，他便多次出国考察过核大国池边检查技术现状及能力，调研国内相关研究机构的研究进展，是池边检查团队的创始人之一。作为池边检查技术负责人，他带领池边检查团队在秦山核电站圆满完成多批次多组组件的池边检查工作。

江林志

江林志是无损检测的专家，同时也是超声检测专业组负责人，在部件安装调试、测量标定和检查、故障排除等关键环节，及时解决了多项棘手的技术问题，并耐心细致地为年轻技术人员讲解。在倒班过程中，由于人员紧张，江林志主动安排自己后半夜连续夜班，以一个老同志的自觉给年轻同志起到表率作用。

任 亮

作为项目部经理，任亮一天 12 小时都坚守在厂房。池边检查工作需要多方协调电厂的时间窗口和人员安排，涉及电厂的部门多，协调难度大。任亮常常是白天忙完现场，晚上顾不上休息又要汇报项目进展情况，深夜又要研究如何安排第二天工作。作为院青年科技之星，他始终保持着乐观积极的工作生活状态。2019 年 2 月底至 7 月底，在秦山现场的这段日子，其实是他最难熬的一段时光，家里老母亲患有老年痴呆，七岁的女儿刚刚上小学。舍小家为大家，从来不是一个简单的选择。

尹春艳

尹春艳是外观检查组负责人，从事外观检查工作近 20 年，先后负责多种燃料组件的外观检查工作。在现场，连续带班，悉心示教；外观检查后期数据量很大，她总是默默工作到深夜，对大量的视频及照片进行甄别和整理，获取第一手燃料组件辐照后整体状况，能最全面最综合最直观地反应组件完整性及表面状态。

陈 哲

作为氧化膜测量负责人，陈哲对待每次人员培训、每份技术文件都格外认真。在现场，只要一闲下来，他便会研究氧化膜测量原理与规程，不断优化测量的方式方法，有效提高了数据测量的可靠性和效率。陈哲对设备机械结构了如指掌，每当设备出故障时，他总是能在第一时间找到原因并迅速解决。

陈 军

陈军是池边检查设备安装负责人。池边作业，技术难度较高，安全风险较大。作为四川省技术能手和技师，陈军是各个班次同事们都喜欢的“万金油”，池边检查设备关键部位的安装都少不了他。他善于思考，在外观检查过程中，当水下镜头仰俯旋转功能出现故障时，他根据丰富的经验，从镜头工作声音判断出去故障原因并成功修复，为项目部节约了几十万元经费。工作中，他从不叫苦叫累，总是冲锋在前，多次获得院所优秀共产党员称号。

余飞杨

余飞杨作为压紧板弹簧检测负责人，同时承担外观检查及池边检查设备安装工作。他从事无损检测相关工作多年，目前已经成为多面手。他吃苦耐劳，勤于思考，善于在复杂的操作流程中找到技术关键点，有针对性地解决问题。当寒潮来袭，核岛外大雪纷飞，寒风凛冽。但是全身武装的小余完成一组操作下来，工作服已经被汗湿透了。

刘振川

刘振川是团队后勤主任，同时承担现场设备安装调试工作。在后勤方面，他合理安排全体人员的吃、住、行及车辆的安排，及时解决人员在生活上的困难。同事江艳因为身体不适需要输液，刘振川每天陪着她去医院，但那个时候他也有病在身。在现场调试工作方面，他已成长为主操人员，先后完成了尺寸测量单元设备多个进口配件修复。

邝刘伟

尺寸测量难度大、程序多，作为尺寸测量工作和组件拆装专业组负责人，邝刘伟每天从早上 8 点一直干到晚上 8 点，累了就随手找个工具箱休息一会儿。为得到准确有效的试验数据，邝刘伟对检查过程严格把关，一旦有异常点出现就立刻进行反复测量，确保数据准确可靠。下班后，邝刘伟又马不停蹄地开始整理当天的测量数据、撰写技术报告，夜深人静时，也常常看到他房间的灯还亮着。

江　艳

江艳是池边检查项目部主要的后勤人员，同时也参与池边检查外观检查工作。她承担着池边检查项目部人员、车辆等相关办证工作及财务工作。为项目部后勤保障做出了贡献。

核工业是一个巨大系统工程，背后所涉及的人力物力可谓千军万马、张显鹏所带领的团队，只是沧海一粟。

每一个你我，在时代与命运的罗盘上刻下印记，以千万个一粟，汇成洪流，汇于沧海。这便是个人之于群体的意义。

三

回想起二十多年前，我国在高科技领域处处受制于人，处处被别人“卡脖子”。曾经中国申请加入研制国际空间站，被拒之门外。如今，中国航天和空间站核心舱发射升空，17个国家向中国申请入驻空间站。从被“拒之门外”到如今“敞开大门”，中国航天向着星辰大海勇敢前行。核工业领域也如此，核工业人向海而生，发愤图强，突破了一个个技术难关，从学习模仿到自主创新，追平并超越了发达国家的先进技术。

1964年，我国第一颗原子弹爆炸试验成功后，加紧研制核潜艇的任务进一步提上了日程。1965年，中央专委批准研制核潜艇。1970年12月26日，我国自主研制的第一艘核潜艇成功下水。艇上零部件有4.6万个，需要的材料多达1300多种，没有用一颗外国螺丝钉。

从此中国具有了独立自主的核动力技术能力。如今，高通量堆已经安全运行40多年，为我国核反应积累了成功的经验。核工业人提出并创造了“177堆芯”，堆芯如果受制于外国，自主核电就无从谈起。“177堆芯”是我国三代核电区别于国外技术的最主要特点，这种设计在国外通用的157组堆芯基础上，每边增加5组元件，4边共增加20组元件，形成177组堆芯的创新设计，将核电站可利用率提高至90%以上。177堆芯就是华龙一号的灵魂，相当于给汽车搭载上了发动机。设计人员又瞄准核电寿命要求，改进了压力容器设计，使核电站能够运行60年之久。具有自主知识产权的第三代核电技术的华龙一号，走过了近20年研发历程，源于我国50余年来深厚的核动力技术积累，而这些核心技术为打造华龙一号的核心竞争力之一——非能动安全系统提供了重要支撑，确保大国重器牢牢掌握在自己手里。

人们常说，你是什么样，国家就是什么样；你是什么样，民族就是什么样；你的精神面貌、精神气质，努力拼搏的样子，就是中国力量、中国精神、中国气派、中国效率的模样。从古到今，中国人传承下来骨血精气神、内在精神品质，一脉相承。如今我国每年迎来几百万高校毕业的工程师，加入高科技领域，成为生力军。这个数量相当于一个中等国家的人口数量。我国年轻人登台亮相，走到了舞台的中央，吸引了世界的目光。他们个人和这个大时代和国运紧密联系在一起，必将再创辉煌，重塑国力国威，让中华民族行稳致远。

记得美国哈佛大学神学院教授大卫·查普曼在一场讲座中，向台下近千名学生分享、解读中国神话故事，并总结中国神话故事的内核：中华民族特征。

他说："我们的神话里，火是上帝赐予的；希腊神话里，火是普罗米修斯偷来的；而在中国的神话里，火是他们钻木取火坚韧不拔摩擦出来的！这就是区别，他们用这样的故事告诫后代，与自然作斗争！（钻木取火）"

"面对末日洪水，我们在挪亚方舟里躲避，但中国人的神话里，他们的祖先战胜了洪水，看吧，仍然是斗争，与灾难作斗争！（大禹治水）"如果你们去读一下中国神话，你会觉得他们的故事很不可思议，抛开故事情节，找到神话里表现的文化核心，你就会发现，只有两个字：抗争！

假如有一座山挡在你的门前，你是选择搬家还是挖隧道？显而易见，搬家是最好的选择。然而在中国的故事里，他们却把山搬开了(愚公移山)！可惜，这样的精神内核，我们的神话里却不存在，我们的神话是听从神的安排。

每个国家都有太阳神的传说，在部落时代，太阳神有着绝对的权威，纵览所有太阳神的神话你会发现，只有中国人的神话里有敢于挑战太阳神的故事：有一个人因为太阳太热，就去追太阳，想要把太阳摘下来（夸父追日）。

当然，最后他累死了——我听到很多人在笑，这太遗憾了，因为你们笑这个人不自量力，正是证明了你们没有挑战困难的意识。但是中国的神话里，人们把他当做英雄来传颂，因为他敢于和看起来难以战胜的力量作斗争。

在另一个故事里，他们终于把太阳射下来了（后羿射日）。

中国人的祖先用这样的故事告诉后代：你可以输，但不能屈服。

中国人听着这样的神话故事长大，勇于抗争的精神已经成为遗传基因，他们自己意识不到，但会像祖先一样坚强。因此你们现在再想到中国人倔强的不服输的精神，就容易理解多了，这是他们屹立至今的原因。

大卫教授的讲座视频，被传到社交网站上后，引起国外网友热烈讨论。

“一个女孩被大海淹死了，她化作一只鸟复活，想要把海填平——这就是抗争！（精卫填海）”“一个人因为挑战天帝的神威被砍下了头，可他没死，而是挥舞着斧子继续斗争！（邢天）”

不得不说，大卫·查普曼教授解读中国神话的角度很新颖，也十分到位。

我们经常说中华民族几千年来是靠着不断与自然、灾难、环境作斗争，才延续到现在。但有几个人想到过，中国人这种延续了几千年的斗争精神，是如何保持下来的。

每个民族的神话都有自己的烙印，但你见过哪个民族的神话里有我们这么多战天斗地的抗争故事？

老子的“天地不仁，以万物为刍狗”，说的就是要生存就得靠自己，不能靠苍天。这比“神爱世人”听起来残酷，但非常现实。

我们从小听到大，并口口相传给下一代的这些神话故事，内涵体现的正是中国人的核心价值。

每个文明在初期都是有神论，但唯独中国的文明不畏惧神。也许正因为中国人深刻理解老子的那句话，所以中国的祖先，从不把生存的希望寄托于神的眷顾。勇于抗争、勇于创造、不怕输，更不服输，是中国的民族精神，是中国人的信仰，更是中国人的核！

2022 年 6 月

李云（女），中国作协会员、四川省作协会员，龙泉驿区散文学会会长、四川省文艺传播促进会常务理事、四川省文艺传播促进会女散文作家创作中心副主任。发表文学作品100余万字，部分作品获国家、省级文学奖。出版个人作品集《宽爱》等3部。

摆满鲜花的窗台

——“三线”人的婚姻悲喜

江铭记

阳台上摆满了红紫黄白的各色鲜花，叫得出名的有芍药、月季、兰草、蔷薇、蟹爪莲……叫不出名的一样各种花儿，争奇斗艳。连天棚上也不留白，上面挂满了吊金钟之类的藤蔓花卉，藤茎卷须，缱绻交缠，姹紫嫣红，一年四季花信不断。鲜花盛开时节，红的鲜亮，蓝色喷焰，粉色溢彩，白的争胜，紫的灼眼。最惹人的是一盆蟹爪莲，一米多高，主人用铁条架起几层高台，将骨瘦的枝攀在架上，花开时节，金钟似的花朵层层挂满，含羞似嗔，争相说话。时时惹得路人停下脚步，夕照中尽情流连。

在花的阳台上出现了一对老龄夫妻，男的筋骨硬朗，女的约显富态，虽然都花白了头发，都是精神矍铄，宛若神仙眷侣。他们一边给花浇水剪枝，一边说着些与花有关的故事，只怨楼高路低，听不见他们的说话内容，但好风善解人意，时时走漏信息，原来他们在咏诗呢，用诗词述说些远年旧事，他们年轻时候的那些旧事，虽然时间凋零了容颜，但每一件事的枝叶，想起来都还滴露带水的新鲜。男的叫匡伯陵，这个名字非常励志，小时候，他父亲给他取的名字叫匡济时，后来读了些历史，认识了许多历史名人，他的家乡曾出了一位抗日名将字“伯陵”，他就将这位将军的“字”作为自己的名，象征着人生志趣在巍巍乎高山。女的叫国文。

匡伯陵于20世纪60年代后期大学毕业，分配到这个“三线”单位，对外称“九〇九”，正赶上会战“196”工程，来到基地就投入到没日没夜的技术攻关中追着太阳，点着星星，张扬着激情，饱蘸着心血，喷射着智慧，燃烧着青春，一笔一画，细细描绘捍卫祖国海疆的巨龙长鲸。这一干就是五年。

当年二十四五的青年学生，一下子熬成了三十来岁的技术骨干，事业的收获已捧在手上，作为人生的另一半——婚姻，却还是空白！收拾起五年攒下的学术资料，看看空出来的写字台，心一下子慌乱起来：我的“另一半”在哪里呢！这不是几个人的紧张，是一大群“大龄青年”的紧张。他们来自全国各地，北京的几所解放军科研院所的年轻技术人员，当年，几乎是整体搬迁到山沟里来，解放军科研院所来的人都扛着“军衔”，他们的“军衔”都还很高，二三十岁的少校军官，特别吸引人的眼球。那时候，一个研究室六七百人，一多半是单身的年轻人，适龄的女青年只有二三十个，用现在的话说叫：“狼多肉少”，用当时的语言描述叫：“皇帝的女儿不愁嫁”。如果把目光放眼全国，几千个大龄男青年，如一勺糖调进长江黄河，冒不出一个气泡，如果把目光往单位所在的几十里大山展开一下，好姑娘到处都是。但当时从上到下的领导都把这支队伍定性为：“我们是一支工程会战单位，将来的去向不定；这支队伍是从全国各地许多企、事业单位和各科研院所抽调来的精兵强将，会战结束，这支队伍是各回各单位还是继续转战四方，去留不定。”这么多年轻人如果与当地的姑娘结婚，今后，不管这支队伍做哪种选择，都会存在很大的麻烦。为了保证这支科研队伍的战斗力，也就是为了保证这支高科技队伍随时拉得走，不掉队，即使是拉到“天涯海角”也没有人“拉后腿”，上级领导便定了一条纪律：“不准与当地的姑娘结婚！”每一个单身男女都如一颗在空中飘着的种子，一旦结婚，就是“落地生根”。当时的“户籍政策”管死了很多的人。还有工作单位的难找。不像现在的户籍管理这么人性，工作选择这么广阔。没有户口咱就“漂”着。北京、上海、广东、深圳，哪儿适合往哪漂；工作单位可以辞掉重新去找。那时候的人想换个地方，难！农村户口往城里迁，难！小城市迁大城市，难！如跟当地姑娘结婚，一有变动，这些家庭不是烦恼，就是悲剧。往长远想，这条规定，也是在保护这群年轻科技人员的利益。

结婚是一场很浪漫的事，浪漫到白了头发，坐着摇椅慢慢聊都聊不完。但浪漫非常甜蜜，现实却很苦涩。一个研究院上千的大龄青年集体撞到“不准与当地姑娘结婚”的纪律上，都“晕”了。所有未婚的大龄男青年慢慢从晕眩中抬起头来，把目光投向了远方的家乡……一群群的姑娘来了又走了，小伙子们的心热了又冷了。不是小伙子看不起姑娘，就是姑娘看不起这个地方。在姑娘们来来去去中，也酿出了许多悲喜剧情。

有一天，听说一位姑娘要从上海来相亲，被相亲的是一位少校军官，科研骨干。这天，这位少校正当值班。那时候有一条衡量人的标准：“工作的事，再小也是大事；个人的事，再大也是小事。”如果跟领导提出倒班或者跟同事私下换班，那可是“革命意志衰退”的问题。所以，接女朋友这种事，搁谁的头上，都是“提都不要提”。这位值班的少校将接女朋友的重任委托给了自己的战友加同事们。室里一群不值班的少校都把值班少校的事当成自己的事，一个个军装拉得笔挺，军衔擦得铮亮，英姿勃发地出现在上海姑娘面前。姑娘在一群年轻英俊的少校簇拥下来到基地，一路都在心中云霞绮丽风情无限地畅想着未来美好：这群少校个个英俊，要才华有才华，要成就有成就，想来，我的那位一点不会比他们差。当值班少校站到她面前时，热蓬蓬一整天的心花没有燃烧起来，却是生格格地掉进了冰窟窿里。值班少校的外表与接她来的那一群少校差距太大！她接受不了！这时候，她心中所有的美好都碎了。

后来，有人替值班少校总结了一条教训：男女青年第一次见面就是个眼缘，美与丑只是个审美习惯；习惯了，只要不是太差得岂有此理，一般也能接受。如果接她的那一群少校都不如值班少校英俊，当姑娘见到值班少校时定会眼前一亮，芳心暗许了。值班少校的悲剧在于，一群少校的英俊抬高了姑娘的审美标高，值班少校的出现让他本来有些差距的外表在先入为主的想象中形成了很大的落差。姑娘心中准备好的所有美好全部粉碎，上海姑娘伤心地走了。值班少校的悲剧其实就是没有第一时间出现在姑娘的眼前。

也有姑娘本来是与工程师甲相亲，没有被相中，却被工程师乙相中了，姑娘转而嫁给了工程师乙；年轻人找对象本不是个问题，但这个事确实成了一群人的焦虑，即使在“三线”这块到处青山绿水，鸟语花香的地方，“人性”也曾在这里暴露过它的丑陋，什么“斩龙劫脉”，横刀夺爱、捷足先登的手段都使了出来。也曾经闹出来几出恋爱悲喜剧。

匡伯陵一直将自己置身于这场悲喜剧外。这并不是他有“清心寡欲”的念头，而是志存高远。匡伯陵虽是理工学生，但从小就对古典诗词非常喜爱，在数学、物理、英语各门课程之外，一直在阅读中外文学名著，唐诗宋词，经过长时间坚持不懈的努力，将一本《唐诗三百首》能够倒背如流，宋词稍差一点，那也是提头知尾，记忆八九不离十。长时间的古典诗词的熏陶，使他言行儒雅，诗风飘逸，俊秀洒脱。在对待个人婚姻爱情上的见解，自然与人殊异。“司马琴挑”“文君夜奔”“红叶传书”等文人佳话将他洗淘得心境高渺，意蕴脱俗。他并不是对个人感情毫不心动，实际是已经心有所属。他的心境与当时的人文环境显得有些违和，但正是这种“与众不同”，他的选择显得超尘脱俗。

夏天的傍晚尾巴特别长，匡伯陵每天傍晚都要爬到后山上，找了一处僻静的所在，靠了一棵树坐下，轻合双目，似是养神，心中其实在背诵《宋词》。匡伯陵坐的地方背对夕阳，脚下是一个缓缓下降的坡，一坡到底，是一条绳锯割出的小溪，跳上小溪对岸，是一片平展的谷地，越过谷地，然后渐渐隆起一座山丘，山丘脚下拔起一栋两层高的楼房，那就是知青点。谷地并不是地，而是一片荒滩，只长杂草，草窠里埋着大大小小的石头。两山之间的联系被一条小溪一割两开。小溪上有三根短松枝搭成的木桥，用山藤箍在一起。有这座桥，两峰之间多多少少便有了关系。谷地里长着杂草，草间开着数不清的小花，杂草和小花留不住春天，只证明春天曾经来过。

知青点的两层楼房是用石灰、煤渣合着黄土打成的砂浆块砖砌成的。楼下住男知青，楼上住女知青。

匡伯陵一边背诵着唐宋诗词，一边看夕阳从对面山脚下倒卷上去，一直卷收到林梢头，稍作一会儿徘徊，似是意犹未尽，但也奈何不了天公催促，咻的一声钻入远山怀里，夜的口袋一点一点从地下拉上来……

树梢还举着燃烧的夕阳，摇曳出无数光点，好像是欢送夕阳远行燃放的一束礼花。夕阳收尽最后一缕光线，树们齐齐地静肃下来，树叶由灰绿渐变成深绿，直到由夜色染黑。看着树林在傍晚的夕阳下一层层地变化，那是一种诗意般的享受。直到夜色收藏住一切，满山的树一起进入沉寂，匡伯陵这才慢慢往山的另一边走去。

有一天，匡伯陵从书中抬起头来，发现知青点的二楼正中的一扇窗台上，摆着一只用废的茶缸，茶缸里插着一簇花！那簇花并不奇特，是谷地里随处正开着的花，奇特的是花的主人选色的构想，单选一种颜色的花插在一起，原来那些并不惹眼的小花有了被浓缩被提炼的效果，柔弱的花质一下子变得强大，将美收缩成拳，有了很强的爆发力。匡伯陵被花的集束力吸引住了。匡伯陵原来所在的研究院就在北京，星期天最喜欢去的地方就是天安门广场，那里四时都摆满了花，花的品种并不名贵，花工们将各色小花集群地拼组在一起，原本质地非常柔弱的小花就有了正眼看天地，与人争雄霸的欲望。匡伯陵不止一次地被这些无名小花集群起来的力量所震撼：原来，弱小也可以雄视一个季节。

匡伯陵一路往回走，一路想着插花人，这是个什么样的人呢？起码受过很好的文化熏陶，才有别具一种格调的审美情趣。他心里有了主意，一定要看看插花的主人。也许是“心有灵犀”，也许是天公作美。匡伯陵第二天傍晚就见到了插花的主人。

匡伯陵因为心里一直惦记着窗台上那束插花，第二天傍晚提早来到他经常坐的那棵树下，看着对面窗台上的花，已然换了一种颜色，昨天插的是黄色小碎花，今天是蓝色的。不知插花的主人怎么处理昨天那束花？匡伯陵希望插花的主人不要随意地处理了昨天那束花，一个有品位的插花人在如何处理观赏过的花，一定也会超尘脱俗，充满诗意。

果然，从知青楼的东北边角走出一个人来，是个女的。个头高挑，齐耳短发，脸型椭圆，女知青一直冲着匡伯陵坐的方向走来。匡伯陵一路细细地观察。步态轻盈，张扬个性，一身洗得发白的蓝色劳动布衣服。这种服装都是制式的，尺码统一，穿上这种衣服，很是随意，但没有几个人穿上是贴身合体的。这个女知青穿着就非常贴身，好像特意为她度身定做的。这身衣服一定是自己动手修改过。

女子手里捧着的正是昨天摆在窗台上的那簇花，吐尽芳华，已经枯萎了。女孩子迈着轻盈的步履来到溪边，将花轻轻抛进溪水里，还站在那里目送着它载沉载浮一路往前漂去。女子正要转身离开，匡伯陵心念一动，随口咏出两句诗来："花飞莫教随流水，怕有渔郎来问津。"

女孩子微微一怔，笑了，"咦，这里藏着个人呐!"

"喜欢花花草草，可是'小资'情调哦。"

女孩笑出声来："你刚才咏的那两句诗也不是什么革命口号嘛。吓唬人呢？花是美的，喜欢美，是革命的浪漫主义情调。"

"我是你们的公社干部，这么跟领导说话，你不想进步啦？"

"装不像，你没有公社干部的粗糙，也没有公社干部穿戴那么跑调，你虽说穿戴不是那么刻意，但自然整洁，文化味很足，我猜你是'九〇九'的。"

匡伯陵微微一笑说：

"有眼力。"

女子笑笑说："你们'九〇九'的大多是学理工的吧？理工男还对诗词那么收放自如？"

"奇怪吗？理工男也讲究文学修养。你知道华罗庚吗？大数学家。他听了闻一多的唐诗讲座后，就指出过唐诗里的谬误：'月黑雁飞高，既然是很黑的夜晚，又没有月亮，你怎么看得见飞在空中的是大雁？即使有飞雁，诗中描写的气候也就是八月秋高时节，怎见得又是大雪满弓刀!’”

“好问。”女孩开怀一笑说道。

这时，知青点有人叫她，女孩子回头应了一声，对匡伯陵说：“我有事走了。”说着，转过身，走了。夕阳收尽余晖，天地陡然一合，暮色怆然而下。

匡伯陵目送女孩转过知青点的东北角去，才恋恋地收回目光来，兀自盯住那栋楼，盯住楼上那束花，盯住摆了鲜花的那扇窗，他想，女孩子应该在那扇窗口露一露面，但很久没有看到女孩子露面。女孩子这就在匡伯陵心里留下了姣好的印象：置花于清流，超然有黛玉之高洁，体态丰盈肌肤莹白，机辩敏捷，又没有伶牙俐齿的咄咄逼人。那是一种有教养的才智内敛。如果让她穿上古装服饰，她一定是雍容华贵如薛宝钏的形象。显然女孩有良好的家庭教育和自觉的自我修养。这种女孩子，如今已是不多见了。匡伯陵决定明天一定要来这里，来看这个女孩子。至于为什么要来看这个女孩子，当时，匡伯陵没有更深的用意，只是觉得与这样的女孩子交谈，是一种纯情的智商对话。而不受世俗的污染，能激起语言的火花，得到心灵的愉悦，有一片诗意的云彩在飘逸，这就够了。

第二天，匡伯陵又来到老地方，在时间上稍稍提前了一些，因为心里有所期待。默诵了几首唐诗后，闭目假寐，似睡非睡之际，忽闻音响，仿若燕鸣莺啭。

“呢喃燕子语梁间，底事来惊梦里闲。说与世人浑不解，杖藜携酒看芝山。”

“是她!”

匡伯陵醒来即反唇相讥：“你应当咏：‘停船暂借问，或恐是同乡。’”

“非也。我们不是同乡，一定的。但我们是谈伴。你不认识我，我不认识你。谈得来，可以尽日盘桓，谈不来，一拍两散。”

好一个“谈伴”。也算是标新立异。她的“一拍两散”，即是谁也找不到谁的麻烦。

也是，在这个“打小报告”当作争取进步的时候，互不认识实际是保护自己的好法子。匡伯陵在大学期间，在同学中偶然透露出准备写一部小说的想法，仅仅只是个想法，搜集了一些素材，如此而已。结果有人把他在写长篇小说的事向“学生会”报告了，学校一直把匡伯陵当作“想成名成家”的白专典型批判。搞得匡伯陵一直抬不起头。从此，绝了写小说的念头，一心学习专业，业余时间，匡伯陵便背诵唐宋诗词，有的同学则把一本新华字典背记得滚瓜烂熟。

“谈伴好。就结个谈伴。不过，谈也可以涉及政治，针砭时弊，个人隐私，都容易犯忌。我们就读诗背诗，诵诗词。怎样？”

女子说：“背诵诗词好。我虽然记得不多，但可以跟你学。不过……”

女子一阵犹豫说：“喜欢古诗词，也会让人指为‘封、资、修’的。”

匡伯陵说：“封、资、修只是个认识问题，怎么上纲，也只是思想落后，不会弄成什么‘分子’戴个‘帽子’什么的。”

女子矜持一会儿说：“好吧，别人要说我落后分子，我就说是你把我影响坏的。”

匡伯陵哈哈一笑说：“能把你这样一位有文化、有见地、有雅趣的美女影响到了，也算是我的魅力了。”

女子有些兴奋，一抹红晕飞上丰腴的脸颊。“你一气用了三个‘有’给我，我简直受宠若惊、受宠若惊。”

匡伯陵笑哈哈地说：“我们总不能就这样隔水相问答吧？”

女子说“这就入了诗意？我过来了。”女子不走树干搭成的简易桥，而是踏着小溪里一串省约号似的石头跳过小溪来。匡伯陵的眼睛一直追着她的脚步，轻盈灵动，有翩若惊鸿之态，更相信自己昨天对她的判断，这是一位家教和自我修为都很好的女子。“可惜！”可惜什么？匡伯陵吃惊，无缘无故，心头就冒出个“可惜”来。匡伯陵还没把突然冒出来的“可惜”的意思弄清楚，女子已经走到他的面前，寻得一块石头坐下，与匡伯陵斜面对坐。双手抱膝，内敛而不拘束，大气而不放肆。近观女子，面容更为可人，银牙如贝，玉润光洁，皮肤莹白，无一点瑕疵，神态安静，有句话说“静如处子”，这就是一个形象的注解。生成这样面容的女子，享受得起大富大贵。匡伯陵有些走神，在语言上失却先机。

“今天背诵哪家的诗？”

匡伯陵收回心神：“我们今天已背诵过了。你诵的是宋诗，我诵的唐诗。就解一解两首诗的背景吧，解析一首诗，会更深理解诗中意趣。”

女子说：“从来我只记诗，不解诗，好麻烦的。有那看注解的时间，我多读几首诗更好。”

匡伯陵说：“看注解更记得牢固。看过注解，能让你把诗读出画面感来。解释也很重要。”

女子说：“我爸妈一直说我浮躁，不求甚解。这下我明白了，解诗不仅仅为求甚解，还能读出诗外的意思！”

匡伯陵点点头说：“就拿你刚才诵的那首诗吧，那是北宋时的刘季孙的《题屏》。刘季孙在江西任酿造业的职司，有一天午睡醒来写的。到底要传达哪种情绪？诗里只用了一句‘尽日梦里闲’概括了，后一句‘说与世人浑不解’别人不理解他在梦中的快乐，他也不管，在屏风上写下诗句，就携着藤条杖，提一壶酒，出门看芝山去了。到底是什么事让诗人乐成这个样子？诗人没说，却给千百年来无数的读者留下了无限的想象空间。一千个人读过这首诗，会有一千种想象。后来，王安石巡视酿造业，到了江西，看到这首诗，召见刘季孙，与他说诗上车而去。江西的酿造业怎样？王安石一句都没问到。用今天的话说，刘季孙的一首诗，为江西的酿造业赢得了一次质量免检。”

“好神咯！”女子说。

“知青点”有人喊女子。

“到政治学习时间了，我得回去。”

匡伯陵说：“回吧，明天早些来，我们继续背诵诗词。”

女子说：“说好，不见不散。”走了。走出几步，站住，转过身来说：“我们不能老在一个地方见面，那样，太让人感到我们是在……”

犹豫片刻才说“谈情说爱!”

匡伯陵笑笑说：“你说，我们在哪里见面才不被人察觉?”

女子想了想说：“看我的暗号。我那窗台上有一盆花，花盆放在左边，我就到左边的山上找你，花盆放在右边，你就到右边山上寻我。”说完，也不等匡伯陵是否听明白，转身小跑着走了。匡伯陵想想，这倒弄出来浪漫来了！高兴的花还没开全，马上犯了难：她说的左边右边，是按她的左边右边，还是按我的左边右边呢?屋里屋外，摆花与看花，左右是相反的，左右弄错了，不耽误时间吗?想了一会儿，匡伯陵“嗨”了一声，释然下来：人家姑娘约我，多跑几个山头算啥子?继之哂然一笑，抬起头来，发现，夕阳熔金，暮霭氤氲，树木苍翠，群山幽远，心中漾出一种说不尽的美。

匡伯陵再看到“知青点”二楼那盆花，就有了与人“约会”的感觉。这种感觉虽然是隐隐约约，但跟以前的感觉就是不一样。他在左边山上找到那女孩的时候，心跳突然乱了节拍，匡伯陵深吸了几口气，这才让心跳恢复原状。

女子说：“我们谈过几次，还不知道彼此的姓名呢。”

“女士优先”，匡伯陵说。

“不行，在知情权上，应当让女士优先，你先说。”

“好，我先说。我叫匡伯陵，匡扶正义的匡，不分伯仲的伯，山陵的陵，湖南人，六〇年考入北京大学水利电力专业……”

“够了够了，知道你的名字就够了，又不是谈……”她想说“恋爱”，立即敏感地收住，不好意思地笑笑。

“我叫国文，国家的国，文化的文……哎呀，我们紧挨着！‘匡国文寇、广禄阙东《百家姓》里，我们挨着一起。”匡伯陵也哈哈大笑，连呼“缘分缘分。”有这个小插曲烘托，两人的感觉更拉近了，原来还有的一点点陌生感全都氧化成轻松。

“你这个名字追求高。民国时期，把语文叫着国文。你的名字代表的是一个民族的文化。柔软中藏有风骨，妩媚里带有正气。”

“你的名字敢用一位国民党将军的‘字’，其见地也非凡品。”国文微微一笑，眼里比先前多了几许热度。

匡伯陵说：“我们不要这样互相恭维吧，走入正题：诵诗。”

“好，诵诗。”

国文一笑说：“我们前几回诵诗，都是即兴而起的，这样诵下去，只能比谁记得多，我们应当更专业些，不但比谁的知识博，更要比谁的知识‘专’，好吧？”

“你这话矛盾了哈。专业就见不出‘博’，想博，难得见专。”

“不矛盾，每一个专业能记很多，那就是博了。”

匡伯陵明白了，她这是要一个专业一个专业地比着咏诵，听她的口气，这个国文真不简单。起码有些自恃，才敢出来挑战。就说：“好的。前面土台上有七棵树，我们就以笔画查字，以字定专业，好吧？”

国文说：“这样公平。”

“以木为部首？”

“草吧。”

“以草字头为部首，组成七划的字有‘芙、芜、芷、芓、苋、芬、芳、芹、芥、花等四十二个字’”

国文瞪大眼睛，怔怔地看着匡伯陵，惊呼道：“你能背记字典？天啦！”

“你还能记住哪些字？”

“行了，再玩下去，就成查字典了，不是诵诗。”

“这几个字里，只有花入诗最多。”

“花？就诵花吧，我先来。”国文抢先诵来，“黄四娘家花满溪，千朵万朵压枝低。”

“沾花就算：一树寒梅白玉条，回临村路傍溪桥。不知近水花先发，疑是经春雪未消。”

“孤灯伴残梦，楚园在天涯。月落子规啼，满庭山杏花。”

“天向梅削别出奇，园香未许世人知。殷勤滴脂简封却，却被霜风折一枝。”

国文：“这首诗有些冷僻。”沉吟一会儿：“千朵浓芳倚树斜，一枝枝缀乱红霞。凭君莫厌临风看，占断春光是此花。”

匡伯陵：“《梨花》桃花人面各相红，不及天然玉作容。总向风尘尘莫染，轻轻笼月倚墙开。”

国文：“雨滋霞衬入朱颜，月下疑从姑射还。最是春工多巧思，著将色在深浅间。”

“我也有一首：‘似笑似颦百媚生，临风映日态轻盈。西施舞罢添朝倦，妃子扶来带宿醒。’”

国文：“我来接。‘开处自堪夸绝色，落时谁不羡倾城。虽然一种天香少，子美无诗亦寡情。’”

诵到此处，二人一起哈哈大笑。匡伯陵笑国文抢疯了，国文笑：“今天，居然没被你拉下。”笑罢，国文说：“最后一句诵‘子美无诗亦寡情。’杜甫真的无海棠诗?”

“真的没有咏过海棠。有研究杜诗的学者查过。许多诗人都不理解。后来有人说，在杜甫去世后 60 年，蜀地才有海棠出现，还有人说杜甫的母亲名叫海棠，杜甫不写海棠诗，是为亲者讳。为这个历史公案，曾有人写诗咏唱过。”

“是吗?”国文惊喜地问。“你记得吗？诵来听听。”

匡伯陵笑笑说：“你听啊。”说罢，轻咳一声，还顿了顿，弄出满场的仪式感。国文见他笑得诡异，以为他骗人，便撇了撇嘴，作不屑状。

“杜甫诗不咏海棠，诗人无数费评章。是花无缘见诗圣，莫责诗圣负红妆。诗圣去后六十年，海棠始嫁蜀地郎。川红自有倾国色，何用诗圣介芬芳。”

咏罢，匡伯陵偷笑，国文默默。良久，国文说：“我怎么听来，现代味这么明显呢，哪朝诗人写的哦？”

“现代。”

“现代人怎把海棠作‘川红’呢？”

“因海棠在四川特别开得艳丽，如移栽蜀地之外，颜色自然变淡。因此，国学大师陈寅恪写有‘蜀道移根销绛颊’诗句。宋代吴中复诗《江左谓海棠为川红》称‘却恨韶华偏蜀土，更无颜色似川红’，‘川红’即这么来的。”

“哦，懂了，受教。”说着，国文冲匡伯陵一拱手，自己先笑起来。匡伯陵还是笑得诡异兮兮地说：“你怎么不再问，海棠为什么叫海棠？”国文从他眼里读出：他有话想说。便故作谦虚地问：“好吧，再给你一个卖弄博学的机会，请教，为什么叫海棠呢？”

匡伯陵笑哈哈地说：“宋代陈思《海棠谱》引《琐碎录》。李赞皇《花木记》曰：‘以海为名者，悉从海外来，如海棠之类是也。’按唐代那种泱泱大国风范，海棠花来自海外，是可信的。你信吗？”。

“你信我就信。你那么引经据典，把人一圈又一圈地套进里面，我不信又没有资料证明。”

匡伯陵说：“这是真的。只是，这诗嘛，是我写的。是七言诗，不是律诗。不对平仄，只是押韵。‘韵诗’。我喜欢新体诗，新诗中，我又喜欢韵诗。这也是真的。”

国文的眼睛又亮了几度，是那种崇拜又兼有别样感情的亮度。那亮光，能把人心里的血点燃跟她一起沸腾那种。

又一天，两人在右边山上对坐。这天诵的是“月”。诵诗从散打似的一片，走入了内容比较专一的领域。这天，还是国文抢了头采，诵的是杜甫的“四更山吐月，残夜水明楼。”

匡伯陵说：“你怎么不诵李白的‘床前明月光，疑是地上霜’呢？多现成。”

“大家习见的，考不出难度。”国文做出一副十分傲骄的神态来。

“哦！看我的。‘日落江城半掩门，城西斜眺已黄昏。何人伸得披云手，错把青天搦一痕’。”（《初三月》）

“你这首诗也太冷僻些了。三百首里找不找得到作者哦？”

“清代袁枚《随园诗话》里的。”

“年代那么远，难怪生得很。想象倒是奇特：‘何人伸得披云手，错把青天搦一痕’‘暮云收尽溢清寒，银汉无声转玉盘。此生此夜不长好，明月明年何处看。’”

“苏轼的诗老是充满离情别绪，伤时感怀。唐朝王建《十五夜望月》中的‘中庭地白树栖鸦，冷露无声湿桂花。今夜月明人尽望，不知秋思在谁家’。”

国文欲待捷步直上。山下又在喊她回去了。

“哎，有诗的日子总是美好的，美好的日子总不常在。走了，明天见。”

匡伯陵默默一笑，笑容里有许多无奈。

第三天诵的是云，第四天诵的霞。每次诵什么都是数树数石头，当场决定的题目。咏诵诗词，展露才华，面对云天，豪情喷吐，难得的这么快慰潇洒。他们的才华在碰撞中飞溅出青春绚丽的火花，他们的心更是在才华的对撞中慢慢靠近。

接下来三天不见匡伯陵来。国文的日子过得十分阑珊。阑珊到昏天黑地的时候，国文几次想跑到桥头那个地方去找他，那是“九〇九”的生活区。可是每天晚上那“雷打不动”的学习让她张不开口。三天后又是连日连夜的雨天。那个地方的地理位置，处于地形雨带。几乎是天无二日晴，地无三尺平，左脚晒太阳，右脚挨雨淋。在没有书的年月里，日子过得跟没有吃的一样困难。没有吃的，肚子饿。没有书看，精神饥荒。晴天里，可以转山，看风景，雨天，人就像遭了“封杀”要疯要疯的。自从遇到匡伯陵，天天诵诗，精神上得到很大慰藉。劳动的时候，就想着傍晚要诵的诗，记不全的，使劲挖脑子，把一首诗记得全了。记住了一首诗，再想第二首诗，因为不想输给他。当年爸妈让她背记诗词的时候，真没想到有一天要用诗词来丰满日子。每天就当了却爸妈的一个心愿，读几首马上扔了书，跑出去“扔沙包”“跳房子”。早知道有这样精神饥荒的一天，我一定拼了小命多记忆几首诗词才好。

这雨下得，到底下到哪天是个完咯！唉，睡觉。叹息数声，蒙头睡去。睡了一会，国文突然掀开被子想：我每天像鬼撵似的着急忙慌地钻树林，到底是等着诵诗，还是等那个人哦？这个问题来得多突然，问得她心头乱跳。我每天盼望见那个人，到底是为了诵诗，还是为了别的什么？国文在心里把诗词跟匡伯陵倒来倒去掂量无数遍，她承认，诗词可以陪伴她度过精神上的饥荒，可是没有匡伯陵的出现，诗词在她心里只是一个曾经的爱好，没发现诗词可以使人精神强壮。较量的结果，她发现自己盼望匡伯陵的出现，比盼望诵诗更重要！

在那个风狂雨燥的高温年代，爱情和诗歌是最让人渴望的云彩。由文学引发的任何欣赏和崇拜，都可能是爱情的开始。一个没有文学，没有诗歌的年代，爱情会是一片黄沙漫漫。没有文学和诗歌的浇灌，男女的结合只有欲望得失，不会为爱生死。

国文失眠了，失眠是因为心事难托。这是国文第一次为一个人失眠。要离开父母，到一个山沟里滚爬，也许一去便扎下根了，成为山沟里的石头，山沟里的泥，山沟里的树，她失眠过。随着年龄越来越大，失眠的次数越来越多。国文十七岁来到山沟里，现在已经二十一岁，回成都的愿望越来越强烈，但希望是越来越渺茫。要想走出山沟，恐怕只有嫁人，这是她人生最后一次机会。因为十分盼望，更让她小心翼翼，生怕一失手，碎了，一同从成都来的知青，有的已公开同居，有几个也在“蠢蠢欲动”。只有国文仍神闲气定，古井不波。其实她内心深处如一颗怀春的种子，跳起跳起想要发芽，渴盼着春雨降临。如今，渴盼着的春天好像已经来临，匡伯陵让她感受到了阳光的温暖和心芽欲绽的冲动。少女本多情，一个长期受文学、诗词熏陶的女子更多情，时时为花落花开、春去秋来人事变迁而感慨。匡伯陵的才情使她崇拜，也是她可以走出山沟，改变一生的唯一可以凭借的肩膀，这双肩膀是不是愿意让她依傍，就成了她的心病。一定要试探试探他的心。如果只愿作诗友，她会如空谷幽兰，枝叶纷披，暗香清溢，能走多远走多远。有诗歌陪伴，强似木石枯枝地熬日子滋润。如果可以托付终身，她会如山茶般地怒放，用她的青春芬芳他的一生。

天终于放晴，两人又在右边山头相见。

“你这么久不来呢？”国文的话里带着许多幽怨。

“下雨天不好来的，坐的地方都没有。如果，雨中诵诗倒也别有天地，只是怕你笑话我。”

“不下雨的那几天也不来？”

“那几天正有点事。”

“公事私事？”

“工作上的事，小事，但很难解决。”

“你们到底是干啥子的哟，神秘兮兮的。”

“我们的工作？保密。”

“原子弹、氢弹都爆炸了嘛，再神秘能比得上它吗？”

“一样的惊天动地。你也别问。我们都有一个目标：做默默无闻的人，干惊天动地的事。”因两个人都怀有心事，把诵诗的情趣浅淡了，只把话来填满眼前的时间。因为只是找话说，话题总是与眼前的事，眼前的景若继若离，时时出现空白。爱诗的人什么都讲究个完美，这叫“意境”“兔起鹘落”的跳跃，那是砍板砖。国文在心里数过许多树棵，又弹拨撩弄夕阳穿叶扔下的光线，可就是难把心事托出来。最后，还是鼓起勇气，用了个跳跃式的跨步，想解开数夜苦恼挽成的心结。正当欲启心扉时节，又有人叫她回去了……已经吐到嘴边上的话，硬硬地咽了回去。心里在不住地惋惜，刚才要不刻意地那么“完美”一阵，心里的话也就说出来了。明天吧，明天一定要把想说的话说出来。

有缘人大概都是心脉相通的，匡伯陵也在思考着同一个问题，不过，匡伯陵不是从失眠中，而是在他的事业中找到的。

一个好的科技人员，不仅仅能在科技攻关的时候攻难克险，勇拔头筹，在暂时找不到攻关目标的时候，也能够按照自己心中的目标不断攀登高峰。匡伯陵属于有目标的人，他的心里始终有高峰，他所要攀登的高峰不止一个，是一群，按照自己的实力，按顺序排列，由低到高，由易到难，逐个征服。上帝给每个人的人生都是一样的过程，要想把自己的人生过程活得精彩纷呈，你得处处做足准备。命运是偏爱有准备的人的。匡伯陵的准备主要是读书，在暂时没有新的科研任务的时候，你得不断地从理论上充实自己，一旦任务下达，你提起工具能上。你只是把所学的理论与实际组装到一起。

自从与这个叫国文的女孩子认识，每天的学习思路清晰，进度十分迅速，而且记忆深刻，之前那些频频出现的难题都很顺利地迎刃而解。原来定的读书计划一再突破，令他十分费解。科学讲究事实，凡事必有原因。这些现象让他思考再三，最后得出了一个结论：国文！诗。国文使他兴奋，诗歌让他旷达，这才使他的读书进度飞起来。匡伯陵突然发现，他的生活中少不得国文，少不得诗。既然找不到一个在事业上有共同的价值取向，在奋斗中又能互补的爱人，找一个有共同的情趣爱好，在精神上可以互相倚傍的人，在月上柳梢头，春花灿烂处，青山绿水岸，把酒咏诗，也是一种可遇不可求的完美。

有了上一次的教训，国文再不多作铺垫，直直地引出话题：

"……一个人就像一颗种子，没结婚的时候，在空中飘浮着，任风吹来扬去，飘到哪里都会保持着原来的样子，一旦结婚，就像种子落下地，落到哪里，就把根扎到哪里，是悬崖，是瘦地，是沃土，是沙漠，一切命定，再也无法迁徙。有的种子为了选择一片适合自己生长的土地，宁可在风中飘来飘去，也不肯落地。它们的选择其实很简单，或者是气候，或者是土质，更多地只是为了一个人，一个可心可意，值得托付终身的人。这就是一颗种子的命运。有的种子选择了随遇而安，有的选择了荣华富贵，更多的是让命运做了选择，因了这样的选择，就注定了种子的悲喜剧。有的种子因找不着自己合适的土地，不惜在风中长时间飘来飘去，最后呢，不是在风中粉碎，便是勉强俯就了命运。如果让我来做选择，我宁可在风中老死，也不俯就于命运……”

匡伯陵听着国文的叙述，心脏“咚咚”地跳个不停，一个萌动在不断鼓励着他：赶快接住这颗种子，缘分虽是天定，犹豫便会失去。匡伯陵沉默了一会儿，这才鼓起了勇气。

“你说的话很有哲理，人有时候确实如此。但也不必悲观，也许正有这么一片土地，一个人，正巧也在等着这颗种子呢……”

国文心头一跳，忙忙抓住话题：

“你是在鼓励我呢，还是真有其人？我……我可是认真的！我，我恐怕没有那么幸运咯！”

“我也是认真的。比如，我。”

“真的？我不信。你这么好的条件，让我崇拜得可以粉身碎骨的。”

“真的。”

国文心里此时很复杂，有惊有喜有不信，更有些害怕。怕的是不管不顾地纵身一跃跳下去，真就粉身碎骨了。低头纠结了半天才抬起头来，认真地看着匡伯陵说：“我现在的条件就这样子，你要考虑仔细，免得……后悔药是没得吃的，误了你的前程。”

匡伯陵说：“结婚，延续生命，是人一辈子的大事，这是人一辈子必须经过的一个过程，只是来早与来晚的分别。只是有的是自然而然地成熟，有的是非常偶然地不期而遇。当然，也可以跨过这一过程，一个人，一辈子单独地走下去，那也是一生。不过，这样过的一生，好像有许多遗憾，人世间许多美好都没能品尝得到。我们两人等不到‘自然而然的成熟’我们只能是不期而遇。我们只好鼓起勇气，跳起来，跑过去，去迎接这颗种子的来临。条件什么的，有那么重要吗？重要的是一辈子不离不弃。”

“看你讲得满有道理，可，可是我心里跳得好乱的。”

“乱并不是坏事，而是因为：第一次。”

“你不乱吗？”

这时候，匡伯陵伸手去抓国文的手。国文惊得一跳，忙收回手来说“不可以的，‘执子之手’要‘与子偕老’的。我还得告诉我的父母。”

“那得什么时候哇!”匡伯陵作出一副很受伤的样子。

“很快。我打封电报回去告诉二老。”

“电报?写什么?写:我结婚了?”

“俗。我跟父母商量好了，只用一句诗。你猜猜看，哪句合适?”

匡伯陵想了想，一定是王维的诗句;“红豆生南国”?他偏不说中:“肯定是‘绿叶成荫子满枝’。”

“你真坏。真的这样发出去，不把爸妈气死。”

“‘红豆生南国’?”

“太大众化。是‘新春燕子还来至，一双飞’。”

匡伯陵说:“这是，这是谁的词?有些生疏。”

“我还以为你天下全知呢。这是唐‘五代’时期毛锡文的一首词《纱窗恨》里的两句。”

“哦，是‘花间词’?这句现成。但是，我怎么知道你父母同意了?”

国文思索一会儿说:“你看我那窗台，摆满鲜花的时候，你就直接走进我的屋里来。”

夕阳为两人画满一脸的晕红，青山绿水见证了他们此刻的心境。国文燃满眼的花问匡伯陵:“你知道此时此刻，最想诵的一句词是什么吗?”

匡伯陵说，“此时此刻，说出来的都是歌，留在心里的都是画。我们还是把所有的美好，留待一生一世去说吧。”

但是，自那以后，匡伯陵好像从人间蒸发，再也没有见到他的影子。父母的回电第二天到了，电文两个字:“祝贺。”这也是跟父母商定的内容。只是，电报到了，祝贺到了，人却没了。国文一天天地等，在等的一天一天里，不断地胡乱去想，多像一只受惊的雨前的燕子，在柳林里东剪西寻……

你是又被工作上的难题累着呢，还是突然病着呢！还是……？肯定的匡伯陵嫌她条件太差，我的条件摆在你面前，又没有藏着一点半点。当初你信誓旦旦，说得那么口硬，转头就不来见我，闪得人好惨。国文的心凉得透透的，原说诗人最重的是情意，重的是坚贞。可，热喷喷滚烫的一颗心捧到你手里，你说扔也就扔了？这叫我今后如何面对父母，面对诗词，面对那些所有的美好？

国文一直就话不多，从此以后，话更少了。知青点的人从国文的身上并没发现什么不对，只是见她每到傍晚，就一个人往树林里钻，从左边山上转到右边山上，一边走，一边对着绿树，对着小草，对着溪流，一路吟咏，她发现，此时此刻，树梢草尖，连花蕊里流淌出来的，入眼都是哀婉愁怨之词："……思往事，惜流芳，易成伤。拟歌先敛，欲笑还颦，最断人肠。"（《宋词选》胡云翼选注 1981 年版第 29 页欧阳修《诉衷情》）；"昨夜西风凋碧树。独上高楼，望尽天涯路。欲寄彩笺兼尺素，山长水阔，知何处！"（同上第 14 页晏殊《蝶恋花》）；"拟把疏狂图一醉，对酒当歌，强乐还无味。衣带渐宽终不悔，为伊消得人憔悴。（徐北文主编《李清照全集评注 2005 年 1 月版《清玉案·征鞍不见邯郸路》）……相逢各自伤迟暮，犹把新词诵奇句。盐絮家风人所许，如今憔悴，但余双泪，一似黄梅雨。"用古人的金句，诉说着自己的心事。一直转到喊她回来，才回到知青点。问她有什么事？她不说，心事是上帝的托付，不说就是心底的泉眼，是苦是甜，都自己咽下去，说出来是笑柄，让人说三道四一辈子。国文拿定了主意，这个事对谁都不会说，就是对自己的父母都不会说。今后就这么过了。只是每天她都采一捧花回来，把窗台上摆满鲜花。她内心深处是要曾经把心交给过他的那个人知道：有一个姑娘一直在等着他！

这一等就过去小半年。将原本丰腴的腰身消减下去，眼见"骨感"的形象正向她跑来。

有一天傍晚，一个五十来岁的女人走进知青点，进门就问："谁是国文？"国文正收拾过自己，要到树林里去。忙把这个女人让到自己屋里。关上门，这个女人就拉着国文的手，亲亲热热地说："匡伯陵好眼力，不错。我是匡伯陵的领导，半年前，我带着匡伯陵到东海边出差。任务紧急，没顾得上其他事，点到谁谁就跟我走了。这一忙就是将近半年，上级要我回来另有任务，后续工作交给了匡伯陵。临走前，匡伯陵找到我，托我来看看你，告诉你他的一切，当初的不辞而别，确实是情非得已。所有的话，等匡伯陵回来后自己告诉你。"

一天的乌云全都散开，轰然一声，阳光灿烂。国文心里高兴得只想哭，抱着女人哭得泪水如黄梅雨，酸酸地，收都收不住。女人像个大姐姐样的慈祥，抱住国文让她尽情地哭。哭够了，国文抬起头，冲着女人破涕一笑说："看我，都还不知道你是谁呢，抱着你就哭。"

"理解。匡伯陵一直叫我'大姐'，你也叫我大姐吧。我是研究室的主任。姓甲，甲乙丙丁的甲。你窗台上摆的那些花，可以收了，匡伯陵承认了。"

"窗台上的花我一直摆着，一直等匡伯陵来。"

"那，随便。你们继续把浪漫进行下去。小文，你有什么话要对匡伯陵说吗？我电话转告给匡伯陵。"

"您就说……"国文撂下半截话，转身从抽屉里拿出一个笔记本，"唰唰"写下几个字，撕下来，交给大姐。甲大姐拿过纸条看看："原是瞿唐风间阻，错教人恨无情。"大姐笑笑地低声道："这就算是'孟光接了梁鸿案'？"

国文一惊，欣喜一笑："大姐，看你，连《西厢记》也……"

"中国的知识分子对中国的传统文化，都是从骨子里喜欢的。哦，忘了，匡伯陵也给你带了个纸条，我忘了给你。你看。"

国文接过纸条展开："小阑干外寂无声，几回肠断处，风动护花铃。"国文高兴得什么似的，眼泪又流出来了，知音，真是知音。她俩写在纸条上的词，都是纳兰性德的《临江仙》，一个用上句，一个用了下句。

故事的结尾由故事开头的那一对老年的先生女士作了交代。如今岁月匆匆，男女主人公已经青丝变华发，从红男绿女成为儿孙满堂。他们也从当年那深山沟里，搬迁到了城里。但不管岁月如何更改，他们对曾经的那个情定终身的地方仍朝夕不忘，每年春暖花开时节，都要回到那个曾让他们激情荡漾的地方看看，昨天他们才从那里回来，采回了那么多的花草，今天正忙碌地栽种那些花草。他们现在还是那么离不开诗词的浸润，读诗、诵诗、写诗成了一天的开始和结束，诗歌让他们每一天都过得诗意盎然。听听，他们又有了新的诗作了："伯陵那，今天这个场景，不可无诗呀。"

"诗句已经发芽，只是还很幼稚，先培养几天，浇浇水，坐坐根，茁壮些再咏出来。"

"看你，还想挤进盛唐诗人队伍里去？我就喜听你那带着些稚气的诗。"

"好，我家的'文儿'爱听，我就献丑来了。"说罢，直起腰，清了清嗓子："站稳了，来了。"

"弄得怪吓人。"

"姹紫嫣红满阳台，身居闹市亦快哉。可惜楼高风太劲，蜜蜂蝴蝶飞不来。"咏罢，冲国文一拱手，说声："献丑献丑。"国文顺手将茶杯送到匡伯陵手里，嘴里讽和道："将就将就。"俩人一起开怀大笑。

2022 年 6 月

江铭记，中国散文学会会员、四川省散文学会会员。原中国核动力院二所党支部书记、四川省散文学会理论部副部长、现任四川省文艺传播促进会常务理事。小说、诗歌、散文、文学评论作家。作品获首届四川散文奖等文学奖项。

裂变的堆谷　燃烧的灵魂

——谨以此文纪念我国核潜艇陆上模式堆成功建成达到满功率运行五十周年

郭　勇

这是一段久远的历史，回味在历史长河中那一段激情燃烧的岁月，缅怀那一代核动力人艰苦创业、无私奉献的精神。这是一段刚刚部分解密、鲜为人知的历史，这是一座值得我们永远怀念、敬仰的丰碑。在这座丰碑上，记载着一代核动力人，视祖国利益高于一切，行忠诚使命重于一切，呕心沥血，殚精竭虑，干惊天动地事，做隐姓埋名人的情怀。

1953 年，美国是世界上第一个拥有核潜艇的国家，由于核潜艇可持续的水下航行能力大，其高度的隐蔽性机动性强灵活的打击能力，是 20 世纪 50 年代以来国际上发达国家争相研制的战略尖端核武器装备，谁都知道拥有该项装备的战略意义，就有了自立于世界之林的话语权。

世纪交替，当家作主的新中国人在思考，什么是核潜艇，啊！装备了核动力装置，代替了柴油动力的潜水艇，就是真正意义上的核潜艇。核潜艇具有隐蔽性好、续航力大、机动性强、突击威力大等特点。核潜艇上配备了核导弹，就具备中远程核打击的战略力量，称为导弹核潜艇。

我国核科技人员自 20 世纪 50 年代末积极开始秘密地研制核潜艇，由于美帝的核垄断与核封锁，早期的研制工作，曾寄希望于当时社会主义联盟阵营的苏联给予援助。但屡受挫折，面对核威慑与恐吓，饱尝了“核心技术是买不来的”中国共产党人，中国人民的伟大领袖毛泽东主席愤慨地说：“核潜艇，一万年也要搞出来！”充分地表达了新中国人民的不屈不挠。从此一代核动力人在毛泽东主席为首的党中央坚强领导下，在“一万年太久，只争朝夕”的奋斗精神下，科技人员、工人、干部投以高亢的报国热情和不屈不挠的民族精神，抱着一定要建立强大海军和现代化国防的信念，硬是在国家“一穷二白”的状况下，以自力更生的坚强意志克服了一切困难，在困难时期坚持走“以堆为纲，抓住关键的科研方针，保住了科研骨干队伍”；实施了“长流水，不断线”的科研设计之路，在坚持中完成了反应堆堆芯结构研究设计的重大突破，完成了核潜艇主方案与主参数的论证，为工程再次上马创造了条件。

1964 年 10 月 16 日，我国原子弹爆炸成功。中共中央决定核潜艇工程上马后，在全面铺开设计的同时，为保证所有反应堆内材料和设备的可靠性和安全性，提出了“一切通过试验验证”求真务实的科学之路，以及材料设备研制始终坚持“三结合”的原则，提出研究设计与建造过程中要贯彻“大力协同，联合攻关”的方针，这些高屋建瓴的举措都为核潜艇工程最后取得成功提供了科学务实的保证。

缅怀与回顾这段极其艰辛和难忘的岁月，讴歌我国第一代核动力人艰苦卓绝进行科学攀登的故事，传承我国核动力人可歌可泣的创业精神，是我们义不容辞的责任和无尚光荣的义务。这代核动力人通过十余年的艰苦努力，研究设计并制造出中国核潜艇的“心脏”，无疑是“惊天地、泣鬼神”的伟大创举。核潜艇从研制、设计、制造、试验、直到装备海军，使我国成功拥有了第二次核打击力量的战略装备，极大地增强了我国的国防实力，“两弹一艇”与“两弹一星”共同构建了中国国防现代化建设的一座座丰碑，成就了新中国拥有第一代核潜艇的神圣事业，是我国在世界上继美、苏、英、法之后第五个拥有核潜艇的国家。

历史需要铭记，光荣需要传承。抚今追昔，我们深切地感受到老一辈无产阶级革命家的远见卓识与大国情怀。老一辈核潜艇工程人的忠诚奉献精神，永远值得我们敬仰，永远是我们奋斗前行的强大精神动力。让这闪耀着创业光辉的动人事迹，再次传承在渤海之滨、东海前哨、南海之涯，传承在“大三线”……它将永恒地激励和鞭策着一代又一代华夏子孙，在广袤的中华大地上迸发出民族复兴的豪情，也必将永恒地伴随着中华民族伟大复兴的光辉征程。

核动力装置是核潜艇的“心脏”，是集国家科学技术、工业制造、材料研制于一身的极其复杂的高、精、尖系统工程。

在我国研制过程中，周恩来总理曾感慨道：“核潜艇的研制，包含了两弹，但比两弹更为复杂，更为艰巨。”

陆上模式堆是先于核潜艇，建在陆地上的全尺寸模拟潜艇条件下的试验性反应堆（简称模式堆）。模式堆的主要任务是通过设计、研究、材料设备生产制造、安装调试、运行检修等，试验运行的目的，就是通过综合测量反应堆物理、热工、控制、动力装置、电气、化学、空调、屏蔽；发现消除改进设计建造中的缺陷，完善核动力装置的设计；综合考验核动力装置和设备在启停堆以及运行和不同事故情况下的安全可靠性；为核潜艇实艇培训艇员，制订各项规程；为核潜艇部队提供技术后援和技术服务保障。故建造核潜艇前，必须要建造模式堆。

1965 年 8 月，中共中央专门委员会十一次会议决定模式堆定点四川省青衣江畔。随即二机部决定，工程对外为西南水电研究所，内部称九〇九基地，通信地址为成都 291 信箱。

同年 9 月，二机部党组指派十五所副所长杨履新，二机部第二研究设计院土建副总工程师刘光裕率 10 余人进川。杨履新一行在当地县委书记段玉楷，县长高山林及其政府工作人员的大力帮助下，进驻九〇九基地现场，并进行了现场勘察与项目选址等当地农民拆迁工作。10 月，二机部第七建筑工程处，第二十三公司和乐山市交通局等千余人也进入现场，开始“三通一平”，和九〇九基地破土动工奠基。

九〇九基地所处地理位置，是两县交界的一处 10 余平方公里的山丘里。而九〇九基地与模式堆现场中间相距 18 公里的崇山峻岭，尚需修筑一条厂区公路。当时以杨履新副所长为代表的基地指挥部人员大部分借住在靠近县城的白马庙学校和老百姓家中，其中不少人在荒野丘陵上扯起了帐篷，搭起了木板房；创业者开始了披荆斩棘的基地早期规划和建设。

九〇九基地开工不久，副所长杨履新根据乐山市交通局勘探18公里厂区公路修筑需要，开始在附近几个县招纳民工，修建“厂区”公路。当地几个县的党政领导在知道这是毛主席亲自批准的国防工程，不仅积极给予了大力支持和配合，而且还响亮地提出：“要人给人，要物给物，一切为水电所开绿灯！”1966年的元旦刚过，那片崇山峻岭中响起了开山的爆炸声，劳动的号子声交响在这条十多公里的山脉里，近千余人的民工队伍在乐山交通局，二机部二十七公司技术人员和工人的带领下，开始了“逢山开路、遇水筑桥”的厂区公路抢建。尽管当时的“文革”妖风尚未对施工现场形成大面积的干扰，但“文攻武卫”的流毒和无政府主义的行为还是在影响着筑路的速度，影响着质量。为了尽快地实现模式堆现场的实地勘察和施工，推动工程建设进度，二机部于1966年3月又从北京15所抽调30余人增援现场，并成立九〇九现场指挥部党委，任命杨履新为代理书记，旨在加强组织领导和技术指导。

随后，1966年8月二机部15所成立以周圣洋为组长的九〇九工程技术领导小组，开展模式堆工程的规划设计。9月，组成以赵仁恺为首的模式堆工艺设计队，开赴现场。

以赵仁恺为首的土建设计人员是在公路未通、食宿尚无条件的状态下，进驻七星沟模式堆现场的。他们白天在山沟里实地勘测，傍晚还得转辗多处借宿合作商店、小学校、不少人还搭铺住在当地农居茅草房里。

1966年11月，模式堆破土动工。施工是在“边施工、边设计、边试验”的口号下，在“先生产、后生活”的原则下，搭帐篷和拼木板房，借宿小学校，商店和当地老百姓家中，当地山民的房屋建筑大多是木竹篱笆墙结构，房顶的屋梁上，夜幕之下，鼠蛇之战十分频繁且十分残酷血腥，耳闻目睹，常常令人们胆战心惊，叫人魂飞魄散，心慌意乱。

后来他们宁可扯帐篷、搭木板房、建干打垒，也不肯去借宿了。初创时期，大三线建设，在先生产后生活的原则下，生活十分艰难，吃的米面，由于“厂区”公路未通，杨履新副所长便亲自组织后勤食堂人员走到二十多公里外的县城，肩扛背驮回来。那时大家吃的是冬水田、池塘、河沟里的水，许多人肠胃出了问题，常常拉肚子，有时一拉就是几个月。晴天还能将就，一到雨天，就浑浊得似泥浆一般，不用说吃，就是拿来洗脸、洗澡，脸上、身上都会长满红疙瘩。为解决吃水难的问题，家家都有水缸、明矾，将浑水倒进缸里，撒入明矾，然后用木棍在水里缓慢地搅上十几圈，混浊的水才会慢慢变清，最后经高温才能饮食。一缸水用完，缸底下常常会沉淀起一层“稀泥糊”。

模式堆土建安装调试和运行期间，正值“文化大革命”的干扰与冲击最为严重的阶段，在中央军委（特别公函）和毛泽东主席“七·一八”批示的鼓舞下，现场八千军民在各级党组织的共同领导和努力下，排除了一切干扰和破坏，群策群力，奋力拼搏，完成了模式堆土建安装和调试。这一切为模式堆最后启动，提升功率运行试验，创造了条件。

人们不会忘记为进一步加快模式堆施工进度，1968 年 7 月 18 日，毛泽东主席签发中央军委电令，要求成都军区指派一名师职干部到现场加强对工程建设的领导，另派一营的工兵支援土建施工。

毛泽东主席的电报批示，极大地推动了模式堆现场土建施工，基建现场的进度日新月异。

毛泽东主席的电报批示，激励着千千万万从事这项工程的科技人员、工人、干部、解放军战士。几乎一夜之间，人们奔走相告，自觉地恢复了施工，自觉地维护正常的土建生产秩序，他们唯恐因自己的过失而延误工期。不少人内疚、忏悔，不少人顿足捶胸、泪流满面、痛责自己，他们赌咒地对天发誓“一定要把失去的时间夺回来”！

瞬间，在模式堆工程建设的各个工地上，在核潜艇工程设备研制的各个生产厂、科研部门，在核潜艇研究设计部门，在这条广阔而神奇的秘密道路上呼唤出历史上罕见的摧枯拉朽的力量，使近如一盘散沙的国家工业力量有机地协调和凝聚起来；众志成城，团结协作，自力更生，奋发图强，主厂房工地的基础挖掘因地质复杂，岩层坚固，施工非常困难，为按时保质保量完成挖掘和混凝土浇灌，援建工兵发扬了一不怕苦、二不怕死的精神，在现场赵仁恺及其千余名施工人员的配合下，日夜拼抢，模式堆主厂房于 1968 年 12 月 29 日，完成全部混凝土基础浇灌。次年 3 月模式堆主厂房封顶。

此时，模式堆辅助工程水线隧道也由二机部二十三公司三工区 400 余名职工组成的水线隧道工程突击队，在尚无三通一平的条件下土法上马，绳拉、肩抬、背扛，硬是将隧道工程用机械设备运到现场，1968 年 12 月开始施工，经过半年的日夜加班加点，7000 余米的水线隧道终于在 1969 年 7 月完成现场通水。

紧接着一场核潜艇陆上模式堆动力装置的安装便在 1969 年 3 月，模式堆主厂房尚未完成内部装修的状况下紧锣密鼓地拉开了帷幕。

此时，模式堆现场不足十平方公里的周边，即公路边，龙头河的溪畔，山旁，连绵近 2000 米弯弯曲曲的山沟里，参加土建人员和来自全国各地近百家设备制造厂的技术人员随处可见地拥挤在沿线临时搭建的帐篷，木板房、土沙块里，他们是响应中央核潜艇工程领导小组关于确保模式堆一次成功，让毛主席睡好觉而陆续到达现场，枕戈待旦的。

1969 年 3 月，完成主厂房施工并开始模式堆动力舱耐压壳的拼装和设备安装。

首先冲击主厂房的是由童荣鑫带领的，由渤海造船厂和武昌造船厂 200 余名技术工人联合组成的工程队，开始拼装三个动力舱的耐压壳体。经过 3 个月立体交叉的日夜抢装，于 1969 年 6 月完成耐压壳体拼装。

承担反应堆压力容器与支撑裙的焊接工作是二十三公司一处的施工技术人员和工人，这是两条不同品种钢的焊接，是项尚需国内攻关的焊接工艺，工人们为突破这项技术，已苦练了两年多，才掌握了这套焊接工艺和技术。

9月28日傍晚，重达60吨的反应堆压力容器就位后，经5小时外预热后，工件达到预热高温，待命的焊接突击队员在现场总指挥彭士禄的一声号令下，一跃而起，团团围住，几把焊枪争相吐焰，实施抢焊。尽管焊接现场不断有人累倒和昏迷，但在突击队员近16个小时顽强的轮番操作下，终于在30日凌晨，完成了反应堆压力容器与耐压壳支撑裙的焊接。

接着，动力装置内的主机，汽轮发电机及其一、二回路的主辅系统和设备在主辅机舱6个层次的壳体内交叉进行安装。至1970年4月28日，在现场军管会，现场指挥部和715所的领导下，在二十三公司和几十个设备生产厂技术人员的忘我劳动中，这个集我国24个省市，十多个工业部门生产制造的2万多台（件）设备除反应堆本体外，已基本完成安装。接着715所设计人员在彭士禄、赵仁恺和符德璠的率领下，利用外蒸汽锅炉对动力装置一、二回路进行调试，并取得合格的数据。

1970年，核潜艇工程领导小组要求九〇九现场指挥部成立“反应堆启堆运行领导小组（注：在反应堆实现满功率运行后，于8月18日撤销）”。

与此同时，在周圣洋所长、彭士禄、赵仁恺、符德璠三位副总工程师的领导下，现场生产组昝云龙、焦增庚、魏书斌等人亲临核动力装置调试第一线。在主厂房四壁以及耐压壳体上，到处都是张贴的豪言壮语与警示施工的标语、口号：“活着干、死了算!”“为了让毛主席睡好觉、我们一定要造出争气艇!”“精心施工、精心调试、精心启动、成功地完成满功率运行”“ 发扬一不怕苦、二不怕死的革命精神，坚决完成党中央、国务院交给我们的艰巨任务!”……彭士禄在陆上模式堆综合调试前特别强调指出，综合调试是在反应堆堆芯安装之前，检验反应堆装置的几十个系统、管道、仪表的安装质量；检验系统与系统之间、管道与管道之间的协调状态；检验排风塔排出的烟气是否合格，是否影响周边老百姓的健康和生态环境；检验60万大卡空调能否正常地向壳内各舱正常供应冷气与氧气，等等，这是必须要经历的检验过程。综合调试是反应堆堆芯安装前非常重要的一个环节。

二机部副部长李觉悄悄地来到了安装队伍里，来到与紧张施工过程中的715所配合设备安装的张维中、程兆楷、王伟华等技术人员、工人中间，他乐呵呵地穿梭行走在紧张忙碌的队伍里，时而拍拍某某的肩膀，时而上前关切地询问工作和生活情况。由于大家不认识他，只觉得这位蓄着胡子的人挺亲切，稍有空闲，便有人与他拉起了家常。后来随同他前来的秘书告诉大家，这个蓄着胡子的老人是二机部副部长，而且是原子弹工程上赫赫有名将军李觉时，大家这才顿时明白，纷纷地围拢过来，激动地与他握手问候。李觉将军只是微笑着，一边握着大家的手，一边走着说："同志们真的很辛苦，谢谢大家的辛勤劳动!"

反应堆安装是核潜艇工程建造过程中最为关键的核心，安装质量的优劣不仅关系到模式堆本身的安全，而且关系着整个工程的成败。

反应堆堆内部件的配装是关键核心，堆内部件高精尖的关键项目多，如燃料元件组件、中子源、控制棒、测量部件以及压紧弹簧、压紧筒等装配，不仅装配工艺技术十分复杂，而且从物理学观点来说，组装燃料元件，就意味着有发生物理临界的危险。因此，反应堆安装必须制定严密的安装工艺程序和严密的预防措施，现场指挥部根据负责工艺技术工作的赵仁恺等的提议，为了确保陆上模式堆安装的万无一失，九〇九现场指挥部决定成立以715所设计人员和模式堆试验室检修人员为主体的"三结合"装堆小组。为确保安装反应堆任务的进度，安装工作采取立体交叉作业的方式进行。

此时，现场"装堆小组"人员已经进行了两个多月的技术准备，就解决安装反应堆过程中可能存在的如：上下栅格栏内的孔系对中、间隙配合、热膨胀间隙、密封贴合、精确定位等问题，准备了专用工具、量具、光学对中仪器等设备，并反复地进行操作直至熟练掌握。

根据现场指挥部制订的整体战役计划，现场生产组提出：从1970年3月29日开始，"装堆小组"在强全生的具体组织下实施堆内构件预装，以便检验堆内构件的匹配状态，防止意外情况的出现。经过"装堆小组”14 天艰苦细致的配装，完成堆内构件的预装后，吊车司机张茹琴稳操 60 吨大吊车，在丈夫丁家祥的各种手势与哨声的指挥下，准确地将其整体入堆。这俩人称“一对红”的夫妻，自核动力装置安装调试以来，便把一双儿女委托给父母和邻居照管，全身心地投入安装现场的设备安装工作中，尽管他们的吊装技术早在上海港口便是首屈一指的佼佼者，但为了保证核安全，保证万无一失地准确操作，在空隙时间里他们也不断地进行练习和熟悉吊车的性能，进一步掌握精准吊装的技巧。

紧接着“装堆小组”再次向堆外预装发起了进攻。组长强全生发现控制棒导向活塞有卡死的现象，这将危及反应堆启堆、停堆的机动灵活性。设计人员陈志捷、李乾生、张汉周及上海先锋电机等厂参加配装的人员心急如焚。但此时如果要更换十多组控制棒导向筒，在时间上根本就来不及。强全生不愧是多年的机械钳工，有着丰富的实践经验，他在仔细观察后，别出心裁地决定，先对没有故障的进行配装组合，最后才对配装不契合的采取修磨的办法。此办法立刻得到设计人员李乾生、张汉周等人的赞同，他们认为，在非标准件机械设备的安装过程中，是允许这样装配的。这样做，既争取了时间，又能保证质量，也能切实地做到万无一失。

强全生等人提出的配装方案很快就得到指挥部的同意。强全生率领装堆小组突击人员立即进入“阵地”，开始了夜以继日地进行了 400 多种配装与修磨。配装与修磨是精细活，手巧心细才能出精品，才能保证导向筒的高度灵活自如。安装现场，赶时间，比速度，保质量的氛围十分浓厚和严肃，突击队员们工作压力很大，信心也满满，因为他们中绝大部分都是来自各条战线上的能工巧匠。当时现场的标语口号也的确是令人热血沸腾，精神亢奋：“党中央在看着我们，毛主席在看着我们！”装堆的工人师傅们正是在这样高亢的政治热情鼓舞下，在爱国强军的精神感召下，发扬了“一不怕苦、二不怕死”的精神，以严谨高效，连续 27 天不间断的坚忍与辛勤劳动，终于完成了反应堆控制棒的堆外预装。

这期间强全生、冉启泉、李树山、范金荣、范井仙的夫人和孩子都住在江边“干打垒”的房屋里，她们心疼自己正在连续加班的丈夫，走几里路，到老城镇的街上买鸡和蛋，为的是让这些玩命的安装反应堆汉子们在饮食上能补充营养。他们多次起早贪黑，摸着几里山路送鸡汤等食品到安装现场，桥头站岗的战士不让她们送进去，现场模式堆研究室的党支部书记吴继胜只好带上几个年轻人来到桥头，把一罐罐鸡汤等食物带进现场。并叮嘱大嫂们回去时要仔细地看好路，不要因为天黑而摔跤！

紧接着，便是一场更为紧张而严酷的燃料元件堆外预装战斗，未来的安装内容对于技术的要求更高，艰巨的任务，更加严峻地考验着“装堆小组”的能工巧匠们。针对现场充满紧张与辛勤劳动的火热大场面！杨履新副所长、郭毓敏“点长”分别向后勤人员和采购人员发出了“搞好伙食，增加营养，保证现场加班人员24小时都有可口的热饭热菜”的号召。

由于堆内“心瓣”安装具有极为特殊的要求，因此，不准发生任何磕碰，而且对于清洁度要求极高。5月1日，强全生带领范金荣、冉启泉、李树山头戴白帽、白口罩，穿着白上衣、白裤子、白帆布袜带鞋等，开始了第一轮预装，结果表明，组件与吊篮上的栅格孔，配合较紧，甚至有装不进去的现象。现场配合参加装配的富拉尔基重型机器厂和上海先锋电机厂的技术人员，更是急得像热锅上的蚂蚁一般，豆大的汗珠直接淌流满面。

组长强全生向指挥部领导汇报完情况后，他先安慰在场的人们不要急，稳住大家的情绪，然后带上早已放在工具间的测量卡尺，再次进入到吊篮，经他检测发现，是吊篮上的栅格孔，其加工精度存在0.05毫米的锥度误差。可见，这些堆内设备对于加工精度的要求是非常高的。

如果退回生产厂里返工，显然已经是来不及了，彭士禄、赵仁恺针对此情况，连夜召集工艺技术小组与“装堆小组”人员商讨对策。李树山、冉启泉、范金荣是精明能干的老钳工，他们提出“采用铸铁棒添加磨料，进行栅格孔研磨扩孔”的方案，该方案得到了赵仁恺和强全生的支持。经过研磨试验后，发现效果良好！解决的方案一经确定，“装堆小组”的成员们倍感兴奋，人人摩拳擦掌，个个跃跃欲试。但在窄小的安装吊篮里，一次只能容纳 3 人。强全生在小组中挑选出 18 人组成突击队，每三人一组，每组工作人员不间断地工作 4 小时，再进行轮流休息，为了赶时间，保证清洁度，突击小组人员一律食宿在现场的清洁间，为了保证吊篮内的清洁度，还必须把自己从头到脚用崭新的白衣裤鞋等“套装”起来。为保质按进度完成任务，这些身穿白衣、白裤、白鞋，戴上白手套、白口罩的“白人”，实行轮换研磨，乏困了，轮换着到清洁间打个盹，手磨起了泡，包扎后继续干，研磨时产生的粉状细末，必须掌控在厚厚的白色垫布中。经过 6 个昼夜紧张的研磨，终于在 5 月 28 日的凌晨，完成了全部元件盒的堆外组装。以强全生为首的反应堆安装突击小组成员为确保核潜艇陆上模式堆的启动运行，付出的智慧与艰辛，永留中国核工业史册上，他们作出的贡献也和我国核潜艇第一代总设计师彭士禄、赵仁恺一样感动中国，彪炳千秋。

5 月 29 日，陆上模式堆开始安装中子源。在试着将中子源装入锑铍源套时，又意外地发现间隙不匹配。中子源是反应堆启动时的“点火装置”，且具有一定的放射性，安装时对防震、防晃动等要求十分严格。现场还暂时不具备对放射性的屏蔽条件，但时间不等人啊！九〇九基地现场的八千军民正在看着我们呢！

早在重水堆上就有着丰富工作经验的范井仙工程师，深知中子源有一定的放射性，但就是因为有点放射性就能难住我们吗？他在认真查看了装配的公差后，便仔细地穿戴好必备的防护服，毅然决定由自己来修磨这个危险品，他从大厅机械组拿来一个电动砂轮，两眼紧盯着中子源的包装体，双手紧握电动砂轮，沉着冷静地走向中子源罐，开始对中子源罐进行精心的打磨和修饰，打磨虽然只用了几分钟，却升华了一名中国共产党人在紧急关头的先锋作用，众目睽睽之下，他的忘我精神成功地书写在第一代核潜艇英雄谱上了。

这种情况如果发生在今天，肯定是不允许的，但在当时那种箭在弦上的情况下，你不得不根据经验判断来做出果断的选择，强放射性即使是刀山、是火海，也得冲上去，身着简易防护服的范井仙，在这几分钟里表现了一个共产党员和优秀知识分子对国防事业的赤胆忠心，彰显了一代核科技人员对核动力事业无私奉献的大无畏革命精神。

6 月 11 日，至关重要的反应堆“心瓣”，在张茹琴熟练操控的吊钩下，准确地将其吊入反应堆的压力容器中，紧接着她又将重达数吨的反应堆顶盖吊起，准确而牢牢地扣住了压力容器。在扣接完成后，安装队伍又完成了反应堆物理、热工、控制、结构、剂量、屏蔽等等测量仪器、仪表的安装与敷设。

至此，陆上模式堆上一个尚未启动的反应堆“心瓣”，已经完整地在陆上模式堆运行研究室人员手中安装完成。

6 月 27 日，九〇九基地现场指挥部彭士禄、赵仁恺、周圣洋、昝云龙召集陆上模式堆 30 多个系统的设计负责人、和运行室的曹关平主任，在九〇九基地指挥部召开会议。会上，指挥长何谦、军管会主任王汉亭以及党委成员，听取了核动力装置安装、调试情况分析。会议认为：通过冷、热试车和综合试验表明，反应堆各管路系统和设备基本满足技术要求，反应堆控制系统通过驱动线以及物理、热工、中子通量等监测系统的仪器仪表观察表明，反应性和灵敏性较好，堆内测量系统的仪器与仪表均达到了设计要求，能够安全可靠地操纵、指导反应堆的运行。也就是说，核潜艇陆上模式堆具备了启动提升功率前的基本条件。

1970 年 6 月 28 日，核潜艇陆上模式堆首次具备安全启动前达到的“冷态临界”。此时一条安静的钢铁巨鲸静静地卧在四川省一条深山沟里，它在期待着裂变的指令！它在积蓄着驶入大海的能量！

中国核军事工业历史将永远记载这难忘的时刻。1970 年 6 月 28 日 15 时，我国核潜艇陆上模式堆在我国首次实现了“冷态临界”状态。打个比喻说，此时的状态相当于燃油已入锅炉炉膛，点火即可燃烧。

1970 年 6 月 30 日 23 时 10 分，陆上模式堆运行室值班长耿其瑞在“启堆小组”副组长赵仁恺副总工程师的首肯下，宣布核潜艇陆上模式堆，首次达到“热态临界”状态。

“热态临界”后的陆上模式堆，睁着铮亮铮亮的眼睛，悠然地静卧在山岭深处那片森林下。这座钢铁“巨鲸”正在期待着启航的命令！这命令是期待着中国核科学技术人将裂变的蘑菇云变成热量，同时转化为热能、发电。核能将首次成功地应用于核潜艇，也必然会成功地为国家能源建设贡献出光和热！也必然给第三世界热爱和平的人民树立双刃剑碑！这是热爱和平的中国共产党人的初心！这是全国人民的期待！这是核科学人多少年为之奋斗努力的结果！这种期待，更是现场八千军民共同的心声。实现“热态临界”的消息，很快就通过周恩来总理的专用电话线传到了北京，专用电话线是几周前周恩来总理要求成都军区派专人架设而成的。

消息经海军罗舜初副司令员传给了周恩来总理，周总理立即要求中央专委领导和核潜艇工程领导小组成员组成专家委员会，审核核潜艇陆上模式堆启动程序和步骤。

1970 年 7 月 1 日凌晨，当周恩来总理通过罗舜初将军做出指示：“请陆上模式堆现场派人来京汇报。”

周总理一个“请”字，使为之奋战了 22 个月的现场八千军民感到无比的温暖和幸福，他们的内心开始沸腾了！

为了这一天，九〇九基地和模式堆上的八千军民建设者，历经了五年的奋发图强和励精图治。他们终于迎来了党和人民检验和阅示的庄严时刻，神圣与庄严有如裂变的原子在猛烈地撞击着设计者、工人、干部的心房！这是为国强盛的激烈脉动，这一浪高一浪的脉冲将形成波涛汹涌洪流，掀起这支参加试验的全体科学技术人员、工人、干部和解放军指战员高度的科学激情，使之忘我地投入“满功率”运行试验。

1970 年 7 月 5 日，陆上模式堆现场“启堆领导小组”彭士禄、昝云龙、魏书斌、周贤兴等一行十余人，在军管会主任，“启堆运行领导小组”组长王汉亭的率领下启程赶赴北京。

1970年7月6日，陆上模式堆启堆运行领导小组在北京向核潜艇工程领导小组、二机部、海军及有关部、院领导同志汇报了启动反应堆的各项准备工作情况。

1970年7月15日下午2时30分，周恩来总理身着灰色中山装，兴高采烈地步入了人民大会堂福建厅。

周总理环视了一下启动小组的成员后，低声对李先念副总理耳语道，那个瘦弱的书生，就是彭湃烈士的儿子彭士禄。然后抬头问大家：“你们谁先说!”

昝云龙首先说道：“我先汇报，主要汇报三个部分：一是设计潜艇核动力装置的重要战略意义与主要功能；二是完成设计、建造、安装、调试和启动陆上模式堆前的一切准备工作；三是启动试验的目的、意义、阶段划分、关键环节与进度目标。”

当汇报到一回路的主泵时，昝云龙把水泵说成“水榜”时，周总理笑道说：“你是四川人!”李先念副总理接着说“四川话还‘孩、鞋’不分，‘床、船’不分!”讲到汽轮发电机时，总理问：“这与十二万五千千瓦双水冷发电机有联系吗？请彭士禄详细汇报!”彭士禄回答：“没有必然联系”!

在彭士禄与昝云龙长达近3个小时的汇报中，周总理全神贯注，还多次插话，听到反应堆堆芯元件及其安装过程中的曲折过程时，他关切地问：“中国工人真的了不起！燃料元件为什么要装这么多盒？”“啊，这样可增加热量，但这样会不会引起不可控？”彭士禄答道：“不可能出现这种情况!”周总理马上严肃地说：“什么情况都可能会发生！为什么要把启动时间定在7月18日呢？”当他听到是为了纪念毛主席电报批示援建陆上模式堆时，周总理高兴地说，按毛主席指示，你们创造了惊人的速度，能在这天启动当然好！但要按科学规律启动，不要抢时间。当汇报小组汇报到“三废”处理的情况时，周总理关切地对昝云龙和大家说：“我们要吸取日本把废水、废气、废渣都往海里倒的教训，致使海里大量死鱼并造成了可怕的环境污染！……排风塔每天排多少废气？对周围居民有无影响？”昝云龙明确地告诉他，排风塔排出的废气远低于国际标准，对周围的居民无任何危害。

当彭士禄汇报模式堆启动需要注意的事项时，周总理关心地对彭士禄说：“你是总工程师，要综合考虑可能出现的问题，各个环节都要考虑到，这是系统工程，要有统筹和总揽大局的观念，要多吸取别人的教训，要后来者居上！”“好！今天就听到这里。”他指着李觉、张连奎、陈右铭说：“你们几个单位要连夜加班地讨论研究一下，找下差距，还要动员高教部、清华大学、冶金部、化工部的专家来提些意见。明天12点再来一次，把意见都谈出来。返回的飞机请吴法宪司令落实，专机是明天下午4时起飞。”当他听说明天下午气候有变化时，立即把听汇报的时间提前到上午9时，专机12时起飞。

1970年7月16日上午9时，周总理及前来的领导与专家中，增加了清华大学的吕应中教授，还有冶金部、化工部几位专家的新面孔。

彭士禄与昝云龙的汇报仍在继续中，周总理对彭士禄和昝云龙说：“把别人替你们想到的问题，全都带回去好好地研究。科学实验与革命一样，要按规律办事，有步骤、积极稳妥地进行……”

接着周总理还用十分慈爱的父辈之声对彭士禄说道：“不要说满足的话，要多想一下意外的事情，长征路上我们就有过土城战斗失败的意外……假如你们失败了，我不责备你们。但现在要求你们做好各种预想，考虑周到，成功了，我们可以搞核电站！还可以造核动力航空母舰……”

然后总理再次告诫大家：“回去后，不一定在7月18日启动，试验前一定要认真检查，如有问题，晚一些也没关系。”

在1970年7月15日至16日两个半天的时间里，陆上模式堆“启堆运行小组”向中央专委汇报“核潜艇动力陆上试验堆启堆提升功率问题”。周恩来总理作出下列指示：“在试验中要做好各项预想，考虑周到，安全可靠，万无一失，要以搞好为准”“开始联动，注意测试数据，慢一些，细一些”等重要指示。还特别强调：“要充分准备，一丝不苟，万无一失，一次成功。”最后，周总理指派陈右铭、徐传效、吕应中等组成“启堆专家学习指导小组”去陆上模式堆现场，既当专家又当学生。接着总理与“启堆小组人员”一一握手道别，大声说道：“祝大家成功！”

1970年7月16日16时30分，专机降落在成都军用机场。“启堆小组”和“启堆专家学习指导小组”一行换乘带篷的解放牌卡车，几小时后便一溜烟地消失在一条群山环绕、树木葱郁的山间路上。

车辆到达陆上模式堆现场，已是夕阳西下，在落日的余晖下，那斑斓的彩霞映衬在袅袅炊烟之际，日落的流连与晚霞的烂漫景象交相辉映，构成了一幅炫丽与平和的乡村自然美景。当车辆如灌地进入“夹皮沟”、尚未进入陆上模式堆桥头岗哨之际，突然从四面八方涌出一批举着红旗、拿着标语、敲锣打鼓的现场职工、家属以及来自全国数百家参试厂（所）的人员，他们兴高采烈地团团围住了彭士禄和昝云龙及新到的代表一行。在这条弯弯曲曲长达1公里的狭谷里，交通虽然有些堵塞，却挡不住这激动而欢快的人流，寂静的山谷回荡着震耳欲聋的口号声！

“热烈欢迎启堆汇报小组胜利归来！”“热烈欢迎党中央国务院派来的专家指导小组！”

彭士禄一行没有太多地在欢庆的队伍里逗留，而是简单地表达出：感谢大家全力支援陆上模式堆的建设，我们达到了“热态临界”并具备了提升功率的第一目标，我们将要进行陆上模式堆的启动，只有成功了，才能报答党和人民对我们的信任。说完便通过了岗哨、穿过山包、直接奔向了峡谷深处的模式堆主试验厂房，进入到三楼306中央控制室。在主控室，控制室专家林杰和李宜传简要地向来宾介绍了中央控制室的基本情况。

反应堆控制台上的指示仪表和灯光在不停地闪烁着，它期待着启动的手指，期待着党中央、国务院派来的“专家学习指导小组”关切的目光，期待着奔向海洋的命令。

控制室里五位操作员此时正全神贯注地坚守在岗位上，他们完全做好了启动前的心理准备，正似箭在弦上，那可是一触即发之势呀！

在中央控制室海洋钟旁的控制屏上，用有机玻璃镶嵌着毛主席的誓言“核潜艇，一万年也要搞出来”，字体苍劲，颜色醒目，催人奋进。控制室的四周还悬挂着“我们一定要建设一支强大的海军”“团结、紧张、严肃、活泼”的红色标语。

山谷欢庆的人群，面对即将启动的核动力反应堆，激情似海，难以平静。这里或将又要掀起一波激情燃烧的浪潮，又要掀起一个又一个令人难以忘怀的壮怀激烈之夜。

入夜，参加庆祝活动的人群早已散去，满天的星星点缀在皎洁的月空里，月亮看上去似乎离山顶不远，友好而痴迷地悬停在两座山峰之间的空隙中，像是悬挂在峡谷里那不大的窗口上的一块白玉圆盘，又好似是一幅参展的夜景画。八千军民，战天斗地的峡谷之夜，神圣的责任，万千的思绪，充满着亢奋与激情，庆祝活动让人们沉醉在对毛主席、对周总理亲切关怀的幸福和甜蜜摇篮中。他们无不憧憬着对明天开始的试验，必将启动成功的向往。

核潜艇陆上模式堆安装调试的那段经历，是彭士禄、赵仁恺等一代核动力人“善于坚持、求实执着、敢于创新、勇于担责”的精神体现，那是一段刻骨铭心、永生难忘的拼搏岁月。他们是核潜艇研制的奠基者，他们是核潜艇核动力工程的实践者，光阴易逝，功绩永存！他俩作为核动力设计的副总工程师，是潜艇核动力工程的技术专家之领军人物。九〇九基地老一辈的科技人员与工人、干部们，无不想念着身穿蓝色工作服的彭士禄、赵仁恺，人们亲切地称他俩为彭总和赵总。他们俩的身影，晴天一脸灰，雨后一身泥，常常和大家挤在卡车上，带着笑意与祥和，不论风和雨、他们都和战友们紧紧地挤靠在一起，那画面就像是排列在堆芯的一组组燃料元件，“杵”在一起就是为了发出光和热。

生活虽然艰苦，但他们没有时间去关注苦恼，倡导以苦为乐、以苦为荣，已经成为这一代人的习惯和传统。因为他们心中都揣着一个共同的伟大目标，那就是不惜一切代价，不畏一切困难，早日建成我们自己的核潜艇核动力装置。他们和安装工人们在一起，在核动力装置十几个作业舱里，参加设备安装中的找平、对中、定位，商量解决的办法，提出应对的措施。他们与反应堆安装调试人员同吃、同住在安装调试现场，为排除装堆过程中出现的公差，他们表现出了非常严谨的认真态度与科学求实精神，不仅指导制订了研磨计划和工序，确保了质量，还与技术人员、工人们共同攻坚七天七夜，硬是搬开了这块“拦路石”，他们这才和衣困倒在值班室。

为了保证陆上模式堆启动成功，虽然他们不是领导小组的主要技术领导（注：因为“文革”的原因），但现场指挥部还是相信他们、支持他们，坚持要他们驻守在陆上模式堆的调试、启动、运行现场。彭士禄、赵仁恺、符德璠并肩协作，同在“一线”指挥，分别站在三个班的值班长身后，像定海神针，“杵立”在中央控制室，掌控着核裂变能转换成热能，热能转换成机械能和电能的裂变场面。在现场忙碌而劳累的日子里，他们时刻牢记周总理关于陆上模式堆启动时的电话指示：“加强现场检查，越是试验阶段，越是要全力以赴，丝毫不苟，才能符合要求，取得全部数据。”为此他们深感责任重大，丝毫不敢掉以轻心。

为了确保各项试验的成功，他们都身先士卒深入到模式堆的主控室、主辅两个机舱的 6 个层面上穿梭与巡视，摸爬滚打，极尽周详，虚心地听取操作人员的意见，解决启动和运行中的问题，逐一排除故障。涉及陆上模式堆在启动、运行过程中的几项重要的操作，如第一次反应堆“临界”、第一次提升功率、第一次核发电、第一次“冲刺”满功率……都是安排在他们三人的班上执行。这许多的第一次，无论是哪一班，都无不在严苛地考验着他们的能力，锤炼着他们的毅力，检验着他们的责任心，同时，也在考验着他们不畏艰险勇于开拓的风华人生。

在整个主试验厂房宽敞的大厅里，静卧在厂房内的几十米长、重达几百吨级的核潜艇陆上核动力装置耐压壳上，已树立起“坚决贯彻落实毛主席 7 · 18 批示”的巨幅标语，大厅壁上随处可见赤胆忠心的誓言，随处可见披肝沥胆的决心书！在核动力装置的外壳旁，在主机舱和辅机舱几十个操作岗位上，在几十个测试点位上，到处都是充满自信、洋溢着紧张而兴奋的脸庞；到处都是跃跃欲试、渴望着一显身手的进取姿态；在六层主厂房楼层那宽敞的过道上，到处都是席地而坐、和衣而眠的设计人员、工人和近百家设备制造厂前来保驾护航的专家、技术人员和各行各业的能工巧匠。

这批来自长城内外、大江南北的工作人员，他们口音各异，南腔北调，且衣着也各具特色，但他们一个个精神百倍、气宇轩昂，无不精神抖擞、激情满怀地融入运行室的工作之中，组成了一道道随叫随到、枕戈待旦的“专业化和预备役的人墙”，这就是一道道保证核潜艇陆上模式堆安全启动的“铜墙铁壁”。

在模式堆启动试验运行的队伍中还有一群衣着非常特殊的人群，他们着装中有陆军，海军，当然更多的是衣着蓝工装的技术人员和工人。

在主辅机舱值守的人员，绝大部分是由北海舰队派出的、具有 4 年以上轮机操作经验的战士，他们都是经过精挑细选前来参加陆上模式堆运行会战的。而指挥他们操作的，却是没有穿军装的值班长和操作员，他们中的绝大部分都是从全国各地的电厂和重水堆上选调来的工人、值班长，那是工人阶级必须领导一切的年代，具有大学文凭的，仅有耿其瑞、范永富等数人。这是世上绝无仅有的特殊运行队伍，也是我国核潜艇战线军民结合、攻坚克难十分经典的特色战场。

面对这样一支庞大的队伍，启堆领导小组组长彭士禄和副组长赵仁恺、符德璠充满信心地主持了启堆前的动员誓师大会。

会上彭士禄用他那带有广东腔的普通话讲道：“党中央在看着我们，毛主席在看着我们，启堆过程中肯定会遇到许多意想不到的困难，但我们一定要发扬不怕苦和不怕累的精神，发挥我们特别能战斗、特别能连续作战的‘硬骨头’作风，一万年太久，只争朝夕！不达到满功率运行，我们决不离开现场！”

陆上模式堆启动、提升功率的程序，是按生产组与陆上模式堆运行室（注：相当于现在的科学技术处）制订的十阶段运行计划来推进和执行的。

1970 年 7 月 17 日凌晨，国防科委副主任罗舜初将军打电话到九〇九基地，他对陈右铭说：“总理刚才打电话询问你们是否已经到达现场，确定‘提升功率’的时间之后，要马上报告周总理。连接现场的专用电话线，成都军区已经抢通并保证畅通。”当罗舜初通过专线电话获悉，2 小时后就要启动的消息后，他立即对陈右铭说：“我马上向总理汇报！”

约 10 分钟后，罗舜初将周恩来总理对模式堆试验工作的电话指示传达到陆上模式堆现场：“不要急，要仔细做工作，把工作做好为原则。”

1970 年 7 月 17 日凌晨 2 时，启堆领导小组组长彭士禄下达命令，我国核潜艇陆上模式堆按计划启动。彭士禄认为模式堆已经“热态”多日，各项指标无异，如有问题，也应是在启动后的过程中暴露出来。所以他作出了“将在外，军令有所不受”的决定。

就这样，一项惊天动地的伟大工程试验，便在峨眉山脉中的一个峡谷里，悄然地拉开了序幕。一场接受人民检验的，集国家科学技术，工业制造的系统工程试验，一场深受党中央关注的核潜艇陆上反应堆开始了首次启动、提升功率试验。

核反应堆经过近 20 个小时稳步的主回路升温升压、稳压器建立气腔，气压达到额定参数值。操纵员只等值班长的一声令下，便可以开始提升反应堆的功率了。试验主厂房里里外外一派大战进行前的群情激昂。

此时，彭士禄反倒冷静下来，他在认真分析有关参数后，要求各部门、各系统再认真地检查一遍。

果然有情况，堆内测量系统小组的人员报告：“堆顶测量管焊缝出现了渗漏!”

彭士禄闻讯，立即对范永富值班长下达了降温、降压、停堆的命令。他走向307专线，用电话向国防科委罗舜初副主任作了情况汇报，并同时提出了立即停堆的处置措施。

反应堆经过十多个小时的停堆后，堆顶温度尚处在五六十度以上，由焊工梅树才带队组成的抢险队员们就迫不及待，争先恐后地想钻进那个只能容纳一人的渗漏处。梅树才是位有着七级焊工经验的壮年师傅，他说自己是队长，“你们都别争，我上!”

渗漏处温度高，周围管线密布，只能容得下蜷着身体钻进去，焊枪的移动范围十分有限，还得充分地发挥手上的焊接功夫才行。一小时下来，他一身洁白的工作服湿透了，休息几分钟后，他又再上去继续焊，直到认为焊好了才罢休。

但通过打压试验检查，仍有渗漏现象；再焊、再进行打压检测，仍然有渗漏。几个回合下来，抢险队员们轮番上阵，但结果却是人人筋疲力尽，个个黯然神伤。负责堆内数据测量的设计人员邹心银，在一旁已暗自观察多时，待大家都撤下来后，他就悄悄地钻了进去，他打起手电筒，仔细地观察了几遍，这段多半个“身子”都在堆内的不锈钢管，在与堆顶焊接后，为什么就出现了渗漏？邹心银沉思了好一会儿，似乎发现了什么端倪？他出来后若有所思地对大家说，焊接不成功的主要原因，可能是管内仍残留没有断流的水分，由于受热面积小，焊接温度传递不均匀，所以会影响到焊接的质量和效果，这可能是无法保证焊接质量的主要原因……

“启堆小组”现场分析认定了邹心银的判断，同意了邹心银的处置方案。于是邹心银亲自上阵，他让焊工们做好一切抢焊的准备，然后他再次钻到了渗漏处，用一根准备好的软吸管插进不锈钢管内，然后用力地深吸几口，迅速将吸管降到低位，利用“虹吸现象”往外排水，水最终是全部排出来了，而他却满口都是，连胃里也感觉到了温度。他下来了，过了一会儿，焊工梅树才此时再次披挂上阵，但为了协助梅师傅在窄小的空间里实施焊接堵住渗漏，他紧跟在身后，用嘴衔住手电筒，利用反光镜的折射光作用，将渗漏处的状况准确地送递到梅树才师傅的眼前。梅树才的焊枪在邹心银镜光的指引下，又一次地喷射出火花，又经过连续几个小时的抢焊，终于在23日凌晨完成。再次经过打压测试，渗漏终于被堵住了。

当时他虽然知道有剂量，但并没有意识到这带有放射性剂量的水，将会长期不断地侵害着他的身体。几年后，邹心银却因长期腹泻而久治不愈，后来病逝于肝硬化晚期。一个默默无闻的工程师，就这样在病魔的折磨下离开了大家！但在核潜艇研制史上，却永远地留下了他光荣的名字！

7月23日凌晨，“启堆小组”电话请求国防科委批准提升功率。罗舜初副主任通过电话告诉现场，周恩来总理得知模式堆试验中发现堆内测量管渗漏情况后一直很关注处理状况，7月20日他曾对下阶段的试验作了电话指示：“加强现场检查，越是试验阶段，越是要全力以赴，丝毫不苟，才能符合要求，取得全部参数。”

7月23日2时30分，陆上模式堆带着周总理的嘱托再次升温、升压。

7月25日6时2分，主控室传来当班值班长陈仰止喜悦的声音：“堆功率达到9.6%”，赵仁恺兴奋地对值班长陈仰止说，马上将两台1200千瓦的发电机并网，开始带负荷运行。

这是令人难以忘记的时刻，这是应当载入史册的时刻。因为，这是中国大陆首次真正意义上实现核能发电！

这个时间是1970年7月25日6时2分。

1970年7月25日，陆上模式堆工程提升功率后，首次甩开外接电源，在核动力装置内首次使用核能发电，并用核电启动60万大卡空调，供应舱内冷却通风。

模式堆又经过6天，三个阶段不同功率状态下的运行，于7月31日凌晨堆功率达到92%，在此功率上又连续运行了十多个小时，其间进行了大量的数据测试后，征得国防科工委同意后，彭士禄对值班长发出了“向满功率运行”的命令。

但持续地努力了6个多小时后，主机达不到满功率。分析原因系汽轮机主机喷嘴前自动调节阀的问题，进入主机的蒸汽未能达到设计值而发不出满功率。

31日上午9时，彭士禄在万般无奈中下命令：“正常停堆！”

陆上模式堆首次试验运行，虽然没有达到圆满，但彭士禄、赵仁恺对反应堆的成功信心十足，因为反应堆所有的物理、控制、热工以及一回路数据表明，反应堆不仅是安全可靠地发出满功率，而且具有超功率的能力！发不出满功率的问题也找到，主要是生产厂家制造工艺的问题。运行试验检验了运行人员的高度责任感，也验证了这批技术人员和工人们伟大的主人翁精神。

首次试验运行中，也曾暴露出多重测量保护系统因生产制造技术问题，在使用过程误报、谎报的现象，为保证试验运行顺利进行，副总工程师彭士禄不但支持控制专家林杰大刀阔斧拆除了五项停堆误报和虚报的示警测量系统，还支持林杰说，军管会找你茬，你让他们来找我！出了问题我负责！这也是彭士禄顶着王汉亭军管主任的压力下拍板的。“心地无私天地宽！”的彭士禄也因此得一个除彭总的尊称之外的雅号——彭拍板。对于政治责任方面，他心中有底，军管会也不敢把他怎么样！军管会的主要任务是确保工程建设的全面完成，试验成功。他是工程技术的总负责人，此时，他清醒地认识到反应堆此时发不出满功率，不是堆本体设计有什么问题，问题出在……

工人们无私奉献、吃苦耐劳的敬业精神和知识分子不怕剂量的默默献身精神，为陆上模式堆注入了精神动力。彭士禄冒着被军管会打成“5·16分子”的危险，以无私无畏的胆识，以求真务实的科学精神，彰显了他在“文革”动乱中敢于斗争、敢于“拍板定案”的高尚人格和胆识气魄。这是一代核动力知识分子无私无畏、忘我奉献精神的真实写照，他为全中国广大的知识分子树立了一座精神丰碑。

7 月 31 日下午，九〇九现场指挥部主持召开陆上模式堆运行经验总结会。会议由军管会主任王汉亭、指挥长何谦主持召开，所长周圣洋、现场启堆领导小组彭士禄、赵仁恺、符德璠等全体成员参加了会议。

在经验总结会上，昝云龙、魏书斌、焦增庚、韩铎、李乐福、陈志捷、沈明道、曹关平等专业设计人员与运行人员认为："首次 152 小时的运行试验，锻炼了队伍，考验了现场的组织指挥能力，提升功率各阶段的物理、热工、屏蔽、应力、动态过程、化学、震动、空噪声等数据表明，反应堆不仅能够达到满功率，而且还有较大的超功率潜力。动力舱内空调系统效果良好！辐射剂量、屏蔽状况经军事医学科学院监测，均在允许值范围内。"

经过哈尔滨汽轮机厂、七〇三所设计人员几天的现场观察和技术分析，大家决定对主机调压阀做出修改，通过几天紧张的现场工作，在运行室检修车间经验丰富的张跃良老师傅的全力配合下，终于在 8 月 20 日完成了对主机配汽阀的改进。8 月 25 日，启堆小组再次向国防科委请示继续提升功率试验，获得批准。28 日凌晨 2 点，在彭士禄的指挥下，陆上模式堆再次升温、升压，经过 50 多个小时按十个阶段提升功率的运行，当反应堆功率达到 90%时，汽轮机主机仍然达不到满功率。

此时，设计人员钱觉新、高锦昌、徐炎初三人商议，应当设法改变主蒸汽调压阀的运行模式，以提高蒸汽的供汽压力！当他们把想法报告给彭士禄后，彭士禄严肃地问道："有风险吗？"钱觉新回答："有风险！"彭士禄大声答道："你们这是个比我'彭拍板'还要胆大的主意啊！要注意哪些环节呢？"钱觉新三人向他递上了写在纸上的注意事项。彭士禄看到：这是一个迫不得已的措施！为了实现满功率运行！箭在弦上，我们是设计者，一定有能力克服这个拦路虎！只要彭总同意！责任自负！具体如下由彭总在中央控制室指挥，钱觉新在辅机舱听传达，由徐炎初与高锦昌分别在左右舷主机调压阀前，与他单线联系的操作方法。

彭士禄从注意事项中看到了三名技术人员准备替他承担政治风险的责任计划。如果失败，他们就是在替我彭士禄承担军管会追究的政治风险。从他们的身上，他感觉到神圣的核动力事业在召唤，辉煌的事业蕴藏着伟大的精神；核动力事业正在锻炼和成长着一代更加热爱科学、更有责任心的科研设计人员，他清楚地看到了这几个年轻人的技术能力和超人的事业精神！彭士禄在他们三人书写的条款上写上："同意！我负完全责任。"接着他悄悄地找来赵仁恺共同商量了一会儿，随即找来值班长耿其瑞，向他布置了试验任务。

1970 年 8 月 30 日 18 时 20 分，值班长耿其瑞下达了提升功率的指令，彭士禄和赵仁恺向钱觉新下达提升功率已经开始的电话指令！钱觉新立即向徐炎初和高锦昌两人示意。徐炎初与高锦昌几乎同时将自动调压阀从"自动"改为"手动"，并用尽全力使手动阀门全开。十分钟后，彭士禄从中央控制室给他们传来了振奋人心的消息！正在担任热工测量的黄士鉴报告："主机达到额定功率。"反应堆堆功率达到百分之百。但徐炎初和高锦昌此时还不敢放手，虽然两人已经大汗淋漓，为了较长时间地保持反应堆稳定在满功率的运行状态，他们一直坚持到 19 点。

此时，主厂房里枕戈待旦的人群开始沸腾起来了，报捷的锣鼓已惊天动地在峡谷中敲响，欢庆的人流在夏夜里爆发出一浪比一浪高的庆贺热潮，人们欢呼雀跃、相互捶打嬉闹……而此时，彭士禄却因过度疲劳而昏睡在 307 房间内。

在此房间里还有一个人称"单机运行"的李宜传，他 1967 年因病割掉了一个肾脏，所以被同事们戏称为"单机运行"。这个搞控制设计的"拼命三郎"，自从模式堆中央控制室安装调试以来，除开会、出差以外，就没有离开过陆上模式堆主厂房中央控制室 306 房间，这里已成为他每天拼命工作、调试、试验的主战场。同志们担心他的身体，"启堆领导小组"三位负责人经过研究后，就让人在隔壁物理测量间的 307 房，为他准备了一把藤椅，以便于他能方便地随时靠一会、或随时躺下眯一会。

这两个房间，就是他的活动空间！空间小吗？他说中央控制室可是控制核裂变、使物理能转变为机械能作用的大空间！“我是派上用场了，我浑身都有使不完的劲！”好钢要用在刀刃上，他以他的实际行动，哪怕是病痛使得他豆大的汗珠滴在仪器仪表上，他也一刻不离开这里。他的“口头禅”就是：“不造出核潜艇，我就绝不离开自己的岗位。”由于他长期带病坚持工作，307房间里也充满了一股药味！

改自动调压阀的“自动”功能为“手动”功能，是当时迫不得已而为之的办法，几名科技人员冒了很大的风险，却不敢对外公开，担心引起不必要的非议！由此可以看出，彭士禄相信科技人员的爱国心、报国志，也说明了彭士禄在科技人员的心目中是值得信赖、值得为之付出的专家和领导，体现了中华民族“士为知己者死”的精神风貌和品行操守。

在庆祝模式堆达到满功率运行的大会上，何谦基地长宣读了国务院、国防科委、二机部、六机部的嘉奖令！周圣洋所长、彭士禄副总工程师向强全生、丁家祥夫妇、李树山、耿其瑞等八十余名工人和科技人员，颁发了立功证书和荣誉奖状。

二机部首先从原子能所的重水堆上，抽调了二十余名具有运行、检修经验的知识分子和工人，作为陆上模式堆运行研究室的基础团队，再从北京的老高中毕业生中，招收一批家庭出身好（注：贫雇农出身）、政治思想好的男女青年；加上清华、哈军工、上海交大等院校的二十余名本科生与硕士生；再协调电力部，请求从上海、北京、哈尔滨、苏州等地的发电厂和热电厂，选调一批家庭出身好、技术能力强的值班长，来四川省支援陆上模式堆的检修与运行试验。

当时从事核潜艇工程的人员，必须要接受严格的“政审”，是要经受得住查“三代”，来人必须要根正苗红，而且技术过硬。如陆上模式堆第一任室主任曹关平，原来是重水堆岗位上一位出色的值班长，由于他勤于学习，刻苦钻研，练就了一身过硬的核装置运行本领。他到陆上模式堆后，处处以身作则，从来都是工作服不离身，常常吃住在模式堆现场，而且一干就是八年。丁家祥、张茹琴夫妇本是上海黄浦发电厂的优秀工人，为响应建设国防工业的号召，被二机部召入九〇九基地，在大战陆上模式堆时分别荣立二等功、三等功；敢于同苏联专家“叫板”的堆钳工师傅强全生在模式堆堆芯预装时，七天七夜不下“火线”；被人称为“工人工程师”的李树山、“万能师傅”张跃良……他们都是公认的模范人物，皆因保密的原因，外人都不知道他们的优秀事迹，完全是处在“无名、无利、无声、无息”的“静默状态”，绝大多数人在核潜艇陆上模式堆工程结束后，并未获得过多少物质奖励，九〇九基地全体科技人员设计、建造的中国核潜艇陆上模式堆获得国家科技进步奖特等奖后，他们获得了由院颁发的荣誉证书。虽然仅是一张彩色的厚纸，但他们在多少年后仍然十分珍惜，因为这是大家日夜奋战在核潜艇陆上模式堆唯一的纪念。正如曾在核潜艇陆上模式堆上从事热工控制检修的女工王秀珍，这位高贵翔将军的夫人满怀深情的话语那样，她说：“虽然我们把美好的青春和热血都献给了核潜艇事业，离开陆上模式堆时，什么都没有得到，但奋战在陆上模式堆的那段可歌可泣的岁月，却是我一生中最幸福、最值得回味的日子。”这几句朴素无华、最能表达九〇九基地现场人员心态的话语，无不深深地代表着核潜艇工程史上一代永葆芳华的乐观主义者心声。

二机部从原子能所的重水堆上，抽调出了以曹关平、耿其瑞、强全生、李树山、范金荣、姚喜茂、顾松南等为首的三十余名技术人员与工人骨干，于1968年中进入九〇九基地，此时的现场并不具备进入条件，厂房都还没有修好（注：基建位置才挖了一个几千立方米的大坑）。曹关平主任和吴继胜书记将这九十余人的队伍，有针对性地进行妥善安排，将他们按专业特长分为运行、检修、电力系统、测量等专业，分别送往西北军用生产堆、北京重水堆、北京零功率堆以及上海扬树浦发电厂等，进行对口业务的培训和学习。刚毕业于哈军工的高贵翔就是这批毕业生中的佼佼者，在培训中他与“老三届”的北京女青年王秀珍相识、相知、相恋，曲折的恋情也演绎出了一些甚为有趣的故事。

试验过程牵挂着现场八千多军民的心，也牵挂着多少参试人员和家属子女的心。不少家庭的孩子孤零零地，被锁困在“干打垒”的房子里，哭爹喊娘；又有多少老人在忍受着不习惯的气候和坏天气的折磨。还有不少人摔倒在泥泞不堪的道路上，他们带伤、带病工作在零功率堆上，为的就是求证到一个关键的答案，这就是证明核反应堆按照设计的方案、经试验验证后是完全可控的，也就是说，如果此项试验成功，则说明我们已经牢牢地握住了可控核裂变的“金钥匙”。

在该项综合试验验证中，九〇九基地的设计人员与科研人员团结奋战、连续作战，充分发扬了不怕苦、不怕累的无私奉献精神。住在几个居住点的职工们与那些实验室有一定的距离，远的有三、四公里，最近的也有1公里多，这些道路都是属于晴天扬灰、雨天泥泞不堪农村的泥土路，常常让在这些工号（实验室）工作的职工们大伤脑筋，甚至是苦不堪言。尤其是在春雨连绵、夏雨滂沱、秋雨不断的深夜，路上又没有路灯照明，大家只好都穿着长筒雨靴、打着手电筒，始终如一地默默坚持着……由于要穿过几座坟丘，加上青冈树与竹林在风雨中的摇闪，的确也有些瘆人！

其实，在核潜艇战线上，像高贵翔、王秀珍这样的家庭多得不胜枚举，还有许多这样的双职工家庭，他们都得承受九〇九基地这种艰难的生活环境、不适应的气候环境、受辐射与苦累的工作环境的一系列考验。但为了国防事业舍小家、施大爱，他（她）们觉得很有价值。她们中间有个叫徐秀芳的物理设计人员，到“大三线”时孩子才两个多月，在九〇九基地，最吃苦受累的莫过于孩子的母亲 。在干好工作的同时，还要管理家务、照顾好小孩。在当时的条件下，真是谈何容易啊！

此时此刻，她实在没有办法了，只能与时间赛跑。工作时，抓紧时间，提高效率。上下班的路上步履匆匆，有时就像百米冲刺，原本需要20分钟的路程，她竟然只用了10分钟。每次气喘吁吁地跑到家门口时，还没开门，就听到屋里面孩子沙哑而声嘶力竭的哭声。当她以迅雷不及掩耳的速度冲进家里，抱起孩子时，看见小孩哭得那么凄惨的模样，她的心都要碎了，眼泪“哗哗”地往下流。（即使现在回想起当时的情景来，她仍然会不由自主地泪流满面。）这样的无奈情景，只有身临其境，方能感同身受。这种艰难的日子熬了 20 多天，当她快要崩溃的时候，幼儿园的哺乳班终于给了她的孩子一席之地。这才让她如释重负，精神负担也因此减轻了许多，心里大大地松了一口气！

在陆上模式堆运行研究室，这些人还有不少是相识在培训学习地。主任曹关平是原子能所重水堆的骨干，本是二机部当年培养的尖子，妻女都在京城里。强全生虽然是工人，却是第一个敢在重水堆上修理设备时与苏联专家争论，并纠正其缺陷的八级机械钳工师傅。李树山更是该室、甚至是在二机部系统都比较出名的反应堆机械八级工人。电气工人姚喜茂是北京电厂的八级工，还有像耿其瑞、范永富、陈仰止、张凤瑞、陆跃昌、诸可章等优秀的反应堆值班长，他们都是勇于拼搏、服从分配、身怀绝技的优秀儿女，他们听从了祖国的号召，为抢建“大三线”的重点工程，义无反顾地奔赴位于“大三线”的九〇九基地，这是一批特别有理想追求和奉献精神的核动力专业人才、技术人才。

1970 年 11 月 6 日，国防科委、海军发出联合通知，七一五所从 1971 年 1 月 1 日起划归二机部建制，与一九四所合并，组建统一的堆工研究设计基地。二机部负责陆上试验堆和舰船反应堆本体的研究设计。一回路控制系统研究设计划归七院，七一五所上述专业人员 300 余人留七院十九所。

1970 年 11 月 11 日，模式堆第一阶段运行试验结束，历时 73 天，反应堆满功率运行 415 小时，完成 84 项试验，共进行了 297 项测试工作。

周圣洋副所长、彭士禄和赵仁恺副总工程师再次亲临模式堆运行室，作“模拟长航运行”试验动员。目的就是要考验反应堆的生命力和可靠性。为确保试验的如期进行，曹关平主任提出，凡是能够上岗的人员，必须上岗！他号召大家再次拿出参加满功率试验的冲天干劲，发扬连续作战的作风。

更好的工作条件和生活条件却没有办法去实现，导致年轻一代很不适应。不少人经常吃上一点西药或中药，以此克服身体的不适，或防止腹泻等疾病对人体造成的威胁，他们正在逐渐克服一切生活上的困难。当时喇叭一响，便是开饭的信号，五分钱的菜、五分钱的四两米饭，一顿饭共计一角钱。而炒的菠菜中，总是难免有洗不净的沙子“硌牙”，偶尔还有虫子和头发等杂物掺杂其中。四川的空心菜在择菜时留得太“老”，塞进嘴里，总是感觉嚼不烂，被大家戏称为“无缝钢管”。但是，无论多么艰苦的生活，也没有一个逃兵，他们人人怀揣着早日建成核潜艇、早日建成一支强大海军的梦想，用坚强的国防实力保卫自己的祖国，自己吃点苦、受点累是理所当然的，谁让你是“大三线”的核潜艇人呢？谁让你是作为“探路者”的第一代核动力人呢？

在“无名、无利、无声、无息”的艰苦岁月中，陆上模式堆运行室的全体工作人员，在曹关平主任和强全生书记的带领下，根据实艇的实际需求，在几年间，他们不仅完成了“最佳提棒方式”“机动性模拟”“多种事故工况模拟”等几十种运行方式的试验，而且为海军培训了1100 余名官兵，后来还为我国广东大亚湾核电站、浙江海盐秦山核电站等，光荣地输送了大批科技人员、管理干部与运行骨干人员。

1971 年 1 月下旬，陆上模式堆进行了第三阶段不停机连续 83 天的“模拟长航运行”考验，近似于核潜艇航行了 29 874 海里，相当于绕地球航行 1. 38 圈。这次“模拟长航运行”考验任务于 1971 年 4 月 15 日结束。

1971 年 2 月，二机部一院根据国防科委核潜艇工程领导小组的指令，对系泊试验进行了认真负责的计划和组织。1971 年 3 月，九〇九基地组成有反应堆物理、热工、结构、控制、动力装置、屏蔽、剂量等专业 30 余名反应堆及其一回路的骨干力量，由彭士禄副总工程师带队奔赴东北的核潜艇制造厂，参加 1970 年 12 月 26 日下水的第一艘核潜艇反应堆的安装、调试与物理启动等系泊试验。核动力试验小组组长彭士禄负责核动力装置的全面技术工作，副组长李宜传指导并参加控制系统的调试和运行。系泊试验领导小组组长马忠全、副组长陈右铭、郭文声。系泊试验由孙寄尘、高诗荣、陈右铭、郭文声、蒲锡文、陈琪、彭士禄等主持现场工作。1971 年 8 月 18 日，091 首艇在四三一厂出坞，系泊试验结束。091 首艇（舷号：401 号艇）于 1971 年 8 月 23 日开始首次航行试验。

从 1970 年 6 月至 1978 年底，近八年枯燥、单调、寂寞的科学研究与运行试验，却无任何重大的核事故和安全事故发生，充分地锻炼了核反应堆运行队伍，真正成为二机部一支特别能战斗的反应堆工程队伍，不愧是一个团结向上、以苦为乐的坚强团体，不愧是一个以奉献为荣、充满“人情味”的大家庭。

修改于 2020 年 5 月

郭勇，中国散文学会会员。原中国核动力院院办秘书科长，高级政工师。先后发表报告文学 6 篇，编导、参与和创作。文学作品获部级三等奖、优秀奖、核新闻大赛二等奖。与人合著出版《大国匠心——赵仁恺传》。

远方不远

李晓群

20 世纪 90 年代和先生相识，他给我谈起远方的家，每次都不忘介绍九〇九，何为九〇九？先生答得含糊，只说一个高度保密军工单位，附近山里驻着一支部队保护它。其他的先生答不出更多，他还说，回去我带你到九〇九跳舞。让我有一种恍惚，丑媳妇见公婆，九〇九好像也是我未谋面公婆的一部分。

远方，有没有诗不知道。

两年后我来到了九〇九，第一次带我进去的，却不是先生，而是先生的妈妈，我的婆婆，婆婆带我去赶桥头，一个“赶”字，四川人一说就懂，就是赶场逛街买东西。桥头是九〇九的商贸中心，有商场、餐馆、邮局、游泳池、歌舞厅、农贸市场，俱乐部、篮球场、学校、医院等，其热闹不亚于一个集镇，貌似集镇它却实实在在不是集镇。

翻开九〇九的历史，让人好奇。

它建造于 1965 年，那时的国家积贫积弱，连温饱都尚且算计。九〇九厂址选择也让人感到蹊跷，青衣江畔的一个无名之地。20 世纪 60 年代，那里是一片原始森林，偏僻、蛮荒，交通不便。建厂还得伐木、开山、垦荒、修路。缺水、缺电、缺交通、缺物资、缺机械……花了五年时间，厂址面积一千多亩，动用了七八千官兵和工程建设者，挂牌“西南水电设计院”。级别不算高，却花了如此高昂的代价。有首歌是这样唱的，“1979 年，那是一个春天，有一位老人在中国的南海边画了一个圈……”深圳的变迁，毕竟遭逢了我们伟大变革的伟大时代。九〇九的疑点很多，1965 年的新中国当家人毛泽东、周恩来、彭德怀……有着怎样的意图，为这蛮荒之地神秘画圈？

我们单位其中一个家属基地与九〇九同处一处，仅一路之隔。先生一家从西藏落户单位家属区是20世纪80年代，去时“西南水电设计院”真实身份在邻居间已不再神秘。多年的邻居成兄弟，家属区人都知道“西南水电设计院”实则是中国核工业基地，开发研究核潜艇，代号909。单位都是国字头，除了核心区域，九〇九对我们家属区不设防，并为我们提供最大便利，资源共享。我们的孩子在九〇九上学，生病了去九〇九医院看病，我们的物资在九〇九采买，探亲回家的人，更是大把时间都泡在九〇九的歌厅、舞厅、影院、台球、乒乓球、篮球场上。

遇到部队文工团下基层慰问演出，那就是九〇九和我们家属区共同的节日，因为很多大腕明星平时只能在电视里看到。歌唱家宋祖英，歌声甜美家喻户晓，她还有一个身份——海政文工团演员，那年宋祖英来九〇九慰问演出，灯光球场水泄不通。土家族民歌“龙船调”里有句经典对白，“妹娃子要过河，哪个来推我嘛”，宋祖英在台上唱，台下排山倒海答“我来推你，我来推你”。先生没有追星习惯，但是，他说，恰巧那次他探亲在家，那晚他也是拼尽全力吼了的。为什么不使劲捧场呢，除了吃饭睡觉，九〇九等于也是家的一部分，家里来了客人，哪有不热情的道理？

明明是两家门槛，两个锅灶，真不把自己当外人。

时间回溯到1965年之前。20世纪，前苏联作为社会主义阵营老大哥，在世界舞台上举足轻重，不仅拥有当时让西方资本主义国家视为洪水猛兽、闻之丧胆的马克思列宁主义，还拥有大量的科技力量和军事威慑，如核武器、导弹、原子能、空间技术等。1950年（坊间俗称蜜月期）中国和前苏联签订了《中苏友好同盟互助条约》，结盟后，前苏联对中国提供了大量技术和人才帮助，帮助中国搞建设。但随着1953年斯大林去世，1958年中国向前苏联提出提供核武器及核潜艇的技术支持，前苏联却要求在中国领土上建设用在军事上的长波电台，及在中国领海和中方组建联合舰队作为交换。中方提出长波电台主权属于中国，被前苏联拒绝，醉翁之意不在酒，这是要在军事上控制中国！

失我焉支山，使我嫁妇无颜色；

失我祁连山，使我六畜不蕃息。

新中国的掌舵人岂不明白这个道理？只要青山在，不怕没柴烧，暂时的屋漏不惧那连日雨。“核潜艇，一万年也要搞出来”，仿佛听见毛泽东主席振臂高亢、气势非凡的那一声吼。

终于清楚了，原来1965年偏僻蛮荒的界牌小地方要演一出大戏，那里的每一棵树、每一株草，每一寸土都住着神的面孔。

2018年九〇九的真实身份经国家层面对外揭秘，外界一片哗然、一片热烈。又一个春天来了，百花齐放、百树竞翠。

由于家里人陆续搬离家属区，我也快十年没有走进九〇九，它如今怎么样？重新揭开面纱，蒙娜丽莎的微笑应该更迷人。

一切都还是当年“婆家”的样子。九〇九厂区的大门，和几十年前一样一点没变，从主公路岔出去一二十米，一条横杆横在那里，横杆抬起就算进到厂区，公路边没有任何标识，唯一的变化是主公路岔口多了红绿灯。当然，因为是旧相识，我知道一些小秘密，进入厂区大门右边有个小四合院，掩身在几间门面房旁边。挂牌“XX地方警务室”实则是九〇九厂区保安室。在周遭不断崛起的光鲜亮丽里，它显得更加安静。“身上未曾染名利，口中犹未知膻腥”，高适如是说。

有你们活着，它们才活着，你们不在了，它们替你们活着！又见那些香樟树了，茂盛依旧，却物是人非，在片片随风翩跹的枝叶间，我找寻曾经守候它们的主人。

1960年，国防科委、国家计委、国家经委、海军、二机部、一机部、国防部就核潜艇首制艇的方案交换了意见，明确“以‘堆’为纲、船、机、电、弹紧跟上”的方针，反应堆的设计制造，需要经过元件堆、陆上堆、船用堆三个步骤。为摸清我国工业基础，生产能力和科学技术水平，确定核潜艇动力装置主方案和主参数，根据国情调整设计方案，核潜艇研究作为二线项目，1962年，潜艇核动力设计队伍又才组建，彭士禄授命主持核潜艇研发工作。

作为中国核动力领域的开拓者和奠基者之一，中国核潜艇第一任总设计师，中国工程院首批院士，彭士禄有着最纯正的红色基因，父亲彭湃和母亲蔡素屏都是革命先烈，父母牺牲时1929年彭士禄不满4岁，这个小小的“小乞丐”“小政治犯”，为了躲避国民党的斩草除根，吃百家饭、穿百家衣，经历九死一生，在地下党组织和爱国人士的帮助下，来到了延安。15岁的彭士禄，那时只有一个朴素的愿望，当一名护士或一名医生，超乎寻常的懂事和努力，注定他有比当护士或医生更重要的担当。1951年彭士禄留学苏联，在喀山化工学院和莫斯科化工机械系学习。1956年，即将学成回国的彭士禄，得到正在访苏的国防部副部长陈赓召见。“你愿意改行吗？”“只要祖国需要！”

多么坚定有力的回答。

从那一刻起彭士禄就与我国的核动力事业紧密相连。晚年的彭士禄常说，我一辈子只做了两件事：一是造核潜艇，二是建核电站，听起来多么轻松容易。但是，作为中国核潜艇的第一任总设计师，前无引路人，许许多多重大的技术难题，需要他拍板定音，这需要多么大的担当、智慧和勇气。因为敢于拍板拿主意，彭士禄有两个绰号，“彭大胆”和“彭拍板”。不大胆行吗？不拍板行吗？

彭院士的底气是“尊重科学规律，概念要清晰，数据要准确，最重要的一点给国家争气要有无私无畏的决心。”

年复一年，九〇九的清风知道，明月知道，屋外的香樟知道，为了求证一组组数据，那间狭小、简陋的办公室灯火彻夜不灭。

九〇九荣誉墙上，不知大家有无看到这样一幅介绍，一幅图片标题叫“四分之三”。我在这幅图片前伫立良久，原来彭院士一直患有严重胃病，但是，为了我国核动力事业，他却玩命工作毫不顾惜身体，终于在一次调试现场晕了过去，紧急诊断是急性胃穿孔，若不及时抢救就有生命危险，性命攸关之际，组织派专机将海军总医院最好的医生派来紧急抢救，手术就在工地现场，切除了彭院士四分之三的胃。多么让人热泪长流的四分之三。但凡有点医学常识的人都知道，胃病的养成不是一天两天，它是一个漫长的过程。可想而知，彭院士为了工作，为了我们的核动力事业，透支自己到了何种程度。

“如活着，能热爱祖国，忠于祖国，为祖国的富强而献身，足矣”，这是彭院士对国家忠诚的铿锵誓言。彭院士也没有忘记，父母在为革命事业牺牲后，他这个孤儿，是许许多多贫苦百姓冒着杀头危险护他周全。羔羊尚有跪乳之恩，他感谢老百姓的养育之恩，在有能力报效国家反哺人民的时候，彭院士真恨不得一天当两天、三天……

再次聚焦荣誉墙，彭院士的张张照片，从少年、青年、中年到老年，没有一张称得上“丰满”，每一张都瘦弱、憔悴，但每一张照片里的眼神都透着坚毅、果敢，如旗帜、如明灯。这位中国核动力事业的垦荒牛，忠心赤胆，吃的是草，挤的是奶。就是这洁白汁液，强健了新中国的筋骨，丰满了中国海军羽翼。

“不要人夸好颜色，只留清气满乾坤”，它们是清气铸就的丰碑；主持设计建造了我国第一座核潜艇陆上模式堆；参与成功研制我国第一艘核潜艇；引进我国第一座百万千瓦级核电站——大亚湾核电站；组织自主设计建造我国第一座大型商用秦山二期核电站……

阿尔卑斯山有句著名的广告语“慢慢走，欣赏啊！”在这里我特别想借来一用。这还得感谢核动力院为我们这次采风活动锦上添花，安排专家采访。我和另外两位老师分到的共同采访对象叫李佳，在等待的时间里，我们都以为这是一个女士。光听名字就那么美好，让人充满期待。约定时间到了，却见一个温文尔雅、腼腆得像个大男孩的男子被宣传部工作人员引领到我们对面，我们齐齐惊诧，之后欢笑：“哇，这么年轻，我们还以为是个美女，原来是个帅哥。”

确实没有想到这么年轻，低头再扫一眼资料；李佳，四所材料化学与工艺研究室主任，作为院内各类核燃料元件制备技术研发的源头科室负责人，参与了我国多类燃料制备技术的预研、工程技术孵化的设计、建设与工程应用的全过程。

搞学术研究的人，大概一般都不太善言辞。果然，我看见李佳搓了搓手，他这是在给自己鼓劲吧。假如工作是科学家们的 A 面，那么我们还是很好奇这些科学家们的 B 面。四十岁的李佳是四川江油人，本科制药工程专业，后学大化工，研究生和博士主攻核材料燃料专业。按理，制药专业也不错，之所以改行，李佳说源于环境因素，家乡江油有许多企业很神秘，从小就让人向往。热爱是最好的老师，当有机会重新选择，李佳毫不犹豫选择了核动力事业。

核动力院部分机构在成都。李佳很坦诚，他说刚开始以为会在成都上班，家和工作皆得这样最好。媳妇是浙江人，他的同班同学，毕业后在成都工作。可是，他却到了九〇九这个偏僻之地。这也意味着，作为年轻夫妻，绝大多数时间将两地分居，对将来孩子的陪伴、教育也将有所缺失。对于读书生活还算顺风顺水的李佳来说，失落肯定是有的。不过，短暂的失落过后，李佳很快调整了心态，对工作的热爱，同事们的敬业和热忱，耳闻目染，也深深影响着他。

从 2006 年到今天，时间一晃就是十多年。沉浸在追忆中的李佳，语气略有歉意，他对当初来九〇九抱有的失落好像有些羞愧，仿佛我们三个是判官，他正在接受我们的审判。

赤子之心可鉴天地，时间是最好的见证。目前李佳带领的团队有 30 多人，平均年龄不到 35 岁，他可算“老”人了，多让人惊讶，原来我们这么高精尖的科研项目队伍是这样的年轻。多么好！年轻就是希望，就是活力，创造力，年轻也像那初生的红日。

院里的年轻人越来越多，好多人的家也在成都。现在往返成都的路况也很好，为了解决后顾之忧，院里每天都派班车接送大家从成都到九〇九上下班。可是李佳却说，尽管现在那么方便，我却不想跑了，更想寸步不离工作岗位，在这里，我有一种踏实感、融入感和使命感。

作为一个 6 岁孩子的父亲，李佳每天晚上和儿子视频，对儿子的教育和陪伴不算有遗憾。但是，真没有遗憾吗？他不说我们也知道，国家提倡二胎、三胎。生，他肯定是有条件的，但是，他不打算生。他这么热爱着核动力事业，家国两难全。

“干惊天动地事，做隐姓埋名人”，这不是一句口号，这是一代又一代核动力人掷地有声的诺言。

五十多年来，正是前有彭士禄后有李佳这样一批又一批核动力人的不懈努力，中国核动力研究设计院已经成为我国唯一一个集研发、设计、实验、小批量生产、设备集成采购于一体的综合性研发基地，并成功攻克了华龙一号核心关键技术。

华龙一号，究竟有多牛？不知大家还记得否，在新中国成立70周年大庆时，锣鼓喧天的天安门广场，一辆彩车上就曾走过华龙一号模型的傲人身姿。华龙一号，是我国具有自主知识产权的第三代核电技术。它设计寿命高达60年，采用“能动和非能动”结合的安全系统，其安全性已经达到国际最高安全标准。它的安全壳和压力容器有非常坚固的安全屏障，直白点说吧，它能够抵御强台风和高达9级的强地震，除了抵御自然灾害的破坏，假如恐怖袭击，它可以抵御大飞机的撞击，再假如一旦反应堆发生事故，其内壳能够保护放射性气体不会扩散至外界自然环境中，也能够确保半小时内，即使没有人员干预，核电危险系数不会升高。

华龙一号的诞生，标志着我国从核技术引进国成了技术输出国，是我国核电走出去的一张亮闪闪的名片，华龙一号，真正的国之能源重器！

目前，我们的核电研发已经到了第四代，中国也是世界上第五个能够自主设计建造核潜艇的国家。世界格局诡谲风云，电影《钱学森》里所说“手上没剑和有剑不用，是两回事”。

拥有战略核威慑力量，才是一个国家真正的底气！

桥头是李佳每天上下班的必经之路，一组核潜艇雕塑立在路旁栩栩如生，这是核动力人生活的浪漫主义，这也是核动力人永不止步的前行灯塔。因为真正的大海从来不会停止惊涛骇浪。

风从海面吹来，阳光洒满金色海岸，空中飘满海鸟的呼唤……

我从第一次走近九〇九，如今也快三十年。院士碑前，我们一一走过；彭士禄、赵仁恺、周邦新、孙玉发、于俊崇、周永茂、罗琦。一个老师说，你认识九〇九那么多年，他们中的人你肯定见过。

是的，我坚信我见过，就在桥头，远方不远……

2022 年 4 月 30 日

李晓群（女），四川省文艺传播促进会理事、女散文作家创作中心副秘书长、眉山市散文学会秘书长。有作品在省市以上报刊发表与获奖。

○九丰碑

彭建群

距离上次到九〇九基地采风，已有月余，而我的感动却丝毫未减，感动之至，敬畏之极，让我迟迟不敢动笔。

几场春雨过后，迈步走向了初夏时节。朋友吕世林发来一组照片，看着照片上他那不寻常的穿戴，我正“丈二和尚，摸不着头脑”时，他又兴奋地打来电话：九〇九基地在拍关于核工业的电视剧，我这几天都在这里当群众演员，剧组本来要给我报酬的，由于被九〇九的精神感动，我谢绝了。

放下电话，我心情久久不能平静。是啊，被九〇九精神所感动的，何止是朋友吕世林。凡是到过九〇九基地的每一个人，都会心潮澎湃，被这里热血沸腾的动人故事感动一辈子。

由数字来命名的地方，多少带着些神秘感。来之前，一直觉得核工业很神秘，作为一个离九〇九基地很近的人，只知道有一个研究设计基地，可从未走进过，没想过核工业会离自己这么近。

今天，我终于走进了中国核动力研究设计院第一代核潜艇研发试验基地，近距离了解国之重器背后的故事。

站在九〇九基地的门口，“中国核动力工程的摇篮”一排大字映入眼帘，一种民族自豪感不禁油然而生。

中国核动力研究设计院党委宣传部高炳焱部长向作家们介绍了中国核动力研发基本情况，梳理了我国核动力发展的时间脉络。

20 世纪五六十年代，年轻的新中国面临帝国主义国家的核讹诈与威胁。1958 年，秉承着毛泽东主席“核潜艇，一万年也要搞出来”的指示精神，我国开启了第一代核潜艇的建设工作，为了能够一次建造成功，我们的科研工作者准备在陆地上建造一个环境一模一样的陆上模式堆进行实验。

经过严格的考察，选定祖国西南茂密的森林深处作为九〇九基地的地点，八千军民从祖国的四面八方来到这里，在极其恶劣的环境条件下开始了基地建设。军民大会战，在沉睡了几千年的山谷打响。

在20世纪中叶，中国核动力研究设计院（以下简称“核动力院”）的创业者从祖国的四面八方聚集到今天这个以工号和代号命名的山沟里，在缺乏外部资料可以参考、没有任何实践经验可以借鉴，甚至都不知道要研制的装备是什么样子的条件下，开始了我国第一代核动力反应堆的研制工作。

1965年8月，我国正式启动第一代核潜艇陆上模式堆的建设工作。

1970年8月30日，与海上环境条件一模一样的1∶1核潜艇陆上模式堆在九〇九基地实现满功率运行。

1970年12月26日，我国自主研制的第一艘核潜艇成功下水。

短短几年间，核潜艇陆上模式堆建成、中国第一艘核潜艇成功下水。1985年，中国第一代核潜艇的研究设计成果，获国家科学技术进步奖特等奖。

正是核动力院人的卓越功绩，奠定了今天我国海上战略核力量的基石！新中国第一次有了海基核威慑力量！帝国主义针对新中国的核讹诈和核封锁，统统落空！中华民族的海防揭开了崭新篇章！新型国产核潜艇在中国海军成立70周年的海上阅兵式上精彩亮相，让世界瞩目。

新时代，在和平利用核能的征程上，中国核动力人继续发扬自主创新精神，成功孕育了世界领先的三代核电技术“华龙一号”，助推伟大祖国由核能大国向核能强国继续迈进！

走在第一代核潜艇研发试验基地斑驳的土地上，仿佛穿越了漫长的时光。

九〇九基地副基地长唐斌带领作家们参观了机关小院、二号点家属区、山头指挥部、彭士禄旧居及事迹展览室、赵仁恺旧居、中国第一代核潜艇陆上模式堆指挥部、桥头核潜艇浮雕、机床馆、九〇九墙等。

平生第一次听说“干打垒”这个词，觉得很新奇。再一了解，实际上是生产资料不足条件下的无奈之举，由于建造材料优先供应生产前线设备厂房建设，作为机关楼的小院建设，材料便采取“就地取材”的原则，由鹅卵石和土坯干草建成的，却无意中创造了我们眼前这座独特的、具有很强时代感的、充满着工科浪漫的工业界“小洋楼”。

20 世纪 50 年代末 60 年代初，大批科研人员和技术工人放弃在城市中相对优越的工作和生活条件，从全国各地奔赴各大核工业基地。由于工作内容严格保密，这些厂矿除了对外名称外，往往还拥有一个由三个数字组成的代号。地图上找不到它们的具体位置，寄信地址通常只是“××市××号信箱”。

在九〇九基地的机关小院外墙上，挂有一个信箱叫做“成都 291 信箱”，在那个年代，它是这里的人与外界交流的唯一窗口。在成都，找不到“成都 291 信箱”，地图上，找不到“成都 291 信箱”的具体位置，这里的人向家里报平安时，只能说自己的单位是“西南水电研究所”。

没有人知道九〇九在哪里，只知道从成都出发，要坐一天的车，翻山越岭才能到达。绝大多数人来到这里之前，并不知道自己到这里要做什么。

但这些神秘禁区，却让中国拥有了自己的核技术，为中国核工业输送了大量的技术和人才。中国原子弹、氢弹和核潜艇的研制成功，核电建设的起步和发展，都离不开这些一度被“代号化”的厂矿和研制基地，以及在这些与世隔绝的禁区里默默艰苦创业的核工业人。

唐副基地长满含深情的讲解和一个个动人的故事，将作家们带进了那远去的激情燃烧的岁月。彭士禄、赵仁恺等一大批科技人员，为实现毛泽东主席“核潜艇，一万年也要搞出来”的号召，用“一万年太久，只争朝夕”的精神，仅用 5 年多的时间，就研制出我国第一代核潜艇。

站在中国第一代核潜艇陆上模式堆指挥部，眼见之处是满满的岁月痕迹，无一不在诉说着当年的艰辛和奋斗！面对第一代建设者居住的简陋长楼，好似听到了“核潜艇，一万年也要搞出来”的铮铮誓言。

中国核动力事业的“拓荒牛”“时代楷模”彭士禄的事迹令人感动，“我一辈子只做两件事，一是造核潜艇，二是建核电站。”这是中国核潜艇首任总设计师、中国工程院首批院士彭士禄经常挂在嘴边的话。彭士禄是革命先驱彭湃烈士的次子。他 1951 年 9 月到苏联莫斯科化工机械学院化工机械系学习，1956 年 9 月在莫斯科动力学院核动力进修班学习。1958 年 4 月先后担任第二机械工业部原子能研究所研究室工程师，研究室副主任。1965 年 6 月起先后任核工业第二设计院二部副总工程师，九〇九基地副总工程师。

九〇九基地副基地长唐斌解释道：彭士禄说自己有 3 个夫人，分别是：“第一夫人是核潜艇，第二夫人是烟酒茶，第三夫人才是小玛莎（妻子马淑英）。”哈哈大笑之余，我被彭士禄院士醉心于核动力事业的精神所感动。

站在浮雕画前，感受老一辈核动力人为了建设海洋强国奉献青春的故事。第一代潜艇核动力的建设者们，做了惊天动地的事，却是隐姓埋名的人。五十多年的风雨兼程，铸就核工业人“两弹一星”精神和“四个一切”核工业精神。厚重的历史带给我们的不仅是辉煌的荣耀，还有沉重的使命。老一辈的科研人员，几十载赫赫而无名，花甲年不弃使命，红色基因代代传承。

这里，有彭士禄、赵仁恺等老一辈科学家的身影，有黄色燃料棒的雕塑，有白手起家建设图，有核动力院三次创业历程回顾。他们用山海可平的执着，无问东西的付出，九死不悔的勇气，在艰苦的生活条件下，为我国核动力、核潜艇的开发研究做出了巨大的贡献。如今，第一代核动力人不少已离开了这个世界，新一代的核动力人秉承着他们的精神，继续拼搏奉献。

从资料、影像、图片、人物，我了解了像彭士禄、赵仁恺等老一辈的核电人，也接触了党委宣传部部长、基地长、副基地长以及新闻宣传科科长杨忠波先生、袁瑞珍女士和她的爱人宋先生……他们在各自的岗位上献出自己一辈子的青春年华！一辈子默默无闻，无人知晓。从他们的身上，我理解了“自强自立，求真务实，创新协同，拼搏奉献”的“〇九”精神，构成了这幅核动力人的群雕像。

我看见，青山寂静，英雄无名，草木含情，每一个人，每一棵树，每一株草，每一座房子，每一个机床都感动着，它们的内心是激情澎湃的、火红热情的。因为，这里是中国核动力工程的摇篮，是中国核动力事业起步的地方。

据说，这个浮雕画的制作者，因为被“〇九”精神所感动，免收了全部的制作工时费。

第一代核潜艇陆上模式堆光荣退役，技术人员在拆除陆上模式堆屏蔽墙的过程中，在铅块底下发现了一句字迹模糊的话：“孩子们，辛苦了。”这是跨越了半个世纪的问候，说明当年令人感动的人和事太多，只能用最简单最质朴的几个字表达。

肩负特别重大的使命，举足轻重的战略重地，极端苛刻的保密要求，也造就了极端低调，即便到今天依然充分展现在核动力身上。他们研制出关系到我们国家生存发展的核心基石，可是面对采访却多让报道别人，甚至羞于谈论自己的成绩，仿佛一身功绩都与己无关。

我所采访的对象杨忠波就是这样的人，他身穿深蓝色中山服，1 米 7 个头，圆脸，一双睿智的眼眸，憨厚的笑容，戴一副银色无框近视眼镜，典型的工科男，少言寡语。见面之前，我以为我采访的专家一定是位白发老者，一见面，眼前的杨忠波精神奕奕、憨厚腼腆，让我心里赞叹：“专家真年轻啊！”

1979 年出生于遂宁市的杨忠波，今年 43 岁，毕业于长春光学院非金属材料专业，2009 年考取博士，攻读“核燃料循环与材料”专业，中共党员，是核动力院核燃料元件及材料研究所（以下简称“四所”）的研究员，主攻材料专业。一开始说话，他不说自己，说的都是彭士禄、赵仁恺、张森如、闵元佑、周邦新、邹从沛、戴受惠等老一辈核动力人对我国核动力事业做出的贡献。他曾负责“华龙一号”燃料棒外的包壳材料，虽然小，但非常重要。2019 年 10 月 1 日，是杨忠波最值得庆祝的日子。新中国成立 70 周年的群众游行中，载着“华龙一号”模型的“逐梦兴川”四川彩车从天安门前缓缓驶过，万众瞩目。杨忠波与其团队及全体核动力院的员工们，在电视屏幕上看见彩车，看见凝结自己心血的第三代核电技术“华龙一号”从中国走向世界，大家都激动异常，他们欢呼、鼓掌，甚至流出了幸福的眼泪。

科学研究是非常严谨、精益求精的，杨忠波和他的团队们历时 8 年、历经 6 大阶段的技术攻关，于 2017 年成功掌握了具有自主知识产权的完整 N36 锆合金工程化制备技术。2018 年，具有自主知识产权的首批工程化制备 N36 锆合金材料通过专家组验收。在 N36 工程化锆合金研究过程中，试验时工期长，流程繁多，新材料一根一根地放进反应堆，辐照要很多年。一般 20 ~ 30 年才研发出来，腐蚀性实验上千天，模拟温度，18 个月换一次料，堆外模拟至少 600 天。中间多次取棒查看，以前人工值守，没办法，只能驻厂，轮流休息，每晚 3 点后才能睡觉，厂房热，无空调和换气扇，如汗蒸。力学实验，物理性实验，（都包括很多实验。）三大类实验要 3 年，过程反复取样，微观分析。首批工程化制备的 N36 锆合金材料是核动力院科研成果实现产业化的一项重大成果，产品的成功交付有力推动了 CF 燃料组件入堆辐照考验进程。由于成绩突出，2019 年杨忠波获得了国家科技创新人才奖。

杨忠波说到爱人，一脸的愧疚。他说自己对不起家人，也对不起小孩。回家时间少，对家人缺少基本的照顾。有时在家写材料太专注，小孩生病用药经常不知放在哪里，让孩子受苦了。他感谢爱人对自己工作的理解和支持。2022 年 5 月带队去阿根廷，报送建核电站的项目谈判，而此时阿根廷疫情严重，随时都有被感染的可能，从上飞机起就要求穿防护服，中转飞机，要 30 多小时的行程。亲人们都非常担心和挂念，但为了工作，毅然支持了他离家远行。

据介绍，“华龙一号”的自主知识产权全面覆盖了设计、燃料、设备、建造、运行、维护等领域，装有“中国芯”，配备自主开发的核电专用软件，形成完整的知识产权体系。这个意义不只是打破国外对多项关键技术设备的垄断、达到世界领先水平，还代表着“华龙一号”不受国际管制的约束，为出口海外扫清了障碍。

九〇九基地就是这些功臣们工作、科研、生活的地方。那里至今在地图上都不存在。他们干的事业惊天动地，而自己却默默无闻，罕为外界知晓。开拓者们在荒山野岭，筚路蓝缕，创造和见证了中国核动力事业起步和逐渐壮大的历史。

这里的一草一木，一砖一瓦，都是历史的见证者，都是强军之魂的凝聚地。

从景到人，这一幕幕情景，一个个鲜活的人物，就是一座座壮美的丰碑。

国家工业遗产、中央企业工业文化遗产——第一代核潜艇研发试验基地，让我们感受那个年代核建设者们的工作生活环境，敬佩他们为中国核工业发展默默奉献的一切。

九〇九基地，展示了中华民族自强不息的形象，铸就了中华民族的尊严，为中华民族塑造了一座不朽的丰碑。

这里有历史，核工业人的功绩应该被铭记；这里有文化，红色基因应该世代传承；这里有很多默默奉献的人，他们的精神应该被歌颂；这里有惊天动地的事，他们的事迹值得被书写；这里有一座不朽的〇九丰碑，永远矗立在每个人的心中。

2022 年 9 月

彭建群（女），中国散文学会会员、四川省作协会员、四川省文艺传播促进会女散文作家创作中心副主任。峨眉山市文联、作协副主席。四川散文奖、冰心散文奖东坡故里采风在场写作竞赛三等奖获得者。出版有《飘飞的蓝裙子》等 3 部文学著作。

一封家书

万郁文

志刚表哥，你好！

时刻挂念着你们，一切都好吧？疫情的发生阻隔了我们来美国的探望，不知何时才能再见。国内的我们平安、祥和、安好，请表嫂放心。今天我忍不住敲键，是要告诉你一件极为振奋人心的事，你工作过的中国核动力研究设计院在 2018 年解密了，部分工作内容可以对外公布，这是多么让人舒心的事情，你知道了一定会感到无比兴奋。你从北大毕业分配到“中国核动力研究设计院”工作，直到退休这几十年的经历、研究出的成果，几十年隐藏在心中的秘密终于可以像打开了一扇窗户，重见阳光，可以堂堂正正地进入大众的视野了。

记得 20 世纪 60 年代我还在上小学的时候，你从北大毕业分配到中国核动力研究设计院工作，从天津来到成都我家，你意气风发，青春帅气，又毕业于北大，我们是多么地羡慕你有这么好的工作。你去报到后，过了半个月，家里接到一封从 291 信箱寄来的信件，打开一看，才知道中国核动力研究设计院不是在成都，而是在远离成都的深山蟚沟。信中描述到你们一批全国各地分配来的学生，坐上绿皮火车，翻山越岭，穿过一个又一个的山洞，蹚过一条条湍急的河流。开始大家都兴奋地欣赏山林的峻险和河流的奔腾，可是，越走越远的火车将你们带到一个像夹皮沟的小站，你们吃惊了，设计院原来在山沟里。来到崇山峻岭中的单位时，你们没有看到高大的厂房、宽敞的设计室、整齐的宿舍，眼前是一间间低矮的干打垒房屋散落在高高低低的山坡间，这哪里是研究院啊，这分明是农家小院。你们中有的人哭了，有的人后悔了。但是，在欢迎会上，迎接你们的领导一席话，让大家顿时重整旗鼓，信心十足。他说：“这里是祖国最需要你们的地方，你们在这里是为国家研究尖端科技产品，你们在这里会像金子一样发光，党中央、毛主席都等着听你们的好消息呢。”你还说，现在，你们的生活条件虽然艰苦一些，但是比起首批来的人员已经好多了，可以住上干打垒的平房，有食堂、邮局，你们在这里可以人尽其能，大学里学到的知识都能用上。家里人看了信都很高兴，回信都希望你能做出成绩，报效祖国。后来，你时不时地到成都出差，或经成都到北京汇报工作，都是来去匆匆。我们将你需要的东西送到你住的锦江宾馆，每次你说得最多的就是“等着我们的好消息”。我知道你的时间是多么宝贵，为早日完成祖国交给的任务，必须分秒必争，和时间赛跑。

表哥，自你退休离开单位去到美国后，我对你们单位的关注也少了，这次随四川省知名作家采风团走进“第一代核潜艇研发实验基地”，来到九〇九基地，听到了你们为研制核潜艇陆上模式堆，太多太多的感人事迹，我被深深地震撼了。

在基地，我们参观了二机部第一研究设计院总部旧址，一座用鹅卵石垒起来的四合院，这里曾有带领你们搞研发的 7 位院士中的 3 位在这里办过公。多少图纸、多少数据就是在四合院里闪耀的灯光下、在院士们夜以继日的计算中，绘制出来的；在山头指挥部，我们看到简陋、整洁的 8 间办公室，小小山头小院，是整个工程的指挥中心，这里发挥出了巨大作用，它指挥着八千军民大会战，在短短的五年内完成反应堆主厂房建设，模式堆建设、辅助实验室建设、设备安装、调试一系列的工程；在二号点家属区，我看到一排排住房，我想，你一定是每天在晨曦中从这里走向你们攻坚的“战场”，一定是披着月光擦着汗滴一步一步登上回家的高地。

在彭士禄事迹展览室里，我看到了你们单位的历史。1965 年 11 月，你们单位响应祖国三线建设的号召，从北京搬迁到这里。首批的人员来自北京 715 所和 194 所，他们组成九〇九基地“工艺队”进驻现场，当时这里还是一片荒山野岭，他们选好地址，开伐林区，搭盖草棚和干打垒房子，白手起家，艰苦作业，喝的是稻田和池塘里经过过滤的水，在这种困境下，只一年零两个月时间，1967 年 4 月，模式堆主厂房破土动工，建设正式启动，一场抢时间，打硬仗的战斗打响了，八千军民昼夜奋战。你和一批刚从高校毕业分配来的学子，怀着报效祖国、用自己的青春去攀登科学高峰的决心，带着富国强军的梦想，在这片山林里扎下根来，战天斗地，克服了无数不可预知的困难，建成了九〇九基地——我国第一代核潜艇研发实验基地。

最让我崇敬的是你们的老领导，核动力技术专家、中国工程院首批院士彭士禄，在一幅幅彭总照片前，我停住了脚步，我仰望着一颗巨星，他的眼睛炯炯有神，凝视前方，双唇棱角分明，从他的面部表情中，表现出中国人崛起的自信和坚定的信心。

彭总是革命烈士彭湃的儿子，从苏联留学归来。当他知道祖国需要他，需要他为研究核动力，为我国自主建造核潜艇贡献力量时，他不顾一切来到这贫穷的山沟，并且将自己在北京工作的爱人也迁来这里。在研造第一代核潜艇陆上模式堆奋战的日子里，彭总在这里带领一批科研人员吃住在工地，常年与毒蛇蚊虫为伍，没有电脑就拉计算尺、敲算盘，他们以青山为图纸、以江水为墨汁，以科研为最爱，以成功为喜悦，干劲十足，信心百倍。冬去春来，年复一年，废寝忘食，团结奋战。彭总在困难面前勇挑最重的担子，啃最硬的骨头，他对大伙说，“对了，功劳算你的；错了，责任算我的。”在关键时刻和危急关头，豁得出，顶得上，所以全所的人都亲切地称呼彭总为“彭大胆”“彭拍板”。

正是这样脚踏实地前行，核潜艇陆上模式堆的设计、建造、安装、实验等工作，终于研制成功了。1970 年是你们最荣耀和光辉的日子，在第一座压水型核反应堆开始升温升压这一天，周恩来总理在中南海办公室等着你们的好消息。当试验成功，彭总拨通电话向周总理汇报了这个激动人心的消息后，周总理在电话那头感谢你们为国争光，我想你们一定是欢呼雀跃、振臂高呼，“祖国万岁”。这是多么骄傲和光荣的事业。由此我想到，当彭总在接受中央下达“我们要造自己的舰艇，不依靠美国和苏联”这个任务时，当彭总听到毛主席说“核潜艇，一万年也要搞出来”的铿锵之声时，在彭总的心里，是多么的激动和振奋，同时感到自己的肩上的担子有多么重。所以彭老将一切置之度外，心中只有一个信念，为祖国争光，为祖国争气。8 月 30 日，陆上模式堆首次达到满功率运转，这一喜讯，正式宣布核潜艇最关键的动力装置研制成功。1974 年 8 月 1 日，中国第一艘核潜艇“长征一号”正式列入海军战斗序列。1988 年 9 月，中国海军核潜艇水下发射运载火箭试验圆满成功，中国成为继美、苏、英、法之后世界上第五个拥有核潜艇，并具备核潜艇水下发射运载火箭能力的国家。

辉煌的战果，显示了我军国防强大的威力。2009 年 4 月 23 日，这一天是中国海军建军 60 周年在海上举行大阅兵的日子。在我们祖国的海疆，中国自主研制的核动力潜艇、驱逐舰、护卫舰和导弹快艇一共 24 艘，组成的中国海军受阅舰艇编队犹如离弦的箭冲向大海，劈波犁浪，大振我军军威。这一艘艘“钢铁巨鲸”在祖国辽阔的海疆，筑起了坚固的海上长城。这是我们核动力专家们十年磨一剑的伟大胜利，是中国人民的骄傲。

1983 年，年近花甲的彭士禄又被任命为大亚湾核电站筹建总指挥，他再一次踏上了共和国核电事业的拓荒之路。

那一年，我国外汇储备仅有 1.89 亿美元，而大亚湾核电站总投资需要 40 亿美元。既没有足够的建设资金，人才技术也尚处空白，在这种情况下要建成中国第一座百万千瓦级的商用核电站谈何容易？

面对这一场代表国家的“商业博弈”，彭士禄奔波各地筹集资金，参加一轮轮商业谈判，他的各项开创性工作，为大亚湾核电站快速开展建设工作奠定了坚实的基础。1987 年，大亚湾核电站顺利开工，操劳了两年的彭士禄，像旋转的陀螺，又一个艰巨的任务在等着他，负责建设中国第一座自行设计、建造的秦山二期核电站，他马不停蹄地又赶往下一个任务。

在任秦山二期核电站董事长时，从核电站主要参数到投资方案，他都一一研究、核算。大到反应堆，小到一个螺丝钉，他都能做到心中有数。半个世纪的时间里，彭士禄像一头拓荒牛一样，从引进消化吸收国际先进技术到自主研发核心技术，打赢了一场又一场核电领域的攻坚战，引领我国核电发展走上了快车道。

一造核潜艇，二建核电站！一辈子干了两件大事的彭士禄，在功劳面前却像一棵低下头的小草，他常说自己“顶多算其中的一颗螺丝钉”。彭总有句名言“ 干惊天动地的事，做隐姓埋名的人。”

从展厅前言我慢慢移足到结束，心中的崇敬之情升腾再次升腾，当我阅读到最后这一段话时，我的泪水忍不住在眼眶狂奔：“2021 年 3 月 22 日，在《英雄核潜艇》的歌声中，彭士禄完成了他最后的心愿：骨灰撒向大海，永远守护祖国的海洋。此刻，他或许是那一朵翻腾的浪花，正同他最爱的核潜艇一起深潜，一路远航！那闪耀的印记，已汇入历史的长河，伴随着中华民族伟大复兴的征程，滚滚向前，澎湃不息！从烈士的遗孤到中国核动力事业的拓荒牛，他默默走完了为祖国‘深潜’的一生。一辈子太短，短到他只为祖国做成了两件事；一辈子又太长，长到他把生命熔铸进新中国核事业基座上的磐石。”

在展厅的留言册上，任何语言都是苍白的，面对这位感动中国的十大人物，我庄重地写下了“彭总当之无愧地被称为‘中国核潜艇之父’”。

可是，在我为科学家们为建设强大的国防作出了伟大贡献感动得心潮澎湃的时刻，我也为彭总、赵总居住的环境吞下了眼泪。两位科学家就住在阴暗潮湿的小山坡上，一家两间矮小狭窄的平房，简陋的家具，唯一的豪华装备就是有一台实用的脚踏缝纫机。房屋的门前有一个小院坝，几棵高大挺拔的香樟树，终年绿叶成荫，这里潮湿，青苔满地，蚊虫飞舞，还有青蛇出没。但是面对这个环境彭老已经很满足，他常在这小小的院坝散步，思考问题，和同仁在香樟树下研究工作。这就是老一辈科学家的家国情怀，老一辈的牺牲精神，老一辈的无私奉献。

表哥，我还记得在你工作两年后，你爸爸妈妈来成都了。我的姨父姨妈都是天津大学的教授，姨父姨妈说，他们着急的是你还没有对象。说在你读大学时和一个同学很要好，他们也很满意，可是这个同学知道你分来成都先是很高兴，可知道你的单位在山沟里时就提出了分手，请我妈妈给你物色合适的对象。我妈妈后来在她工作的医院里物色了几个女医生、护士，她们也是听说你是北大毕业搞科研的很是高兴，可听说你的工作单位在深山，都直接给予了拒绝。结果致使你一直单身，直到你们单位搬迁到成都你才成家。这真是为了国家的振兴，你毫不犹豫地献出了青春，你说能为祖国贡献自己的一份力量已很满足，个人的事晚一点也不要紧。这就是为了核潜艇，两代人的情怀啊！

表哥，还要告诉你的是，你走后，你们院又经过第二次、第三次创业，大批年轻人、清华北大还有海外归来的学子都自愿来到你们单位，发扬你们的精神，响应祖国的号召，为研发核电站作出贡献。在这里，我还听到一个响亮的名字“张森如”，他毕业于清华大学工程物理系反应堆工程专业，先后到美国、瑞典、芬兰、法国、韩国、奥地利等国家参加国际学术交流会议。他从老一辈科学家手里接过接力棒，投入到秦山核电二期的设计工作，他危难受命、大胆决策，组织设计所的科研人员夜以继日挑灯夜战，终于实验成功，创造了奇迹。风雨之后是彩虹，作为中国核动力院核电国产化的学科带头人，张森如最大的心愿就是要在秦山二期核电建设的基础上，带领年轻人，研发第三代核电技术“华龙一号”。还有一位副院长吴琳在研发中劳苦功高，他一心扑在工作上，将生死置之度外，坚守岗位，从 2009 年到 2019 年为“华龙一号”的研发，经历种种曲折。但是，他和一批核动力人为了一个美丽的梦想，克服了重重困难，最终研发出世界先进的第三代核电技术——“华龙一号”，成为中国走向世界的“国之重器”。

这里还要告诉你，已经解密的九〇九基地的部分区域，在中核集团、省市县领导的关怀下，将利用现有的资源，走文旅结合之路，已经取得“第五批国家工业遗产、首批 100 个中央企业爱国主义教育基地、中央企业工业文化遗产、四川省爱国主义教育基地”等十几个授牌，成为国防爱国主义教育基地，让游人来基地参观，学习和传承老一辈科学家无私奉献的精神。未来的九〇九基地，将成为全川工业文化遗产的一张响当当的名片。

表哥，现在的九〇九基地，与你们工作时完全是两个概念。现在的基地，宾馆、礼堂、会议室，都掩映在大片的香樟树和草坪中，栈道、水池弯弯曲曲伸向远方，这里是绿色的天地。院门，是一面巨型的红旗塑像，上面写着“不忘初心，牢记使命”八个光辉的大字，字的下面左边是一组实干苦干的雕塑，右边是“1965 中国核动力工程的摇篮 ”这几个突出的大字。我看到摇篮这几个字真是心潮涌动，这里孕育了中国科学院院士、中国工程院首批院士、核动力技术专家，还有一大批的科研人才，小小的山沟，飞出了这么多的金凤凰，真是一种骄傲，一种荣誉。

表哥，你如果有机会回川，我一定陪你去你们基地走走，看看仍然眷恋着你们这批核工业人的莽莽青山、看看陪伴着你们度过春华秋实的青衣江水，看看曾经燃烧激情之火的小屋灯光、看看你们留在那片深情土地上的叠叠脚迹……

表哥，原来你们研究院做了这么多惊天动地的事情，我为你骄傲，我为你赞美，你们核动力人是我最崇拜的人，是我们祖国和人民最可爱的人。

今天写得有点多，表哥，盼望你早日能再次去体验那段人生最灿烂最美丽最闪亮的人生记忆。

祝身体健康、虎年吉祥!

郁文

2022 年 3 月

注：表哥名为包志刚，天津人，毕业于北京大学。

万郁文（女），四川散文奖、首届格调美文奖获得者。四川省、成都市作协会员，四川省散文作家联谊会副会长、四川省文艺传播促进会女散文作家创作中心执行主任、成都市青羊区作协副主席。已出版多部散文集、评论集。荣获多种全国、省级文学奖。

且将功名藏深山

若　若（罗晓蓉）

我们入住的地方，叫向海楼。名字的寓意跟核潜艇有关，向海而生，是对中国第一代核潜艇的致敬。

来的路上，我们还在讨论，这里应该是依山向江。再不然，也应该是靠山面水。但楼前只是一片水田。

有点惊讶。核动力，最尖端的科技之一。核潜艇，最具杀伤力的武器之一。而这动力的发源地，第一代核潜艇研发实验基地，呈现给我们的第一道风景，不是戒备森严的实验室，而是透着荒凉的水田。

水田年迈，已波澜不起。但它在基地建设初期的照片里，颇具风光——全国上下勒紧裤腰带，物质匮乏之下，要数据，也要管肚子。野菜果腹不是长久之计，有了粮食才有力气攻关。插秧、种菜，爱国的激情、攻坚的壮志同庄稼一起葱郁拔节，茂盛的田里重叠着数据的影子，忙碌的脚步穿过田埂，奔向实验……

现在，一条水泥小道沿着水田边，静静延伸出去，通向新修的会议室，通向已经沉寂下来的四合院。

昨天和前天，我们在这道小路上来回走了多遍。了解基地的前世今生，参观四合院由鹅卵石、稻草和泥土砌成的“干打垒”，聆听基地发生的故事，还在被中国博物馆收藏的“成都291信箱”的复制品前留了影。20世纪六七十年代吹过来的风，挟裹着倒春寒奔涌而来，但每个人都争先恐后地拽着基地讲解员抛出的故事，深陷“核潜艇，一万年也要搞出来”“1970年8月核反应堆满功率，次年下海”“1974年8月1日，‘长征一号’正式服役……”激起的热血沸腾。

讲解既饱满又克制，引发的激荡却久久不散。隐秘而辉煌的历史，解密的时间并不长，他贴着边缘，轻轻掀开蒙在基地选址、工程推进的艰辛、实验的成功……上面的一角，便有足够的惊心动魄、耀眼非凡。以及，璀璨背后，不为人知的探索。

只是20世纪90年代，基地迁址，这里逐日荒凉。四合院已经成了文物。不只小院，见证了中国核潜艇从无到有、荆棘前进、凛然绽放的陆上模式反应堆，以一根电话线连接起中南海的山头指挥部，夜如白昼的厂房，穿梭的人声，紧皱的沉思，甚至无数亲身参与其中的人，都留在了时间的背面。

河水带走了岁月，深山固守着秘密。

我有个文友，曾经采访过参与原子弹与导弹对接“两弹结合”试验的人员。他翻开被载入共和国国防科技史册的“阵地七勇士”之一的个人档案时，震惊得不敢相信自己的眼睛——那段无论对国家还是个人都堪称辉煌的历史，档案里一点记录也没有。甚至，保存了半个多世纪的立功受奖证书，在主要事迹介绍栏，只有空白，连一个字、一个标点符号都没有。事实上，他是当时导弹发射试验控制台两名操纵员之一。

可以想见，同时期从四面八方奔赴西南蜀地，同样为祖国的国防奉献了青春岁月的八千泱泱大军，在基地里的特殊经历，除了留给自己的记忆，其余的都成了尘封的机密。哪怕到了现在，第一代核潜艇已经解密，基地已经成为爱国主义教育的基地。但这里的故事依然静悄悄。

同为研究“核武器”的专家，要说“两弹”的功勋人物，公众张口就能说出一长串，但核潜艇的专家，并不为人所知。我在网上搜索过，反映中国核潜艇发展的影视剧，好像只有《功勋》里的一个单元，那是黄晓明主演的黄旭华。而在黄旭华之前担任第一任核潜艇总设计师的彭士禄，以及如赵仁恺般功勋卓著的元老，在很长一段时间，都是国家最高秘密。更多的人，在这与世隔绝的基地里，或孤勇前行，或安静离场。

基地的照片不多，群体像更少，但每一张，每一个人，都是深潜纯粹，眼神明亮。开荒建房，闭门造“艇”，生活的清贫、环境的恶劣，并不能阻止前行的脚步。探索的失败、成功的欢欣，只能独自咀嚼。这让我想起影片《相遇》里的科学家高远，一朝许国献身国防，从此“上不告父母，下不告妻儿，要把在基地看到的一切，永远烂在肚子里”。他对恋人的不辞而别，何尝不是千千万万无名英雄奔赴西南的凛然。他的隐忍，何尝不是核潜艇人的深藏的功与名——以秘密作色的人，再繁茂的故事，再丰富的内心，也没有外展的可能。

好在，这里有信箱，固定的地址是成都 291 信箱，可以与亲人保持联系。

没有人提到来往信件的要求，但毋庸置疑，看见的、经历的，肯定都是不能触碰的禁忌。基地的地理环境、天气气候，估计也不能描述。考虑到信件的内容会有专人审核，贴心的话也得含蓄再含蓄。那么，剩下的还有什么呢？是不是只剩下“身体健康，工作顺利。请勿挂念”之类的话？收信的一方，能从这格式标准、内容寡淡的文字里读出饱含的情感么？能读出艰难的探索么？能读出惊天撼海的成功么？

都说纸短情长，当长情经年累月束缚于近似于冷酷的简短，得有多大的控制力，才能让奔流的情绪归于深沉。

叹息如荒草在我心里蔓生，却不能消减曾经激情澎湃的轰鸣。正如眼前冷寂的水田无法忘记那些热火朝天的步伐，基地高大的香樟树遮蔽不住暗夜的灯火通明，青苔蔓生的石阶，心里永远记着第一代核潜艇从无到有的每一个细节……

八千多人的十年如一日，个体在宏大的事业中消融。又随着研究的成功而升化。那么，就将功与名，深藏这逶迤纵横的深山吧。让英雄们的无名，扬帆向海，随着青衣江缓缓东流，与大海共生。

2022 年 6 月

罗晓蓉（女），笔名若若。中国散文学会会员、四川省作协会员、四川省文艺传播促进会女散文作家创作中心副主任。眉山市散文学会常务副秘书长。作品散见《散文百家》等刊物，作品多次获奖。出版散文集《一直很安静》。

走进九○九　敬畏不再遥远

李临雅

曾经在电视上看见有关核动力、核潜艇的影像，听到解说词中尖端科技、国家重器、军事实力……字眼，立刻就有一种遥远的敬畏。

终于，有机会走进了九〇九基地——“第一代核潜艇研发实验基地”，有点激动。九〇九是代号，这里曾经是中国核动力研究设计院总部所在地。

“中国核动力研究设计院是我国集核反应堆工程研究、设计、试验、运行和小批量生产为一体的大型综合性科研基地。自 1965 年建院至今，已经形成包括核动力工程设计、核蒸汽供应系统设备集成供应、反应堆运行和应用研究、反应堆工程实验研究、核燃料和材料研究、同位素生产和核技术应用研究等完整的科研生产体系，是国家战略高技术研究设计院。50 多年来，核动力院为国防现代化建设和国民经济建设做出了巨大贡献，设计建造了我国第一代核潜艇陆上模式堆、第一座高通量工程试验堆、第一座铀氢锆脉冲反应堆、第一座大型商用核电站、第一座百万千瓦级核电站、第一个国产自主第三代核电技术‘华龙一号’（ACP1000）等科技丰碑，是核动力研发设计的国家队，核电研发设计的主力军，被誉为‘中国核动力工程的摇篮’。”

一字字、一句句地读着这段文字，真切地感觉到它沉甸甸的分量。

走进九〇九，才知道如此重量级的单位就在四川的一片大山里，这里四面环山，林木密集，地势隐蔽，山脚下，青衣江水长流。

20 世纪 50 年代初，核讹诈的严酷现实激发了中国尽快研制原子弹、氢弹、核潜艇的强烈愿望和决心。近万参建人员从祖国的四面八方来到这里，在艰苦卓绝的条件下，白手起家，建起了实验基地。科研人员从无到有，为国为民创造出了各项惊世的成果。拉开了研制核潜艇的序幕，开启了核潜艇创业发展的艰难之路、奋斗之路、激情之路、辉煌之路。仅用不到十年的时间，就研制出我国第一代核潜艇，使中国成为拥有核实力的大国，真正确定了中国的大国地位。

如今，随着岁月的流逝，当年的场景已经远去，中国核动力研究设计院总部也已搬离。自 2018 年底，国家允许 09 工程部分解密后，中宣部组织开展了对九〇九基地的系列报道。随着各种媒体的宣传，关于核潜艇的事情才逐渐被世人知晓。

来到九〇九，来不及拜读已经载入史册的创业者们奋斗的历程，就先跟着人称“金牌讲解员”的副基地长唐斌去看基地里的遗迹和老照片吧。

“干打垒”四合院（院机关原所在地）、二号点家属区、山头指挥部、彭士禄旧居及事迹展览室、赵仁恺旧居、中国第一代核潜艇陆上模式堆指挥部、机床馆、九〇九雕塑墙……每一处都记录了历史的发展脉络，饱含动人的故事和细节，生动地呈现了那些激情燃烧的岁月，带我们走进了昨天。

唐斌的讲解很有特色，大多是看似平常的，生动的，具体的，可能被忽视的故事，很多东西也许是正史中没有的，但可以说是对正史的补充，是历史的细节。而就是这样的讲述，这些细节，让我们对核动力人和他们所具有的精神有了更加形象的了解……

比如说中国核动力领域的开拓者和奠基者之一、中国第一任核潜艇总设计师、“时代楷模”彭士禄院士的功绩，随着影视、报刊，都已经广为流传。在这里，我们听到了关于他的另外一些故事。

在彭士禄故居里，有一张普通的木床，床头和床脚都有一块木板，上面写着同一条毛主席语录：“我们的同志在困难的时候，要看到成绩，要看到光明，要提高自己的勇气。”唐斌说，彭老为了工作，日思夜想，他一定常常从这条语录中吸取力量。

彭士禄人称“彭大胆”“彭拍板”，为了工作，只要他认定是正确的事，都敢于豁出去，在生活中也如此。当年在莫斯科留学时，他和被大家叫作小玛莎的马淑英老师谈恋爱，因为某些原因，有关方面不同意他们结婚。他下定决心，就去找也在苏联的革命老人贺子珍，贺问他，你很爱她吗，他说是。有老革命给他撑腰，他们如愿结为伉俪。到了晚年，彭老却开玩笑说“我也有遗憾之事，就是夫人太多，共有三个：第一夫人是核动力；第二夫人是烟酒茶；第三夫人才是小玛莎。小玛莎不甘心当第三，造反了。为了和睦，只好晋升第二。”一个从事尖端科学事业的人，又那么富有生活情趣。

彭老 2021 年 3 月以 96 岁的高龄去世。追悼会上，他的儿子说，我一辈子都没有见过他几次，似乎对父亲有点意见。后来，宣读彭老的遗嘱，这位一生做了两件大事——一是造核潜艇，二是建核电站的人没有谈自己的工作，更多的是对家人的关切和感情，遗嘱还没有读完，他的儿子号啕大哭……

2021 年 3 月 30 日，彭士禄逝世 8 天之后，遵照他的遗愿，他和夫人的骨灰在当年中国第一艘核潜艇下水的地方，撒入了大海。他女儿说，我父亲，他就是希望和核潜艇永远相伴。

年轻人也有自己的故事。基地有个地方叫“坦克山”，是当年九〇九的年轻人谈恋爱最爱去的地方，类似于别的地方的小树林、小河边……那时候没有手机，更没有微信，互相认识了的男女不好意思到对方的宿舍去找人，就互相约定，用暗号通消息。比如说，今天晚饭后有空，就在自己的窗户上把茶杯放在左边，让对方下班以后，上坦克山去，聊革命理想。如果没有茶杯，今天就不见面了……九〇九的很多对人就是这样在坦克山上谈成的。

曾经是院部旧址的四合院门口有一个邮箱，上面有“成都 291 信箱”的字样。这个地图上找不到的通信地址，曾是当年近万军民与家人唯一的联络方式。有个清华毕业的女生，分配到核工业的另一基地四〇四基地（在西北），结果刚到又被告知，要她到九〇九基地报道。到目的地后，她给在北京的男朋友写信说自己到了四川，还说告别时他给她的苹果从北京到西北，再到四川，都没舍得吃，已经蔫了。男朋友回信说，自己也申请调到九〇九，正在办手续，寄信的同时给她寄了一箱苹果。于是她天天到邮局去问，可是一个月过去了，还没见到那箱苹果。打电话问男朋友，他说就是寄了，女生不相信，还因此很生气，不理他了。直到又过了一个月，男朋友到了四川，和她一起去寻找，才在成都邮局的一个库房里看到那箱已经开始腐烂的苹果。原来，包裹到达火车站后，有个收件员看到收件地址是“成都 291 信箱×××分箱”，误以为是成都邮局发错了，退回了成都，那边寄过来，他又退回去，反复了几次，认为是无人认领的东西，就把那个箱子放到了杂物库。很多年以后，女生还记得这件事，写了一篇文章《苹果》。成都 291 信箱箱体，已经被中国国家博物馆收藏。

唐斌是在九〇九基地出生的“核二代”，他说，我出生一个多月以后，1970 年 12 月 26 日，被命名为“长征一号”的第一艘核潜艇就下水了，中国成为全球第五个拥有核潜艇的国家。我很自豪，和我们国家的第一代核潜艇同岁。

说起核潜艇下水，他讲了几个故事。

陆上模式堆实现满功率的过程中，第一次启堆后，曾经好几次出现功率提不上去的情况，检查发现关键设备的焊接表面出现了一些大小不均的气孔，是焊接时的高温使管壁中的积水蒸发，水蒸气穿透焊剂形成的，得把积水吸出来才能补焊，但管壁狭窄、不平滑，而且不能被金属碰撞，只得用毛巾一点一点地往外吸，而时间又很紧迫。这时，一位科研人员邹心银说，让我来吧。他找了根软管插进管壁，整个人趴到堆顶盖上。经过满功率运行的反应堆积水是带有放射性的，有人说，你不要命了！邹心银开始用嘴吸水，现场一下子鸦雀无声，只听见他吸水的声音。有人回忆说：“这声音好像刀片划过在场每个人的心。”……最后，他一口一口吸干了积水，重新补了焊。这位邹心银是个万能手，实验能力、动手能力都很强，还专门学过焊接。后来，他因病去世，年仅 48 岁。

工程师李宜传从 1959 年就参加了潜艇核动力设计，在陆上模式堆安装之前他切除了一个肾，但仍然带病坚持工作，后来干脆把被子搬到控制值班室，吃住在现场，直至陆上模式堆达到满功率，随后又参与了艇上堆的安装和试验。两年之后，他因过度劳累牺牲在核潜艇试航的工作岗位上。

很多年以后，第一艘核潜艇陆上模式堆在完成历史使命后退役了，拆除屏蔽墙时，人们在铅块底下发现了一行已经有些模糊的字迹："孩子们，辛苦了。"年轻的一代核动力人知道，那一定是当年的技术人员写下的，他们在和后来者打招呼，他们坚信，自己开创的事业一定会传承下去……

讲这些故事时，唐斌都很动情，热泪盈眶。他说，我们的科研人员，不只是画图纸，搞设计的，他们什么都要干，到潜艇试航的时候，有关的科研人员都在潜艇上。这样的人，很多，都是一些普通的科技工作者，但他们也都是英雄！

在散布在九〇九各处的老照片中，我看到了当年肩挑人扛的场面、运载各种物资的车队、草房顶的基地"延安食堂"、散落在民居中的实验室、第一座核潜艇陆上模式堆厂址，还有手摇打字机、老旧的车床、彭士禄的黑框眼镜、一沓沓的计算稿纸……印象最深的是那张 1985 年，导弹核潜艇深潜试验成功后，第一代核潜艇的四位总设计师赵仁恺、彭士禄、黄纬禄、黄旭华的合影。他们身后，是舷号 406 的核潜艇。四位老总看起来那么朴实、平凡，脸上洋溢着一种欣慰的笑容。知道了他们的故事，觉得他们的形象是那样的伟岸。

听九〇九的老故事，有一种强烈的感觉，搞核动力的这批人，可以说是中国知识分子的代表，集中体现了中国知识分子的特点，家国情怀，以事业为重，将国家的需要为自己的使命，为此无私奉献，不惜牺牲一切。"为国争光，为民族争气""强核报国 创新奉献""振我国威，扬我军威""精心研究、精心设计、精心试验、精心制造，力争第一，慎之又慎，万无一失"……是他们的信念。夜以继日，废寝忘食，艰苦奋斗、拼搏不息……是他们的生活常态。

从事核动力研制的科研工作者是要签署保密协议的，他们曾经不属于家庭，不属于自己，只属于国家、民族，属于他们献身的事业。有的人去世后依然不能解密。“没有名字，只有代号；没有传记，只有传说”。“干惊天动地事，做隐姓埋名人”，他们曾经像隐士，在深山老林里炼丹铸剑，铸就的是共和国的重器。

走进了九〇九，对核动力人的敬畏不再遥远，却更加强烈，他们就在我们身边，他们所做的工作的成效渗透到我们所有人的生活中。想起那句话，“从来没有什么岁月静好，只不过有人为我们负重前行”。这些人肩负的“重”不是一般的沉。

如今，九〇九基地，那青山原野，已经成为一座巨大的博物馆，被打造成中国第一个全景再现三线生活场景的核科学基地。多少人怀着敬畏之心来到这里，学习和感受“自强自立、求真务实、创新协同、拼搏奉献”的〇九精神，让那种感动、震撼转化为一种力量，让自己的生活更有意义。

走出九〇九，情不自禁地频频回首，向默默奉献的英雄们致敬！向曾经庇护英雄们的大山致敬！

2022 年 4 月 15 日

李临雅（女），中国散文学会会员、四川省作协会员、成都市作协会员，金牛区作协副主席。原《晚霞报》编辑。四川省文艺传播促进会常务理事、女散文作家创作中心副主任。首届四川散文奖、格调美文奖获得者。已出版《流痕》等 3 部散文集。

核电强国逐梦之路

——中国核动力研究设计院核电国产化自主研发纪实

袁瑞珍

1945 年 8 月，第二次世界大战中的美国空军，在日本广岛投下了一颗原子弹，伴随着剧烈的爆炸、冲击波和强烈的辐射，广岛这个城市在顷刻间夷为废墟，死亡人数达 20 万之众。自此，广岛和平纪念公园里那座高耸的纪念碑，像一个历史老人，永远地述说着 1945 年夏季那令人毛骨悚然的一瞬。

这一幕人类历史上最惨烈的悲剧，是 1938 年物理学诺贝尔奖获得者——意大利物理学家艾立科·费米怎么也不会预料到的。当他在 1942 年设计完成世界上第一座原子核反应堆，同年在实验室里完成了著名的“芝加哥一号”自持链式反应后，人类利用原子能的世纪从此开启。而和平利用原子能，特别是利用核能发电，则是人类孜孜不倦的追求，更是中国核动力院几代人共同的梦想。

——题记

梦开始的地方，就是春天开始的地方

当 20 世纪 70 年代初，中国核动力研究设计院在既无外援又无任何参考资料的前提下，依靠自主创新设计建成了我国第一座压水型核反应堆，填补了我国一项国防尖端科学技术空白，为我国潜艇核动力打下了坚实的基础，同时也激发了核动力院人和平利用核能，实现核电国产化，发展中国核电的梦想。周恩来总理在接见中国核动力院的代表时，曾给予高度评价，称赞第一座压水堆是个“样板”，是我国“核动力的起点”“核电站的基础”。并热切期待着中国核动力院能在利用核能发

电方面为国家做出更大贡献，他叮嘱中国核动力研究设计院的代表说：“第一座压水堆成功了，陆上核电站有了，你们的成功就更大了。”

无疑，周恩来总理的深情叮嘱给中国核动力人的梦想插上了飞翔的翅膀。

1972 年，中国核动力研究设计院根据第一座压水堆工程经验、中国国情和国际核电发展趋势，确定了“自力更生为主、立足国内；堆型选压水堆；功率规模选 50 万～60 万千瓦；采用标准两环路设计；条件成熟时过渡到大型机组”的科研设计原则。

以后在中国核动力研究设计院前行的路上，不管经历多大的风雨，遇到多大的困难，历届领导班子和科技人员在从事潜艇核动力研制的同时，从来没有放弃过核电站的方案设计工作，投入了满腔的激情陆续开展了 50 万千瓦、60 万千瓦、90 万千瓦和上海石化总厂、北京战备电源核电厂、拉萨核电厂、海南岛核电厂等多种压水堆核电站及核岛的方案设计与可行性研究，获得多项成果，并承担完成了秦山核电一期工程的部分重要实验项目，为我国走核电国产化道路作了充分的准备，积累了大量的经验。

但核电国产化仍然处于期待中。

这时，中国核动力人的激情似乎趋于冷静。

但冷静的激情却使期冀更具有了铁质，使情绪更具有了张力，使春天更具有了速度，因为向着朝思暮想的远方，扬起的翅膀怎能放下！

这一天终于来了！

1987 年 12 月，我国第一座自主设计、建造、运营、管理的大型商用核电站——秦山二期 60 万千瓦核电站工程设计任务决定采用招标的竞争方式确定承包单位。核电秦山联营公司给中国核动力院发来了招标书。

这一纸标书，再次点燃了埋藏在中国核动力院人体内火热的激情，全院上下灯光彻夜通明，从 12 月 20 日接到招标书到准备好印刷精美的投标文件，仅用了 28 天时间。

1988 年 1 月 22 日至 28 日，在北京马神庙一号主楼 301 会议室，招标会议在紧张肃穆的气氛中举行。经过最终的陈述、答辩，1 月 28 日上午，评委庄严宣布：中国核动力研究设计院以 91.33 分的绝对分数优势在反应堆及主冷却剂系统设计标段中中标!

喜讯通过电波迅速传回中国核动力研究设计院，全院上下欣喜万分。院领导立刻组织精兵强将一头扎进秦山二期 60 万千瓦核电站反应堆及反应堆主冷却剂系统和相关的仪表控制系统的方案设计、初步设计、技术设计、施工设计中。

如今，秦山核电二期工程早已结束，1、2 号机组经过连续运行，取得了良好的业绩。而其中由中国核动力研究设计院承担的反应堆及反应堆主冷却剂系统和相关的仪表控制系统的设计，则成为我国自主建设商用核电站重大跨越中最值得骄傲的成就，并受到四川省政府的通报嘉奖。温家宝总理也在 2006 年 3 月 19 日的批示中对此给予了充分的肯定与赞扬：“秦山二期工程，坚持自主设计和创新，取得多项重大技术成果，走出了一条我国核电自主发展的路子。”

这不仅是中国核动力研究设计科技人员智慧的结晶，也浸透了张森如为代表的秦山核电二期工程项目管理者的心血与汗水。

能参加秦山核电二期建设是件挺幸运的事

2002 年 2 月 6 日，初春的江南大地还寒气逼人，而地处杭州湾畔的秦山二期 60 万千瓦核电站工地上，火红的旗帜正迎风招展、七彩的气球凌空飘荡，工地呈现出一派火热的景象。人们期盼已久的我国自行设计、建造和管理的秦山二期 60 万千瓦核电站 1 号机组就要并网发电了! 下午 1 点 15 分，随着按钮的摁下，反应堆在安全壳内提升功率。当核裂变转化发出的强大电流通过高压电线源源不断输入华东电网，1 号机组首次顺利并网发电成功时，整个海盐工地沸腾了，在震耳欲聋的鞭炮声中，人们欢呼雀跃，热泪流淌。是啊，这一天等待了多久啊！我国终于有了自主设计建造的第一座商用核电站了。出席 1 号机组并网发电仪式的中国核动力研究设计院副院长、秦山二期核电站第一项目负责人张森如的眼眶湿润了，他的目光紧紧盯着核电站厂房控制大厅中反应堆闪烁的仪表。此刻，在他的眼里，这些不断闪烁的仪表比世界上最漂亮的花儿都美，因为，仪表线路连接着的核电站的心脏——核反应堆及反应堆主冷却剂系统和相关的仪控系统的设计便是中国核动力研究设计院引进技术消化再创新的成果！

这成果让张森如既兴奋又感慨！那曾经的艰辛与困苦、探索与拼搏在他心里汇成一条河，流淌着成为一首隽永的歌……

张森如似乎生来就与“核”有缘，他最大的梦想就是能亲自设计建造中国自己的核电站。他是一个科学的探险者，一个为实现自己心中的梦想而不断拼搏的奋进者。在他儒雅的外表下，潜藏着坚韧不拔、深谋远虑、周密细致、干练果敢等极富个性的特质。

1959 年他以优异的成绩考入清华大学工程物理系反应堆工程专业，经过 6 年的学习，1965 年毕业时，毅然放弃了留在清华大学任教的机会，选择了从事核动力尖端科学研究。先后在二机部二院、15 所、715 所和中国核动力研究设计院工作，并成为反应堆热工水力、事故分析和安全评价领域中国内外知名的专家，担任研究员级高级工程师、博士生导师和清华大学的兼职教授，1993 年荣获政府特殊津贴，2003 年当选为四川省学术和技术带头人，荣获国家科学技术进步奖一等奖一项、部级科技进步奖三等奖 6 项，先后到美国、瑞典、芬兰、法国、韩国、奥地利等国家参加国际学术交流会议。在国内外杂志和学术交流会上发表论文 40 多篇。其中多篇论文如《60 万千瓦核电站大破口失水事故中的喷射力》《压水堆的固有安全能力》《核电厂控制调节系统在运行瞬态分析中的数值计算》《秦山核电二期工程事故分析》《世界核电改进方向和解决安全问题的途径》等受到很高评价。由于在秦山二期核电工程建设中的突出贡献，2004 年被国防科工委、中国核工业集团公司授予劳动模范光荣称号。

但这一切对他而言都不重要。他认为能参加秦山二期核电站的建设是件挺幸运的事，因为能亲自见证我国独立自主建造第一座国产化商用核电站的全过程，并非人人都能有这种人生经历。

临危受命，推出六条强硬措施

初春的成都平原，大地铺展着层层新绿。张森如带着一脸的倦容站在成都郊外青城山的石阶上，深吸了一口清新湿润的空气后，紧皱的眉头随即舒展开来。

此刻，如果以为这位聪慧睿智浑身散发着书卷气的学者，置身于绿野、青山之间，灵魂已进入物我两忘的境地，那就错了——秦山核电二期反应堆及反应堆主冷却剂系统的设计已到了关键时期，作为项目第一负责人，他已很长时间没休息过了，大量纷繁复杂的事情常令他寝食难安，彻夜难眠。因此，他只是借助于登山这样超强度的体力消耗来调节心绪，并盼望着今晚能睡个好觉。但此刻，就在他一步步向山顶攀去时，秦山二期核电站的问题仍然在脑中萦绕，挥之不去。

是啊，在他的潜意识中，“责任”二字如“达摩克利斯”之剑悬在头顶，哪能容他有一丝松懈。当初承担这个重任时的情景，此刻清晰地浮现在眼前……

1997 年 7 月的一天，夜的黑幕悄悄覆盖了大地。中国核动力研究设计院院长杨岐的办公室里灯亮着，这位倔强的男子，此刻正眉头紧锁，眼神中透着焦虑。秦山核电二期开建初期，设计工作一度陷入窘境。由于 60 万千瓦核电站的许多设备实施多国购买，因 1993 年至 1994 年期间，资金不到位，有关方不能提供设备参数，原本留给设计院一年多的设计时间被耽误、大量设备接口不规范且协调量大、计算工具少，再加上秦山二期是参考大亚湾 90 万来设计 60 万的，三个环路改为两个环路，有大量参数要重新计算等原因，导致设计图纸远远跟不上现场施工进度，总体设计院正遭遇着工地上几千人等着设计图纸施工的巨大压力，而中国核动力研究设计院的设计只完成了 60% 的工作量，科研试验才完成近 40% 的任务，其中部分用于设计验证的重要试验装置还处于建设和安装之中。

由中核总核电局组成的联合检查组听取了院的情况汇报后，一些领导同志明显流露出对中国核动力研究设计院不放心的倾向，认为中国核动力研究设计院是搞科研的，缺少工程设计的经验。在反应堆及反应堆主冷却剂系统的设计上，不仅会面临与总体设计院同样的问题，更担心会影响整个工程建设质量。甚至有些同志还专门到设计所的两个研究室，看设计人员是否会画工程设计图。看后竟然打趣说："看他们画的图纸有粗有细，还像那么回事。"

这事让杨岐院长窝了一肚子的火！

他发誓绝不让中国核动力研究设计院的设计和科研工作拖秦山二期60万千瓦核电站建设的后腿！

他和院领导班子决定，选拔一位既熟悉秦山二期核电设计情况，又具备较强管理能力与经验的人担任副院长兼第一项目负责人，他要用中国核动力研究设计院强大的设计、科研实力和优秀的业绩让上级部门和领导放心！

1997年12月，这个重任落在了张森如的肩上。

张森如从1990年起就开始参加秦山核电二期的设计工作，曾担任中国核动力研究设计院设计所6室副主任、主任，1993年任设计所副所长，1994年起担任所长兼秦山二期核电项目第二负责人。其间无论是在科研设计还是管理上，都以敢于创新、严于管理而著称。

临危受命，张森如走马上任了。他的心里沉甸甸的，这个责任重如山啊！

他迅即对反应堆及反应堆主冷却剂系统和控制仪表系统的设计、科研和管理工作进行了彻底的调查摸底，意识到必须建立一套更为严密的管理制度和质量体系，才能扭转当前被动的局面。

一个深秋的夜晚，他在灯下埋头归纳整理着自己的思路。当他写完后放下笔走出房门，站在阳台上，但见天边月牙西斜、星辰点点，夜凉初透，他深深地吸了一口清新的空气，一丝轻快的感觉掠过心间。

他提出了六条措施：

——管理模式采用国际上先进的项目管理模式，根据项目的特点，建立完善的组织机构，强化项目负责人的作用，由项目负责人负责设计和科研的全部活动。一切活动均在项目负责人的监督下严格按管理程序办理；

——将设计、科研与技术服务的项目分类整理，制定详细的设计、试验和现场技术服务进度计划，确保计划的实施；

——设计之间包括系统和设备、内外之间的接口进行高效有序的协调；

——对设计和科研之间的协调制定严格的程序，一切严格按程序办理；

——强化质保体系，所有文件须经编写、校对、审核、审定四级编审后交质保部门，并制定相应的奖惩办法；

——强化设计和科研人员的外语、核电站相关知识、设计与试验过程中的相关程序的培训，全面提高设计与科研人员业务素质；

——通过中外合作，引进并掌握大量先进设计软件，提高设计水平，缩短与国际先进水平的差距。

这六项措施得到院长杨岐、院党委书记王海江、设总和秦山二期核电办的全力支持。张森如忙碌的身影出现在设计、科研一线和秦山二期核电站现场。他抓执行力严厉果敢，抓技术精益求精，抓质量一丝不苟，抓进度不留情面，抓协调周密细致。随着措施的推行，各项工作迅速走上程序化、正规化和标准化的道路，设计和科研工作紧张、有条不紊地进行着，并不断传来控制棒驱动机构、棒控棒位系统、反应堆保护系统、控制棒驱动机构噪声测量装置等国产化设备自主研制成功，堆内构件流致振动实验、反应堆驱动线抗震试验研究、反应堆整体水力模拟实验研究、反应堆控制棒驱动线冷态对中试验研究、反应堆控制棒驱动线热态试验研究等工程试验任务满足业主要求，1 号机组一回路水压试验顺利完成、1 号机组汽轮机首次非核蒸汽冲转获得成功、成功完成我国首次堆内构件流致振动现场实测、1 号机组首次达到临界、硼浓度测试值达到国际先进水平、1、2 号机组成功并网发电等喜讯。

张森如的脸上露出了欣慰的笑容。中国核动力研究设计院所承担的反应堆及反应堆主冷却剂系统和仪控系统的设计，不仅没有影响现场的土建施工、设备安装和调试运行的开展，相反充分展示了中国核动力研究设计院自主设计、自主创新的能力与水平，并为我国百万千瓦级压水堆核电站的自主设计打下了坚实的基础，积累了丰富的经验，也赢得了上级领导、核电秦山联营公司和兄弟单位的高度赞扬，就连原来对中国核动力研究设计院持怀疑态度的一些领导同志，也投来赞赏的目光。

关键时做出大胆决策

正确的决断能力，需要以坚实的理论知识、丰富的实践经验和深入周密的调查研究为基础，而决断的意志则需要胆略，尤其是在众人意见不一致的情况下，对重大工程问题作出决策，更需要抛开一切个人得失的勇气。为了实现心中的梦想，张森如与科技人员同甘苦共患难，作出了一个又一个的决策，经历了一次又一次风险，闯过了一道又一道难关。

1999 年春节，秦山二期核电现场正号子连天，一派火热，但在中国核动力院的实验室里却异常安静，张森如的眼睛正紧紧盯着数控装置上显示的数据。

这里正在进行反应堆控制棒驱动机构工程样机考验试验。

控制棒驱动机构是反应堆中唯一的驱动设备，是核电站的关键设备之一。它直接控制着反应堆的启动、功率调节及安全停堆，对反应堆的运行和安全起着至关重要的作用。按照“以我为主，中外合作”的方针，这台设备由中国核动力研究设计院进行自主设计和研制。一旦成功，将为我国重要核电设备走国产化道路做出历史性的贡献。

张森如组织中国核动力研究设计院设计所和二所的科研人员不断探索，历经磨难，终于使反应堆控制棒驱动机构的设计和科研取得重大成果，并在上海先锋电机厂生产出工程样机。

工程样机在上海先锋电机厂进行试验时突然发生意外，控制棒驱动机构在提升和下降时打滑，不按照预定的一分钟 72 步的速度运行。试验紧急停止，经过仔细的分析、核对与检查，认定不是控制棒驱动机构的问题，而是试验装置出了问题。张森如当即同意并决定，利用中国核动力研究设计院的试验装置重新进行试验，以便证明中国核动力研究设计院设计和开发的控制棒驱动机构是可靠并具有高性能的。

试验出奇的顺利，吊棒试验也做得相当漂亮。当跑到 300 万步时，整个试验非常成功，可以圆满结束，因为秦山二期核电站对控制棒驱动机构的试验要求是只要达到 280 万步就符合规定的技术要求。

但这时，张森如却作出了一个出人意料的决定：试验继续做下去。他果断地对大家说："不要停止，继续跑！"

参加试验的科技人员愣住了，眼里布满疑云，有些同志当即提出不同意见。

张森如有自己的想法，他想一举两得。

在试验中，他发现控制棒驱动机构的整个试验结果、波图和受力情况均出乎想象的好，凭着扎实的理论功底和实践经验，感觉还能跑相当长的时间，但究竟能跑多少，不得而知。而当时，中国核动力研究设计院正在进行国家"九·五"科技攻关项目先进压水堆控制棒驱动机构的科研工作。眼前的试验如果继续做下去，不仅可进一步检验秦山二期核电站控制棒驱动机构的性能，也能在节约大量经费的前提下，完成先进压水堆控制棒驱动机构的科技攻关任务。但这事将冒很大的风险。一旦实验失败，不仅不能完成先进压水堆的科研任务，还得重新做工程样机，既延误了时间，还会让业主对控制棒驱动机构的技术性能和质量产生怀疑。

但科技创新从来就与风险相伴。

张森如组织设计所和二所的科技人员夜以继日地继续试验，连春节也在实验室里紧张忙碌。四个月后，数控装置上的读数已接近 800

万步。

这时，国家核安全局和核电秦山联营公司的专家们闻讯赶来，他们要亲眼见证奇迹的发生。

“到了！850 万步！跑了 850 万步！”不知是谁惊喜地叫了一声。欢呼声骤然响起，人群中爆发出经久不息的掌声。核电秦山联营公司一位姓高的专家激动地握着张森如的手说：“奇迹！真是奇迹！你们的成功使秦山二期 60 万千瓦核电站国产化设备上了一个很高的台阶。”

这件事后不久，张森如在秦山二期核电站 1 号机组非核蒸汽冲转试验中又作出了另一个重大决策。

秦山二期核电站在很多方面是参考大亚湾核电站的。从法国进口的大亚湾核电站是依靠蒸汽锅炉提供非核蒸汽，对汽轮机进行首次冲转试验。秦山二期是否也要采用这种方式进行汽轮机冲转试验？这个问题在当时存在很大争议，为此提出了两个方案：第一个方案是采用大亚湾核电站的方式，在秦山二期核电工地上建一座锅炉；而第二个方案则提出，中国核动力研究设计院设计的一回路水的单位功率容积比大亚湾一回路水的单位功率容积大，蒸汽发生器二次侧的容积也比较大，有可能采用稳压器电加热和主泵运转产生蒸汽，在蒸汽发生器二次侧憋气，实现冲转，可为国家节省 100 多万元建锅炉的费用。

张森如头脑中反复缜密思考着这个问题。他让技术人员进行仔细的计算和充分论证，得出热量平衡的结论。他是热工水力瞬态分析专家，凭借多年的经验，张森如再一次冒着如果失败，不仅不能节省经费，还会造成因中国核动力院失误拖延工期的风险，作出大胆决定：采用第二个方案。

试验取得圆满成功！

赞誉像潮水般向中国核动力研究设计院涌来，向参加试验的科技人员涌来，向张森如涌来！

张森如从心底升起一股自豪感，为自己，更为中国核动力研究设计院在秦山二期核电工程建设中取得的成就。

他放眼向室外望去，天空碧蓝如洗，艳阳高照，一群鸟儿正向远方飞翔。

“华龙一号”承载新的梦想横空出世

是的，中国核动力研究设计院年轻一代科技人员，便是那向远方飞翔的鸟儿。

旷远的天空，瑰丽的彩霞，葱绿的原野，这里是聚集着巨大知识能量的地方。

张森如带领着年轻的科技骨干，用饱蘸智慧之墨的笔，继续书写中国自主化设计、建造商用核电站的史诗。他们把自己平凡的生命排列在中国核动力院这座知识反应堆中，排列在“中国核动力工程的摇篮”优美的诗行里……

“排列”是科学，也是艺术。石墨和金刚石质地相同，但由于分子排列式不同便成了硬度决然不同的两种物质；一粒中子撞击一个铀-235原子核，会裂变为两个新的原子核，同时又产生新的中子，再继续撞击新的原子核，这就是惊人的核裂变链式反应。

当1970年7月26日下午5时许，中国核动力院在极为艰难的条件下建造的我国第一座核潜艇陆上模式堆首次实现核能发电，至8月30日达到满功率运行。这是中国核动力发展划时代的一刻，同时也意味着中国核动力研究设计院从此成为一座“知识反应堆”。中国核动力人也如这惊人的核裂变链式反应般具有无穷的创造力。

作为中国核动力研究设计院核电国产化的学科带头人，张森如最大的心愿就是要在秦山二期核电建设的基础上，带领中国核动力研究设计院的年轻人，在核电国产化前行的进程中，探索和实现具有完全自主知识产权的新型核电项目。他提出了一个实现我国自己的百万千瓦核电站的目标CNP1000。而这就是我国自主研发的第三代核电技术“华龙一号”核反应堆的开端。

因为那个关于核电自主化的梦想，从未停歇，在不断的技术创新和融合中，一个令人惊喜的我国自主第三代核电技术品牌“华龙一号”——全球最安全、唯一按计划建造的第三代核电项目横空出世，并成为我国“走出去”的一张响当当的名片。

“华龙一号”命名源于中核集团 2011 年推出的“龙腾计划”，即通过自主创新实现我国核工业技术、装备和整体能力的提升，到 2020 年使我国核能创新水平达到或者超越世界水平。

在核电站中，核燃料在反应堆内发生反应放出核能，产生蒸汽驱动汽轮机，带动与汽轮机同轴的发电机发电，实现核能到热能再到电能的热量转换。其中的核燃料就好像一大把插在筷子笼里的筷子，这些“筷子”的数量以及排列方式，是一个核电机型最核心最重要的特征之一。“华龙一号”在创新性上具有三个显著特点：一是在国外的“121 堆芯”“157 堆芯”等技术的基础上，创新性地提出了“177 堆芯”的概念。虽然此后基于这一概念的核电机型经历了参研单位调整、技术要求变化、技术方案优化等历程，但直到“华龙一号”，“177 堆芯”这一核心特征仍然未变，这一设计不仅可使核电机组的发电功率得到 5% 至 10% 的提升，同时也降低了堆芯内的功率密度，提高了核电站的安全性。二是具有国际最高标准的安全性，创新性采用“能动与非能动”相结合的冷却安全系统、能抗击大飞机撞击的双层安全壳、抗地震等技术。所谓“能动冷却”，就是利用电力驱动的水泵等设备将冷却剂压入反应堆，使非正常状态下产生的热量及时冷却，保证反应堆安全。而日本福岛核事故主要原因就是海啸造成的海水涌入，导致柴油发电机无法为“能动冷却”装置提供电力，进而导致堆芯熔化。而“华龙一号”除了具有“能动冷却”手段，又额外引入“非能动冷却”，充分结合“能动”与“非能动”优势，即便出现极端恶劣情况，也不会发生日本福岛核事故那样的悲剧。三是“华龙一号”的自主知识产权全面覆盖了设计、燃料、设备、建造、运行、维护等领域，装有“中国芯”，配备自主开发的核电专用软件，形成完整的知识产权体系。这个意义不只是打破国外对多项关键技术设备的垄断、达到世界领先水平，还因为第三代核电技术将成为全球核电产业的主流机型，预计到22世纪初都还有很大的市场空间。已经领先一步的“华龙一号”无疑是其中的佼佼者。更重要的是，还代表着具有自主知识产权的“华龙一号”不再受国际管制的约束，为出口海外扫清了障碍。截至2022年3月，我国自主第三代核电“华龙一号”示范工程第2台机组，中核集团福清核电6号机组正式具备商运条件。5号、6号两台机组年发电能力近200亿度，相当于每年减少标准煤消耗624万吨、植树造林1.4亿棵。巴基斯坦卡拉奇核电2号机组已投入商运，3号机组成功并网。这一切标志着“华龙一号”示范工程全面建成投运。这是我国核电发展取得的重大成就，对优化我国能源结构和绿色低碳发展具有重要意义，并带动上下游产业链5300多家企业的发展，推动中国制造业转型升级向高端发展起到巨大的作用。同时也标志着我国核电技术水平和综合实力已跻身世界第一方阵，有力支撑了我国由核电大国向核电强国的跨越。并在落实国家核电“走出去”战略，推动与巴基斯坦、沙特、阿根廷、巴西等二十多个国家与地区建立核电项目合作意向，为实现国内福建漳州、海南昌江批量化建设工程的顺利进展发挥越来越重要、独特的作用。

当这项我国核电国产化的创新成果呈现在世人面前时，赞誉又一次像潮水般向中国核动力研究设计院涌来。梦想的又一次实现，让中国核动力人充满了骄傲与自豪。那段研发和科技攻关、奋斗中饱含酸甜苦辣的日子，不仅清晰地印在研发团队的科研设计人员的脑中，也用深情的笔在中国核动力研究设计院发展史册上写下浓墨重彩的一页。

选择最初的坚守，向梦想出发

让我们将时间前移，回到那个值得永远铭记的时刻，回到1997年的那个午后，回到中国核动力研究设计院老基地那栋办公楼里。那天的午后，办公楼如往常般一片静谧，突然从一间办公室里传来阵阵激烈的争论声。那是张森如在秦山二期设计任务完成，现场顺利开工后，将二十几个经历过秦山二期设计任务，具备扎实的专业功底和工程经验的科技人员带回基地，进行封闭式研讨中国自主百万千瓦级核电站设计方案的问题。

或许那时，他们中的任何一个人，都不会预料到，这将成为“华龙一号”孕育 17 年的起点，他们的激烈争论，将会对世界第三代核电的发展、对中国的“华龙一号”横空出世产生多么深刻的影响。更不会料到，日后“华龙一号”壮美的身姿会作为中国的国之重器，在 2019 年中华人民共和国成立 70 周年时，天安门广场举行庆典的四川彩车上惊艳亮相，那一刻的辉煌，让中国人为之骄傲、让世界为之瞩目，让核动力人脸上溢满成功的喜悦。曾经参加那次封闭式研讨的科技骨干、后来接过张森如手中的旗帜成为中国核动力研究设计院副院长、“华龙一号”项目总经理，带领大家继续追逐自主化第三代核电梦想的吴琳，在谈起那次研讨会时，仍然掩饰不住激动的心情，他说：“这次讨论决定了中国核电自主化的技术方向，为‘华龙一号’的成功，埋下了希望的‘种子’。”而同样也参加了这次研讨会的副总设计师、核反应堆及一回路系统总设计师刘昌文，回忆起参与的那次讨论，也显得异常激动，他动情地说：“那时虽然秦山二期还在建设，但大家已经在讨论什么时候中国能有自己的百万千瓦核电机组这个问题。”

关于“华龙一号”，我们再把时间往前推移到 1996 年。当时，原国家计委在上海组织召开关于核电发展的研讨会，提出国家发展核电的方向不再是 60 万千瓦级，而是 100 万千瓦级。这便是促使大家萌发自主研发百万千瓦级核电技术的起因。

此时恰逢岭澳核电站二期正走自主设计、自主制造、自主建造、自主运营的建设路线，规划建设两台百万千瓦级压水堆核电机组。张森如事后回忆说，为拿下岭澳核电站二期工程，中国核动力研究设计院在秦山二期 60 万千瓦核电技术（CNP600）的基础上，开发了百万千瓦压水堆核电技术 CPR1000。CPR1000 在换料周期、设计寿命、数字化仪控、专设安全系统优化等方面进行了 25 项改进。在 CNP600、CPR1000 的基础上，中国第二代核电技术逐渐定型并取得了骄人的战绩，相继运用于浙江秦山二期扩建 2 台机组、广东岭澳二期 2 台机组、辽宁红沿河一期 4 台机组、福建福清一期 2 台机组、浙江方家山 2 台机组、广东宁德 2 台机组、广东阳江 2 台机组、海南昌江两台机组的设计。遗憾的是，CNP600、CPR1000 均是法国进口机型 M310 的改进型，在堆芯设计，特别是在燃料元件设计制造技术上，不具有完全自主知识产权，不能实现出口。

为了突破核电技术发展长期受制于人、不能实现出口的困局，振兴国内装备制造业。从 1997 年开始，中国核动力研究设计院在 CNP600“121 堆芯”、CPR1000“157 堆芯”的基础上，自主创新地提出“177 堆芯”的概念，功率确定为 100 万千瓦，机型确定为 CNP1000，随后开展了主参数论证、概念设计、方案设计、模拟初步设计、工程初步设计，完成了反应堆整体水力模拟试验、反应堆堆内构件流致振动试验等一系列关键性验证性试验。2005 年 10 月，国家环保总局核安全中心对《CNP1000 核电厂初步安全分析报告》进行了预审评。审评认为：CNP1000 设计比国内同类核电技术在安全方面的设计更加全面和周到，将 CNP1000 核电技术定位于“二代改进型”核电技术是准确和符合实际的，经局部设计改进后具备上工程的条件。

后由于国家引进 AP1000 技术，为给引进第三代核电技术预留更多的厂址，CNP1000 未能上工程。直至 2007 年 4 月，中核集团公司将 CNP1000 更名为 CP1000，即中国压水堆，并以福清 5、6 号机组为依托项目。此时，跟随张森如在 CNP1000 战线上奋战多年的吴琳，脱颖而出，被委以重任，全面承担起整个项目的管理工作。在前期研发工作的基础上，开展了 CP1000 工程总体设计、初步设计工作，同时开展了概率安全分析、重大设计方案研究及初步安全分析报告编制工作，并在 2010 年 4 月，通过中国核能行业协会组织的国内专家审查，认为 CP1000 解决了中国自主百万千瓦级核电技术从无到有的问题，是一项重大突破，获得业界认可，完全具备上工程的所有条件。2011 年，国家核安全局已经受理以福清核电 5、6 号为项目背景 CP1000 安全审评工作，第一次初步安全分析报告对话会在同年 2 月 28 日、3 月 1 日两天召开。此时，福清现场负挖已经启动，预计当年年底实现福清 5 号机组浇筑第一罐混凝土。而吴琳也在 3 月 8 日这天由成都飞往福清现场，看到现场十多台挖掘机不停挖掘地基，那个 177 堆芯的自主百万千瓦级核电设计就要变为现实，吴琳心中充满喜悦与期待。他用手机拍下一张照片，传给千里之外的老领导张森如。

然而不幸的事情发生了！在 2011 年 3 月 11 日这天，日本地震引发海啸，造成福岛核事故灾难。国家紧急叫停了核电项目的审批，所有已开工的项目停工进行安全检查，已批准但尚未开工的不再开工。国务院提出，今后国内新建核电站必须以世界最高安全标准来审查，并满足第三代核电技术要求。代表中国第二代核电技术发展最高水准的 CP1000 再次搁浅。那些天，吴琳和他的团队成员的心沉入谷底，感觉眼前雾茫茫一片，看不到今后核电之路怎么走，自主化百万千瓦级核电的梦想还能否实现。

似乎世上所有的伟业都必须经历一番磨砺才能实现。经过一年多痛苦而焦灼的等待与奔走后，终于盼来了好消息——国务院确定“按照全球最高安全要求新建核电项目，新建核电机组必须符合第三代核电安全标准”。2011 年 6 月，为应对世界核电形势变化，中核集团启动核电技术重点科技专项，重新布局核电技术研发，重新开展顶层设计。这个决策如新的曙光，又一次照亮了核动力人的梦想之路。经过两个月的论证，最终确定在 CP1000 工程设计的基础上，消化吸收引进的第三代核电技术，充分考虑日本福岛核事故后的经验反馈，依据国家最新核安全法规要求，研发具有我国自主知识产权的第三代核电技术 ACP1000。ACP1000 成为中国先进百万千瓦压水堆核电机组的代号，也就是后来命名的“华龙一号”。它被视为中核集团占领核电技术制高点的重要标志性工程，肩负着带动核电相关领域关键技术提升、实现工程化应用、真正树立我国自主核电品牌、实现核电“走出去”目标的使命。中国核动力研究设计院在核工业集团公司的大力支持下，很快由一批骨干组成 ACP1000 项目部，开展第三代核电即 ACP1000 反应堆及一回路系统研制项目，吴琳被任命为项目总经理。基于此前十多年的研发基础，6个月完成了 ACP1000 顶层设计方案，并通过专家评审。

2013 年 4 月，在国家能源局和国家核安全局的指导下，为步调一致抢占国际核电市场，在 ACP1000 技术的基础上，中核集团和广核集团将各自的百万千瓦级技术进行融合，形成我国自主知识产权、自主品牌的第三代核电技术“华龙一号”。

历经坎坷，梦想之路终于敞开胸怀，拥抱这群痴情的人们。“华龙一号”经历的诸多“从无到有”的突破，都源于选择最初的那份坚守。这既需要定力与信心，更需要在坚守中无怨无悔苦苦登攀，需要打破桎梏不断创新，不断壮大和提高技术水平。值得骄傲与自豪的是：中国核动力人做到了！

掌握核心技术，创建自主品牌

在“华龙一号”的研发中，中国核动力研究设计院的刘昌文担任了本院“华龙一号”总设计师的职务，对他而言，有一件事记忆犹新。在福岛事故前，为争取 CP1000 尽快实现福清 5、6 号机组上工程，中国核动力研究设计院考虑从美国西屋公司购买蒸汽发生器，它是核电站的主要设备之一。然而，西屋公司设置很多条件，其中有一款大意是在国外核电市场，CP1000 不能与 AP1000 竞争。

这显然是一个不平等的条款！这个条款一旦签订，就意味着我们被美国西屋公司所设置的障碍所羁绊，而且我们还有可能失去完全自主化的优势。多年后，刘昌文谈到当年的情况时仍然气愤不已，他打个比方说：“相当于我购买了你的轮胎来造汽车，我卖车的时候还必须获得你的同意。”这个不平等条款也让中国核动力研究设计院院长罗琦下决心走自主研发之路，他说：“核心技术掌握在别人手里，命运就掌握在别人手里。我们咬紧牙攻关，也要开发属于自己的拳头产品。”这既悲壮又掷地有声的话，给了研发人员极大的鼓舞。

在关系到核心技术的问题，翻版别人的设计，是不能让中国从核电大国变成核电强国的，只有搞自主化，实现自主品牌，才能获得国际认可，实现“走出去”。

“走出去”这个梦想，无疑是美丽而又充满挑战的。为此，中国核动力研究设计院年轻的科研人员为实现这个梦想，付出了异常艰苦的努力甚至生命。作为中国核动力研究设计院“华龙一号”项目总经理、核电专家吴琳，他的人生伴随着中国核动力技术的进步而成长，生命的脉搏随着“华龙一号”的研制而跳动，在他呕心沥血的操劳中，他和团队在协调创新模式下的“华龙一号”反应堆研发管理，获得中国管理界最高荣誉——“中国管理科学奖”，这是核科学领域首次获此殊荣，奖杯上刻着吴琳的名字，但他将奖杯存放在院里，他说：“所有的荣誉都是团队协作、努力的成果，是整个核动力院的光荣。”2020 年 3 月 19 日，他获得四川省“追光 2020”十大天府人物的光荣称号。但他还未来得及品尝成功的喜悦，却因积劳成疾，在 2021 年 12 月英年早逝，将毕生心血奉献给了中国核动力事业。

在福清核电 5 号机组的核岛内部，3 个 20 米高的巨大白色圆柱体装置分外显眼，它们就是中国核动力研究设计院自主研发的蒸汽发生器。

中国核动力研究设计院自下决心自主研发蒸汽发生器后，便开始自筹资金，组建攻关团队，挑选出从事蒸汽发生器设计研究近 30 年的专家张富源担任攻关组组长兼专家组组长。

研制蒸汽发生器，需要合适的蒸汽来测试设备性能，据张富源回忆，当时在河南南阳油田找到符合条件的蒸汽后，为了利用好宝贵的用汽“窗口”时间，实验连续进行，科研人员常常需要 24 小时守在野外冰天雪地的试验现场，能吃上美味的饭菜成为很奢侈的事，而啃馒头、泡方便面则成为常态。

结构设计、知识产权、性能验证、软件设计、关键材料国产化、制造技术国产化等技术难关被连续攻克，仅仅 27 个月后，用于“华龙一号”的第三代核电 ZH-65 型蒸汽发生器问世，相比之下，美国、法国制造首台第三代核电蒸汽发生器的时间用了将近 40 个月。与此同时，与国外第三代核电蒸汽发生器相比，ZH-65 型蒸汽发生器产生的蒸汽压力更高、蒸汽湿度更低、经济性更好。

与此同时，“一体化堆顶结构”——有着“华龙一号”“龙首”之称的关键设备，也在加速度地推进。早在 20 世纪 90 年代，传统分散式堆顶结构就成为反应堆结构设备中的老大难。分散式的布置不仅需要占用较大的空间，更会在反应堆检修和装换料过程中耗费大量的时间。为解决这个问题，中国核动力研究设计院老一辈科技人员开创性地提出了“一体化堆顶结构”方案，这一理念的诞生在时间上远远领先国外同类设计。但由于种种原因的限制，便如一株幽兰，在深山里独自散发幽香，直至“华龙一号”确定，“龙首”一体化堆顶结构方案才被正式确立。这个研发任务落在中国核动力研究设计院设计所二室一群朝气蓬勃的年轻科技人员身上。

坚守的梦想终于划破夜的静谧，如朝阳般露出绚丽的笑脸。研发团队的每一位成员，面对突然而至的机遇，心中迸发出火一般的激情。在二室主任罗英的带领和激励下，迅速投入到“一体化堆顶”的科研攻关中。而其中控制棒驱动机构的通风散热能力，则是衡量“一体化堆顶”设计方案是否能达到要求的重要性能指标，而这必须进行实体试验。因为在研究设计阶段，技术人员是通过计算机仿真模拟的手段考察堆顶结构通风能力的。

进行实体试验，首先要建一个模型。毕业于浙江大学化工工程机械专业的何培峰，在硕士期间的科研课题并没有涉足流体力学。但这又何妨！年轻人最可贵之处就在于善于学习新的知识，善于迎接新的挑战。何培峰从头学起了流体力学仿真模拟，在他不舍昼夜的奋斗下，精细的堆顶流场模型得以建立，并在半年多的时间里完成了海量的仿真计算，从理论上进一步验证了一体化堆顶的可行性。为确保一体化堆顶的通风方案万无一失，何培峰又着手主持开展一体化堆顶的通风试验工作。为了让试验数据准确可信，设备制造厂按照设计图纸的要求制作了 1∶1 大小的试验模型。试验中，大到风机的功率性能、小到每一个传感器的参数型号，都经过了反复斟酌和精心衡量。那真是一段特别忙碌的日子，他没日没夜地往返于设备制造厂和仪器采购厂，顾不上照顾父母，照顾妻子，连自己最疼爱的一岁女儿都难以见面，以至于女儿在晨醒和晚睡前都在呼唤爸爸。最终，历经了 600 多天的奋斗，“龙首”一体化堆顶结构顺利通过通风试验，从功能上验证了它的科学性和可行性。2018 年 5 月，一体化堆顶顺利通过验收，成功填补了核电领域中的技术空白，更标志着中国核动力研究设计院在创新设计、装备制造和自主供货等领域取得了重大成果。这个年轻的团队也在 2019 年 6 月，获得了共青团中央正式命名的“全国青年文明号”荣誉称号。

蒸汽发生器、一体化堆顶只是一个缩影，先进堆芯测量系统、核燃料组件包壳材料……不再被“卡脖子”和不断创新的故事在“华龙一号”的身上比比皆是。

历经磨难终于圆梦。

技术上的难题，终究可以解决。但“华龙一号”前进的过程并非一帆风顺，也曾因外界的不可抗力，被紧急叫停。

2011 年 2 月 28 日，“华龙一号”的前身——CP1000 开始进行安全审查，顺利结束后，在 3 月 8 日准备开始现场负挖。然而，3 月 11 日，日本东北部和关东首都圈发生里氏 9 级强震，并引发海啸，日本福岛第一核电站发生放射性物质泄漏事故。受其影响，我国暂停审批核电项目包括开展前期工作的项目，同时，全面审查在建核电站，切实排查安全隐患，确保绝对安全。

“想起来都心酸，‘华龙一号’真是好事多磨。”刘昌文说，“就好像婚礼上迎亲的队伍已经出去了，突然这婚不结了。对一些技术人员来说打击很大，毕竟从 1997 年开始，十余年的辛苦工作，戛然而止。但是喝闷酒也解决不了问题，大家就相互打气，相互鼓励，对标世界上最先进的技术和最严格的标准，改进我们的‘华龙一号’。”

此后科研人员对“华龙一号”进行了一系列安全升级。

安全性是“华龙一号”整个核电项目的重要环节。为将事故后操纵员不干预时间由10分钟提高到30分钟，课题组攻关人员对各种假想事故的薄弱环节进行梳理，提出改进措施，进行理论计算，如此反复上百遍，不厌其烦，白天晚上连轴转，一点点向前推进，最终实现攻克，可延长反应堆操纵员不干预的时间，最长可以达到72小时！如果出现事故，通过系统自身的作用能够让反应堆处在一个安全状态，避免人为操作失误。另外还增加了移动消防水泵、移动柴油发电机等应急设施。

“华龙一号”可以抵御目前已出现过的所有台风级别，可以抵御9级烈度的地震以及商用大型飞机的外部撞击。另外，福清核电站三面环海，但都是浅海，排水设施完备，可及时排水、排洪，从选址的角度已经充分考虑到海啸影响的问题。

2015年5月7日，“华龙一号”示范工程——中核集团福清5号核电机组正式开工建设，工期规划了62个月。直到投入运营，其建设进度都是满足各个时间节点要求的，“首堆必拖延”的核电魔咒没有出现。

按照计划，“华龙一号”首堆将进行不装核燃料的冷态功能试验，即所谓的“冷试”，这是对机组性能的第一次全面考验，而后便是热态功能试验，这一切在核动力人的努力下顺利完成，并投入商运。

当回顾“华龙一号”首堆研制充满曲折坎坷的过程，刘昌文凝重的脸上露出了欣慰的笑容。他风趣地说：“‘华龙一号’遇到的困难太多了，就像爬山。可爬到山顶上回头一看，才发现爬了这么高，还真的不容易，但过程中只是一门心思不断前进。”

这话听起来好像很轻松，很潇洒，但透过刘昌文轻松、潇洒的话语，我们却看到中国核动力研究设计院的科技人员在实现梦想的路途上所付出的心血与艰辛，也更深刻地感受到，这也是中国核动力研究设计院在完成秦山二期反应堆及反应堆主冷却剂系统和仪控系统设计以后，建造的又一座“知识反应堆”，知识的质量在这里不断裂变成无穷的能量。

如今，这座“知识反应堆”不仅在秦山二期核电扩建工程和广东岭澳扩建工程中发挥重要作用，还在中国“十五”年核电装机容量达4000万千瓦发展规划、成功实现“走出去”战略、第四代核电站和先进压水堆核电站的研发中发挥重要作用。

乘着知识的翅膀，中国核动力研究设计院年轻一代正展翅飞翔，向着新的梦想飞翔！

此文刊载于《时代报告·中国报告文学》杂志2019年第12期

修改于2022年6月9日

袁瑞珍（女），中国作家协会会员、中国散文学会会员、四川省、成都市作协会员。原中国核动力院党工部副部长，现任四川省文艺传播促进会特邀副会长、女散文作家创作中心主任。获第八届冰心散文奖等十几项文学奖。出版有《穿越生命》等4部著作。

别样人生别样红

——记“N36 锆合金之父”赵文金

蒋大海

那天上午，我们提前到达会议室时，被采访人已正襟危坐，等候在那里。此时距约定的采访时间九点还有十来分钟，这倒使我们一时间有些不好意思起来。我们问：请问你是赵文金老师吗？等候的人礼貌地欠欠身，说：我是赵文金。这时，安排采访的赵霏霏科长走过来，向我们介绍道：这是我们院里的大专家，赵文金老师。赵文金站起来，谦虚地说：做了一点分内工作。大家便握手，相互介绍，一下子气氛便自然起来。我不由得仔细地打量了一下他：中等身材，略为发福，面色红润，头发几乎全白，但精气神很足，上身是蓝白色条纹保暖衬衣，外套黑色皮衣，下着蓝色牛仔裤，脚着轻便旅游鞋，穿着随意而时尚。看上去，约莫五十多岁样子。

在采访中，他很放松，不像我想象中科学家不苟言笑的严肃样子，倒像是一位表达严谨而又不失风趣的教授。谈到他的人生经历，特别是他所从事的研究工作，他便兴奋起来，从技术原理的阐释，到工作的甘苦，如数家珍，娓娓道来。随着他声调平和的讲述，他的人生轨迹和个人形象，便在我们眼前凸显出来，越来越清晰，越来越高大。

一

赵文金说：他是一位农家子弟，1953 年 7 月出生于四川剑阁县柘坝乡南桥村三队——，按此推算，他已年近七十？但从他的面容精神、衣着打扮，比实际年龄要年轻多了。我脑海里不禁冒出一句歌词：革命者永远是年轻！这大约是他永葆青春的秘诀吧?！他一定是把自己的一生与热爱的事业紧紧系在了一起，为之忘我工作，无私奉献。事业不老，他便永远年轻。我为找到的这个答案窃喜，相信它是正确的。同时，我继续认真地听他讲述，直觉告诉我，他的讲述会证明我的判断。

他说：剑阁是深丘山地，地瘠民贫。他家也很贫困，加之父母去世早，他作为家中长子，很早便担起了家庭重担。但是，山区的艰苦和家庭的贫困，也磨砺出他吃苦耐劳的坚韧和从小当家的早熟。他非常珍惜难得的读书机会，尽管读中学时遇上“文化大革命”时期，社会上“读书无用”“交白卷”等错误影响甚嚣尘上，但他相信知识就是力量、知识能够改变命运，仍然孜孜不倦地努力汲取知识。这样，得以于 1973 年，当机遇降临时，而以优秀成绩考取了全国著名的高等学府清华大学，进入工程物理系攻读反应堆材料专业。1977 年毕业时，又因学习成绩突出，在校表现好，被分配到国家重要的国防科研机构——中国核动力研究设计院，因保密需要对外称为“西南水电研究所”，对外联系叫“成都 291 信箱”。望文生义，会以为这个单位在繁华的西南地区大都市成都，实际上离成都很远，是在偏僻的青衣江畔的山地里。当时，坐汽车得 5 个多小时，坐绿皮火车也要 5 个小时。

那时，生活条件很艰苦，走的乡间道路，下雨时一片泥泞，骑自行车常常摔倒。没有安家时，一个人住单身宿舍，吃食堂。少有文娱活动，只有周末赶赶乡场，聊慰寂寞。

工作条件同样艰苦。院部办公、科研在一个四合院里，当时缺少砖瓦，便因陋就简，就地取材，从青衣江里捡来鹅卵石，担来河沙，用土法粘结成墙，修成二层办公主楼及院里几排平房。与同时期普遍的干打垒建筑相比，算是“豪奢”的了，居然成了设计院的一道独特的风景。就是这样的房屋也不敷使用，得把楼层过道也封隔起来，尽量把一切能够遮风挡雨的空间用来办公。

科研条件也差，全靠自力更生。没有计算机、电脑之类的现代计算工具，主要靠拉计算尺，甚至要用到算盘来计算数据。自己的活自己干，干不完自觉加班，不用谁安排，更不用谁督促。我们白天时间搞科研做实验，读书、翻译、写论文，都在晚上，八小时工作之外。1978 年全国科学大会后，工作、科研条件才逐渐有所改善，但自力更生、艰苦奋斗、刻苦攻关、开拓创新的精神没有丢，一直都保持和发扬光大着。

二

赵文金 1977 年分配到院里工作时，1966 年启动建设的核潜艇陆上模式堆已经成熟，3 个循环之后即要换料。他说自己先是跟着老先生、跟着组长干。后来则顶了上去，作了学科带头人。他尊称的“老先生”是周邦新院士，周院士领头做的是反应堆材料，属核心的核心，极其重要。赵文金学的是反应堆材料，专业对口，如鱼得水，是周邦新的得力助手。具体职务上，周邦新是总师，赵文金后来是副总师，以及担任核动力院四所材料研究室副主任、院核燃料及材料国家级重点试验室副主任。

最初，核材料（堆心材料）研究是全国大协作，由相关单位会战攻关。但从“八五”计划开始，从不锈钢改为锆合金这种新材料研究，就打破委托其他部委搞的格局，主要由核动力院担负攻关任务。核材料由不锈钢改为锆合金，是为了提高材料的抗腐蚀抗辐照能力，延长其使用寿命等性能，当时只有美苏两国搞成。而周邦新、赵文金团队的锆合金材料科研攻关，面对美苏技术封锁，没有可供借鉴的东西，一切都得从头摸索，没有捷径可走，唯有依靠实验，反复试，反复探索，脚踏实地，一步一个脚印，一步一个台阶，努力攀登，努力前进，去抵达胜利的彼岸、光辉的顶点！工作与休息时间虽然有规定，但实际上没有界限，工作时大家全身心投入，休息时往往也在加班工作。做试验时，更是经常通宵达旦。所经受的艰辛、烦琐、单调，那些巨大的身心压力，是现在很多人难以想象难以承受的。平时太忙，周邦新只有挤周末的时间，找赵文金约谈，边散步边讨论工作。尽管苦和累，但赵文金他们怀揣科学报国为国争光的理想信念，浑身有用不完的力量和热情，几十年如一日地坚持下来，取得了一个又一个重大的科研成果，完成了一项又一项重大的任务。这是赵文金为之欣慰的——他们没有辜负国家和人民的期望。

三

说起这些年自己在核燃料材料研究领域发挥的作用和具体贡献，赵文金说得很简单，几乎是挤牙膏般不愿过多介绍自己。但我们还是获得了基本的事实和概念。

在核燃料材料的研发上，“九五”规划以前是周邦新在负责，周邦新调离后则交班给赵文金牵头主持研究工作。周邦新是我国核材料与燃料专家、工程院院士，多年从事核材料研究，对锆合金及其腐蚀性能进行了系统研究，解决了核反应堆工程中燃料元件材料方面的许多关键问题，并领导完成了研究堆用低燃料元件的研究和国内首批生产。赵文金由衷地高度评价他：周院士在理论上、行政上是 No. 1。如果这一评价成立，人们认为：在成体系综合性的系统全面的锆材料工程化应用研究方面，则赵文金是当之无愧的 No. 1。形象比喻，可以说是周邦新播撒下种子，后来开花结果是赵文金。锆材料研究之后来所获专利署名多是赵前周后，这也从一个侧面反映和肯定了赵文金的重大贡献。

从“八五”时期开始的锆材料研制，是形势所迫，势在必上的项目，是确保和提高核燃料包壳材料安全性可靠性先进性的需要，也是破除美苏技术上封锁“卡脖子”的需要。在我国没有攻克技术难关，研制出具有自主知识产权的锆合金材料以前，必需的这种材料只能依赖进口，不仅价格极其昂贵，而且还会受到种种刁难。面对这种形势，赵文金在周邦新调离核动力院后，毅然扛起系统研发锆合金的大旗，带领科研团队，夜以继日，经年累月，攻克了一个又一个技术难题，一种性能优异的锆合金——N36，于 2008 年在他手上诞生，同年申请发明专利，2010 年获得国家知识产权局正式授权。这是一个重大的突破！自此，赵文金在锆合金研制领域便收获了一个又一个硕果。

2010 年 5 月，第 16 届“锆在核工业中”国际研讨会在成都国际会展中心隆重召开，这是该会创办 40 多年来第一次在中国举办，可以说是冲着赵文金而来的。研讨会云集了美国、俄罗斯、加拿大、法国、德国、英国、日本、印度、瑞士、阿根廷、瑞典等国锆合金领域专家。这是赵文金的高光时刻！他担任了大会的副主席，与世界顶级锆专家共同主持了研讨会，进行学术交流，展示锆合金研究成果，也让赵文金的锆合金研发团队走向了世界。

这之后，赵文金团队的锆合金研发应用工作进一步加大了力度。从锆合金批量生产的专业化成套设备研制，到 N36 锆合金管棒材加工工艺筛选，赵文金带着他的团队成员，在全国各地合作单位奔波，在工厂车间、测试现场忙碌。功夫不负有心人，辛勤的汗水获得回报，多年的努力结出硕果——2017 年 11 月 23 日，在李冠兴院士主持的专家评审会上，作出权威结论：赵文金团队获得了完整的 N36 锆合金工业化制备技术，具有自主知识产权，N36 性能优异，技术经济性良好，达到国内领先、国际先进水平，具有较好的产业化应用前景，它将有力支撑我国核电走出去战略的实施，并为我国第三代核电技术“华龙一号”提供关键材料保障，为保障我国核电安全发展具有重要意义。

赵文金 2014 年 60 岁拟退休时，因为项目关键，攻关正酣，管理者领导者都挽留他，他也实在放不下数十年唯一从事的锆合金研发事业，这项事业已与他的生命紧密联系在一起，不可分割。他退而不休，接受了单位的返聘。要论经济利益，返聘只能每月补几千元工资，而他这样的高端人才，是若干单位争抢的宝贝，年薪一般在几十万元以上。他抵制和拒绝了外部的诱惑，选择留在核研院。他向单位领导坚定表示：事业第一。自己身体健康，只要需要，还可以干！这是何等高尚的品德，何等感人的襟怀！让人不禁肃然起敬！

四

在我们一再争取下，拿到了赵文金较为详尽的个人简介，从中知道：他是中核集团重点科技专项“压水堆燃料元件设计制造技术”副总设计师、国家能源先进核燃料元件研发（实验）中心专家委员会委员、中国核动力研究设计院科学技术委员会委员、国核宝钛锆业股份公司专家委员会委员。是我国核用具有自主知识产权的包壳材料——先进锆合金（N18、N36 和 N45 锆合金）的主要发明人、工程和产业化研究的技术负责人，带领团队攻克了 N36 锆合金全套工艺研究及制备技术。先后主持完成了总装预先研究、国防基础研究、核能开发、集团重点科技专项等多项科研课题。公开发表论文 80 余篇，撰写相关报告和技术资料 50 余份。获国防科工委及省部级科技进步二等奖 5 项、三等奖 17 项，获国家发明专利和国防专利 46 项，国外授权专利 4 项。

从上述罗列的赵文金主要担任的重要职务和获得的一大批国家级成果及专利，我们不难看出：从 1977 年他进入中国核动力研究设计院至今，已在核燃料材料这一领域，默默坚守、辛勤耕耘了 45 年，付出了超出常人的毅力、心血和汗水，为拥有完全自主知识产权的锆合金——核反应堆的中国“芯”，打造出中国靓丽的国际名片——“华龙一号”，在世界锆合金家族中占据一席之地，做出了卓越的贡献。

有人曾称赞赵文金是“中国锆合金之父”。若论他在这个领域的开创性系统性的工作，以及所取得的巨大成绩和做出的重大贡献，这一赞誉他是当之无愧的。但是他每次听到这样的称颂时，都会不安，而总是真诚谦虚地说：这是大家的努力，集体的功劳，我不过在其中做了我该做的一些工作罢了。

是啊，在赵文金看来，他无非是在自己选定和国家需要的专业领域里，隐姓埋名，兢兢业业，奉献着自己全部的智慧和力量，去努力做好一件事，这在核动力院里，不过是普通的正常的工作而已。但是对于外界来说，他的人生是特别的，带着神秘的色彩，罩着科学的光辉，直接同国家和民族的命运相联系，为人羡慕。不管怎样看吧，能为中华振兴国家富强做出一份贡献，人生就是精彩的。

我们应该向赵文金致敬！我们也期盼有更多像赵文金这样的科技英才出现，为共和国大厦添砖加瓦铸造辉煌！

2012 年 5 月 10 日

蒋大海，中国散文学会会员、四川省作协会员、原德阳市政府副秘书长、市科委主任，现任四川省文艺传播促进会特邀副会长、德阳市散文学会名誉会长、已出版多部小说、诗歌、散文集。荣获第八届冰心散文奖等多种国家、省级文学大奖。

核火铭记

——1971 年至 1988 年核动力人院人经历近二十年磨难后拼出的中国自主核电之路

郭　勇

这是一块神奇的土地。

永载新中国的史册，一代中国共产党人为反对帝国主义的侵略，带领中国人民在 20 世纪 60 年代中至 70 年代末建起了一座中华民族史上的新长城。

这长城是指十三个省、自治区的“大三线”。

“大三线”的范围在长城以南、广东省韶关以北、甘肃乌鞘岭以东的广袤腹地。

这长城是指近 300 万科技人员、工人、军人和干部在党中央的坚强领导下，建成核能、冶金、航天、航空、造船、电子、化工、机械等门类的科学与工业体系，创造了“两弹一星一艇”令世界瞩目、炎黄子孙扬眉吐气的光辉业绩，为改革开放，华夏复兴和强盛保驾护航，担当起抵御外来侵略国防新长城。

几千名第一代核动力研制者，虽有不少人天各一方，甚至还有不少阴阳两隔，但如有人问 20 世纪 60 年代末至 80 年代末这整整 20 年，核动力人最引以为自豪的是什么？

大家会对你说：“我们实现了党中央 60 年代末‘两弹一艇’的战略目标，建成了中国唯一的核动力研究设计基地，我们将自己的青春热血、振兴祖国、壮我国威的理想，无私地献给了新中国的大三线，我们的目的达到了！”

但前行的路上也充满了坎坷。1971 年初至 1988 年末是核动力院人度过的一段最艰难的历史时期。在这段历史中，有血性，有信念，有理想，时刻不忘初心的核动力科技人员和干部、工人历经大浪淘沙，显示出核动力人誓将核能科学应用于国防和经济建设伟大事业之心！他们胸怀祖国，不忘使命，坚持科研，淡泊明志，苦中创业，以持之以恒地完善和创新核动力的责任感，以先天下之忧而忧的壮怀激烈为争取步入核电设计，而披肝沥胆，知耻而后勇跻身自主设计秦山二期60万千瓦核电之门，核动力人这种不畏强权以自己的科研实力跻身中国新能源事业的伟大壮举是值得核动力人骄傲与自豪的，也是有血性中国人的自尊。

让我们翻开那封存已久的史册，一齐去穿越时间的隧道，开启那扇记忆之门！

1971年年初，正当九〇九基地科技人员、工人、干部沉浸在核潜艇陆上模式堆满功率试验运行成功后，又再接再厉完成20多天模拟“长航”，绕地球航行一周半的欢乐春节中，国防科委、海军、二机部以“联合通知的文件”将原完整的九〇九基地的核动力科研设计人员800人的队伍，抽调了其中的300余人，离开“大三线”到大城市去了。这300人中绝大部分设计人员都是反应堆及其一回路相关系统和设备的设计人员。

一个自1958年开始，历经国家“三年自然灾害”，受到“文革”破坏和干扰，仍然不屈不挠地坚持设计建成中国核潜艇核动力装置的整体，一个多年来团结向上、不畏艰难，善于攻关、敢于创新的队伍，就这样被拆散了，就像一个完整的人，顿时失去了胳膊和腿。此后十余年，由于核潜艇研制体制不合理的原因，造成核动力研制长期因责任不明晰、分工不合理而徘徊不前。

中国核动力研制是在“文革”中艰难成功的。20世纪70年代初，二机部领导层原想抽走一部分人，便能安心搞堆工研究与技术设计与创新，但没想到的是，由于核动力装置设计，反应堆与一回路设计谁也离不开谁，固上级领导在分工又想赏罚分明，造成二、六机部长期以来因扯不清、理还乱的关系，而停滞不前。留在九〇九基地的这支核动力队伍，就像是一支折了翅膀的队伍，顿失锐气。大家存着疑虑，揣着压抑，控制着情绪，带着遗憾，默默地仰望北斗，期盼这种惶惑和不安，尽快结束。这批人尤其是以孙玉发、赵成昆、王克强等都表现出应有的情操和坚强意志，他们在周圣洋、郭作东、赵仁恺的带领下，顽强地坚守在九〇九基地，时刻不忘国家赋予他们神圣使命。他们始终坚信党中央不会忘记，人民不会忘记，国防的现代化、社会的发展和国民经济的发展需要核能科学的发展。

就像当年三年困难时期，核潜艇工程因内外交困而下马，核动力科研设计人员压缩至 55 人，每人每月只有十元钱办公费，且居无定所，还得拖着浮肿的腿坚持到几十公里外的 401 做试验、做设计、搞方案，凭的就是一种信念的执着，一种对事业的追求，核潜艇一万年也要搞出来！那不仅仅是领袖的意志，更是新中国一代核动力人的梦想！这种信念和理想激发了他们冲天的科学干劲，忘我的奋斗精神，他们以“一万年太久，只争朝夕”的大无畏精神，冲破“文革”动乱的影响，克服垦荒的艰辛和创业的艰难，终于按时完成了党中央的战略目标！现在情况好转多了，虽然仍住在干打垒，但有自来水，有稳固的后勤保障，孩子们有学上，幼儿园有阿姨，头痛脑热也有自己的医院，一切都在逐步地改善。

1972 年中，国家计委下达文件批准，九〇九基地是原子能工业统一的反应堆工程研究设计基地，简称为堆工基地。堆工基地的总任务是“以舰船核动力和电站核动力为主，带动其他各类反应堆堆型的研究设计”这支有近两年没有任务队伍，顿时亢奋起来。在文件的精神支撑下，尽管大家生活仍然十分清贫，但这批曾经是军人，又是核工程的科学攻关者们是甘于吃苦，乐在艰苦奋斗的共产党人，他们坚信周恩来总理的嘱托：“核潜艇搞成了，我们还要搞核电站、核动力航母。”于是这支又恢复了高亢奋斗，特别能吃苦，又特别能攻关的核动力队伍在九〇九基地党委的率领下，踏上了寻找核电站设计之门，并在短短不到两年的时间，于 1974 年 4 月便向二机部上报了 50 万千瓦和 60 万千瓦两套核电站的设计方案。

然而，计划经济的管理模式下，核动力人痛失了我国 30 万千瓦核电站的设计机会！在沉痛悲壮的现实面前，核动力人痛定思痛，但终究没有倒下！还在顽强地支撑着！因为核动力人明白，机会总是垂青有准备的人，有了金刚钻，就能找到瓷器活，这是硬道理。当时国内反应堆设计及其试验研究手段和设施独此一家！这是别人不具备的，也是别人拿不走的。二机部当时的主要领导也明白，为了安抚人心，也给核动力院和原子能院下达了为 30 万千瓦核电站 14 项科研任务。核动力院人组织观念极强，30 万千瓦核电，自已虽是配角，但终究是为了中国大陆的核电，便义无反顾地为投入各项研究与实验的任务中，而且还加班加点完成了任务。其间，科研经费虽然拮据，核动力人还是在 1980 年设计建造成功亚洲通量第一的高通量工程试验工具堆。该堆的建成，极大地鼓舞了核动力设计人员的信心，看到了希望，因为九〇九基地正在为建造中国的"人造海洋"创造了条件，最为重要的是为核潜艇、核电站材料及燃料元件考验创造了条件，实现了二机部"骑驴找马"近 20 年的夙愿。如果说核潜艇陆上模式堆是核动力院创建的一座丰碑，那高通量工程试验堆就必然是核动力院的第二个里程碑！

1981 年 9 月，二机部组织审查秦山 30 万千瓦压水堆系统设计，要求核动力院和原子能院科研人员要积极为上海核工程院（以下简称 728 院）把好关、切好脉，中央决定上马建设秦山 30 万千瓦核电站了。核动力人尽管不甘心，但还是全力以赴，组成了由赵仁恺总工程师带队，有钱锦辉、闵元佑等 20 人组成专家组赴上海核工程设计院。审查会进行了 15 天，核动力人不知疲倦地为 30 万千瓦核电站审图把脉，提出试验项目。最为重要的是核动力人，把最为经典的设计经验告诉了 728 院，一切工程设计必须经过试验验证。

20 世纪 70 年代中期至 80 年代初，这支队伍在经历着改革开放初期的考验，国家给予的纵向科研任务少了，但作为海军核潜艇部队的技术后援单位，为海军培养和输送运行人员，核动力人还在全力以赴地辅佑着我们的核潜艇部队。

在这十多年间，这支敢于打硬仗的队伍，也经历着巨大的煎熬，尤其是20世纪70年代末到80年代初，外面改革开放的锣鼓已紧锣密鼓地敲响，但在交通不便，地理偏僻，通信闭塞的九〇九基地职工，却在反复地想事业留人，但待遇不留人！尽管有很多当年都信誓旦旦要把自己的全部献给反应堆事业，仍有相当一部分人都悄然回京或到沿海，还有一部分人以生活不习惯、身体不适为由，调离了九〇九基地，去“支援”大亚湾核电和728院。连院长周圣洋也在上级组织的劝说下，服从组织安排，去728院担任院长。提及这段往事，笔者于1989年曾在上海曹径北路728院职工宿舍采访周圣洋院长。那时，他大病初愈，听说我要采访他关于研制核潜艇有关事宜，便欣然同意。采访是成功的！尽管周院长出言谨慎，但他还是讲了，核潜艇战线上最为经典的话：核动力是核潜艇工程中最为关键的核心技术，也是整个工程最为复杂的系统工程，国家也是鼎力鼎足地集中了科学与工业能力，锻炼和培养了一支敢于攀登，敢于创新、吃苦耐劳、艰苦奋斗的队伍，这支队伍在党的领导下，充分发动群众，依靠广大科技人员，战胜三年困难时期和“文革”动乱的干扰和破坏，研制成功了核潜艇，解决了我国有无核潜艇的问题。本来形势大好，可惜“联合通知”不仅拆散了队伍，更重要的是使本应捏紧的拳头，散开了出击的力量。虽然自1971年便开始层层向上申诉，直到1975年才看到一点希望。后来李先念副总理和华国锋主席先后于1975年和1979年分别批示，才将体制上分裂出的那部分人要回到了核动力院，但我们却失去宝贵的十多年。

他深情地回答我，为什么要离开核动力院：“我于1960年从哈军工尚未毕业，就被组织抽调到核潜艇战线，至今近三十年，1963年10月我作为715所副所长（无正职）便与核动力室的战友们结下了不造出核潜艇死不瞑目的情谊，核潜艇陆上模式堆成功后，我没有随那300人去武汉，而是选择留在九〇九基地，苦苦地坚持了十余年。我深深地怀念核动力战线上的战友、同事和各单位领导！我的调离完全是听从二机部党组调令。我既是一名军人，又是科技管理者，更是一名1940年就参加革命的老党员，我把自己的一生早已交给了党。哪怕自己有任何的爱好和兴趣，都必须要服从组织的安排、国家的需要。回顾自己这几十年，国防需要我，1960 年我哈军工尚未毕业，海军就把我抽调到核潜艇研究室接替薛中华主任一职，没任何价钱可讲，便义无反顾地扎进了这支核潜艇队伍，不久便爱上和迷住这群搞可控核裂变的人，这支队伍也没有忘记人民的嘱托。工程下马时期正值国家‘三年自然灾害’的艰难时期，彭士禄、黄旭华、韩铎等一批人，硬是咬着牙关，硬起头皮，他们以核潜艇一万年也要搞出来的责任感，爆发出‘一万年太久，只争朝夕’的忘我奋斗精神，搞出了中国核潜艇主方案和主参数。这批人始终牢记周总理的话，‘陆上模式堆是我国第一个动力堆，核动力在你们年轻人手里搞出来，成功了，我们就还可以自己搞核电站、核动力航空母舰。’我们没有辜负党中央的嘱托，于 1970 年将我国第一艘核潜艇推向了海洋。1982 年，我确实是在依依不舍中离开了院，离开了这支特别能战斗的科技攻关队伍。但我是党员，身不由己，真的是舍不得。当时这支队伍可以用屋漏偏遭连夜雨，让人好担心！好在同志们、战友们坚持住了，挺过来了，而且中标 60 万（千瓦核电站）了！我真替核动力院高兴啦，小郭！”

当年带领我们披荆斩棘、艰苦创业，建立过不朽功勋的老同志，有的已先后驾鹤西去；昔日的热血青年，而今也都风烛残年。他们都曾在核潜艇核动力这一阵地上坚守过、战斗过、拼搏过；他们为我国核潜艇核动力事业奠基、成型、发展倾注了毕生的心血，付出过辛勤的劳动，做出过无私的奉献。祖国不会忘记他们！人民不会忘记他们！历史更不会忘记他们！

是啊！历史不会忘记，20 世纪 80 年代初，这支队伍有如大海中的一叶小舟，他们在坚持中分析这改革大潮必将给核动力事业带来复兴和发展。大浪淘浪，历史给了任和院长，这位由二机部空降至九〇九基地的掌门人的机遇。他面对的处境十分困难，既无纵向科研任务，又无横向发展出路，加上信息不灵、交通闭塞，挣扎在山丘里欲罢不能的困境，他也是百般无奈有劲无处使。但他是位善于团结同志的领导，经过调研，他发现基地全体科技人员勤奋励劳，像一只只渴望冲出山坳中的海燕，他们是一批期待国家给任务的事业忠诚者和理想主义者。他在听取这批人下海南，搞小型核电探索、奔西藏，寻找设计拉萨核电站的可行性研究、闯关东，辽阳石化总公司作核电站方案、走金山对石化总厂设计核电站，就连身边的四川五通桥区他们也去做过详细的调研。但在四处碰壁的现实面前，都没有改变一定要搞出自己的核电站的决心！他看到了那堆积如山的 10 万千瓦、15 万千瓦、45 万千瓦核电站反应堆各种方案、图纸。任和院长是个忠厚人，也是一个坚持原则的核科技工作者，他空降前是原子能院科学技术处处长，是位德高望重的技术领导。此时生活和工作在这支队伍里的他，怎能不理解这支尚在探索出路者的灵魂呢？坚持寓军于民，只有走出山沟，寻找国民经济发展过程中核能应用于民，造福于民道路，这是核动力设计者的心声，只有扒掉地脚螺钉，才能解放思想，他的想法很快便和早就有这种观念和想法的副院长郭作东，设计部主任王克强等人达成一致；那就是要去成都为核动力院打开一个对外的窗口，让外面的世界了解核动力院。为此任和院长亲率王克强等人上京递交院设计部搬迁成都的报告，在二机部几名主管部门奔走呼喊，几经周折，几经磨砺，费尽口舌和心血，均以服从核工业大局为由，核工业尚有几十万身处荒山野岭的职工又何为？万般无奈之际，任和院长和战友们只好落荒而归。

就在这山重水复疑无路的关键时刻，恰逢国务院三线建设调整改造办公室（以下简称“三线办”）驻成都主任鲁大东从院抄送三线办的文件中得悉核动力院设计部有意搬迁成都，便立即召集核动力院任和院长、杨朝勇副院长、王克强主任等人，听取汇报。鲁大东原为四川省省长，对核动力院虽有所闻，但不知详情，听完汇报后，感动地说：像核动力院设计部这样为我国六十年代末实现“两弹一艇”的国防尖端重要部门，在山里不利于工作，应该进城的可以进成都，成都市应做好接收进城的一切准备，并要求三线办尽快做好文件上报国务院。

事不宜迟，就在四川省三线办上报文件不久，副院长郭作东率王克强等人再次进京，寻求主管部门的支持。部机关有关局从他们口中了解到搬迁的希望后，人人都给出谋划策。他们深知机关领导决策程序和风格，王克强等在分析各种“点子”后，归纳认为，把握好领导分寸，精心起草《核工业部给四川省人民政府函》。先不开会，单独持函，专找二机部主管部长，关键是找的第一个部领导，因为他签了字，其他的都会跟着签，所以这个部领导既要权威，又必须了解和同情院的状态。第二天，他们依计行事，首先找到蒋心雄部长，蒋部长在习惯性听取下属叫苦的面容下习以为常，忽然听说核动力院还有享受优惠政策进城的机会，头脑敏捷的他回应道：“好事！你们开个头，二机部散布荒山野岭的同志们才有希望！”爽快地首先签字后，其他几位也跟着签字，虽然也有个别部长心里不痛快地说“成都出二斤葱，部里却要搭上二斤肉”，但还是签上了他的名字。时间仅用了半小时。

如获至宝的郭作东、王克强等院处领导便立刻马不停蹄地带着函件乘火车赶回成都，将盖有核工业部大印的公函呈送到省人民政府办公室。至此，核动力院设计部搬迁成都的立项程序终于落地。时间已是1985年间了。

四川省省长蒋民宽接到函后，非常重视，批转成都市的同时，接见了核动力院任和院长等人后，要求成都市党政领导，要积极支持，特事特办，选点落户等具体事宜从优从快。1988年的金秋时节，就在院中标秦山60万千瓦核电设计不久，核动力院设计部300余人率先搬进成都！核动力院人终于在“大三线”的中心城市有了立锥之地，捅开了一个更广阔联系世界、洞察世界的窗口，为坚持在山沟里的核动力人带来了希望。更令人惊喜的是，这批久经考验的核动力人有了在核能领域里崭露头角的机会和风采。

机遇总是垂青那些早有准备的人。

通过20世纪70年代和80年代，16年的坚守与坚持核动力的预先研究，经历了无数次的失败和成功后，中国核动力的研究与发展终于在

1986 年的夏天，崭露出核动力人的期盼。

部机关有人向核动力院透露了一条消息，核工业部已向国家计委提出了一项关于建设秦山二期两台 60 万千瓦核电站的建议书。重要的是建议该项目建设采用国际上先进管理制度，设立董事会，全面实行招投标制，并对设计、施工、设备制造等，在全国范围内采取多项招投标，择优选定的办法，整个招投标过程由国家有关权威部门监督检查。

据说该建议是由核工业部指定的秦山二期核电董事长彭士禄提出的。彭士禄在核工业部任命他当董事长时提出，建设秦山二期核电的管理必须要吸取国际上的先进经验，采用分段招标和投标，经评标委员会打分来择优录取。

这也是我国在计划经济体制下，核工业部第一次向市场经济体制转移进程中，核能应用领域采用招投标制决定承担责任的建设单位。

听到这个消息时，设计部主任王克强立刻找到任和院长，要求参加秦山二期核电工程的设计招标。但任院长得到部领导的指示是：核动力院马上就有新的核动力研制任务，秦山二期核电招标就别参加了。孙玉发副院长、郭作东副院长认为，我们好不容易有了这个机遇，为什么就不让我们尝试一下，让我们顾全大局，难道就要将我们的设计强项拱手让给 728，让给 401，让给二院，让给矿冶局，他们是有困难，谁又好过呢？谁又关心和体量过我们这十多年来，勒紧裤腰带，坚持研究坚持核电的预研呢？我们到处找米下锅，处处碰壁，沿海改革开放的政策何时才能降临，濒临崩溃的队伍何时才能享受改革开放的甘露？院党委在召开多次扩大会后认为，部里的困难，我们可以理解，但我们的机会和出路部里是不是也应该考虑。我们是应该凭自己的实力去拼一次！技不如人，没投中，就甘拜下风。

最终院务会决定召开全院处以上干部投票决定。令人忧虑的一幕，让孙玉发、郭作东、王克强等人的心凉了半截。投票的结果，竟然是大多数人认为，上级主管部门肯定不会把任务给我们，我们不能干费力不讨好的事！对此，十几位坚持投标的院处领导虽然有些沮丧，但仍然没有放弃，他们知道计划经济体制下的唯上理念还牢牢地紧匝着大家的思维，还没有意识到自己是捧着金饭碗，向上讨饭吃！

天不绝人，1987 年的春夏之交，适逢核电秦山联营公司总工程师叶奇臻同志在上海 728 院主持召开秦山一期工程设计复查会议。核动力院和二院各派十人参加，在历时一个多月的活动中，核动力人以其雄厚的核岛设计能力，折服了总工程师叶奇臻同志。他惊叹地道出了核动力院的实力："你们不但能找出原设计中存在的问题，还能准确地给出改进的方法，很有水平、很有经验。"设计部主任王克强的心中波澜起伏，他和在场的核动力院人一样，备受鼓舞。于是会后，锲而不舍的王克强便立即找到任和院长，他们想听听秦山二期董事长彭士禄、秦山联营公司专家组组长赵仁恺的声音，他们对两位核动力权威专家倾诉了核动力院人的苦恼与郁闷，提出了核动力院究竟应不应该参加设计投标。彭士禄和赵仁恺几乎是异口同声："核动力院有这个实力，应该参加设计招标！"

技术权威和专家的充分肯定，给任和院长吃了定心丸。回川不久，任和院长再次召集全院处级以上干部会再次投票是否参加设计投标！结果大大出乎院领导的意料之外，几乎全票通过了赞成院参加 60 万千瓦核电站核岛部分的设计投标。

皆大欢喜的形势，催开核动力人夜以继日地忘我工作状态。一纸标书映照出万家灯火。时间过得很快，尽管核动力院人还没有拿到招标邀请书。但是决心已定的核动力院人没有畏惧市场经济体制下的第一次尝试，坚决参加投标，决不放弃。

为了争取胜利，不打无准备的仗。于是，院党委在全院范围内进行总动员，并于 1987 年中成立了以孙玉发副院长为总负责人的项目领导小组。院科技处作为院各设计部门和职能部门的总协调单位。院成立了以和卫东为负责人的五人文件起草小组，负责起草投标总报告，质量处处长李清林负责质量保证文件编制，尹耀铮负责报价，杨栋负责进度计划，谢彩娥负责文件铅印成册。和卫东就是这批人中的佼佼者，很聪明，聪明得头上放光！聪明得容不下一根头发来支撑光芒。他学的是原子能发电专业，又在大亚湾核电工程摸爬滚打过，有较之院里其他人没有市场招标工作的经验，他在与院领导和设计部领导多次分析和研究如何组织和准备好标书，认真做好投标书的要求，分析各兄弟单位优劣势，突出自己的优势和长处，重在反应堆及其一回路（核岛部分）的阐述说明。

1987 年 12 月 22 日至 24 日，核动力院王克强等人在北京参加秦山二期项目开展前期的会上，才收到 12 月 12 日签发的姗姗迟到的（招标邀请书），虽然是份迟到了十余天的（招标邀请书），他们立即把消息传回了九〇九基地，整个九〇九基地沸腾了，其激昂动人的情景不亚于当年周恩来总理批准核潜艇陆上模式堆启动的盛况。这是压抑了近 20 年来早已跃跃欲试、磨刀霍霍，准备一试身手，大展宏图、背水一战前的慷慨激昂。尽管距离开标、评标、定标的时间，留给核动力院人只有 20 多天，但核动力院人心中明白，这张入场券来之不易，必须尽快保质保量完成。

标书是一个涵盖六个部分的大型文件包，投标小组成员在副院长孙玉发的组织下，连夜召开会议，在研究和分析整个标书的内容后，这是核动力院人第一次面向社会市场的答卷，也是核动力院人几十年来的梦想。只有充分展示核动力实力，才能让评委信服，于是决定将主要精力投入到三个方面：1. 反应堆及反应堆冷却剂系统设计与服务；2. 安注系统等核辅系统与服务；3. 核料操作、运输及贮存系统设计与服务三个标段上，其核心力量投入到第一标段。他要求投标小组全体人员根据投标书指定的要求，逐项规范统一格式、如实、完整填报。任和院长则在全院动员大会明确要求全院上下，各单位、机关主要职能部门要无条件密切配合投标文件小组和设计部的文件制作。

核动力院人视秦山 60 万千瓦核电站投标书制作，是一场面向市场经济体制下的攻坚战，更是一场从计划经济转向市场经济体制下的观念战。院党委和科技领导经受住了这场科学融于工程经济领域转变观念战的考验，为核动力院开拓民用发展核动力之路，提供了经验，奠定了基础，为核动力院的崛起创造了条件。

这场令人难以忘怀的战斗，于1988年元旦前就这样紧张而有序地在九〇九基地二号点至三号点的平坝，一座四层楼的设计部里，展开了一场连续近十个昼夜无硝烟的拼搏。

负责总报告的起草人是和卫东，他不仅要将各专业汇集上来的要点，说明总汇后再设计，而且还要将多年来搜集到的，有关核电站建设的经验和投标要求与院的实力结合起来付诸他的笔端，他是位无私勤奋的人，他吃住办公室，怀着核动力人压了近二十年的设计之火，带着对核事业的无限忠诚与智慧全力以赴投入投标书的制作中，在孙玉发副院长、王克强主任的指导下从六个部分：1. 设计与服务投标书，2. 设计与服务实施纲要，3. 设计与服务质量保证措施，4. 设计与服务计划表及说明，5. 投标价及说明，6. 设备与系统国产化初步分析，提出了一个纲举目张的总报告。在投标书文件总报告下，承担计划进度文件制作的杨栋同志，与尹耀铮等设计部有关科室人员更是不遗余力地拿出了当年（1964年）制作我国核潜艇设计、建造总计划与总进度书上报中央专门委员会的巨大热情和旺盛的精力。巨大的工作量，在设计部全体设计人员的大力协同配合下，九〇九基地设计部办公区平坝成为标书设计的无白日黑夜、无硝烟的战场。此情此景让人看到了核动力人热火朝天奔向第二个创业来临的春天。核动力院质量处的全体同仁，在李清林处长亲力亲为的督导下，日夜加班在桥头的山包上，他们精心地将20多年来核动力人严把质量关的精神风采倾注到文件的每一个环节中。后来在评标过程中，核动力院人的七个质保文件，万余页的质量保证过程受到60万千瓦核电标书评委的高度赞誉，分数无疑也是整个评标过程最高的！这个最高分给了核动力院人对核反应堆设计、运行、建造的崇高信誉。后来秦山二期60万千瓦核电站不仅满功率商运成功，而且常常68万千瓦超功率商运，为国产秦山二期60万千瓦核电站设计争得了荣誉。

这份满载着核动力院人共同努力和团结奋斗的投标书，终于在1987年12月30日顺利完成。望着那码满会议室一排排，一式20份的投标文件，孙玉发副院长和王克强主任深情地对设计部的全体同仁说："大家辛苦了，投标文件从总体构思巧妙，具体表达精准，说明了我们的脚踏实地，对我院的优势和成绩只说了百分之九十九，剩下的百分之一，让评委们去说，我们不说过头的话！让实力来检验我们到底具备不具备市场经济体制下的科研设计能力，同志们！我们还要继续努力！"

是呵！文件制作成功了，但这一切，尚需要一个能向国家组成的评标委员会进行评标表述和传述的人！这个人必须具备表达能力强、思路清晰、专业强、知识面广等多种能力。核动力院党委和设计部、科技处召集会议讨论人选，大家一致推举设计部副主任周益年，非他莫属！周益年河北省山海关人，他身材魁梧、目光如炬、神情坚毅，在六十年代就负责核潜艇堆用燃料元件的研制，且成果硕硕，自八十年代以来就主管核电的研发，主编过核动力院《60万千瓦核电厂设计研制进度情况报告》。对于大家的期待，尽管压力大，但他一想到自己这二十多年来与战友们刻骨铭心的坚持，周恩来总理对核动力人的嘱托，不就是设计建造出自己的核电站吗？他勇敢地挑起了这份重担。

正当核动力院人参加投标一行抵京，为1988年1月25日宣讲标书全力准备之际，主管部领导却节外生枝地认为，核动力院不应该承担第二标段的任务，并立即紧急召见参加投标负责人约谈。

副院长孙玉发，带着设计部主任王克强、副主任周益年赶到核工业部大楼五楼，与部领导和主管部门领导短兵相接。尽管谈话十分激烈，但触及核动力院主动退出投标的底线，脾气火暴、刚性禀直的王克强十分愤怒。能不抱怨吗？几十年的夙愿，近一年不懈的努力，竟然在干预下，一江春水向东流了。某副部长的高压说辞是："你们应体面地退出竞标？"孙玉发副院长委婉地回答道："让我们体面地退出竞标？！怎么个体面法？能不能允许我们全体参加人员商量一下。"

孙玉发一行回到南礼士路100号部招待所，大家从孙玉发沉重的脸上读到部领导的决定，群情愤慨，纷纷认为，凭什么让我们退出竞标？还让我们体面地退出！这不是假投标是什么？而此时远在四川的核动力院长任和在某副部长高压下，也给孙玉发副院长打来了一个十分无奈的电话："既然部里已经是这个态度！胳膊拧不过大腿！我们算了吧！"孙玉发副院长怨气冲天地回到这21人的投标队伍里，转达了任和院长的意见。

大家认为，在高压的态势下，就此退出，多年向往的核电任务就从我们身边擦肩而过，多年的坚持和任劳任怨就竹篮打水一场空，白费了劲。我们是代表近5000核动力院人的意志而来京参加投标的，一想到那么多职工带着嘱托和期望，在桥头与他们的依依惜别，如果退出投标，错过了历史给予我们的这个机会，很可能将永远地失去设计核电这个前景无限的市场！明天就是我们投标的日子，何去何从？早已忍无可忍的王克强急中生智地对大家说："与其体面地退出，不如说出真像，让董事会和评标委员会都知道，这是主管部门的假投标，然后，我们可以昂首挺胸地离开招标会场！"大家一致认为、这不啻为以退为主的良方，可能会得到意想不到的结果。于是奋笔疾书"退出投标声明"。并立即送交评标委员会。评标委员会几位成员得悉后，立即报送董事长彭士禄。彭士禄作为秦山二期核电公司董事长，是代表甲方招标的主任。他在认真听取核动力院投标人员的汇报后，立即明确对孙玉发、王克强等人说："请你们放心，我们是真投标，投标工作是不会受行政部门的左右和干扰的，请你们照常参加评标。"彭士禄董事长的话，顿时给了他们的定心丸。孙玉发副院长回到招待所后，立即向大家传达了董事长彭士禄的真招标思想，并决定大家一定要鼓足勇气，拿出决心，一定要争下这口气！于是大家连夜加强演练，为的就是要在投标中充分地表达出核动力人的设计实力！关于任和院长那边，由我孙玉发顶着，将在外君令有所不受！哈哈！同志们加油！

带着神圣的责任和不甘受挫的勇气，核动力院全力以赴在1988年1月25日评标会上，周益年沉毅的脸上带着必胜的神态，在配合他放文件幻灯片的和卫东配合下，表现出核动力人特有的胸有成竹和镇定自若。在规定的时间里，向评委们从头至尾、条理清晰、重点突出、详略适度地讲述了标书报告。周益年精彩的报告受到评标委员们一致的赞许。在下午的答辩会上，评委们就燃料组件造型、蒸汽发生器、驱动机构技术、质保体系等提出问题，在场的闵元佑、李金贤、杨歧、李清林等人都圆满地回答了提问，尤其令评委会记忆犹新的是李清林就质保体系的回答，不仅彰显了核动力院人几十年来始终坚持质量安全第一的职业操守，而且表达核动力院人对质量安全的融会贯通，字正腔圆，妙句横生。

评委们在研究分析参加竞标各单位的标书后，认为核动力院的标书规范，完全符合国际上竞投标要求，标书中的第一、三、四、六标段由北京核二院中标，第五标段用议标的方法请上海华东电力设计院承担，而核心的第二标段《反应堆及反应堆主冷却剂系统设计与服务》核动力院夺标呼声极高。1988 年 1 月 25 日 18 时，秦山二期核电公司董事长彭士禄宣布："核动力院以 87 分的高分获得第二标段的第一名!"这个分数高出第二名近十分，即使主管部门使用手中 5 分的加分权，也无法改变核动力院人中标的事实。

当晚，参加投标的王克强、周益年、闵元佑、孙荣绵、魏守圣、杨栋、邵军、柴长岭、裴兆志、李金贤、王天锡、杨歧、张一民、和卫东、李清林、洪景丰、吴洪涛、刘志人、胡明刚等 20 人在孙玉发副院长的带领下，自掏腰包涮了一顿羊肉以示庆祝。

"中标啦！热烈欢迎参加北京 60 万千瓦核电站投标同志胜利归来!"

欢迎的人群中，任和院长带着歉意，握住孙玉发副院长的手说：真是难为你了！孙玉发同志！你们太辛苦了！

悠悠历史，这段让核动力院人在开始第二次创业中让人刻骨铭心的故事，虽然还不能全面地将当时艰难和困苦尽诉笔端，但这支不畏一切困难，克服一切干扰，闯出一条核动力院生存之路，应为后人所知而千万不能忘记！正如文中所述，假如我们错过了历史给予的机遇，那么后来在核电领域里就可能与秦山二期扩建、与红沿河、与方家山等核电站失之交臂，更谈不上“华龙一号”了！我们回顾这段历史，就是要牢记在市场经济体制下，凭借自身的科研积累，展开核能领域内设计的大鹏展翅，冲向核能世界的云端！就是要传承核动力院人那种对核事业的忠贞不屈、无限忠诚的精神。

这种精神，怎一个忠诚了得！

2022 年 4 月 5 日

郭勇，中国散文学会会员。原中国核动力院院办秘书科科长，高级政工师。先后发表报告文学 6 篇，编导、参与和创作的文学作品获部级三等奖、优秀奖、核新闻大赛二等奖。与人合著出版《大国匠心——赵仁恺传》。

念奴娇

——参观“九〇九”核工业基地感怀

徐　康

科技腾飞，
中国梦，
华夏儿女情浓。
“国家名片”寓胸中，
倾力铸造“华龙”。
国之重器，
惊世骇俗，
壮志傲苍穹。
核潜入水，
且看沧海艨艟。

寄望中华崛起，
争创“第一”，
强国此心同。
呕心沥血铸伟业，
志士气贯长虹。
士禄风范，
仁恺精神，
人民是英雄。
旷世丰碑，
千秋万代尊崇。

2022 年 4 月 12 日

徐康，国家一级作家。原四川省作家协会副主席、巴金文学院常务副院长。1995年获国务院政府特殊津贴。发表文学作品500余万字，出版22部文学著作，20余次获奖。2017年出版400余万字《徐康文集》（八卷）。

参观第一代中国核潜艇研发实验基地抒怀

黄启国

新生中华破围堵，
大国重器必握手。
伟人谋远号令出①，
上下齐力精神抖。
从零研造核潜艇，
青衣江畔九〇九②。
八千军民奋战苦，
数个核堆丰碑留③。
几代核人英才多④，
一心为国壮志酬。
入海蛟龙腾巨浪⑤，
并驾两弹耀九州。
“华龙一号”再裂变⑥，
核电三代上层楼。
登高向海迎变局⑦，
跻身强国立五洲。

注：①毛主席当年指示说，“核潜艇，一万年也要搞出来！”

②“九〇九”即中国第一代核潜艇研发实验基地代号。

③在这个基地诞生了中国第一座核动力反应堆，第一座高通量工程试验堆，第一座铀氢锆脉冲堆等科技丰碑。

④在这个基地培养了彭士禄、赵仁恺等核动力领域知名院士7位和一大批专家。

⑤1970 年 12 月 26 日，我国自主研制的第一艘核潜艇成功下水，中国由此成为世界上第五个拥有核潜艇的国家。

⑥“华龙一号”是具有完全自主知识产权的第三代压水堆核电，是中国核电走向世界的“国家名片”。

⑦在九〇九基地有一座“向海楼”，寄托了中国核动力人的远大抱负。

2022 年 4 月 3 日

黄启国，原中共四川省委副秘书长、四川省文联党组书记兼常务副主席、四川省政协常委及社会法制委主任。现四川省杂文学会会长。在全国数十家报刊发表文学作品 600 余篇（首），出版杂文集 1 部，有 20 多篇作品获省、市级奖。

歌青衣江畔科研基地

徐建成

基地原系军工保密单位，现已部分对社会、企业和游人开放。

忆往昔　峥嵘岁月稠
老船长在中南海挥动巨手
中国的核潜艇　要从无到有
只争朝夕　一万年太久

号令声中　青衣江如青衣一甩水袖
第一代核潜艇孕育在青衣江山沟
辽阔海疆要有国之重器巡逻镇守
核潜艇的产房就设在这座山头

一幢幢一座座平房小楼
干打垒书写着科研春秋
夜深沉人不眠挑灯战斗
青衣江映照着满天璀璨的星斗

星斗辉耀着小小环球　沧海横流
中国一艘艘核潜艇早已在深海遨游
蓝天大海日夜高唱着
朋友来了有好酒
若是那豺狼来了迎接他的有
从青衣江畔　从大山深处射出的

这一支支很稳很准很狠的箭头

徐建成，中国作协会员、四川省作协会员，原四川工人日报主任编辑，现四川省文艺传播促进会常务会长、四川省诗歌学会副会长，首届《格调·美文》奖获得者。有多篇散文、诗歌作品获省市文学奖。

你和我

——与核动力人共鸣

孙建军

你是我白云高天的想象
我是你苍凉后土的传说

你是我惊天动地的响亮
我是你隐姓埋名的缄默

你是我芳华季节的青葱
我是你燃情岁月的红火

你是我茫茫九派的奔腾
我是你沉沉一线的求索

你是我巍巍昆仑的脊背
我是你滔滔黄河的脉搏

你是我长江滚滚的豪迈
我是你溪流涓涓的执着

你是我一泻千里的方向
我是你丝缕入微的琢磨

你是我随风入夜的细雨
我是你润物无声的清波

你是我广厦万间的壮阔
我是你一砖一瓦的错落

你是我霜雪千年的过往
我是你风雨点滴的洗磨

你是我神形兼备的重生
我是你脱颖而出的复活

你是我东方五星的大海
我是你八面珠玑的闪烁

你是我家国情怀的梦想
我是你乡愁诗意的细说

你是我浩然正气的庄严
我是你平凡坚韧的承诺

你是我，我就是你——
你在我的血脉里潜航
我肝胆相照的巍巍中华

我是你，你就是我——
我在你的心跳里坚守
我魂牵梦萦的母亲祖国

2022 年 4 月 1 日

孙建军，国家一级作家，中国作家协会会员，原四川省作协创研室主任。作品获中国电视金鹰奖、萌芽文学奖、四川文学奖等30余项。出版有诗集《时间之岛》《诗话中国》，诗论集《听风堂随笔》，长篇小说《代号白塔子》等14部著作。

九〇九，一片静寂的山地

钟　明

九〇九，一片静寂的山地：
这里，樟木参天，
这里，蝉鸣鸟啼，
这里，台阶已生满苔藓
这里，球场的荒草已经没膝……
这里已褪去水电所的装束，
还原出保守了数十年的机密：
原来，这里是
中国第一艘核潜艇的研发实验基地！

开启这里的是一句带有浓厚湘音的铿锵话语：
“核潜艇，一万年也要搞出来！”
于是，五湖四海向着这个西南山地汇聚。
东北、北京、上海
从北方城市向大三线转移，
寂静的山野，瞬间成为
一个万人规模的军事禁区
291，一个小小的绿色信箱
装满了异地家人的思念
成昆线上的一个小站
鸣响着南来北往的汽笛

建设者们就地取材，鹅卵石加干打垒，

筑成坚实的墙基，
枯木和土瓦
为一个个家庭遮风避雨
两口大瓮，一口蓄水，一口存粮，
就完成了最基本的生活必须
习惯北方面食的人们逐渐接受了
南方的杂粮和大米
而饮用的水
却来自稻田、沟渠和雨滴
蓄水的缸子经明矾沉淀后
常常是大部分的水和
小半的泥
初创的艰难却缚不住拓荒者的脚步
他们心中深深明白：
一万年太久，
只争朝夕！

小小的计算尺、
厚厚的对数表、
手柄铮亮的手摇计算机，
数不清的夜以继日，
累积出数以万计的原始数据
车钳铣刨
极简设备加工出的零件
在千分尺下不差毫厘
知识的叠加与工匠的摸索
在这里产生出无数的交集
智慧和汗水在这里结晶

共和国第一次有了自己的核动力

又一次海试即将开始
两个多月身处大洋深处
不见日月星辰和陆地
年过七旬的老专家又一次参加这
成功和危险相伴的深潜之旅
他已记不清自己写下的是第几份遗书
这是以备不测的必备程序
字里行间已少有豪言壮语
有的却是对老伴的宽慰和歉疚
有的却是对儿子孙子工作学习的期许
正是这无私的付出
铸就了不朽的业绩
中国，在世界上第五个
拥有了第二次核打击的能力

岁月如梭，斗转星移
改革开放使中国步入了新的世纪
接下了民用核能开发的令旗
为了达到目的
基地一分为二
研发团队向大城市迁移
这样能更多地聚集人才
也能更方便地接收领域前沿的信息
以便用最快的速度
缩短与发达国家核电工业的差距
而实验基地仍保留在这里

从秦山二期开始
由无到有
“华龙一号”成为
代表中国第三代核电产业成果的标记
高通量试验堆
冷却剂系统及仪表控制系统设计
创造了控制棒驱动机构
比额定要求高三倍的奇迹
两千余份施工设计文件
从国外先进核电技术学习中
逐渐建立起了中国自己的核工业知识产权体系
并实现了国际上投资建设比最低
使核电需求大国
在世界核电设计制造上
终于有了一席之地

从冰天雪地的河南油田
到气温高达摄氏 50 度的卡拉齐
从几天几夜在计算机房验算设计程序
到数年与亲人相隔千里
幼儿园的孩子却为“不合格的”父亲
打了 110 分的高分
相恋多年的恋人
不得不一次次推迟婚期
这一个个的付出换来的是
看到央视直播大典彩车上
有着自己的成绩

四面八方的同学纷纷来电祝贺
已被淡忘了的他们
饱含热泪
喜极而泣

九〇九，一片静寂的山地
这里人员完成了代际更替
核一代核二代核三代
一代代核动力人
完成了青春的接力
这里的青山绿水，
见证了他们不惧艰难
勇于创造的坚定步履
九〇九的信念与精神
在他们的血脉中
不断延续

2022 年 4 月

钟明，四川蜀菁文化传播有限公司创始人，中国民间艺术家协会会员、四川省民间艺术家协会理事、四川省作家协会会员、巴蜀文艺奖、金慧奖等近 10 余个奖项获得者，2020 年蜀菁文化被命名为四川省非物质文化遗产优秀传承发展基地。